中国景观文学

作品选

李建明　李鹭 ◎ 编

上海教育出版社
SHANGHAI EDUCATIONAL PUBLISHING HOUSE

前言

经过几年的辛苦，这本书终于编好了。

在交代编选体例和要求之前，有必要勾勒一下中国山水文学的状况。

把山水作为描写对象，滥觞于《诗经》和《楚辞》。《诗经·采薇》中就有："昔我往矣，杨柳依依。今我来思，雨雪霏霏。"《离骚》中也出现了山水花草的描写。不过，先秦作品中的自然景物描写，一是写得简略，二是带有"比德"意味，比如孔子的"岁寒，然后知松柏之后凋也"，便是如此。景物尚未成为独立的审美对象。

到了魏晋南北朝，山水文学蔚为大观。曹操《步出夏门行》中的《观沧海》是第一首典型的山水诗，东晋的王羲之、谢琨着力写山水诗，其后，谢灵运、沈约、何逊、谢朓等都以写山水诗著称。这一时期，山水不仅成为诗歌吟咏的对象，也成为骈文和赋的题材之一。文人大量创作山水为主题的作品，是出于陶冶性灵、寄托情怀的需要，这是一种审美需要，即左思在《招隐诗》中所说："何必丝与竹，山水有清音。"山水的功用，由先秦的"比德"演变为魏晋南北朝的"畅神"。与此同时，田园也成了审美的对象，它在陶渊明的笔下，是与混浊的世俗社会相对立、完全诗化的存在。山水田园这些审美对象的被发现，不仅影响到唐以后的各个历史时代，而且成为一个蓬勃发展的文学题材。

六朝的山水文学体裁除了诗、赋以外，还有书信，如鲍照的《登大雷岸与妹书》，吴均的《与朱元思书》。北魏郦道元的《水经注》描述三峡和孟门等处，文笔峻洁，但只是地理科学著作中的片段。至于王羲之的《游田郡记》、谢灵运的《游名山志》、陶弘景的《寻山志》等，单从标题来看，文体是游记，但没有多少文学价值，不能称之为游记文学作品，这说明魏晋以来虽然有创造游记文学的条件，但是没有产生富有文学价值的游记体裁。到了唐朝，元结放恣山水，在道州作《右溪记》，这是一篇游记佳作。不过写游记较多，且在艺术上卓然自立、从而为游记文学奠定坚实基础的，是柳宗元。

柳宗元的《永州八记》叙述了作者发现山水自然美的过程，表现了对美的追求。这当中,也有作者的慨叹:"不为之中州,而列于夷狄,更千百年,不能一售其伎。"(《小石城山记》)这无疑是作者的自喻。这种情感在《永州八记》中处处存在,表现不一。文章因而有意境。《永州八记》写八景,各具特色,绝无雷同,每一处都是一幅美丽的风景图画,幽邃与凄清是其中有些图画的基调,但也有一些画面又是开阔或繁丽的。《永州八记》是我国游记文学开创时期的作品,也是游记文学的典范,是后人难以逾越的高峰。

宋元文人以哲理性的眼光关注自然,审视人世。融写景、抒情与议论于一炉。宋人好议论。王安石《游褒禅山记》从游前后洞的经过,论述志向、力量和物质条件三者之间的关系。即使是以抒发情性著称的苏东坡,在《前赤壁赋》中,也由清风明月的美景联想到羽化登仙的超然之乐,继而从对历史人物兴亡的凭吊,转入现实人生的苦闷,阐发"变"与"不变"的哲理,表现一种齐物我、等荣辱、同死生的处世哲学。与表现文人情怀相关,宋朝以后出现了大量的亭台楼阁记,其中的优秀之作都做到了情、景、理三者的结合。这是游记文学的新品种。

中晚明文人重视性灵,张扬个性,出现了大量的小品游记。这是对宋以来游记文学的发展。在晚明,出现了大旅行家徐霞客,他的《徐霞客游记》集科学考察与艺术为一体,是对《水经注》的继承与发扬,而成就更大,其专著是独立的游记文学。

清朝的文人往往都是学者,于是,清朝出现了"学人游记",以姚鼐的《登泰山记》最为著名。

现当代文学中,由于思想解放与文体解放,游记文学空前繁荣,名家名作如林,其中,朱自清、郭沫若、郁达夫等人的游记名篇,足以与古人的佳作相媲美。

以上是对中国游记文学挂一漏万的简述,不过,应可以为本书的体例提供一点依据。

不用"旅游文学",而用"景观文学",主要是为了避免范围过大、边界不清。"旅游文学"的含义一直比较模糊,有的学者把旅游文学等同于山水文学,有的人认为凡是与旅游相关的文学作品都属于旅游文学。而"景观文学"这一概念则不存在这些问题。

首先,景观文学包括自然风光和人文景观,历史名胜与自然风光都具有物质化的表现。其次,景观有明确的地域性。比如李白的《蜀道难》属于景观文学,而柳永的很多羁旅词虽然写景很工,如他的名作《戚氏》("晚秋天,一霎微雨洒庭轩")倾吐自己跋涉山川的感受,但由于所涉景物没有明确的地域性,所以就不属于景观文学。

本书按照行政区划来编排,选文以古代诗文为主,兼及现当代景观文学。选文多为经典之作,一些名胜如暂时没有合适的作品,宁缺毋滥。也就是不以景点为中心,而是从作品出发。这样做的结果必然出现各地区不平衡的现象。不过我认为,这种不平衡正好反映出各地区文化文学发展的不平衡,这里面有历史的原因,从中也可以发现一些文化发展的规律。

入选作品大多为经典名篇。编选作品以古代为主,兼及现当代的名作。现当代游记文学数量巨大,但是能否成为经典之作,恐怕还需要时间的检验,因此,本书对于现当代游记,只选少量名篇。

还要说一下编选作品所用的版本问题。

古代景观文学作品尽量选用中华书局、上海古籍出版社和人民文学出版社的版本。并且尽量选用权威的整理本。比如萧统编,李善、吕延济、刘良、张铣、吕向、李周翰注的《六臣注文选》;马其昶校注、马茂元整理的《韩昌黎文集校注》;刘学锴、余恕诚著《李商隐诗歌集解》;等等。并用几种不同版本参校。比如《柳河东集》(上海古籍出版社 2008 年版)是以宋代世綵堂刻本《河东先生集》为底本,是目前通行的权威版本,在句读、文字有疑问处时,就以尹占华、韩文奇校注的《柳宗元集校注》(中华书局 2013 年版)进行复核,择善而从。在编校过程中,发现了一些不应该有的错误,比如《苏轼文集》中的《潮州韩文公庙碑》一文,点校者将"是气也,寓于寻常之中,而塞乎天地之间"也看成是孟子的话加以标点。其实,只要找出《孟子》的原文就可以发现这不是孟子说的。有的学者主撰的作品选,居然出现了注释和理解的错误,甚至注释的文字与正文的文字不统一现象。对于这些问题,均在文中直接加以改正,不出校记。

在交代了编选作品的标准后,接着谈谈每一篇入选作品在编排方面的体例。

本教材除了选文和作者简介外,更注意作品的注释、简析,并设计了"思考与练习"。注释首先做到准确,言简意赅;其次,力求清楚明白,让大中专学生和社会上对景观文学感兴趣的人通过注释能够读懂的文言文。"简析"部分尽量写出新意,注重对写作思路和技巧的分析。"思考与练习"则注意突出诗文的重点和难点。在撰写上述内容时,虽然没有像贾岛那样"两句三年得,一吟双泪流"的痛苦,但是,每一条注释、课文分析的每一句话,包括文章的习题设计,都融入了编者的教学心得。

2005 年,我在扬州一所高校的社科系任系主任。该系有一个旅游专业,学生有几百名。该专业在许多高职与中职院校都有开设,《景观文学》是必修课之一。但因为缺少《景观文学作品》之类的教材,有些学校就用讲义给学生上课。当时我就想自己编一本《景观文学作品选》,可是不久后,学校领导把旅游专业划到工商管理系,社科系撤销,我调到学报工作,编教材这件事也就搁置下来。2014 年,我来到厦门大学嘉庚学院文传学院任教,院长是著名的语言学者苏新春教授。有一天,他突然说希望我编一本《景观文学作品选》,我不假思索答应了。当然,这次编选,我不仅考虑了大学生的需求,更希望把这本教材编成一本受众较广的景观文学作品选。女儿李鹭也参与了安徽和内蒙古的部分章节的工作。经过四五年的努力,总算编出了这本书稿,了却我多年前的一个心愿。

这本书在编选过程中,篇目多次调整,入选的诗文多次校改,但因本人水平有限,错误在所难免,希望得到读者的批评指正。

书稿撰写过程中,得到福建省宁德教育局的谢兆文主任的关心与支持。书稿在编校过程中,上海教育出版社的李声凤博士,精心校稿,提出了很好的修改意见。在此一并感谢。

李建明

2020 年 10 月 11 日

目录

东北旅游区（黑、吉、辽）

松花江上 …………………………………………… 张寒晖 003
营州歌 ……………………………………………… 高 适 004

华北旅游区（京、津、冀、晋、内蒙古）

北京市

登幽州台歌 ………………………………………… 陈子昂 009
望蓟门 ……………………………………………… 祖 咏 010
满井游记 …………………………………………… 袁宏道 011
说居庸关 …………………………………………… 龚自珍 013
圆明园词 …………………………………………… 王闿运 017
卢沟晓月 …………………………………………… 王统照 021

天津市

天津 ………………………………………………… 李东阳 025

河北省

渡易水歌 …………………………………………… 无名氏 026
附：易水送别 ……………………………………… 骆宾王 027
观沧海 ……………………………………………… 曹 操 028

中国景观文学作品选

山西省

游龙山记	麻 革	029
恒山记	乔 宇	033
复庵记	顾炎武	035
游晋祠记	朱彝尊	037

内蒙古自治区

敕勒歌	无名氏	040
出塞 其一	王昌龄	041
明妃曲 二首	王安石	042
附：明妃曲和王介甫作 二首	欧阳修	044
咏怀古迹	杜 甫	050

西北旅游区（陕、甘、宁、新、青）

陕西省

山中与裴迪秀才书	王 维	049
过香积寺	王 维	051
长恨歌	白居易	052
阿房宫赋	杜 牧	060
商山早行	温庭筠	063
山坡羊·潼关怀古	张养浩	064
马嵬	袁 枚	066

甘肃省

使至塞上	王 维	067
凉州词	王之涣	068

宁夏回族自治区

夜上受降城闻笛	李 益	070

新疆维吾尔自治区

白雪歌送武判官归京 ………………………………………… 岑 参 072

青海省

从军行七首(选四) ………………………………………… 王昌龄 073

华东旅游区(沪、苏、浙、鲁、皖、赣、闽)

上海市

南浦 ………………………………………………………… 陶宗仪 079

江苏省

芜城赋 ……………………………………………………… 鲍 照 081
晚登三山还望京邑 ………………………………………… 谢 朓 085
别赋 ………………………………………………………… 江 淹 087
次北固山下 ………………………………………………… 王 湾 092
登金陵凤凰台 ……………………………………………… 李 白 093
破山寺后禅院 ……………………………………………… 常 建 095
题金陵渡 …………………………………………………… 张 祜 096
附:枫桥夜泊 ……………………………………………… 张 继 097
隋宫 ………………………………………………………… 李商隐 097
桂枝香 ……………………………………………………… 王安石 099
附:西河·金陵怀古 ……………………………………… 周邦彦 100
放鹤亭记 …………………………………………………… 苏 轼 101
扬州慢 ……………………………………………………… 姜 夔 103
项脊轩志 …………………………………………………… 归有光 106
杜十娘怒沉百宝箱(节选) ………………………………… 冯梦龙 109
桃花扇·哀江南 …………………………………………… 孔尚任 117
红桥游记 …………………………………………………… 王士祺 120
附:浣溪沙·红桥 ………………………………………… 王士祺 123
梅花岭记 …………………………………………………… 全祖望 123

随园记 …………………………………… 袁　枚　127
桨声灯影里的秦淮河 …………………… 朱自清　129

浙江省

兰亭集序 …………………………………… 王羲之　137
与朱元思书 ………………………………… 吴　均　140
附：答谢中书书 …………………………… 陶弘景　142
钱塘湖春行 ………………………………… 白居易　142
望海潮 ……………………………………… 柳　永　144
雁荡山 ……………………………………… 沈　括　146
临安春雨初霁 ……………………………… 陆　游　149
观潮 ………………………………………… 周　密　150
西湖七月半 ………………………………… 张　岱　152
白马湖之冬 ………………………………… 夏丏尊　155
女吊 ………………………………………… 鲁　迅　157

山东省

望岳 ………………………………………… 杜　甫　163
登泰山记 …………………………………… 姚　鼐　164
谒圣林 ……………………………………… 党怀英　168

安徽省

项羽之死 …………………………………… 司马迁　169
登大雷岸与妹书 …………………………… 鲍　照　173
九日齐山登高 ……………………………… 杜　牧　176
题乌江亭 …………………………………… 杜　牧　178
附：题乌江亭 ……………………………… 王安石　179
醉翁亭记 …………………………………… 欧阳修　179
丰乐亭记 …………………………………… 欧阳修　181
游黄山日记 ………………………………… 徐弘祖　183

江西省

游斜川 并序	陶渊明	189
入彭蠡湖口作	谢灵运	192
滕王阁序	王 勃	194
湖口望庐山瀑布	张九龄	201
墨池记	曾 巩	202

福建省

百丈山记	朱 熹	204
度岭舆至崇安	萨都剌	206

华南旅游区（粤、桂、琼）

广东省

鳄鱼文	韩 愈	211
潮州韩文公庙碑	苏 轼	213
记游白水岩	苏 轼	218
过零丁洋	文天祥	219

广西壮族自治区

登柳州城楼寄漳汀封连四州	柳宗元	221
柳州罗池庙碑	韩 愈	222

海南省

登崖州城作	李德裕	224
附：与浩初上人同看山寄京华亲故	柳宗元	225
六月二十日夜渡海	苏 轼	226

华中旅游区（湘、鄂、豫）

湖南省

桃花源记 并诗	陶渊明	229

临洞庭上张丞相	孟浩然	232
登岳阳楼	杜　甫	233
谒衡岳庙，遂宿岳寺，题门楼	韩　愈	234
至小丘西小石潭记	柳宗元	236
游黄溪记	柳宗元	238
岳阳楼记	范仲淹	241
书磨崖碑后	黄庭坚	244
念奴娇·过洞庭	张孝祥	246

湖北省

黄鹤楼	崔　颢	248
与诸子登岘山	孟浩然	249
三游洞序	白居易	250
西塞山怀古	刘禹锡	252
黄州新建小竹楼记	王禹偁	254
前赤壁赋	苏　轼	258
念奴娇·赤壁怀古	苏　轼	262
黄州快哉亭记	苏　辙	263
武昌松风阁	黄庭坚	265
龙湖	袁宗道	267

河南省

洛神赋	曹　植	269
正月十五夜	苏味道	278
山石	韩　愈	279
书《洛阳名园记》后	李格非	281
水调歌头·赋三门津	元好问	283
西厢记·黄河赞	王实甫	284

西南旅游区（川、渝、贵、云、藏）

四川省

剑阁铭 ··· 张　载　289

蜀道难 ··· 李　白　291

蜀相 ··· 杜　甫　295

浣花溪记 ··· 钟　惺　296

重庆市

三峡 ··· 郦道元　299

登高 ··· 杜　甫　301

秋兴八首（选三）·· 杜　甫　302

贵州省

和答元明黔南赠别 ··· 黄庭坚　305

何陋轩记 ··· 王守仁　306

云南省

黄钟·人月圆 ··· 杨　慎　309

大江东去·大观楼醉后题壁 ·· 谢　琼　310

西藏自治区

吐蕃别馆和周十一郎中杨七录事望白水山作 ························· 吕　温　312

港澳台旅游区（港、澳、台）

香港特别行政区

萧红墓畔口占 ··· 戴望舒　317

澳门特别行政区

香岙逢贾胡 ·· 汤显祖　318

007

香山验香所采香口号 ………………………………………… 汤显祖　318

台湾省
齐天乐·客来新述瀛洲胜 ………………………………… 张景祁　319

东北旅游区

（黑、吉、辽）

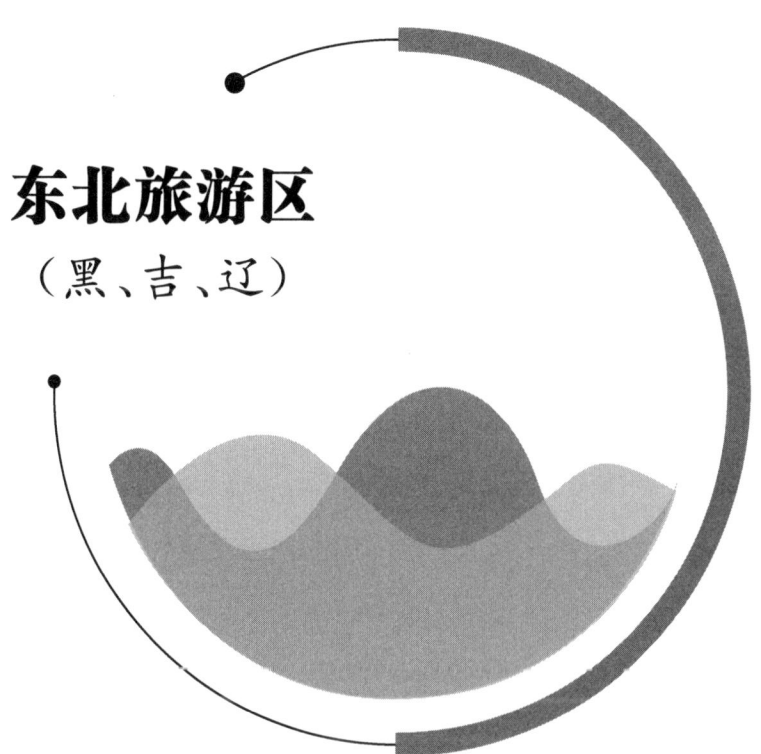

张寒晖(1902—1946)原名张兰璞,河北定县(今定州)人。早年在北平、西安等地从事中学教育、戏剧演出及报刊编辑等工作。1941年赴延安,历任陕甘宁边区文化协会秘书长、戏剧委员会委员。作有歌曲及秧歌剧多种。

松花江上

张寒晖

我的家在东北松花江上,
那里有森林煤矿,
还有那满山遍野的大豆高粱。
我的家在东北松花江上,
那里有我的同胞,
还有那衰老的爹娘。
"九一八","九一八",
从那个悲惨的时候,
脱离了我的家乡,
抛弃那无尽的宝藏,
流浪!流浪!
整日价在关内,流浪!
哪年,哪月,
才能够回到我那可爱的故乡?
哪年,哪月,
才能够收回我那无尽的宝藏。
爹娘啊,爹娘啊,
什么时候,
才能欢聚一堂?!

(上海辞书出版社文学鉴赏辞典编纂中心编:《新诗鉴赏辞典(新一版)》,上海辞书出版社,2017年。)

【简析】

　　这是一首具有强烈爱国情怀的作品。表现饱受日寇蹂躏的东北同胞走上逃亡之路,在飘零的日子里,不由得怀念起自己的故乡。语言朴实,感情真挚。

【思考与练习】

　　一、作者是如何表现飘零在外的东北人的家国情怀的?
　　二、请体会其语言朴实、意境自然的风格。

高适(700—765),字达夫,一字仲武,渤海蓨(今河北景县)人。曾任刑部侍郎、散骑常侍,封渤海县侯,世称高常侍。于永泰元年正月病逝,卒赠礼部尚书,谥号忠。高适与岑参并称"高岑",与岑参、王昌龄、王之涣合称"边塞四诗人"。其诗笔力雄健,气势奔放,洋溢着盛唐时期所特有的奋发进取、蓬勃向上的时代精神。有文集二十卷。

营 州 歌

高 适

　　营州少年厌原野[1],狐裘蒙茸猎城下[2]。
　　虏酒千钟不醉人[3],胡儿十岁能骑马。

　　([明]唐汝询编选,王振汉点校:《唐诗解》,河北大学出版社,2001年。)

【注释】

[1] 营州:唐代东北边塞,属河北道,治所在今辽宁朝阳。厌:同"餍"(yàn),饱。这里作"饱经、习惯于"之意。
[2] 狐裘(qiú):用狐狸皮毛做的大衣,毛向外。蒙茸(róng):裘毛纷乱的样子。语出

《诗经·邶风·旄丘》:"狐裘蒙戎。""茸"通"戎"。

[3] 房(lǔ)酒:指营州当地出产的酒。千钟(zhōng):极言其多。钟,酒器。

【简析】

这是一首风情速写,富有生活情趣。

唐代东北边塞营州,原野丛林,水草丰盛,各族杂居,风俗粗犷。穿着珍贵的毛茸茸的狐皮袍子在原野打猎,千钟不醉,写出了少数民族豪放的性格;十岁能骑马,写出了游牧民族从小练就的驰骋的本领,勇敢尚武的精神。洋溢着生活气息和浓郁的边塞情调。

【思考与练习】

一、作者是如何表现各族人民的生活习尚的?

二、高适的《燕歌行》也是写东北的,尝试体会其笔力矫健、意境雄浑的风格。

华北旅游区

（京、津、冀、晋、内蒙古）

北 京 市

陈子昂(659—700),字伯玉,梓州射洪(今属四川)人。唐代文学家,初唐诗文革新人物之一。家世富豪,少时任侠使气,年十八始发奋读书,睿宗文明元年(684年)进士。因上书言事被武后赏识,授麟台正字。曾多次上书论政事,官至右拾遗。解职归乡后受人所害,忧愤而死。在文学方面,陈子昂针对初唐的浮艳诗风,力主恢复汉魏风骨,反对齐、梁以来的形式主义文风。今存《陈伯玉文集》,又名《陈拾遗集》。存诗共100多首,风格朴质而明朗,格调苍凉激越,标志着初唐诗风的转变。其中最有代表性的是《感遇》诗38首,《蓟丘览古赠卢居士藏用》7首和《登幽州台歌》。

登 幽 州 台 歌

陈子昂

前不见古人,后不见来者。

念天地之悠悠,独怆然而涕下。

(朱东润主编:《中国历代文学作品选》,上海古籍出版社,2002年。)

【简析】

幽州是古十二州之一,即今北京市、河北北部及辽宁一带。幽州台:即黄金台,又称蓟北楼,故址在今北京市大兴,是燕昭王为招纳天下贤士而建。

武则天万岁通天元年(696年),契丹李尽忠、孙万荣部攻陷营州,武则天命武攸宜率军征讨,陈子昂任随军参谋。武攸宜兵败冀北,陈子昂请求遣万人击敌,武攸宜不允许。不久,陈子昂再次建言,武攸宜竟然将他降为军曹。陈子昂悲愤难以抑制,独登幽州台,写下这首旷代之作。诗人慨叹自己难以遇到燕昭王那样的明君,而生命有限,又使自己无法相遇后世明君。生不逢时的感慨充溢胸中。想到天地的高远广袤,自己的生不逢时,不禁悲从中来,怆然涕下。个体生命的短暂与宇宙天地的无穷,是诗人"独怆然而涕下"的真正原因。诗人的失意的境遇和寂寞苦闷的情怀,与宇宙无穷相对照的人生短暂相交织,使这首诗显得无比苍凉悲壮。

【思考与练习】

一、这首诗抒发了诗人怎样的思想感情?

二、此诗虽篇幅短小,却内涵丰富,请谈谈你的理解。

祖咏(699—746?),洛阳(今属河南)人,开元十二年(724年)进士。后移居汝水以北别业,渔樵终老。祖咏的山水诗具有语言简洁、含蕴深厚的特点。他的诗以赠答酬和、羁旅行役、山水田园之作为主。

望 蓟 门

祖 咏

燕台一去客心惊,笳鼓喧喧汉将营。

万里寒光生积雪,三边曙色动危旌[1]。

沙场烽火侵胡月,海畔云山拥蓟城。

少小虽非投笔吏,论功还欲请长缨[2]。

([清]沈德潜选注:《唐诗别裁集》,上海古籍出版社,2013年。)

【注释】

[1] 三边:汉幽、并、凉三州,其地皆在边疆,后即泛指边地。危旌:高扬的旗帜。

[2] 投笔吏:汉班超家贫,常为官府抄书以谋生,曾投笔叹曰:"大丈夫当立功异域以取封侯,安能久事笔砚间。"后终以功封定远侯。请长缨:汉终军曾自向汉武帝请求,"愿受长缨,必羁南越王而致之阙下"。后被南越丞相所杀,年仅二十余。缨,绳。

【简析】

蓟门在今北京西南,唐时属范阳道,是唐朝屯驻重兵之地。开首两句说北望蓟门,触目惊心。起句突兀,暗用典故,说燕自郭隗、乐毅等士去后,即被秦所灭,故客心暗惊。又汉高祖曾身击臧荼,故曰"汉将营"。因而清人方东树说:"岂是时范阳已有萌芽耶?"(《昭昧詹言》卷十六)怀疑这是对安禄山的叛乱有所预感。颔联、颈联写景雄丽。全诗扣紧一个"望"字,以"烽火"承"危旌",以"云山"承"积雪"。写"望"中所见,抒"望"中所感,格调高昂。从军事上落笔,着力勾画山川形胜,意象雄伟阔大。

【思考与练习】

一、这首诗是如何刻画山川形胜的?

二、试体会"燕台一去客心惊"的忧患意识。

三、背诵全诗。

袁宏道(1568—1610)明代文学家,字中郎,又字无学,号石公、六休。公安(今属湖北)人。宏道在文学上反对"文必秦汉,诗必盛唐"的风气,提出"独抒性灵,不拘格套"的性灵说。与其兄袁宗道、弟袁中道并有才名,合称"公安三袁"。袁宏道万历二十年(1592年)就中了进士,但他不愿做官,而去访师求学,游历山川。他曾辞去吴县县令,在苏杭一带游玩,写下了很多著名的游记,如《虎丘记》《初至西湖记》等。在登山临水中,他的思想得到了解放,个性得到了张扬,文学创作的激情也格外高涨。

满 井 游 记[1]

袁宏道

燕地寒[2],花朝节后,余寒犹厉[3]。冻风时作[4],作则飞沙走砾,局促一室之内,欲出不得。每冒风驰行,未百步,辄返。

廿二日,天稍和,偕数友出东直[5],至满井。高柳夹堤,土膏微润,一望空阔,若脱笼之鹄。于时冰皮始解,波色乍明,鳞浪层层,清澈见底,晶晶然如镜之新开,而冷光之乍出于匣也。山峦为晴雪所洗,娟然如拭,鲜妍明媚,如倩女之靧面而髻鬟之始掠也[6]。柳条将舒未舒,柔梢披风,麦田浅鬣寸许[7]。游人虽未盛,泉而茗者,罍而歌者,红装而蹇者[8],亦时时有。风力虽尚劲,然徒步则汗出浃背。凡曝沙之鸟,呷浪之鳞,悠然自得,毛羽鳞鬣之间,皆有喜气[9]。始知郊田之外,未始无春,而城居者未之知也。

夫能不以游堕事,而潇然于山石草木之间者,惟此官也。而此地适与余近,余之游将自此始,恶能无记?己亥之二月也[10]。

(任巧珍译注:《三袁诗文选译》,凤凰出版社,2011年。)

【注释】

[1] 满井:明清时期北京东北角的一个游览地,因有一口古井,"井高于地,泉高于井,四时不落",所以叫"满井"。

[2] 燕(yān):指今河北北部、辽宁西部、北京一带。这一地区原为周代诸侯国燕国故地。

[3] 花朝(zhāo)节:旧时以阴历二月十二日为花朝节,据说这一天是百花生日。犹:仍然。

[4] 冻风时作(zuò):冷风时常刮起来。作,起。砾:小石块。局促:拘束。

[5] 东直:北京东直门,在旧城东北角。满井在东直门北三四里。

[6] 山峦为晴雪所洗:山峦被融化的雪水洗干净。为,被。娟然:美好的样子。拭(shì):擦拭。如倩女之靧(huì)面而髻(jì)鬟(huán)之始掠也:像美丽的少女洗好了脸刚梳好髻鬟一样。倩,美丽的女子。靧,洗脸。掠,梳掠。

[7] 舒:舒展。梢:柳梢。披风:在风中散开。披,开、分散。麦田浅鬣(liè)寸许:意思是麦苗高一寸左右。鬣,兽颈上的长毛,这里形容不高的麦苗。

[8] 泉而茗(míng)者,罍(léi)而歌者,红装而蹇(jiǎn)者:汲泉水煮茶喝的,端着酒杯唱歌的,穿着艳装骑驴的。泉、茗、罍、蹇都是名词作动词用。泉,用泉水煮。茗,煮茶。罍,端着酒杯。蹇,骑驴。劲(jìng):猛、强有力。

[9] 浃(jiā):湿透。曝沙之鸟,呷(xiā)浪之鳞:在沙滩上晒太阳的鸟,浮到水面戏水的鱼。呷,吸,这里用其引申义。鳞,代鱼。毛羽鳞鬣:毛,指虎狼兽类;羽,指鸟类;鳞,指鱼类和爬行动物;鬣,指马一类动物。合起来泛指一切动物。

[10] 堕(huī)事：耽误公事。堕，坏、耽误。潇然：悠闲自在的样子。惟此官也：只此官。当时作者任顺天府儒学教授，是个闲职。适：正好。恶(wū)能：怎能。恶，怎么。记：记录。己亥：明万历二十七年(1599年)。

【简析】

"始知郊田之外未始无春，而城居者未之知也"一句，是本文的点睛之笔。这句话看似作者不经意之谈，是在为自己出城郊游找借口，实则大有深意。袁宏道25岁中进士，不受官，请假归家，又与兄宗道、弟中道遍游楚中，纵情山水，访师问学，可见他追求自由的天性。袁宏道的游记散文，也充满了疏放不羁的精神，是对大自然的热爱，是对官场的厌倦，是个性的张扬和抒发。他是一个漫步郊原的孤独者，"潇然于山石草木之间"，遗落世事，在与自然风物的对话中，感受自由的可贵。出游前"冻风时作""飞沙走砾"的环境描写，更衬托出京郊春色清新，文中人物的世俗生活，增添了一种生活气息。

【思考与练习】

一、了解这篇游记描写的北方初春景物特点，体会作者表达的情感。
二、体会白描手法和比喻的运用。

龚自珍(1792—1841)，字尔玉，字璱人，一名易简，字伯定；又名巩祚，号定庵，晚年又号羽琌(líng)山民。浙江仁和(今杭州)人。道光进士，曾任内阁中书、礼部主事。他是清代著名思想家、文学家，在经学上，从著名今文经学家刘逢禄学习《春秋》公羊学，是提倡"通经致用"的今文经学派的重要人物。思想激进，敢于揭露和批判黑暗现实，富有爱国热情。散文奥博纵横，思致深刻，自成一家。王佩峥校订的《龚自珍全集》是目前通行的版本。

说 居 庸 关

龚自珍

居庸关者[1]，古之谭守者之言也[2]。龚子曰：疑若可守然。

何以疑若可守然？

曰：出昌平州[3]，山东西远相望，俄然而相辏相赴[4]，以至相蹙[5]，居庸置其间，如因两山以为之门，故曰疑若可守然。

关凡四重，南口者，下关也，为之城，城南门至北门一里；出北门十五里，曰中关，又为之城，城南门至北门一里；出北门又十五里，曰上关，又为之城，城南门至北门一里；出北门又十五里，曰八达岭，又为之城，城南门至北门一里。盖自南口之南门，至于八达岭之北门，凡四十八里，关之首尾具制如是[6]，故曰疑若可守然。

下关最下，中关高倍之。八达岭之俯南口也，如窥井形然，故曰疑若可守然。

自入南口，城甃有天竺字[7]、蒙古字。上关之北门，大书曰："居庸关，景泰二年修[8]。"八达岭之北门，大书曰："北门锁钥[9]，景泰三年建。"

自入南口，流水啮吾马蹄[10]，涉之琮然鸣[11]；弄之则忽涌、忽洑而尽态[12]；迹之则至乎八达岭而穷。八达岭者，古隰余水之源也[13]。

自入南口，木多文杏[14]、柿、苹婆[15]、棠梨[16]，皆怒华[17]。

自入南口，或容十骑，或容两骑，或容一骑。蒙古自北来，鞭橐驼[18]，与余摩臂行。时时橐驼冲余骑颠，余亦挝蒙古帽[19]，堕于橐驼前，蒙古大笑。余乃私叹曰："若蒙古，古者建置居庸关之所以然，非以若耶[20]？余江左士也[21]，使余生赵宋世，目尚不得睹燕、赵[22]，安得与反毳者相挝戏乎万山间[23]？生我圣清中外一家之世，岂不傲古人哉！"蒙古来者，是岁克西克腾[24]、苏尼特[25]，皆入京，诣理藩院交马云[26]。

自入南口，多雾，若小雨。过中关，见税亭焉。问其吏曰："今法网宽大，税有漏乎？"曰："大筐小筐，大偷橐驼小偷羊[27]。"余叹曰："信若是，是有间道矣[28]。"

自入南口，四山之陂陀[29]之隙，有护边墙数十处。问其民，皆言是明时修。微税吏言[30]，吾固知有间道出没于此护边墙之间。承平之世，漏税而已；设生昔之世，与凡守关以为险之世，有不大骇北兵自天而降者哉！

降自八达岭，地遂平，又五里曰岔道[31]。

(朱邦蔚、关道雄译注：《龚自珍诗文选译》，凤凰出版社，2011年。)

【注释】

[1] 居庸关：旧称军都关、荆门关，在北京昌平区西北部。形势险要，是长城要塞、北京的咽喉。明洪武元年修建，与紫荆、倒马合称"内三关"。

[2] 谭：同"谈"。居庸关建筑在居庸山上，两山夹峙，悬崖峭壁，形势险要，在《淮南子》等书中，古人已提到"天下九塞，居庸其一"。

[3] 昌平州：今北京市昌平区。

[4] 俄然：突然。辏（còu）：车轮的辐集中于毂（gǔ）上。引申为聚集。

[5] 相蹙（cù）：紧紧地挤在一起，蹙，迫促，局促。

[6] 具制：具体的体制、格局。

[7] 城甃（zhòu）：城墙的砖石。天竺字：即印度的古文字。印度古称天竺。

[8] 景泰二年：公元1451年。景泰为明景帝年号。

[9] 锁钥：意思是关键，要塞。

[10] 啮（niè）：咬。这里是对溪水冲上马蹄的形象写法。

[11] 瑽（cōng）然：像玉石相击那样清脆悦耳。

[12] 洑（fú）：水流回旋。

[13] 隰（xí）余水：古水名。即今榆河，又名湿余河，发源于八达岭，自居庸关南流，经昌平区到通州区，流入运河。

[14] 文杏：果木名。杏树的异种。

[15] 苹婆：果木名，俗称凤眼果。

[16] 棠梨：即野梨，也叫甘棠。

[17] 怒华：怒放，花盛开。华，同"花"。

[18] 橐（tuó）驼：即骆驼。

[19] 挝（zhuā）：通"抓"。

[20] 若：汝，你。

[21] 江左：江东。习惯上指长江东南沿岸地区。

[22] 燕赵：燕，今指河北和河南黄河以北的地方。赵，今山西省。宋朝时燕赵被辽、金先后侵占。
[23] 反毳(cuì)：反穿毛皮衣，即兽毛向外。此指蒙古等少数民族。毳，兽的细毛。
[24] 克西克腾：内蒙古旗名。在昭乌达盟西部，清代设旗。
[25] 苏尼特：内蒙古旗名。属锡林郭勒盟。
[26] 理藩院：清代官署名。掌管蒙古、西藏、新疆各地少数民族事务。交马：贡马。
[27] 这两句是谚语，形容偷漏税极多。
[28] 间(jiàn)道：偏僻的、很少有人知道的小路。
[29] 陂陀(pō tuó)：倾斜不平貌。
[30] 微：无，非。
[31] 坌(bèn)道：地名，为八达岭外围。一作"岔道"。

【简析】

道光十六年，龚自珍的友人王元凤因遭诬告，被贬往张家口，到军台（清朝西北两路传达军报和官府文书的机关）服务。龚自珍时在礼部供职，特地请假送友人到居庸关，回来后写下了这篇文章。

作者经过实地考察，介绍了居庸关内外的山川走向、风物、建筑文物和自然环境等概况，可以看成是一篇简明的地理志。作者详细地描述了关隘的险要，说明了它可以防守，但是又用外族的归顺、间道的存在、城墙的失修，隐约透露出北兵从天而降的危险性。行文别致，风格独特，反复用"疑若可守然"和"自入南口"等句子，不仅使条理显得清晰，也强调了寄寓在客观描述中的深意。文中与蒙古人相逗戏谑的情节，具有浓烈的生活气息，反映出当时民族融洽的气氛。全文肯定了民族统一的政治局面，但也表露出一种居安思危的忧患意识。

【思考与练习】

一、这篇文章不避烦冗细述关隘的险要，目的是什么？
二、文中为什么记述与蒙古人戏谑的情节？

王闿(kǎi)运(1833—1916),晚清著名的经学家、文学家。字壬秋,又字壬父,号湘绮,世称湘绮先生。咸丰二年(1852年)举人,主讲于长沙思贤讲舍、衡州船山书院、南昌高等学堂。授翰林院检讨,加侍读衔。辛亥革命后任清史馆馆长。所著除经子笺注外,有《湘绮楼诗文集》等。

圆 明 园 词

王闿运

宜春苑中萤火飞,　　建章长乐柳十围[1]。
旧池[2]澄绿流燕蓟,　　洗马高梁[3]游牧地。
九衢尘起暗连天,　　辰极星移北斗边。
淳泓稍见丹棱沜[5],　　陂陀先起畅春园。
地灵不惜瓮山湖[6],　　天题更创圆明殿。
十八篱门随曲涧,　　七楹正殿倚乔松。
甘泉避暑因留跸,　　长杨扈从且弢弓[8]。
行所留连赏四园[10],　　画师写放开双境[11]。
当时只拟成灵囿[12],　　小费何曾数露台[13]。
秋狝俄闻罢木兰[15],　　妖氛暗已传离坎[16]。
始惊计吏忧财赋,　　欲卖行宫助转输。
揭竿敢欲犯阿房,　　探丸早见诛文吏[17]。
宣室无人侍前席,　　郊坛有恨哭遗黎。
玉女投壶强笑歌,　　金杯掷酒连昏晓。
袅袅四春随凤辇,　　沉沉五夜递铜鱼[19]。
玉路旋悲车毂鸣,　　金銮莫问残灯事。
玉泉悲咽昆明塞,　　惟有铜犀守荆棘。
何人老监福园门,　　曾缀朝班奉至尊。
游人朝贵殊暄寂,　　偶来无复金闺客。
文宗新构清辉堂,　　为近前湖纳晓光。

离宫从来奉游豫,　　皇居那复在郊圻?
北藩本镇故元都,　　西山[4]自拥兴王气。
沟洫填淤成斥卤,　　宫庭映带觅泉原。
畅春风光秀南苑,　　蜿旌凤盖长游宴。
圆明始赐在潜龙[7],　　因回邸第作郊宫。
轩堂四十皆依水,　　山石参差尽亚风。
纯皇[9]缵业当全盛,　　江海无波待游幸。
谁道江南风景佳,　　移天缩地在君怀!
殷勤毋佚箴骄念,　　岂意元皇[14]失恭俭!
吏治陵迟民困痛,　　长鲸跋浪海波枯。
沉吟五十年前事,　　厝火薪边然已至。
此时先帝见忧危,　　诏选三臣[18]出视师。
年年辇路看春草,　　处处伤心对花鸟。
四时景物爱郊居,　　玄冬入内望春初。
内装颇学崔家髻[20],　　讽谏频除姜后珥。
鼎湖弓剑恨空还,　　郊垒风烟一炬间。
青芝岫里狐夜啼,　　绣漪桥下鱼空泣。
昔日暄阗厌朝贵,　　于今寂寞喜游人。
贤良门闭有残砖,　　光明殿毁寻颓壁。
妖梦林神辞二品,　　佛城舍卫散诸方。

湖中蒲稗依依长，　　阶前蒿艾萧萧响。
别有开云镂月台，　　太平三圣昔同来。
平湖西去轩亭在，　　题壁银钩连倒薤。
当时仓卒动铃驼，　　守宫上直余嫔娥。
上东门开胡雏过，　　正有王公班道左。
应怜蓬岛一孤臣，　　欲持高洁比灵均。
即今福海冤如海，　　谁信神州尚有神！
丹城紫禁犹可归，　　岂闻江燕巢林木？
已惩御史言修复，　　休遣中官织锦纨。
总饶结彩大宫门，　　何如旧日西湖路！
惟应鱼稻资民利，　　莫教莺柳斗宫花。
相如徒有上林颂，　　不遇良时空自嗟！

枯树重抽盗作薪，　　游鳞暂跃惊逢网。
宁知乱竹侵苔落，　　不见春风泣露开。
金梯步步度莲花，　　绿窗处处留嬴黛。
芦笳短吹随秋月，　　豆粥长饥望热河。
敌兵未爇雍门荻，　　牧童已见骊山火。
丞相避兵生取节，　　徒人拒寇死当门。
百年成毁何匆促，　　四海荒残如在目。
废宇倾基君好看，　　艰危始识中兴难。
锦纨柱竭江南赋，　　鸾文龙爪新还故。
西湖地薄比郇瑕，　　武清暂住已倾家。
词臣讵解论都赋，　　挽辂难移幸雏车。

（钱仲联、章培恒等撰写：《元明清诗鉴赏辞典（清·近代）》，上海辞书出版社，1994年。）

【注释】

［1］宜春苑：秦离宫名。建章、长乐：汉宫名。

［2］旧池：指圆明园西湖。

［3］洗马、高梁：河名，在北京西郊。

［4］西山：北京西郊诸山。

［5］丹棱泮：水池名，在北京西郊。

［6］瓮山湖：即西湖，瓮山，即北京玉泉山，西湖水源于此。

［7］潜龙：指未即位的雍正皇帝。

［8］甘泉、长杨：秦汉时宫名，此处指圆明园。

［9］纯皇：清高宗乾隆。

［10］四园：海宁安澜园、江宁瞻园、苏州狮子林、钱塘小有天园，圆明园内有仿建。

［11］写放：模仿。双境：圆明园内有"西洋楼"和"舍卫城"，仿西洋和印度建造。

［12］灵囿：周文王园林。

［13］露台：汉文帝欲建露台（灵台），计费百金，为十家之产，乃辍。

[14] 元皇：唐玄宗，此处指乾隆。

[15] 木兰、秋狝(xiǎn)：所谓"木兰"，本系满语，汉语之意为"哨鹿"，亦即捕鹿。由于一般情况下是在每年的七、八月间进行，故又称"秋狝"（古代指秋天打猎为狝，如秋狝。称春天打猎为搜，夏天打猎为苗，冬天打猎为狩）。清代皇帝每年秋天到木兰围场巡视习武，行围狩猎。这是清代帝王演练骑射的一种方式。

[16] 离坎：六十四卦卦名，此处指八卦教，嘉庆年间，有刘功的离卦教，又有林清分裂出另一支天理教。嘉庆十八年（1813年）九、十月间，京畿地区爆发了以林清、李文成为首的天理教民变。秘密活动于京城大兴、宛平一带的天理教徒在宫中太监的接应之下攻入皇宫，嘉庆皇帝罢秋狝而归。平变之后，混战中射在隆宗门上的一个箭镞，一直被保留了下来。

[17] 探丸：探丸借客，成语，典出《汉书》卷九十《酷吏列传·尹赏》："长安中奸猾浸多，间里少年群辈杀吏，受赇报仇，相与探丸为弹，得赤丸者斫武吏，得黑丸者斫文吏，白者主治丧。"后以"探丸借客"比喻游侠杀人报仇。亦省作"探丸""探黑白"。

[18] 三臣：指胜保、曾国藩、袁甲山。

[19] 铜鱼：即铜鱼符，铜制的鱼形符信。古代官员用以证明身份和征调兵将的凭证。《旧唐书·职官志二》："凡国有大事，则出纳符节，辨其左右之异，藏其左而班其右，以合中外之契焉。一曰铜鱼符，所以起军旅，易守长。"后世仍以"铜鱼符""铜符"作为郡县长官或官职的代称。

[20] 崔家髻：崔氏，汉妇，入宫为乳姬。

【简析】

清朝同治十年(1871年)，王闿运与友人张雨珊、徐树钧游历了北京圆明园废址，此时圆明园毁于英法联军之手已有十一年。昔日的繁华胜景化为今日的颓垣废瓦，面对这一沧桑巨变，诗人写下了这篇882字《圆明园词》。诗作写成后，人们争相传抄，一时有洛阳纸贵之誉。

本诗分三大部分，第一部分为前六十四句，描述了圆明园从源起到毁坏的全过程。

《圆明园词》起笔即以宜春、建章、长乐等古代离宫暗指圆明园，以"萤火飞"见园景荒凄，以树木粗壮见园之古老悠久，既寓废园游历之意，又奠伤怀凭吊的基调，笔法轻灵，不见际涯。紧接而来，由"宜春"等古宫，万里飞渡，引出将着意表述的离宫，"离宫从来奉游豫，皇居那复在郊圻？"既点出了圆明园不同于一般的皇家别苑的特殊身份，又营造出一种追溯历史兴废的氛围。

此二句门户既开,追忆铺叙便如风行水面,次序井然。先说圆明园的地理,那里本是游牧之地,沟洫纵横;次说名园历史,唐藩、元都均在于此,王气浓郁;到明室倾覆,清帝入主,便选择这灵泉丘壑之处,建园而居。康熙朝筑畅春园,"以帝者不居,但名曰园",而实际上园成之后,康熙便常来此处,不再临幸前明的南苑了。此后,康熙在园中筑室,赐四皇子(继位之雍正)读书,题额曰"圆明"。雍正即位三年,改园名为"圆明园",春秋皆居园中,设朝房处理政务,圆明园最终升格为郊宫——帝者之居了。长篇叙述过多,难免平淡萧索。圆明园之鼎盛在乾隆一朝,故叙述到乾隆时,笔法一转,张扬辞藻,尽意绘饰,离宫别馆,月榭风亭,声色互现,游观之妙,不觉飘然满纸,而"谁道江南风景佳,移天缩地在君怀"将名园之盛推向极致。

描金错彩,只为"岂意元皇失恭俭"一声断喝。越是富丽堂皇,越显出清室的奢欲无限,靡费无穷,圆明园被焚毁之内因至此也呼之欲出。接下来,闿运用《诗经·小雅》笔法,直陈时事,无所忌讳,矛头直指清室七帝,议论正大剀切。至于他透过圆明园大火由侵略者点燃的外因,归到统治者失政处立意,尤见其见解不同凡近,"沉吟五十年前事,厝火薪边然已至","沉吟"二字,颇引读者思索,小处见意,大局落笔,以一园之兴废,考一代之盛衰,叙述、评议皆成文章,显示了王闿运"史家"独到的视角。

在列祖列宗中,王闿运着墨最多的是咸丰帝。咸丰九年(1859年)冬,咸丰帝郊宿离宫,内忧外患,壅塞于胸,夜分痛哭,侍臣凄恻,随后大考詹翰,选将出征,思有所作为。不久便寄情诗酒,选征杏花春、武陵春、牡丹春、海棠春四位绝色女子,日夜游幸。终于,咸丰十年英法联军攻至京师,咸丰仓皇出奔到热河,并在那里忧郁而终。咸丰留恋的圆明园也为英法联军付之一炬,烟消云散。

诗的第二部分,即第六十五句到一百四句。王闿运的思绪从历史的烽烟中走出,开始对废园的凭吊。湖水呜咽,狐啼鱼泣,荆棘丛生,董老太监不绝于耳的絮叨,落木蒿艾,尽发商音。往昔繁华的圆明园,在诗人笔底,有一种凄厉惨淡,甚至是神秘、恐怖的感觉,令人气结难言,毛发为立!而这一切,谁实导之?怆然之余,追根溯源:敌兵未到,皇帝仓皇出狩,偌大宫廷,付予嫔娥;二是王公贵胄,不思退敌,或避兵,或出迎,一片降幡之中,竟只有一个不被重用、徒手空拳的文丰自沉福海。至此,闿运愤恨至极,走笔将全诗推向最高潮——"谁信神州尚有神",一时万帛齐裂,笔为之折,让人读来沉痛之至。

诗歌的最后二十句,为第三部分。诗人以名园被毁为殷鉴,对当朝进行劝谏,而以"相如徒有上林颂,不遇良时空自嗟"作结,期望与失望交相辎负,文心与洞烛幽微等量齐观,高山滚石,空潭传响,骚心楚骨,可见一斑。

约同游园的长沙徐树钧读完此诗,伤心流泪,感此诗必可传之百代,遂自请作序。据《王闿运日记》记载:"(六月二十四日)叔鸿送文来,《圆明园词序》也。文甚古秀,笔有逸致,夜为点定之。""(二十七日)叔鸿来,酌叙文增省。"王对徐序进行了多次润色、修改,如"斜日在林,有老宫人驱羊豕下来"化用《诗经》"鸡栖于埘,日之夕矣,羊牛下来"句意;"流水潺湲,激石成响"等,多是湘绮集中熟语。后人称序为王闿运自作,不确。

本篇篇幅巨大,辞藻华丽,流丽婉转,声调并茂,格局大开大合,笔法灵活多样,运典巧妙。近人钱仲联《近百年诗坛点将录》言此诗"实为长庆体名作",钱基博《现代中国文学史》称其"韵律调新,风情宛然——不为高古,于《湘绮集》为变格。"(按:闿运自喜五言古,《湘绮楼诗集》中五言古最多,七言律、绝仅《杜若集》《夜雪集》,故钱氏称变格)湘人陈子展在《中国近代文学之变迁》中说:"他(王闿运)的诗名最大,尤以《圆明词》为最有名,虽不及前辈曾国藩的《葭郛》、王士禛的《秋柳》,和者之多,但传诵之广有过之无不及。"王闿运评唐·张若虚《春江花月夜》孤篇横绝压倒全唐,而斯篇实可推为三百年清诗之翘楚。

【思考与练习】

一、诵读本诗,体会此诗格局大开大合、流丽婉转的特点。

二、本篇用典很多,但不能以"繁诟""堆砌"视之,为什么?

王统照(1897—1957),字剑三,笔名息庐、容庐。现代作家。山东诸城人。1921年与沈雁冰等发起成立文学研究会。著有中长篇小说《一叶》《黄昏》《山雨》,短篇小说集《春雨之夜》,诗集《童心》等。

卢沟晓月

王统照

"苍凉自是长安日,呜咽原非陇头水。"

这是清代诗人咏卢沟桥的佳句,也许,长安日与陇头水六字有过分的古典气息,读去有点碍口?但,如果你们明了这六个字的来源,用联想与想象的力量凑合起,提示起这地方的环境,风物,以及历代的变化,你自然感到像这样"古典"的应用确能增加卢沟桥的伟大与美丽。

打开一本详明的地图,从现在的河北省、清代的京兆区域里你可找得那条历史上著名的桑干河。在往古的战史上,在多少吊古伤今的诗人的笔下,桑干河三字并不生疏。但,说到治水,㶟水,灅水这三个专名,似乎就不是一般人所知了。还有,凡到过北平的人,谁不记得北平城外的永定河——即不记得永定河,而外城的正南门,永定门,大概可说是"无人不晓"罢。我虽不来与大家谈考证,讲水经,因为要叙叙卢沟桥,却不能不谈到桥下的水流。

治水,㶟水,灅水,以及俗名的永定河,其实都是那一道河流——桑干。

还有,河名不甚生疏,而在普通地理书上不大注意的是另外一道大流——浑河。浑河源出浑源,距离著名的恒山不远,水色浑浊,所以又有小黄河之称。在山西境内已经混入桑干河,经怀仁,大同,委弯曲折,至河北的怀来县。向东南流入长城,在昌平县境的大山中如黄龙似地转入宛平县境,二百多里,才到这条巨大雄壮的古桥下。

原非陇头水,是不错的,这桥下的汤汤流水,原是桑干与浑河的合流;也就是所谓的治水,㶟水,灅水,永定河与浑河,小黄河,黑水河(浑河的俗名)的合流。

桥工的建造既不在北宋时代,也不开始于蒙古人的占据北平。金人与南宋南北相争时,于大定二十九年六月方将这河上的木桥换了,用石料造成。这是见之于金代的诏书,据说:"明昌二年三月桥成,敕命名广利,并建东西廊以便旅客。"

马可孛罗来游中国,服官于元代的初年,他已看见这雄伟的工程,曾在他的游记里赞美过。

经过元明两代都有重修,但以正统九年的加工比较伟大,桥上的石栏、石狮,大约都是这一次重修的成绩。清代对此桥的大工役也有数次。乾隆十七年与五十年两次的动工,确为此桥增色不少。

"东西长六十六丈,南北宽二丈四尺,两栏宽二尺四寸,石栏一百四十,桥孔十有一,第六孔适当河之中流。"

按清乾隆五十年重修的统计,对此桥的长短大小有此说明,使人(没有到过的)可以想象它的雄壮。

从前以北平左近的县分属顺天府,也就是所谓京兆区。经过名人题咏的,京兆区内有八种胜景:例如西山霁雪,居庸叠翠,玉泉垂虹等,都是很幽美的山川风物。卢沟不过有一道大桥,却居然也与西山居庸关一样列入八景之一,便是极富诗意的"卢沟晓月"。

本来,"杨柳岸晓风残月"是最易引动从前旅人的感喟与欣赏的凌晨早发的光景,何况在远来的巨流上有这一道雄伟的壮丽的石桥,又是出入京都的孔道,多少官吏,士人,商贾,农工,为了事业,为了生活,为了游览,他们不能不到这名利所萃的京城,也不能不在夕阳返照,或天方未明时打从这古代的桥上经过。你想,在交通工具还没有如今迅速便利的时候,车马、担篆,来往奔驰,再加上每个行人谁没有忧、喜、欣、戚的真感横在心头,谁不为"生之活动"在精神上负一份重担?盛景当前,把一片壮美的感觉移入渗化于自己的忧喜欣戚之中,无论他是有怎样的观照,由于时间与空间的变化错综,而对着这个具有崇高美的压迫力的建筑物,行人如非白痴,自然以其鉴赏力的差别,与环境的相异,生发出种种触感。于是留在他们的心中,或留在借文字绘画表达出的作品中,对于卢沟桥三字真是有很多的酬报。

不过,单以"晓月"形容卢沟桥之美,据传是另有原因:每当旧历的月尽头(晦日),天快晓时,下弦的钩月在别处还看不分明,如有人到此桥上,他偏先得清光。这俗传的道理是否可靠,不能不令人疑惑。其实,卢沟桥也不过高起一些,难道同一时间在西山山顶,或北平城内的白塔(北海山上)上,看那晦晓的月亮,会比卢沟桥不如?不过,话还是不这么拘板说为妙,用"晓月"陪衬卢沟桥的实是一位善于想象而又身经的艺术家的妙语,本来不预备后人去作科学的测验。你想:"一日之计在于晨,"何况是行人的早发。朝气清蒙,烘托出那钩人思感的月亮——上浮青天,下嵌白石的巨桥。京城的雄堞若隐若现,西山的云翳似近似远,大野无边,黄流激奔……这样光,这样色彩,这样地点与建筑,不管是料峭的春晨,凄冷的秋晓,景物虽然随时有变,但如无雨雪的降临,每月末五更头的月亮,白石桥、大野、黄流,总可凑成一幅佳画,渲染飘浮于行旅者的心灵深处,发生出多少样反射的美感。

你说,偏以这"晓月"陪衬这"碧草卢沟"(清刘履芬的《鸥梦词》中有《长亭怨》一阕,起语是:叹销春间关轮铁,碧草卢沟,短长程接),不是最相称的"妙境"么?

无论你是否身经其地,现在,你对于这名标历史的胜迹,大约不止于"发思古之幽情"罢?其实,即以思古而论也尽够你深思、咏叹,有无穷的兴感!何况血痕染过的那些石狮的鬇鬡,白骨在桥上的轮迹里腐化,漠漠风沙,呜咽河流,自然会造成一篇悲壮的史诗。就是万古长存的"晓月"也必定对你惨笑,对你冷觑,不是昔日的温柔,幽丽,只引动你的"清念"。

桥下的黄流,日夜呜咽,泛抱着青空的灏气,伴守着沉默的郊原。……

他们都等待着有明光大来与洪涛冲荡的一日——那一日的清晓。

(傅德岷、韦济木主编:《中国散文百年精华鉴赏》,上海科学技术文献出版社,2008年。)

【简析】

卢沟桥在北京南郊,是著名的历史胜迹。本文一开始引用清代诗人咏卢沟桥的名句,道出卢沟桥独特的"伟大与美丽"。接着,考证了卢沟桥的历史演变和卢沟晓月的来历。在此之前,文章用一大段文字交代桥下流水的源头是永定河与黄浊的浑河河流。以此烘托卢沟桥扼据要津、砥柱中流的雄伟气势。

在描绘卢沟晓月的美妙时,作者用了两个"你想"尽情渲染。第一个"你想"主要写桥上的人见景生情;第二个"你想"着重写景。画面富有诗的意境。作者又征引清朝词人刘履芬的《长亭怨》起句,进一步展现了卢沟晓月的妙境。

而以上写景不过是一种侧面描写,最后作者点明:现在人们对卢沟桥不仅仅是"发思古之幽情",因为人民的鲜血染红了卢沟桥上的石狮子,响彻在大桥上的隆隆炮声是悲壮的史诗。作者抒发了同仇敌忾的爱国主义情怀,表达了抗战必胜的信念。

文章善于布局,描写生动,托物言志,语言精练,回肠荡气。

【思考与练习】

一、这篇文章是如何写景,又如何抒发爱国主义情怀的?

二、体会文章托物言志、语言精练的特点。

天　津　市

李东阳(1447—1516),字宾之,号西涯,谥文正,明朝中叶重臣,文学家,书法家,茶陵诗派的核心人物。茶陵(今属湖南)人。天顺进士,授编修,累迁侍讲学士,充东宫讲官,弘治八年以礼部侍郎兼文渊阁大学士,直内阁,预机务。立朝五十年,柄国十八载,清节不渝。文章典雅流丽,工篆隶书。有《怀麓堂集》《怀麓堂诗话》《燕对录》等。

天　津

李东阳

玉帛都来万国朝，　梯航南去接天遥[1]。

千家市远晨分集[2]，两岸沙平夜退潮。

贡赋旧通沧海远，　星辰高聚洛阳桥[3]。

河山四塞喉襟地[4]，重镇还须拥使招。

(李时人编著:《中华山水名胜旅游文学大观(诗词卷)》,三秦出版社,1998年。)

【注释】

[1] 梯航:即梯山航海。

〔2〕晨分集：清晨集于市。

〔3〕洛阳桥：指洛阳的天津桥。唐宋时为商人云集的繁华都市。

〔4〕喉襟地：至关重要的关隘之地。

【简析】

　　天津古属蓟州。明朝永乐皇帝接受了臣下的建议，于15世纪初在直沽设立了天津卫。不久，明王朝迁都北京，漕粮的运输与日俱增，"吴粳万艘"竟成为"天津八景"之一。天津以后逐渐成了一个重要城市。这首诗写天津水陆交通便利，以及它作为京师门户和商埠的情形。首联讲天下以财货朝贡京师都要经过天津，水陆交通遍布全国各地。颔联写数千万家的商店上午货物在清晨集于市，到了夜晚，潮水退去，大大小小的船停在码头。这是通过清晨和夜晚写天津的繁华。颈联进一步写天津的繁华和重要，是明王朝的经济大动脉。尾联总括说天津的至关重要。全诗写得较实，显得平正。

【思考与练习】

　　一、这首诗是如何写天津的特点的？
　　二、文学尚奇，但有的时候平正也是一种美，体会这首诗的平正之美。

河 北 省

渡 易 水 歌

无名氏

风萧萧兮易水寒！壮士一去兮不复还！

（傅东华选注，张蒙蒙标订：《古诗源》，商务印书馆，2021年。）

【简析】

　　卫国刺客荆轲,被燕太子派去刺秦王事,发生在燕王喜二十八年,即公元前 227 年。这个重大历史事件,在《战国策·卷三十一·燕策》中《燕太子丹质于秦》有详细的记载。此事也见于秦汉间的杂传小说《燕丹子》。

　　"易水送别"时,太子丹及宾客皆穿白衣送别荆轲,在这生死诀别之际,又唱出这首悲歌。"萧萧"风声挟裹着易水翻涌的凛冽之气,向读者迎面袭来。后一句的慷慨悲壮之气充斥天地,歌词显得苍凉遒劲。这首歌唱完之后,荆轲"就车而去,终已不顾",写出了这位抗暴之士视死如归的气节。

【思考与练习】

　　一、比较《燕丹子》与《史记·荆轲列传》在写法上的异同。
　　二、歌词为什么有夺人心魄的力量?
　　三、这首歌词与《易水送别》都表现了一种悲壮之美,试比较两者的不同。

附:

易 水 送 别

骆宾王

此地别燕丹,壮士发冲冠。

昔时人已没,今日水犹寒。

曹操(155—220),字孟德,一名吉利,小字阿瞒,沛国谯县(今安徽亳州)人。东汉末年杰出的政治家、军事家、文学家、书法家。三国中曹魏政权的缔造者,其子曹丕称帝后,追尊为武皇帝,庙号太祖。曹操的诗歌,抒发自己的政治抱负,也反映了汉末人民的苦难生活,气魄雄伟,慷慨悲凉;散文亦清峻整洁,开启并繁荣了建安文学,给后人留下了宝贵的精神财富,史称建安风骨,鲁迅评价其为"改造文章的祖师"。

观 沧 海

曹 操

东临碣石,以观沧海[1]。

水何澹澹,山岛竦峙[2]。

树木丛生,百草丰茂。

秋风萧瑟,洪波涌起[3]。

日月之行,若出其中;

星汉灿烂,若出其里。

幸甚至哉,歌以咏志。

(陈庆元撰:《三曹诗选评》,上海古籍出版社,2002年。)

【注释】

[1] 临:登上,有游览的意思。碣(jié)石:山名。碣石山,河北昌黎碣石山。公元207年秋天,曹操征乌桓得胜回师时经过此地。沧:通"苍",青绿色。海:渤海。

[2] 何:多么。澹澹(dàn dàn):水波摇动的样子。竦峙(sǒng zhì):耸立。竦,通"耸",高。

[3] 萧瑟:树木被秋风吹的声音。洪波:汹涌澎湃的波浪。

【简析】

建安十二年(207年),曹操率领大军征伐当时东北方的大患乌桓。这是曹操统一北方大业中的一次重要战争。远征途中,他写下了乐府歌辞《步出夏门行》(属于《相和歌·瑟调曲》)。这一组诗包括五个部分,开头为"艳"辞,即序诗,以下各篇分别取诗句命名,依次为《观沧海》《冬十月》《河朔寒》(亦作《土不同》)、《龟虽寿》。从音乐曲调上说,五个部分是一个整体,从歌词内容上看,四篇也可以独立成篇。

《观沧海》通篇写景,是中国第一首完整的山水诗佳作,写得沉雄健爽,气象壮阔。

首二句点题,以下即写所观景象。举目所及的是一望无垠的大海波摇浪涌,海中的岛屿高高矗立。海水为横向,山岛耸立在平铺的水面上,这就给人一种力量感。"树木丛生,百草丰茂。秋风萧瑟,洪波涌起。"树木百草,生长十分繁茂,一阵萧瑟的秋风吹过,海面上巨浪排空,多么壮观的景象!"日月之行。若出其中;星汉灿烂,若出其里。"整个宇宙好像都在大海的怀抱里,显示了一个杰出政治家的胸襟和气魄,气象宏伟、壮阔而苍凉。

语言简朴刚劲,善用比兴。继承《诗经》四言古诗的传统,但又有所创新。其诗语言质朴简洁,遒劲有力。用"澹澹"写大海无边,水波微荡;用"竦峙"点出山岛在大海中屹立的雄姿;用"丛生"写出树木的繁茂;用"萧瑟"表现秋风劲吹的声响。这些质朴有力的语言对描写壮阔丰美的景象,抒发宽广豪迈的情怀,有很强的表现力。

总之,《步出夏门行》中的《观沧海》章,是曹操咏志抒怀的名篇,通过丰富的想象描绘宇宙奇观,抒发了诗人为统一中国而奋发进取的豪情。以大海的宽阔雄伟景象,象征自己叱咤风云的英雄气概,词情慷慨,胸襟博大。

【思考与练习】

一、把握曹操的《观沧海》鲜明的写景艺术特色。

二、体会曹操诗歌慷慨悲凉,古直沉雄的艺术风格。

山 西 省

麻革,生卒年不详。虞乡(今山西永济)人。金哀宗正大年间(1224—1231)与张澄、杜仁杰等隐居内乡(今属河南)山中,教授生徒,日以著作诗文为业。人称贻溪先生。著有《贻溪集》。

游 龙 山 记

麻 革

余生中条、王宫、五老之下,长侍先人西观太华,迤逦东游洛[1],因避地家焉。如女儿、乌杈、白马诸峰，固已厌登饱经，穷极幽深矣。

革代以来，自雁门逾代岭之北，风壤陡异，多山而阻，色往往如死灰，凡草木亦无粹容[2]。尝切慨叹南北之分，何限此一岭？地脉遽断，绝不相属如是耶！

越既留滞居延，吾友浑源刘京叔尝以诗来，盛称其乡泉石林麓之胜。浑源实居代北，余始而疑之；虽然，吾友著书立言，蕲信于天下后世者，必非夸言之也，独恨未尝一游焉。

今年夏，因赴试武川，归，道浑水，修谒于玉峰先生魏公。公野服萧然，见余于前轩，语未周浃[3]，骤及是邦诸山，若南山，若柏山，业已游矣；惟龙山为绝胜，姑缺，兹以须诸文士同之。子幸来，殊可喜。乃选日为具，拉诸宾友，骑自治城西南行十余里，抵山下。

山无麓，乍入谷，未有奇。沿溪曲折行数里，草木渐秀润；山竦出，崭然露芒角；水声铿然鸣两峰间，心始异之。又盘山行十许里，四山忽合，若拱而揖、环而卫者，嘉木奇卉被之。葱蒨酴郁。风自木杪起[4]，纷披震荡，山与木若相顾而坠者，使人神骇目眩。

又行数里，得泉之泓澄渟滀者焉[5]。泩出石罅[6]，激而为迅流者焉。阴木荫其颠，幽草缭其趾。宾欲休，咸曰："莫此地为宜。"即下马。披草踞石列坐，诸生瀹觞以进[7]。酒数行，客有指其西大石曰："此可识。"因命余。余乃援笔书凡游者名氏及游之岁月而去。

又行十许里，大抵一峰一盘、一溪一曲，山势益奇峭，树木益多，杉桧栝柏，而无他凡木也。溪花种种，金间玉错，芳香入鼻，幽远可爱。木萝松鬣，罥人衣袖[8]。又萦纡行数里，得冈之高，遽陟而上，马力殆不能胜。行茂林下。

又五里，两岭若歧，中得浮屠氏之居，曰大云寺。有僧数辈来迎，延入，馆于寺之东轩。林峦树石，栉比楯立，皆在几席之下。

憩过午，谒主僧英公，相与步西岭，过文殊岩。岩前长杉数本挺立，有磴悬焉，下瞰无底之壑。危峰怪石，巑岏巧斗[9]。试一临之，毛骨森竖。南望五台诸峰，若相联络无间断。西北而望，峰豁而川明，村墟井邑，隐若微茫，如弈局然。徜徉者久之。夤缘入西方丈[10]，观故侯同知运使雷君诗石，及京叔诸人留题。回，乃经北岭，登萱草坡，盖龙山绝顶也。岭势峻绝，无路可跻。步草而往，深弱且滑甚。攀条扪萝，疲极乃得登。四望群木，皆翠杉苍桧，凌云千尺，与山无穷。此龙山胜概之大全也。降乃复坐文殊岩下，置酒小酌。

日既入，轻烟浮云，与暝色会。少焉月出，寒阴微明，散布石上，松声翛然自万壑来[11]。客皆悚视寂听，觉境愈清，思愈远，已而相与言曰："世其有乐乎此者欤？"酒醨，谈辩蜂起。各主其家山为胜，如郭主太华，刘主兹，余主王官、五老，更嘲迭难不少屈。玉峰坐上坐，亦怡然一笑。《诗》所谓"善戏谑兮，不为虐兮"，政如是也。至二鼓，乃归，卧东轩。

明旦复来，各有诗识于石。迨午，饭主僧丈室。已，乃循岭而东，径甚微，木甚茂密，仅可通马行。

又五里，至玉泉寺。山势渐颇隘，树林渐稀阔，顾非龙山比。寺西峰曰望景台，险甚。主僧导客以登，历嵌釜[12]，坐盘石，其傍诸峰罗列，或偃或立，或将仆坠，或属而合，或离而分，贾奇献异，不一状。北望川口最宽舒，金城原野，分划条列，历历可数。桑干一水，纡绕如珙，观览旷达，此玉泉胜处也。

从此归，路险不可骑，皆步而下，重溪峻岭，愈出愈奇。抵暮，乃得平地，宿李氏山家。

卧念兹游之富，与夫昔所经见，而不能寐。若太华之雄尊，五老之巧秀，女儿之婉严，乌权、白马之端重，兹山固无之。至于奥密渊邃，树林荟蔚繁阜[13]，不一览而得，则兹山亦岂可少哉！人之情大抵得于此而遗于彼，用于所见而不用于所未见，此通患也。今中书令湛然公纪西域事[14]，称金山之秀，李子微贻友书论和林之胜，有过于中州者。不知天壤之间，六合之内，复有几龙山也。因观山，于是乎有所得，徒以文思浅狭，且游之亟，无以尽发山水之秘。异时当同二三友，幅巾藜杖[15]，于于而行[16]，遇佳处辄留，更以笔札自随，随得随记，庶几兹山之仿佛云。

己亥岁七夕后三日,王官麻革为之记。

(王志武、祯祥主编:《中华山水名胜旅游文学大观》(文赋楹联卷),三秦出版社,1998年。)

【注释】

[1] 迤逦(yǐ lǐ):曲折连绵。洛:洛阳。
[2] 粹(cuì)容:精美的样子。
[3] 萧然:潇洒、无拘束的样子。周浃(jiā):周到。
[4] 葱茜醲郁(nóng yù):应为"葱蒨醲郁",青绿茂盛,浓厚馥郁。杪(miǎo):树梢,末尾。
[5] 泓澄(hóng chéng):亦作"泓瀓"。水深而清。渟滀(tíng chù):汇聚貌。
[6] 洑(fú):水在地面下流。罅(xià):裂缝。
[7] 瀹觞(yuè shāng):烫酒。
[8] 松鬣(sōng liè):松针。罥(juàn):挂;缠绕。
[9] 巑岏(cuán wán):山高锐貌。
[10] 夤缘(yín yuán):攀援;攀附。
[11] 翛然(xiāo rán):形容无拘无束的样子;超脱貌或自由自在的样子。
[12] 嶔崟(qīn yín):形容山高。
[13] 荟蔚(huì wèi):草木繁盛貌。繁阜(fán fù):繁盛,繁多。
[14] 湛然公:耶律楚材号湛然居士。
[15] 幅巾:是指用一块帛巾束首。这里表示便服。
[16] 于于:自得之貌。

【简析】

龙山又名封龙山,在山西浑源县西南。龙山虽然风景秀丽,但地处一隅,不为人知。由于游览对象的这一特点,所以作者开头先写他游山的经历和心理,以便将游龙山之前和游龙山之后思想认识和变化过程写进文章里。这样写,不仅首尾呼应,而且引出一番发人深省的道理:人们不应该偏执于一得之见。文章主题深刻。

写游览龙山时,叙述龙山二日游。作者详细形象地描绘了龙山的山崖峰峦、林木花卉、涧泉溪流以及村墟井邑。彰显龙山的清幽和奇险,并注意融情入景。写景时插入作者的心理变化。由先觉"未有奇",到"心始异之"。比如写龙山的夜晚,用"客皆悚视寂听"的心理感受来反衬松涛月色的寂静,再写主观感受:"世其有乐乎此者钦!"作者写景叙事与其描写感性的后果相结合,收到了很好的艺术效果。

【思考与练习】

一、作者开头文字较多,能否删去?

二、作者是如何写景的?作者是如何做到情景理三者交融结合的?

乔宇(1464—1531),字希大,号白岩山人,乐平(今山西昔阳)人,成化进士,历户部左、右侍郎,武宗时,官至南京兵部尚书,因抵制宁王宸濠叛乱有功,加官少傅。世宗即位,召为吏部尚书,因直谏君过,被迫去职回籍,卒谥庄简。诗文雄隽,兼通篆籀。有《乔庄简公集》。

恒 山 记

乔 宇

北岳在浑源州之南,纷缀典籍。《书》著其为舜北巡狩之所,为恒山。《水经》著其高三千九百丈,为玄岳。《福地记》著其周围一百三十里,为总元之天[1]。予家太行白岩之旁,距岳五百余里。心窃慕之,未及登览,怀想者二十余年。

至正德间改元[2],奉天子命,分告于西蕃园陵镇渎[3],经浑源,去北岳仅十里许,遂南行至麓,其势冯冯煴煴[4],恣生于天,纵盘于地。其胸荡高云,其巅经赤日。

余载喜载愕,敛色循坡,东迤岭北而上,最多珍花灵草,枝态不类;桃芬李葩,映带左右。山半稍憩,俯深窥高,如缘虚历空。上七里,是为虎风口。其间多横松强柏,壮如飞龙怒虬。叶皆四衍蒙蒙然,怪其太茂。从者云:"是岳神所宝护，人樵尺寸必有殃，故环山之斧斤不敢至。"

其上路益险，登顿三里，始至岳庙。颓楹古像，余肃颜再拜。庙之上有飞石窟，两岸壁立，豁然中虚[5]。相传飞于曲阳县，今尚有石突峙，故历代凡升登者，就祠于曲阳，以为亦岳灵所寓也。然岁之春，走千里之民，来焚香于庙下，有祷辄应，赫昭于四方。如此，岂但护松柏然哉！余遂题名于悬崖，笔诗于碑，及新庙之厅上。

又数十步许为聚仙台。台上有石坪，于是振衣绝顶而放览焉。东则渔阳、上谷，西则大同以南，奔峰来趋[6]，北尽浑源、云中之景，南目五台隐隐在三百里外；而翠屏、五峰、画锦、封龙诸山，皆俯首伏脊于其下。因想有虞君臣会朝之事[7]，不觉怆然。又忆在京都时，尝梦登高山眺远，今灼灼与梦无异[8]，故知此游非偶然者。

（王志武、祯祥主编：《中华山水名胜旅游文学大观（文赋楹联卷）》，三秦出版社，1998年。）

【注释】

[1] 总元之天：意谓总管北方的天界。"元"即"玄"，古以为北方天帝是黑帝，故恒山称"玄岳"，天界为"玄天"。

[2] 正德：明武帝朱厚照的年号，共十六年（1506—1521）。改元：改换年号，这里指1521年4月明武帝去世，明世宗朱厚熜即位，改年号为嘉靖。按制，新帝即位之次年方起用新年号，1521年仍用正德年号，所以说"正德间改元"。

[3] 西蕃：指当时甘肃、青海一带的各少数民族。园陵：帝王的墓地。镇渎（dú）：大山大川。这句是说，向西北少数民族和看守园陵的官员、镇守山川的将领通告旧皇帝去世、新皇帝即位及改用新年号的事。

[4] 冯冯（píng）：盛壮。煴煴（yūn）：微弱。这句是说，山势有高有低，有起有伏。

[5] 豁（huō）然：像是裂开的样子。中虚：中间是空的，缺了一块。

[6] 奔峰来趋：山峰奔驰而来归附。趋，归附。

[7] 翠屏：山名，在浑源南。五峰：山名，在浑源东。画锦：山名，在浑源西北。封龙：山名，又名龙山，在浑源东北。俯首伏脊：低头弯腰。这句以周围各山衬托恒山之高。有虞：有虞氏，即虞舜。会朝之事：即指虞舜巡狩北岳，接受北方诸侯的

朝见。

[8] 灼灼(zhuó)：鲜明，清清楚楚。

【简析】

恒山在山西东北部浑源县南，为五岳中的北岳。恒山为东北朝西南走向，绵延300余里，主峰玄武峰，海拔2 017米。

正德十六年(1521年)，武宗去世，世宗即位，作者赴西北宣谕，顺道游览恒山。本文即记其事。文章开头的《尚书》记载虞舜巡狩至于北岳与结尾想起"有虞君臣会朝"而怆然，托怀先帝，在章法上也显得首尾呼应，浑然一体。在登山游历的简括记述中，写风景则突出繁荣和雄伟，写感想则强调神灵，寓意国家强盛，抚边蕃，有大臣气度，却处处围绕北岳，不离本题。体现了庙堂文章的风格。

【思考与练习】

一、体会本文章法谨严、文辞典雅的风格。

二、文中为什么不着力于恒山风光景物的描摹？

顾炎武(1613—1682)，明末清初杰出的思想家、学者、文学家。初名绛，明亡后改名炎武，字宁人，尝自署蒋山佣，江苏昆山亭林镇人，学者称亭林先生。晚年卜居陕西华阴，卒于山西曲沃。学问渊博，于国家典制、都邑掌故、天文仪象、河漕、兵农以及经史百家、音韵训诂之学都有研究。晚年治经侧重考证，开清代朴学风气之先。在文学上，要求作品为"经术政理"服务。所作山水小品，字里行间多有亡国之慨，复明之志。著有《日知录》《天下郡国利病书》《肇域志》《音学五书》《韵补正》《亭林诗文集》等。

复 庵 记

顾炎武

旧中涓范君养民[1]，以崇祯十七年夏，自京师徒步入华山为黄冠。数年，始克结庐于西峰之左,名曰复庵。华下之贤士大夫多与之游,环山之人皆信而礼之。而范君固非方士者流也。幼而读书,好《楚辞》、诸子及经史,多所涉猎。为东宫伴读[2]。方李自成之挟东宫二王以出也。范君知其必且西奔,于是弃其家走之关中,将尽厥职焉。乃东宫不知所之,而范君为黄冠矣。

太华之山,悬崖之巅,有松可荫,有地可蔬,有泉可汲,不税于官,不隶于宫观之籍。华下之人或助之材,以创是庵而居之。有屋三楹,东向以迎日出。

余尝一宿其庵。开户而望,大河之东,雷首之山,苍然突兀[3],伯夷、叔齐之所采薇而饿者,若揖让乎其间,固范君之所慕而为之者也。自是而东,则汾之一曲,绵上之山出没于云烟之表,如将见之;介子推之从晋公子,既反国而隐焉,又范君之所有志而不遂者也。又自是而东,太行、碣石之间,宫阙、山陵之所在,去之茫茫,而极望之不可见矣,相与泫然!

作此记,留之山中。后之君子登斯山者,无忘范君之志也。

([清]顾炎武著,张兵选注评点:《顾炎武文选》,苏州大学出版社,2001年。)

【注释】

[1] 旧:指明朝。中涓:内侍太监,主持宫中清洁扫除。
[2] 东宫:太子所居之宫,这里指太子。
[3] 雷首之山:雷首山,在山西永济县南。此山西起雷首山,东至吴坂,绵亘数百里。随地而异名,有中条山、历山、首阳山等称。

【简析】

复庵是明朝遗民范养民在华山西峰左面的住处,他把房子取名叫"复庵",暗寓复明之志。

文章结构紧凑。第一段是交代复庵的由来,范养民由太监而为道士,但是又特意说明"而范君固非方士者流也",留下一个悬念。首段全文的总起,是全文的"纲",领起下文。

"幼而读书"句承上文"旧中涓范君养民"而来。采取倒叙的方法,介绍范养民原来是太子伴读,尤其爱好《楚辞》,由此悟出其忠君报国思想之渊源所自。"方李自成"三句承第一段"以崇祯十七年夏,自京师徒步入华山为黄冠",崇祯十七年,李自成攻陷北京,后来李自成挟持东宫二王向西败走,范养民便弃家到关中,希望能找到太子。这个愿望落空以后就当了道士。这是范养民忠君报国的具体行动。第二段承首段"数年,始克结庐于西峰之左,名曰复庵",太华山是华山主峰,三个"有"字,写出了自然环境的优美,两个"不"字写出不受清廷的管束。第三段承首段"而范君固非方士者流也",这是本文的重心所在。作者诉说在复庵所见:一是"苍然突兀"雷首之山,是伯夷叔齐采薇充饥而饿死的地方,是范养民所仰慕并仿效的行为。二是由雷首山再向东望,在汾河的一个曲折处,若隐若现的绵山,这是追随重耳的介子推隐居的地方。范养民也有介子推的志向,只是恢复大明的希望渺茫。三是再向东,太行山和碣石山之间,是明故都北京和明皇陵所在的地方,尽力远望也望不见。对于有亡国之恨的臣子来说,只能泫然泪下。至此,"复庵"的寓意昭然若揭。

最后交代写《复庵记》的目的是激励后人的爱国之志。

作者将自然环境与历史典故相结合,记叙、抒情、议论相结合,体现了淳朴浑厚的艺术风格。

【思考与练习】

一、这篇小品是作者在 65 岁暮年时登临华山所作,它与一般游记的写景抒情有什么不同?

二、反复阅读此文,体会本文结构严谨、意蕴丰富的写景叙事、语言短促响亮的写作特点。

朱彝尊(1629—1709),字锡鬯,号竹垞,秀水(今浙江嘉兴)人。康熙年间举博学鸿词科,授检讨,曾参加《明史》的修纂。他是清代著名文学家,主要成就在诗词,诗与王士禛齐名,词为浙西词派创始人。有《曝书亭集》等。

游晋祠记

朱彝尊

晋祠者,唐叔虞之祠也,在太原县西南八里。其曰汾东王、曰兴安王者,历代之封号也[1]。祠南向,其西崇山蔽亏。山下有圣母庙[2],东向。水从堂下出,经祠前。又西南有泉曰难老,合流分注于沟浍之下[3],溉田千顷,《山海经》所云"悬瓮之山,晋水出焉"是也。水下流会于汾,地卑于祠数丈,《诗》言"彼汾沮洳"是也[4]。圣母庙不知所自始,土人遇岁旱,有祷辄应,故庙特巍奕[5],而唐叔祠反若居其偏者。隋将王威、高君雅因祷雨晋祠,以图高祖是也[6]。庙南有台骀祠[7],子产所云"汾神"是也。祠之东有唐太宗晋祠之铭。又东五十步,有宋太平兴国碑。环祠古木数本,皆千年物,郦道元谓"水侧有凉堂,结飞梁于水上,左右杂树交荫,希见曦景"是也。自智伯决此水以灌晋阳,而宋太祖、太宗卒用其法定北汉[8],盖汾水势与太原平,而晋水高出汾水之上,决汾之水不足以拔城,惟合二水而后,城可灌也。

岁在丙午二月,予游天龙之山,道经祠下,息焉。逍遥石桥之上,草香泉冽,灌木森沉,鲦鱼群游,鸣鸟不已[9]。故乡山水之胜,若或睹之,盖予之为客久矣。自云中历太原七百里而遥,黄沙从风,眼眯不辨川谷,桑干、滹沱,乱水如沸汤,无浮桥、舟楫可渡。马行深淖,左右不相顾。雁门勾注,坡陀厄隘。向之所谓山水之胜者,适足以增其忧愁怫郁、悲愤无聊之思已焉。既至祠下,乃始欣然乐其乐也。

由唐叔迄今三千年,而台骀者,金天氏之裔[10],历岁更远。盖山川清淑之境,匪直游人过而乐之,虽神灵窟宅,亦冯依焉而不去,岂非理有固然者欤!为之记,不独志来游之岁月,且以为后之游者告也。

(王志武、祯祥主编:《中华山水名胜旅游文学大观(文赋楹联卷)》,三秦出版社,1998年。)

【注释】

[1] 晋祠:祠在山西省太原市西南二十五公里处悬瓮山下,原为纪念周代晋国开国君主唐叔虞而建。汾东王:北宋仁宗天圣年间(1023—1032)追封唐叔虞的封号。兴安王:五代后晋石敬瑭时追封的封号。

[2] 蔽亏:遮挡。圣母庙:又称女郎祠、娘子庙。始建于北宋天圣年间。据说因求雨灵验,封为"圣母"。

[3] 难老：难老泉，有好几个泉眼，为晋水的主要泉源。沟浍(kuài)：田间水渠。

[4] 彼汾沮洳(jù rù)：语见《诗经·魏风·汾沮洳》。沮洳：低湿之地。

[5] 魏奕：高大盛美。

[6] "隋将"二句：太原留守李渊谋起兵反隋，事为副留守王威、武牙郎将高君雅所知，便请李渊去晋祠求雨，欲伺机加害李渊。李渊杀王、高，起兵反隋。高祖，指唐高祖李渊。

[7] 台骀(tái)祠：祀传说中的汾水之神。台骀，相传为少昊帝的后代，因治汾河有功，颛顼帝就把汾河流域封给了他，死后成为汾水之神。

[8] 智伯：即知瑶。春秋末晋国四卿之一。先灭范、中行氏，又向赵襄子索地，赵襄子不给，于是胁迫韩、魏共围晋阳（今山西太原西南），引晋水灌城。宋太祖：宋代开国皇帝赵匡胤。宋太宗：赵匡胤弟匡义，继赵匡胤为帝。北汉：五代时十国之一。

[9] 洌(liè)：寒冷。鲦(tiáo)鱼：又名白鲦。《庄子·秋水》："鲦鱼出游从容。"

[10] 金天氏：即传说中的少昊，黄帝之子，名契，黄帝死后继承王位。因崇尚金德，故称"金天氏"。

【简析】

晋祠为晋中第一胜地，是集中国古代祭祀、建筑、园林、雕塑、壁画、碑刻艺术为一体的珍贵的历史文化遗产，也是世界建筑、园林、雕刻艺术中心。关于晋祠的诗文很多，本篇以学识和文采见长。

开篇简要记述晋祠古迹名胜及相关掌故。第二段记叙游晋祠的经过，"草香泉洌，灌木森沉，鲦鱼群游，鸣鸟不已"，语言简练极富表现力，而紧接着"故乡山水之胜，若或睹之，盖予之为客久矣"，抒发出对江南故乡的情思，以此衬托出晋祠美若江南。作者又以路途跋涉之苦，终于换来晋祠之美的乐趣相比，给人以遐思。最后总结山水之美，人神以和。文章结构完整。

【思考与练习】

一、作者是如何概述晋祠的名胜掌故的？在全文中起什么作用？

二、分析作者第二段写游晋祠的文字之美。

内蒙古自治区

敕勒歌
无名氏

敕勒川,阴山下。天似穹庐,笼盖四野。

天苍苍,野茫茫。风吹草低见牛羊。

(曹道衡选注:《乐府诗选》,人民文学出版社,2017年。)

【简析】

《乐府诗集》卷八十六《杂歌谣辞四》引《乐府广题》:"北齐神武(高欢)攻周玉璧。士卒死者十四五。神武恚愤,疾发。周王下令曰:'高欢鼠子,亲犯玉璧,剑弩一发,元凶自毙。'神武闻之,勉坐以安士众。悉引诸贵。使斛律金唱《敕勒》。神武自和之。其歌本鲜卑语。易为齐言。故其句长短不齐。"高欢攻玉璧是在东魏孝静帝武定四年(546年),当时北齐北周都还没有建立。敕勒川在今天内蒙古自治区中西部河套以北默川平原一带。这里水草丰茂,所以敕勒族可以在这一带生活放牧。唐朝西突厥兴起,敕勒族从阴山一带迁到新疆。

诗中所描绘的景象,典型地反映了西北地区的地方特点。一片莽莽的平川无边无际地延伸,随风起伏的牧草,时隐时现的牛群和羊群,都显现出一种苍茫雄浑的气象,最后一句在静态描写之后写出动态,风、草、牛羊与天相互映衬,融为一体。在一派原始自然的风光中,烘托出北方民族开阔爽朗的个性和对生活的热爱与自豪。全诗短短二十七字,从虚处入笔,写出诗的形象、时空,结构严谨,语言浑朴自然。

【思考与练习】

一、这首诗的艺术魅力在于自然,试分析这一特点。

二、背诵这首诗。

王昌龄(698—约756),字少伯,京兆长安(今陕西西安)人。盛唐著名边塞诗人,后人誉为"七绝圣手"。年近不惑,始中进士。初任秘书省校书郎,又中博学宏辞,授汜水尉,因事贬岭南。与李白、高适、王维、王之涣、岑参等交厚。开元末返长安,改授江宁丞。被谤谪龙标尉。安史乱起,为刺史闾丘所杀。其诗以七绝见长,尤以登第之前赴西北边塞所作边塞诗最著名,有"诗家夫子王江宁"之誉。

出 塞 其一
王昌龄

秦时明月汉时关, 万里长征人未还。

但使龙城飞将在[1],不教胡马度阴山[2]。

(马茂元、赵昌平选注:《唐诗三百首新编》,商务印书馆,2020年。)

【注释】

[1] 龙城:或解释为汉时匈奴祭天之处。《汉书·匈奴传上》:"岁正月,诸长小会单于庭,祠。五月,大会龙城,祭其先、天地、鬼神。"其故地在今蒙古人民共和国鄂尔浑河西侧的和硕柴木湖附近。或解释为卢龙城,在今河北省喜峰口附近。如果此说成立,龙城飞将就有歧义,《汉书·卫青霍去病传》载,元光六年(前129年),卫青为车骑将军,出上谷,至笼城,斩首虏数百。笼城,颜师古注曰"笼"与"龙"同。龙城飞将指的是卫青奇袭龙城的事情。也有人认为龙城飞将指的是汉飞将军李广,《史记·李将军列传》:"广居右北平,匈奴闻之,号曰汉之飞将军,避之数岁,不敢入右北平。"唐代的卢龙城是汉代李广的练兵之地,在今河北省喜峰口附近一带,为汉代右北平郡所在地。纵观李广一生,主要的时间都在抗击匈奴,防止匈奴掠边,其中每次匈奴重点进攻的汉地,天子几乎都是派遣李广为太守,所以这种说法一般为人们接受。

[2] 阴山:在今内蒙古中部。昆仑山的北支,起自河套西北,横贯绥远、察哈尔及热河北部,是我国北方的屏障。

【简析】

《出塞》是王昌龄早年赴西域时所作,《出塞》是乐府旧题。王昌龄所处的时代,正值盛唐,原诗二首,这里选第一首。

"秦时明月汉时关"是互文见义,即秦汉时期的明月和边关。"明月"和"关"之前加上"秦""汉"两个时间的限定词,从千年之前、万里之遥下笔,形成了一种雄浑苍茫的意境。"万里长征人未还",征人戍边叫万里长征,这就写出了边塞远和征人戍边的时间长的特点。征人因为战事频繁终老边塞,不能回家,甚至战死沙场,这就是李祈在《故从军行》中所感叹的:"年年战骨埋荒外,空见蒲桃入汉家。"王昌龄本人在《塞下曲》也说:"黄尘足今古,白骨乱蓬蒿。"战争造成了多少人有家不能回、无家可回和永远不能回家啊!面对征人的这种生活悲剧,也是自秦汉以来的共同悲剧,诗人希望:"但使龙城飞将在,不教胡马度阴山。"表达了千百年来千百万征人以及他们家人的一种平凡的愿望,这也许就是明代李攀龙推奖它是唐人七绝压卷的原因之一吧。

【思考与练习】

一、这首诗的主旨很平凡,但是为什么又是公认的一首名诗呢?
二、你认为有李广将军在,战争就可以平息吗?

王安石(1021—1086),字介甫,号半山,临川(今江西抚州)人,北宋著名的思想家、政治家、文学家、改革家。王安石历任扬州签判、鄞县知县、舒州通判等职,政绩显著。熙宁二年(1069年),任参知政事,次年拜相,主持变法。因守旧派反对,熙宁七年(1074年)罢相。一年后,宋神宗再次起用,旋又罢相,退居江宁。元祐元年(1086年),保守派得势,新法皆废,忧愤中逝于钟山(今江苏南京),赠太傅。绍圣元年(1094年),获谥"文",故世称王文公。他的散文以雄健刚劲著称,为"唐宋八大家"之一;其诗词则遒劲清新,豪气纵横。

明妃曲 二首

王安石

其 一

明妃初出汉宫时,泪湿春风鬓脚垂。

低徊顾影无颜色,尚得君王不自持。

归来却怪丹青手,入眼平生几曾有。

意态由来画不成,当时枉杀毛延寿!

一去心知更不归,可怜着尽汉宫衣。

寄声欲问塞南事,只有年年鸿雁飞。

家人万里传消息,好在毡城莫相忆。

君不见咫尺长门闭阿娇,人生失意无南北。

其 二

明妃初嫁与胡儿,毡车百辆皆胡姬。

含情欲说独无处,传与琵琶心自知。

黄金捍拨春风手,弹看飞鸿劝胡酒。

汉宫侍女暗垂泪,沙上行人却回首。

汉恩自浅胡自深,人生乐在相知心。

可怜青冢已芜没,尚有哀弦留至今。

([清]陈衍选编,高克勤点校、集评:《宋诗精华录》,上海古籍出版社,2019年。)

【简析】

　　王安石的《明妃曲》是咏昭君最好的诗,好在立意新。这诗前半部只写昭君的美,但不是从形象上写,而是从故事上写。昭君出来,泪湿鬓脚,自顾"无颜色",但元帝见了,竟不能自持。原来昭君美不在容貌,而在精神,即"意态"。而画师又是个画肉不画骨的,所以"意态由来画不成,当时枉杀毛延寿"。后半部写昭君在蒙古仍然关心祖国,但是,"家人万里传消息,好在毡城莫相忆"。就是说,安慰来自家人,而非宫廷。宫廷呢?"君不见咫尺长门闭阿娇,人生失意无南北"。这才是诗的主题。玩弄、遗弃女子,历代帝王皆如此,古今中外,概莫能外。"南北"者即中外。这样,王安石就提出一个社会制度问题,虽然他没有解答。这层意思,比"和亲事却非"的论点高得多了。

　　王安石是历史上有名的"拗相公",这两首诗大做翻案文章,也充分表现了他"拗"的性格。一则说"意态由来画不成,当时枉杀毛延寿"。替毛延寿开脱。再则说"君不见咫尺长门闭阿娇,人生失意无南北"。和认为昭君出塞是悲剧的唱反调。三则说"汉恩自浅胡自深,人生乐在相知心"。着重"相知"二字,这就更进一步了。既然失意无分南北,与其留在汉宫做被困长门的"阿娇",不如远嫁番邦。

王安石《明妃曲》在艺术上颇堪注意之处,是对王昭君形象的刻画。第一部分中描绘王昭君的美貌,不在其面容、体态上穷尽笔力,而是着重写昭君的风度、情态之美,以及这种美的感染力,并从中宣泄她内心悲苦之情。这样就写出了呼吸可闻、音容毕现的活生生古代美女形象。第二部分,着重写王昭君的内心情感。前人于此,往往以抒写昭君的哀情、怨情和渲染悲剧气氛为重点,而此诗除描写其身世可悲之外,还揭示出她对故国、亲人的挚爱之情,与推己及人的善良心肠。这样的王昭君,就不惟可悲,而且可敬。

《明妃曲》有人(范冲)批评为"坏人心术"。其实,和蕃本来是当时朝廷安抚边疆民族的一种常用政策,如果将肯定昭君远嫁斥为"背弃君国",那将把遣送昭君远嫁的朝廷置于何地!昭君远嫁乃君主之命,只要得遇知己,虽远处边陲,有何不可。孔子尚有"乘桴浮于海"之牢骚,诗人借明妃身世宣泄一点不平之气,正是此诗新颖之处。所谓"坏人心术",当属深文周纳之论。

附:

明妃曲和王介甫作 二首

欧阳修

胡人以鞍马为家,射猎为俗。泉甘草美无常处,鸟惊兽骇争驰逐。谁将汉女嫁胡儿,风沙无情面如玉。身行不遇中国人,马上自作思归曲。推手为琵却手琶,胡人共听亦咨嗟。玉颜流落死天涯,琵琶却传来汉家。汉宫争按新声谱,遗恨已深声更苦。纤纤女手生洞房,学得琵琶不下堂。不识黄云出塞路,岂知此声能断肠!

汉宫有佳人,天子初未识,一朝随汉使,远嫁单于国。绝色天下无,一失难再得。虽能杀画工,于事竟何益?耳目所及尚如此,万里安能制夷狄!汉计诚已拙,女色难自夸。明妃去时泪,洒向枝上花。狂风日暮起,飘泊落谁家。红颜胜人多薄命,莫怨春风当自嗟。

咏怀古迹

杜 甫

群山万壑赴荆门,生长明妃尚有村。

一去紫台连朔漠,独留青冢向黄昏。

画图省识春风面,环佩空归夜月魂。

千载琵琶作胡语,分明怨恨曲中论。

【思考与练习】

一、王安石在这两首诗中是如何刻画王昭君这个形象的?

二、比较王安石与杜甫、欧阳修的同题材诗歌。

三、背诵王安石的《明妃曲》。

西北旅游区

（陕、甘、宁、新、青）

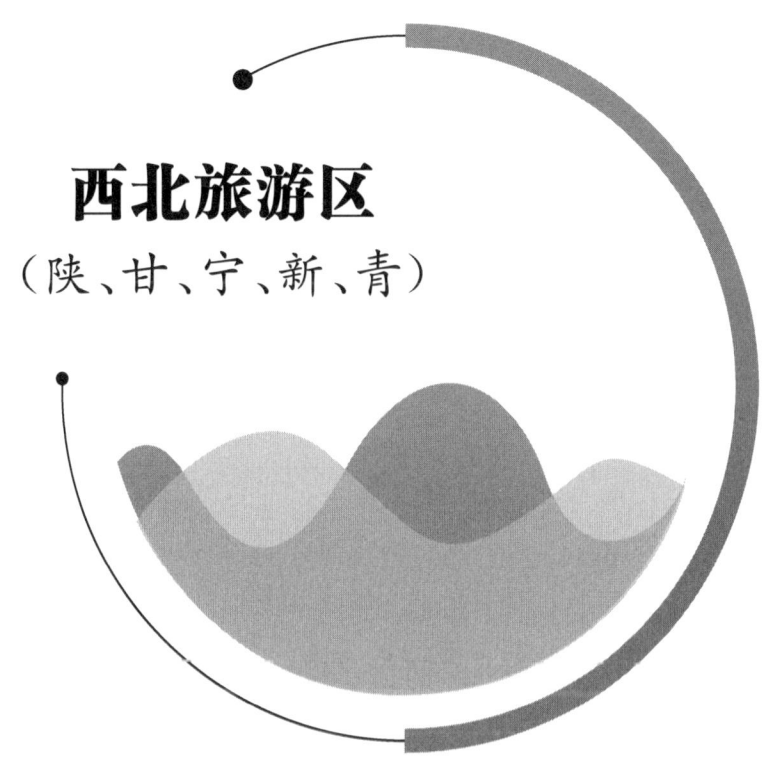

陕 西 省

王维(701—761,一说699—761),河东蒲州(今山西永济西)人,祖籍太原祁(今山西祁县)。唐朝著名诗人、画家,字摩诘,号摩诘居士。于开元九年(721年)状元及第。唐玄宗天宝年间,王维拜吏部郎中、给事中。安禄山攻陷长安时,王维被迫受伪职。长安收复后,被责授太子中允。唐肃宗乾元年间任尚书右丞,故世称"王右丞"。王维参禅悟理,学庄信道,尤长五言,多咏山水田园,与孟浩然合称"王孟",有"诗佛"之称。书画特臻其妙,后人推其为南宗山水画之祖。苏轼评价其说:"味摩诘之诗,诗中有画;观摩诘之画,画中有诗。"著作有《王右丞集》《画学秘诀》。

山中与裴迪秀才书

王 维

近腊月下,景气和畅,故山殊可过[1]。足下方温经,猥不敢相烦。辄便往山中,憩感配寺[2],与山僧饭讫而去。

北涉玄灞[3],清月映郭。夜登华子冈,辋水沦涟,与月上下。寒山远火,明灭林外。深巷寒犬,吠声如豹。村墟夜舂[4],复与疏钟相间。此时独坐,僮仆静默,多思曩昔,携手赋诗,步仄径,临清流也。

当待春中,草木蔓发,春山可望,轻鲦出水[5],白鸥矫翼,露湿青皋,麦陇朝雊[6],斯之不远,倘能从我游乎?非子天机清妙者,岂能以此不急之务相邀。然是中有深趣矣!无忽。因驮黄檗人往,不一[7]。山中人王维白。

(高文、何法周主编:《唐文选》,人民文学出版社,1987年。)

【注释】

［1］故山：旧日所居住的山，即蓝田辋川别业。

［2］感配寺：在蓝田县城，一作感化寺。

［3］北涉玄灞(bà)：近来渡深青色灞水。北，应作"比"，近来。辋水在蓝田县南向北流入灞水。

［4］夜舂(chōng)：晚上用臼杵捣谷(的声音)。舂，把谷物放在石臼里捣去外壳。

［5］轻鯈(tiáo)：即白鯈，鱼名。身体狭长，游动轻捷。

［6］朝雊(gòu)：早晨野鸡鸣叫。雊，野鸡鸣叫。

［7］因驮黄檗(bò)人往，不一：借驮黄檗的人前往之便(带这封信)，不一一详述。因，凭借。黄檗，一种落叶乔木，果实和茎内皮可入药。茎内皮为黄色，也可做染料。

【简析】

一开始就以清淡而又情致的笔墨提出"故山殊可过"这个中心。农历十二月，气候寒冷，王维却感到"景气和畅"，这透露了他"天机清妙"的禀赋。由于裴迪正在温习经书，王维不敢打扰他，只能独自往山中，这也为下文邀请裴迪明年春天同游埋下伏笔。接着，作者对山中的冬夜美景进行了描绘。月光下，辋川涟漪起伏，山上灯火明灭可见，深巷狗吠声、村中舂谷声和寺庙的钟声一起传来。辋川的夜景是这样幽寂、清寥和深远。写了寒夜景色后，用"此时独坐"一转，折入对往昔与裴迪同游情景的追忆，从而引出对春游的热烈期待。王维用想象中的春光召唤对方。"草木蔓发"以下六句描绘了春山中生机勃勃的景象，渗透了作者对春天和生命的热爱。他对朋友的思念更殷切了，因此发出"从我游"的邀请。作者强调只有"天机清妙"的人才能在大自然发现"深趣"，这就把同游春天升华到一个更高的思想境界和美学境界。

【思考与练习】

一、文章以春中同游为结穴，但用笔的重点却在寒夜月下辋川景物的描写，这是为什么？

二、模仿此文，写一篇游记。

过香积寺

王 维

不知香积寺,数里入云峰。

古木无人径,深山何处钟。

泉声咽危石,日色冷青松。

薄暮空潭曲,安禅制毒龙。

(陈铁民选注:《王维诗选》,人民文学出版社,2016年。)

【简析】

香积寺在长安县(今陕西省西安市)南神禾原上。"不知"两字领起全章脉。起用"不知"二字,便是往时未至,今日方过,幽赏胜情,得未曾有,俱寓此二字内。访香积寺从"不知"说起,因为"不知",诗人便步入茫茫山林中去寻找,行了数里就进入白云缭绕的山峰之中,《唐贤三昧集笺注》中说,"不知"字玄妙,模写幽深处。中间四句写在深山密林中的所见所闻,"古木"二句幽而浑,"何处""无人"暗承"不知"。"泉声咽危石,日色冷青松",泉遇石而咽,山中危石耸立,流泉只能在嶙峋的岩石间艰难地穿行,仿佛痛苦地发出幽咽之声。松向日而冷,昏黄的余晖涂抹在一片幽深的松林上,让诗人感到"冷"。"古木"一联是远景,"泉声"一联是近景,总从"不知"生出。渐次行来,已至寺矣,故以"安禅"收住。安禅为佛家术语,指身心安然进入清寂宁静的境界,在这里指佛家思想。"毒龙"是佛家用语,比喻俗人的邪念妄想。

【思考与练习】

一、诗人是如何描绘幽静的山林景色的?

二、常建《过破山寺》咏寺中静趣,与此诗有何异同?

白居易(772—846),字乐天,晚号香山居士,原籍太原(今属山西),迁居下邽(今陕西渭南北)。唐代著名诗人。贞元十六年(800年)进士,由校书郎累官至左拾遗。他关心朝政,屡上书言事,并写了不少讽喻诗,要求革除弊政,因遭权贵忌恨被贬为江州司马。中年以后避祸保身,历任忠州、杭州、苏州刺史等。官至刑部尚书。白居易主张"文章合为时而著,歌诗合为事而作"(《与元九书》)。他与元稹同是中唐时期新乐府的倡导者,创作了一批深刻揭露社会黑暗现实的新乐府诗,被并称为"元白"。其诗今存三千多首,数量为唐人之冠。在艺术上,白居易诗以平易晓畅著称,在当时就流布很广。有《白氏长庆集》。

长恨歌[1]

白居易

汉皇重色思倾国[2],　御宇多年求不得[3]。
杨家有女初长成,　　养在深闺人未识。
天生丽质难自弃,　　一朝选在君王侧[4]。
回眸一笑百媚生,　　六宫粉黛无颜色[5]。
春寒赐浴华清池[6],　温泉水滑洗凝脂[7]。
侍儿扶起娇无力,　　始是新承恩泽时[8]。
云鬓花颜金步摇[9],　芙蓉帐暖度春宵[10]。
春宵苦短日高起,　　从此君王不早朝。
承欢侍宴无闲暇,　　春从春游夜专夜。
后宫佳丽三千人,　　三千宠爱在一身。
金屋妆成娇侍夜[11],　玉楼宴罢醉和春。
姊妹弟兄皆列土[12],　可怜光彩生门户[13]。
遂令天下父母心,　　不重生男重生女[14]。

骊宫高处入青云[15],　仙乐风飘处处闻。

缓歌慢舞凝丝竹[16]，尽日君王看不足。
渔阳鼙鼓动地来[17]，惊破霓裳羽衣曲[18]。
九重城阙烟尘生[19]，千乘万骑西南行[20]。
翠华摇摇行复止[21]，西出都门百余里。
六军不发无奈何[22]，宛转娥眉马前死[23]！
花钿委地无人收[24]，翠翘金雀玉搔头[25]。
君王掩面救不得，　回看血泪相和流。
黄埃散漫风萧索，　云栈萦纡登剑阁[26]。
峨嵋山下少人行[27]，旌旗无光日色薄。
蜀江水碧蜀山青，　圣主朝朝暮暮情。
行宫见月伤心色[28]，夜雨闻铃肠断声[29]。
天旋日转回龙驭[30]，到此踌躇不能去。
马嵬坡下泥土中，　不见玉颜空死处[31]。

君臣相顾尽沾衣，　东望都门信马归[32]。
归来池苑皆依旧，　太液芙蓉未央柳[33]。
芙蓉如面柳如眉，　对此如何不泪垂？
春风桃李花开夜，　秋雨梧桐叶落时。
西宫南苑多秋草[34]，宫叶满阶红不扫。
梨园弟子白发新[35]，椒房阿监青娥老[36]。
夕殿萤飞思悄然，　孤灯挑尽未成眠[37]。
迟迟钟鼓初长夜[38]，耿耿星河欲曙天[39]。
鸳鸯瓦冷霜华重[40]，翡翠衾寒谁与共[41]？
悠悠生死别经年，　魂魄不曾来入梦。

临邛道士鸿都客[42]，能以精诚至魂魄。
为感君王辗转思，　遂教方士殷勤觅。

排空驭气奔如电[43]，升天入地求之遍。

上穷碧落下黄泉[44]，两处茫茫皆不见。

忽闻海上有仙山，　山在虚无缥缈间。

楼阁玲珑五云起[45]，其中绰约多仙子[46]。

中有一人字太真，　雪肤花貌参差是[47]。

金阙西厢叩玉扃[48]，转教小玉报双成[49]。

闻道汉家天子使，　九华帐里梦魂惊[50]。

揽衣推枕起徘徊，　珠箔银屏迤逦开[51]。

云鬓半偏新睡觉[52]，花冠不整下堂来。

风吹仙袂飘飘举，　犹似霓裳羽衣舞[53]。

玉容寂寞泪阑干，　梨花一枝春带雨[54]。

含情凝睇谢君王，　一别音容两渺茫[55]。

昭阳殿里恩爱绝[56]，蓬莱宫中日月长[57]。

回头下望人寰处，　不见长安见尘雾。

唯将旧物表深情，　钿合金钗寄将去[58]。

钗留一股合一扇[59]，钗擎黄金合分钿[60]。

但教心似金钿坚，　天上人间会相见。

临别殷勤重寄词，　词中有誓两心知。

七月七日长生殿[61]，夜半无人私语时。

在天愿作比翼鸟[62]，在地愿为连理枝[63]。

天长地久有时尽，　此恨绵绵无绝期。

（[唐]白居易著，朱金城笺注：《白居易集笺校》，上海古籍出版社，1988年。）

【注释】

[1] 此诗作于元和元年(806年)，白居易三十五岁任盩厔（今陕西周至）县尉，一日，与友人陈鸿、王质夫到马嵬驿附近的游仙寺游览，谈及唐玄宗与杨贵妃事。王质夫认为，像这样突出的事情，如无大手笔加工润色，就会随着时间的流逝而不为人知，他鼓励白居易："乐天深于诗，多于情者也，试为歌之，如何？"于是，白居易写下

了此诗。陈鸿同时写了一篇传奇《长恨歌传》。

[2] 汉皇：此借汉言唐，指唐玄宗李隆基。重色：爱好女色。倾国：绝色女子。典出《汉书·外戚传·李夫人》："(李)延年侍上起舞，歌曰：'北方有佳人，绝世而独立。一顾倾人城，再顾倾人国。宁不知倾城与倾国，佳人难再得！'"

[3] 御宇：驾御宇内，即统治天下。

[4] "杨家"四句：杨玉环本是蜀州司户杨玄琰之女，随叔父杨玄珪入长安。及笄，嫁与玄宗之子寿王李瑁为妃。后为李隆基看中，欲占为己有，碍于名分，先让她出宫做女道士，然后迎归宫中。白居易此谓"养在深闺人未识"，乃故为隐讳。

[5] 六宫粉黛：指宫内所有嫔妃。古代皇后的寝宫，正寝一，燕寝五，合为六宫。粉用以抹脸，黛用以描眉，均为女子化妆用品，这里指代宫妃。无颜色：意谓相形之下，显得不漂亮了。

[6] 华清池：骊山上多温泉，唐玄宗常去避寒，辟浴池多处，建温泉宫，后改名为华清宫。

[7] 凝脂：形容皮肤白嫩滋润。

[8] 新承恩泽：刚得到皇帝的宠幸。

[9] 金步摇：一种首饰，用金丝制成花枝形状，上缀珠玉，插于发髻，行走时随步履摇动，故名。

[10] 芙蓉帐：绣绘着荷花图案的帐幔。芙蓉，荷花。

[11] 金屋：据《汉武故事》记载，汉武帝小时候，他的姑母长公主嫖曾抱着他问："儿欲得妇不？"他说："欲得妇。"长公主指着自己的女儿问："阿娇好不？"他笑答："好！若得阿娇作妇，当作金屋贮之也。"据《太真外传》说，杨玉环在华清宫有梳妆之所，名端正楼，"金屋"当指此。

[12] 列土：裂土受封。列，通"裂"。杨玉环被册封为贵妃后，家族沾光受宠。她的大姐封韩国夫人，三姐封虢国夫人，八姐封秦国夫人，堂兄弟杨铦官鸿胪卿，杨锜官侍御史，杨钊赐名国忠，官右丞相。

[13] 可怜：可爱，可慕。怜，爱，慕。"光彩生门户"，因为贵妃受宠，她家的门第抬高了。

[14] "不重"句：《长恨歌传》记载当时民谣说："生女勿悲酸，生男勿欢喜"，"男不封侯女作妃，看女却为门上楣"。《史记·外戚世家》中歌卫子夫："生男无喜，生女勿怒，独不见卫子夫霸天下。"

[15] 骊宫：即华清宫。因在骊山上，故称号骊宫。

[16] 凝：《文选》谢朓《鼓吹曲》"凝笳翼高盖"，李善注：徐引声谓之凝。

[17] 渔阳：唐郡名，治今天津蓟州区。天宝元年，河北道的蓟州改为渔阳，管辖平卢、范阳、河东三镇，节度使为安禄山。安禄山发动叛乱时，渔阳为其所辖八郡之一。鼙(pí)鼓：古代军中所用小鼓。

[18] 霓裳羽衣曲：唐代著名舞曲。传说是唐玄宗据西凉节度使杨敬述所献乐曲加工润色而成。

[19] 九重城阙：指京城长安。古人以为天有九重，京城为天子所居之地，故云。烟尘生：极乱的形象。

[20] 乘(shèng)：马车。西南行：天宝十五载(756年)六月，安禄山破潼关，李隆基由延秋门出长安，仓皇向西南逃奔。"千乘万骑"指扈从之盛。为下文"六军不发"的声势作伏笔。

[21] 翠华：用翠鸟羽毛装饰的旗帜，用作皇帝的仪仗。此处指皇帝的车驾。

[22] 六军：古时天子统领的军队，此处指护送唐玄宗的禁军。唐制，至德前仅有四军而无六军。

[23] 宛转：身体翻来覆去转动。娥眉：美女的代称。此指杨贵妃。马前死：唐玄宗西奔至距长安百余里的马嵬驿(今属陕西兴平)，扈从禁军发难，不肯行进，请诛杨国忠、杨玉环兄妹以平民怨。玄宗为保住自己，只得照办。

[24] 钿(diàn)：用金、银、玉、贝等制成的花朵状的首饰，如钿朵、钿花。又可指钱，如铜钿、车钿。这里是指首饰。委地：丢弃在地。

[25] 翠翘：形状似翠鸟尾羽的首饰。金雀：雀形的金钗。玉搔头：玉制的簪子。

[26] 云栈：高入云霄的栈道。剑阁：即剑门关，是大剑山与小剑山之间的一座关隘，在今四川剑阁县北。

[27] 峨嵋山：在今四川峨眉山市。唐玄宗奔蜀途中，并未经过峨眉山，这里泛指蜀中高山。

[28] 行宫：皇帝离京出行时暂住的地方。

[29] 夜雨闻铃：《明皇杂录·补遗》："明皇既幸蜀，西南行，初入斜谷，霖雨涉旬，于栈道雨中闻铃音与山相应。上既悼念贵妃，采其声为《雨霖铃曲》，以寄恨焉。"这里暗咏此事。

[30] 天旋日转：犹言云开雾散，喻局势转变。回龙驭：唐玄宗逃蜀时，其子李亨在灵武

即位,是为唐肃宗。郭子仪军收复长安后,他派太子太师韦见素至蜀迎玄宗还京。龙驭,皇帝的车驾。

[31] 空死处:徒然见到杨贵妃的死地。

[32] 信:任,任随。

[33] 太液:汉代宫禁中的池名。未央:汉代宫殿名。这里是借汉言唐。

[34] 西宫:唐太极宫,也称西内。南苑:唐兴庆宫,也称南内。唐玄宗还京后,作为太上皇,初居兴庆宫,肃宗及其亲信恐他复辟,将他迁至太极宫内,近于变相的软禁。宫中不洒扫,是不可能的,据《唐书·高力士传》:"到西内后,每日上午上皇与高公公亲看扫除庭院,芟除杂草。"这里落花满地,用极为萧瑟的形象,象征主人公的内心。

[35] 梨园弟子:玄宗亲自调教的乐工声伎。《雍录》:"开元二年,置教坊于蓬莱宫,上自教法曲,谓之'梨园弟子'。至天宝中,即东宫置宜春北苑,命宫女数百人为梨园弟子,即是。'梨园'者,按乐之地;而预教者,名为'弟子'耳。"

[36] 椒房:后妃所住的宫殿。因用花椒和泥涂壁以取其香暖而多子,故名椒房。阿监:宫中女侍官名。青娥:指年轻貌美的宫女。对于"白发新"二句,何义门说:"二语亦是衬贵妃之横夭。"

[37] 孤灯挑尽:古时用油灯照明,为使灯火明亮,过一会儿就要把灯草挑一挑。按,唐时宫廷夜间去烛而不点油灯,此处旨在形容玄宗晚年生活环境的凄苦。

[38] 迟迟:异常迟缓。用以形容长夜难眠时的心情。报更钟鼓声起止原有定时,这里意在强调唐玄宗的主观感受。

[39] 耿耿:明亮貌。欲曙天:长夜将晓之时。

[40] 鸳鸯瓦:两片瓦片一俯一仰扣合在一起叫鸳鸯瓦,简称鸳瓦。霜华:霜花。

[41] 翡翠衾(qīn):绣饰有翡翠鸟的被子。谁与共:与谁共。

[42] 临邛(qióng):地名,即今四川邛崃。鸿都客:长安的客人。鸿都,东汉都城洛阳宫门名,此处借指长安。一说"鸿都客"指神仙中人。

[43] 排空驭气:犹言腾云驾雾。

[44] 穷:穷极,穷尽,此指找遍。碧落、黄泉:古人以为,天有九重,最上一层叫碧落;地有九层,最下一层叫黄泉。因而也称九天、九泉。

[45] 五云:五彩云霞。

[46] 绰约:形容风姿美好。《庄子·逍遥游》:"有神人居焉,肌肤如冰雪,绰约如处子。"

[47] 参差(cēn cī):这里意为仿佛、差不多。

[48] 金阙：金碧辉煌的神仙宫阙。叩：敲击。扃(jiōng)：本指门闩或门环，此处指门扇。

[49] 小玉、双成：均古代神话传说中的女子名，此借以指称杨玉环所在仙府的侍婢。小玉，白居易《霓裳羽衣歌》有"吴妖小玉飞作烟"之句，自注："（吴王）夫差女小玉死后，形见于王。其母抱之，霏微若烟雾散空。"双成，传说为西王母的侍女，姓董。小玉报双城，表示侍女也有层次，借以表示太真的尊贵。也说明仙府庭院重重，须经辗转通报。

[50] 九华帐：绘饰华美的帐幔。据传也是西王母所有之物。

[51] 珠箔(bó)：用珍珠串编成的帘子。屏：屏风。迤逦(yǐ lǐ)：连绵不断。

[52] 新睡觉：刚睡醒。觉，睡醒。照应"九华帐里梦魂惊"。

[53] 袂(mèi)：衣袖。犹似：意指美丽不减当年。

[54] 阑干：纵横。春：指贵妃的脸，此两句照应"雪肤花貌参差是"。

[55] 凝睇(dì)：凝视。一别：自从离别。两渺茫：语言、形貌这两样全听不见看不着了。

[56] 昭阳殿：汉代宫殿名，为汉成帝皇后赵飞燕所居，这里借指杨玉环生前在长安的寝宫。绝：断。

[57] 蓬莱宫：指杨玉环在仙府的居室。蓬莱，传说中海上三仙山之一。日月长：形容其孤寂。

[58] 钿合：镶嵌有金花的盒子。钿，以金、银、玉、贝等镶嵌器物。如钿车、钿粟等。寄将去：指托道士捎去。

[59] "钗留"句：言钗由两股结成，此捎去一股，留下一股；盒由两半合成，此捎去一半，留下一半。

[60] 擘(bò)：分开。合分钿：钿盒上的金花图案各得一半。

[61] 七月七日：夏历七月初七是中国的传统节日七夕，传说天上的牛郎、织女在这一夜借鹊桥渡银河相会。长生殿：在骊山上，天宝元年（742年）建，名"集灵台"，以祀神。一说，唐代后妃所居寝宫，通称为长生殿。

[62] 比翼鸟：传说中的鸟名，本名鹣鹣，飞时雌雄相从，比翼齐飞。

[63] 连理枝：典出汉乐府《孔雀东南飞》："枝枝相覆盖，叶叶相扶将"本异而枝干生为一者。

（注释参考朱金城笺注《白居易全集》上海古籍出版社2008年版和张友鹤《唐宋传奇选》人民文学出版社1998年版。）

【简析】

这是一首长篇叙事诗,大致可分四段来看。第一段从开头至"不重生男重生女",写李、杨会合经过及李对杨的宠幸。第二段从"骊宫高处入青云"至"不见玉颜空死处",写变乱爆发,贵妃殒命,玄宗伤痛不已。第三段从"君臣相顾尽沾衣"至"魂魄不曾来入梦",写李重归长安后对杨的无穷思念。第四段从"临邛道士鸿都客"至结尾,写杨对李的忠贞不渝之情。全诗对李、杨情事的描述,虽依据一定的史实与传说,但已融进了作者的艺术想象和思想感情,因而这首叙事长诗具有浪漫的传奇色彩和浓厚的抒情气氛。

关于此诗的主题,有的学者认为是讽刺,有的持讽刺与赞颂爱情相混说。其实,诗歌中说"杨家有女初长成",既是为尊者讳,也是出于歌颂爱情的需要。否则,如果道出唐玄宗娶儿媳的事实,这种爱情就显得不伦不类。还有人以开头"汉皇重色思倾国"一句咬定白居易诗歌的含意在于"戒色",这更是无稽之谈,男女因美丽而相悦产生爱情,这本来也是人之常情,无可厚非。诗歌叙述的是一出美化了的宫廷爱情悲剧。对李早先的耽乐误国,作者可能有讥刺。但对他们相恋相爱,则花费了很多笔墨,如"回眸一笑百媚生""温泉水滑"既写出贵妃的千娇百媚,也表现了玄宗对她的怜爱。还有,对李、杨后来的生死相隔,作者怀有怜悯。对李、杨不顾人天阻隔、依然苦苦相爱的那份深情,作者则深表同情。尽管此诗内容也有所"讽刺",但基调显然还是同情和欣赏。

本诗情节曲折生动,这既归因于李、杨情事本身的离奇,也缘于诗人的精心构撰。按理,至贵妃身死,悲剧已经完成,而作者却匠心独运,大肆铺写玄宗在幸蜀途中、还京路上以及回长安后对杨的苦苦思念,细致地写出了人物的情感活动,推动情节继续深入发展。这不仅生发出了整个第四段的一系列情节,使诗波澜再起,生面别开,而且还在皇帝身上写出了如常人一般的真切感情,大大加重了故事的悲剧气氛,强化了"长恨"的主题。

作者着力塑造了两个人物形象。对唐玄宗,主要突出了他早先的耽乐误国和晚来对杨的苦苦相思;对杨贵妃,则着重描绘了她的美丽风姿和身登仙界后对玄宗的忠贞不渝。作者将笔触深入两个人物的内心世界,生动地写出了他们的心理活动。如第三段,"夕殿萤飞思悄然"以下几句,写玄宗从傍晚到入夜、夜深、黎明、清晨的整整一夜的心理活动;再如第四段"闻道汉家天子使"以下诸句,写贵妃的震惊、激动、惶惑、急切、委屈、悲楚、感激等诸般感触,诗人尽力揣摩人物的内心活动,又充分发挥艺术想象,故写得颇合情理。此诗叙事有致,张弛自如,抒情深挚,缠绵细腻,章法上下贯通,前后勾连,语言优美明丽,自然流畅;运用对偶、排比、顶针等手法娴熟。这些艺术表现上的特长,会同前述种种,使此诗被后人奉为古代长篇歌行中的绝唱。

【思考与练习】

一、对《长恨歌》的主旨,历来有不同认识。有人以为是讽刺荒淫,有人以为是歌颂爱情,有人以为是双重主题。你的意见如何?理由是什么?

二、第四段对刻画杨玉环的形象及表现"长恨"的主旨有何作用?

三、第三段玄宗思念贵妃的有关描写,对故事情节的发展有什么作用?

杜牧(803—852),字牧之,号"樊川居士",京兆万年(今陕西西安)人,宰相杜佑之孙,唐文宗大和二年(828年)中进士,复中制科。授校书郎,接着在江西、宣歙观察使和淮南节度使幕府任职,有七年。40岁起,历任黄州、池州、睦州刺史。后为司勋员外郎,官至中书舍人。晚年居樊川别业,故称杜樊川。其诗风俊爽峭健,能于拗折峭健之中,具有风华流美之致。又擅长文赋,其《阿房宫赋》为后世传诵。有《樊川文集》二十卷传世。与李商隐合称为"小李杜"。目前最完整的版本为吴在庆撰《杜牧集系年校注》。

阿 房 宫 赋

杜 牧

六王毕,四海一,蜀山兀,阿房出。覆压三百余里,隔离天日。骊山北构而西折,直走咸阳[1]。二川溶溶,流入宫墙。五步一楼,十步一阁。廊腰缦回,檐牙高啄[2]。各抱地势,钩心斗角。盘盘焉,囷囷焉,蜂房水涡,矗不知其几千万落[3]。长桥卧波,未云何龙?复道行空,不霁何虹?高低冥迷,不知西东。歌台暖响,春光融融;舞殿冷袖,风雨凄凄。一日之内,一宫之间,而气候不齐。

妃嫔媵嫱[4]，王子皇孙，辞楼下殿，辇来于秦，朝歌夜弦，为秦宫人。明星荧荧，开妆镜也；绿云扰扰，梳晓鬟也；渭流涨腻，弃脂水也；烟斜雾横，焚椒兰也；雷霆乍惊，宫车过也；辘辘远听，杳不知其所之也。一肌一容，尽态极妍，缦立远视，而望幸焉。有不见者，三十六年。

燕、赵之收藏，韩、魏之经营，齐、楚之精英，几世几年，剽掠其人[5]，倚叠如山。一旦不能有，输来其间。鼎铛玉石，金块珠砾，弃掷逦迤[6]，秦人视之，亦不甚惜。嗟乎！一人之心，千万人之心也。秦爱纷奢，人亦念其家。奈何取之尽锱铢[7]，用之如泥沙！使负栋之柱，多于南亩之农夫；架梁之椽，多于机上之工女；钉头磷磷，多于在庾之粟粒[8]；瓦缝参差，多于周身之帛缕；直栏横槛，多于九土之城郭；管弦呕哑，多于市人之言语。使天下之人，不敢言而敢怒。独夫之心，日益骄固。戍卒叫，函谷举，楚人一炬，可怜焦土！

呜呼！灭六国者，六国也，非秦也。族秦者，秦也，非天下也。嗟夫！使六国各爱其人，则足以拒秦。使秦复爱六国之人，则递三世可至万世而为君，谁得而族灭也？秦人不暇自哀，而后人哀之；后人哀之而不鉴之，亦使后人而复哀后人也。

（吴在庆撰：《杜牧集系年校注》，中华书局，2016年。）

【注释】

［1］骊山北构而西折，直走咸阳：（阿房宫）从骊山北边建起，折而向西，一直通到咸阳（古咸阳在骊山西北）。走，趋向。

［2］廊腰缦回，檐牙高啄：走廊长而曲折，（突起的）屋檐（像鸟嘴）向上撅起。廊腰，连接高大建筑物的走廊，好像人的腰部，所以这样说。缦，萦绕。回，曲折。檐牙，屋檐突起，犹如牙齿。

［3］盘盘焉，囷囷（qūn qūn）焉，蜂房水涡，矗不知其几千万落：盘旋，屈曲，像蜂房，像水涡。矗立着不知它们有几千万座。楼阁依山而筑，所以说像蜂房，像水涡。盘盘，盘旋的样子。囷囷，屈曲的样子，曲折回旋的样子。落，相当于"座"。

[4] 妃嫔媵嫱(fēi pín yìng qiáng)：统指六国王侯的宫妃。她们各有等级(妃的等级比嫔、嫱高)。媵是陪嫁的侍女，也可成为嫔、嫱。

[5] 剽(piāo)掠其人：从六国王侯的人民那里掠夺来。剽，抢劫，掠夺。

[6] 鼎铛(chēng)玉石，金块珠砾，弃掷逦迤：把宝鼎当作铁锅，把美玉当作石头，把黄金当作土块，把珍珠当作沙石，随意丢弃。铛，平底的浅锅。逦迤，连续不断。这里有"到处都是"的意思。

[7] 锱铢(zī zhū)：古代重量名，一锱等于六铢，一铢约等于后来的一两的二十四分之一。锱、铢连用，极言其细微。

[8] 庾(yǔ)：露天的谷仓。

【简析】

《阿房宫赋》作于唐敬宗宝历元年(825年)，杜牧在《上知己文章启》中说："宝历大起宫室，广声色，故作《阿房宫赋》。"这篇赋实则是借秦之故事讽唐之今事。唐敬宗李湛16岁继位，与宦官嬉戏终日，贪好声色，大兴土木。杜牧借写阿房宫的兴建与毁灭，阐述了天下兴亡的道理。希望唐朝的统治者不要重蹈覆辙。全文可分两大部分。前部分铺排描写，后部分议论开掘。前半部分铺叙阿房宫建筑宏伟、豪华，极写宫中生活荒淫、奢靡。后半部分议论分析，指出"秦爱纷奢"不恤民力自然会导致灭亡的命运，规劝唐敬宗李湛勿蹈秦王朝之覆辙。

文章用了铺陈描写、夸张渲染、骈散结合等写作技巧。最值得重视的是杜牧发挥了赋的长处，着意铺陈夸张，而所有的铺叙又都为后文的议论张本，为表现主题思想服务。从对美人的描写可见一斑。作者借助于开镜、梳头、弃脂水、焚椒兰这些生活细节，形象地写出了宫中美女之多，宫室之广。写宫室，是承接上文；写美女，则是开启下文。所以，作者紧接着便是写美女望幸。从美人的生活遭际也可以看到秦始皇的荒淫无度。后文的议论也显得水到渠成。

【思考与练习】

一、作者是如何描写阿房宫宏伟壮丽的？

二、作者写《阿房宫赋》，流露了怎样的思想感情？

三、体会此赋的文体变化。

温庭筠(约812—约866),原名岐,字飞卿,唐代著名文学家。太原(今属山西)人。押官韵,八叉手而成八韵,有"温八叉"之称。然恃才不羁,又好讥刺权贵,终生潦倒。唐懿宗时曾任方城尉,官终国子助教。温庭筠诗辞藻华丽,秾艳精致,与李商隐齐名,时称"温李"。在词史上,被尊为"花间派"之鼻祖,与韦庄齐名,并称"温韦"。有清顾嗣立重为校注的《温飞卿集笺注》。今人刘学锴《温庭筠全集校注》最为完整。

商 山 早 行

温庭筠

晨起动征铎[1], 客行悲故乡。
鸡声茅店月, 人迹板桥霜。
槲叶落山路[2], 枳花明驿墙[3]。
因思杜陵梦[4], 凫雁满回塘[5]。

(马茂元、赵昌平选注:《唐诗三百首新编》,商务印书馆,2020年。)

【注释】

[1] 动征铎(duó):震动出行的铃铛。征铎,车行时悬挂在马颈上的铃铛。铎,大铃。

[2] 槲(hú)叶落山路:槲树枯叶飘落,悄然铺满静寂山路。槲,陕西山阳县生长的一种落叶乔木。叶子在冬天虽枯而不落,春天树枝发芽时才落。每逢端午,用这种树叶包出的槲叶粽成了当地特色。

[3] 枳(zhǐ)花明(照)驿墙:枳树白花绽放,映亮原本暗淡的店墙。枳,也叫"臭橘",一种落叶灌木或小乔木。春天开白花,果实似橘而略小,酸不可吃,可用作中药。驿墙,驿站的墙壁。驿,古时候递送公文的人或来往官员暂住、换马的处所。

[4] 杜陵:地名,在长安城南,古为杜伯国,秦置杜县,汉宣帝筑陵于东原上,因名杜陵,这里指长安。作者此时从长安赴襄阳投友,途经商山。这句意思是说,因而想起在长安时的梦境。

[5] 凫(fú)雁满回塘：凫,野鸭；雁,一种候鸟,春往北飞,秋往南飞。回塘,岸边曲折的池塘。

【简析】

商山又名尚阪、楚山,在今陕西商洛市东南山阳县与丹凤县辖区交汇处。作者曾于大中(唐宣宗年号,847—860)末年离开长安,经过这里。首联写"早行"情景,马颈上的铃铛声音与早行者心中的寂寞无声相对照,因此游子格外思念故乡。颔联将十种景物联成一串,构成冷画面,用以表达旅途跋涉的辛苦,因此成为千古名句。鸡叫就起身,在月光下收拾行装,可见旅客起身之早。颈联写路途所见景物,写的是刚上路的景色。扣"早行"。尾联照应"客行悲故乡",怀念杜陵家居闲适生活,与旅途劳顿形成对比。

【思考与练习】

一、诗人是如何写"早行"的？
二、分析"鸡声茅店月,人迹板桥霜"的意境。
三、背诵全诗

张养浩(1270—1329),字希孟,号云庄,济南(今属山东)人。元代散曲作家,为人正直敢言,故为权贵嫉恨。少有才学,被荐为东平学正。历仕监察御史、右司都事、礼部尚书、中书省参知政事等。后辞官归隐,天历二年(1329年),关中大旱,出任陕西行台中丞。是年,积劳成疾,逝世于任上。著有《云庄休居自适小乐府》。

山坡羊·潼关怀古

张养浩

峰峦如聚,波涛如怒,山河表里潼关路[1]。望西都,意踌躇[2]。伤心秦汉经行处,宫阙万间都做了土。兴,百姓苦;亡,百姓苦。

(朱东润主编:《中国历代文学作品选》,上海古籍出版社,2002年。)

【注释】

[1] 山河表里潼关路:形容潼关一带地势险要。具体指潼关外有黄河,内有华山。表里,即内外。《左传·僖公二十八年》:"表里山河,必无害也。"潼关,古关口名,在今陕西省临潼县,关城建在华山山腰,下临黄河,扼秦、晋、豫三省要冲,非常险要,为古代入陕门户,是历代的军事重地。

[2] 西都:秦、西汉建都长安,东汉建都洛阳,因此称洛阳为东都,长安为西都。这是泛指秦汉以来在长安附近所建的都城。踌躇:一作"踟蹰(chí chú)",犹豫、徘徊不定,心事重重,此处形容思潮起伏,感慨万端陷入沉思,表示心里不平静。

【简析】

《元史·张养浩传》中记载:"天历二年,关中大旱,饥民相食,特拜陕西行台中丞。既闻命,即散其家之所有与乡里贫乏者,登车就道,遇饿者则赈之,死者则葬之。道经华山,祷雨于岳祠,泣拜不能起,天忽阴翳,一雨二日。"这首小令,就是他赈灾路过潼关之作。

"峰峦如聚",写山。潼关东面为崤山,北有中条,西接华岳三峰。"聚"写出了众山聚集的动势。"波涛如怒"写出黄河的奔腾之势。"山河表里潼关路"和山水为一体,点出眺望的立足点。诗人遥望曾为西周、秦汉、隋唐十个王朝的都城长安一带,不禁悲从中来,一个个王朝苦心经营的宫殿,都随着王朝的覆灭而被毁坏。而王朝的兴替,受苦的永远是百姓:"兴,百姓苦,亡,百姓苦。"封建统治阶级与人民的根本利益是对立的,虽然有的人打着"救民于水火"的旗号。

【思考与练习】

一、这首小令的写景与抒情是如何结合的?

二、背诵这首诗。

袁枚(1716—1798),清代诗人、散文家。字子才,号简斋,晚年自号仓山居士、随园主人、随园老人。浙江钱塘(今杭州)人。乾隆四年进士,历任溧水、江宁等县知县,有政绩,40岁即告归。在江宁小仓山下筑随园,吟咏其中。广收诗弟子,女弟子尤众。袁枚是乾嘉时期代表诗人之一,与赵翼、蒋士铨合称"乾隆三大家"。

马 嵬

袁 枚

莫唱当年《长恨歌》,人间亦自有银河。

石壕村里夫妻别,泪比长生殿上多。

([清]袁枚著,周本淳标校:《小仓山诗文集》,上海古籍出版社,1988年。)

【简析】

袁枚的《马嵬》有四首,这里选的是第二首。马嵬为杨贵妃的葬身之处。李隆基与杨贵妃的爱情故事,经白居易《长恨歌》、白朴的《秋雨梧桐》和洪昇的《长生殿》等诗歌戏曲的传唱,广为人知。不过,民间百姓的夫妻离别之苦远甚于帝妃别离之苦。而作为封建社会政治中心的帝王,他们的悲欢离合受到人们较多的关注,但是,更应该看到,身处社会下层的平民百姓往往比帝王后妃的生活更加艰难,也应该得到关心。诗歌以"莫唱"二字起首,以"亦自"与之呼应。诗句通俗如话,而见解深刻。

【思考与练习】

一、比较《长恨歌》与《马嵬》的主题。

二、背诵这首诗。

甘 肃 省

使 至 塞 上
王 维

单车欲问边,属国过居延[1]。

征蓬出汉塞,归雁入胡天。

大漠孤烟直,长河落日圆[2]。

萧关逢候骑,都护在燕然[3]。

(马茂元、赵昌平选注:《唐诗三百首新编》,商务印书馆,2020年。)

【注释】

[1] 单车:一辆车,车辆少,这里形容轻车简从。问边:到边塞去察看。属国:典属国的简称,这里指官名,秦汉时有一种官职名为典属国。

[2] 大漠:大沙漠。此处大约是指凉州之北的沙漠。孤烟:赵殿成注有二解,一云古代边防报警时燃狼粪,"其烟直而聚,虽风吹之不散";二云塞外多旋风,"袅烟沙而直上"。长河:指流经凉州(今甘肃武威)以北沙漠的一条内陆河,这条河在唐代叫马成河。

[3] 萧关:古关名,又名陇山关,故址在今宁夏固原东南。候骑(hòu jì):负责侦察、通讯的骑兵。王维出使河西并不经过萧关,此处大概是用何逊诗"候骑出萧关,追兵赴马邑"之意,非实写。都护:唐朝在西北边疆置安西、安北等六大都护府,其长官称都护,每府派大都护一人,副都护二人,负责辖区一切事务。这里指前敌统帅。燕然(yān rán):燕然山,即今蒙古国杭爱山。东汉窦宪北破匈奴,曾于此刻石记功。

【简析】

这首诗叙述了作者出使塞外的艰苦行程,描绘了塞外奇特壮美的风光,歌颂了河西军队的声威,同时也表达了诗人的抑郁、孤寂的思想感情。

首联交代行程,颔联由"归雁"一语可知,这次出使边塞的时间是春天。途中见数行归雁北翔,诗人即景设喻,用归雁自比,既叙事,又写景,一笔两到,贴切自然。颈联"大漠孤烟直,长河落日圆"更是千古名句。写进入边塞后所看到的塞外雄伟奇丽的风光,画面开阔,意境雄浑,一个"圆"字,一个"直"字,不仅准确地描绘了沙漠的景象,而且表现了作者深切的感受。诗人把自己的孤寂情绪巧妙地溶化在广阔的自然景象的描绘中。《红楼梦》第四十八回里说:"'大漠孤烟直,长河落日圆'。想来烟如何直?日自然是圆的。这'直'字似无理,'圆'字似太俗。合上书一想,倒像是见了这景的。要说再找两个字换这两个,竟再找不出两个字来。""诗的好处,有口里说不出来的意思,想去却是逼真的;又似乎无理的,想去竟是有理有情的。"这段话可算道出了这两句诗高超的艺术境界。最后两句表现了诗人对边关将士的敬慕之情。

【思考与练习】

一、"征蓬出汉塞,归雁入胡天"蕴含作者怎样的感情?

二、分析"大漠孤烟直,长河落日圆"写景之妙。

三、背诵全诗。

王之涣(688—742),字季凌,唐代诗人,原籍晋阳(今山西太原),后迁居至绛州(今山西新绛)。曾任冀州衡水主簿,被诬陷去官,后复出担任文安县尉,漫游十五年,足迹遍及黄河南北。存诗六首,其代表作有《登鹳雀楼》《凉州词》等。

凉 州 词

王之涣

黄河远上白云间,一片孤城万仞山。

羌笛何须怨杨柳,春风不度玉门关[1]。

([清]沈德潜选注:《唐诗别裁集》,上海古籍出版社,2013年。)

【注释】

[1] 杨柳:指"折杨柳曲",是一种哀怨的曲调。玉门关:关名,在今甘肃省敦煌市西南,是古代通西域的要道。

【简析】

这首诗又名《出塞》。郭茂倩《乐府诗集》卷七十九《近代曲词》载有《凉州歌》,并引《乐苑》云:"《凉州》,宫调曲,开元中西凉府都督郭知运进。"凉州,属唐陇右道,治所在姑臧县(今甘肃武威)。

诗的首句,写汹涌澎湃的黄河,发源于云端,气势雄伟,意境开阔。"一片孤城万仞山",在苍茫辽阔的西北高原上,凉州城的戍边堡垒,地处险要,境界孤危。一个"孤"字,写出玉门关的荒凉、孤寂、冷清,用"一片"而不用"一座",使这所孤城在广阔背景下更显得单薄。将士们就驻守在这样一个极其险恶的环境中,守边艰苦不得与家人团聚,也感受不到君王的恩惠,羌笛奏着《折杨柳》凄切的曲调,勾起征夫离愁,倾诉出将士们的心声。唐时有折柳赠别的风俗,但关外春风不度,杨柳不青,无法折柳寄情。"春风不度玉门关",朝廷似乎忘记了戍边战士的存在,边关将士几乎没有回家的希望,据《资治通鉴·唐纪》载,玄宗时,改府兵为募兵,兵士戍边时间从一年延至三年、六年,终于成为久戍之役,"天宝以后,山东戍卒还者十无二、三"。然而,诗人作"何须怨",显得深沉含蓄,耐人寻味。因此,章太炎认为此诗是边塞诗的绝唱。

【思考与练习】

一、有人以为"何须怨"表达了一种憎恨与愤怒,你体会到了什么?

二、唐人有临别折柳相赠的风俗,有哪些关于折柳的名句与名诗?

宁夏回族自治区

李益(748—约829),字君虞,凉州姑臧(今甘肃武威)人。代宗时迁居洛阳。大历四年(769年)进士及第。宪宗时,历任秘书少监、集贤殿学士,官至右散骑常侍。文宗时加礼部尚书衔致仕。久历戎幕,多写边塞题材,悲歌慷慨。兼工众体,尤以七绝见长。胡应麟《诗薮》云:"七言绝,开元以下,便当以李益为第一,如《夜上西城》《从军北征》《受降》《春夜闻笛》诸篇,可与太白、龙标竞爽。"有《李君虞诗集》,《全唐诗》存诗二卷。

夜上受降城闻笛

李 益

回乐烽前沙似雪[1],受降城下月如霜。

不知何处吹芦管[2],一夜征人尽望乡。

(马茂元、赵昌平选注:《唐诗三百首新编》,商务印书馆,2020年。)

【注释】

[1]回乐烽:烽火台名,当在回乐县境内。回乐县故址在今宁夏灵武县南。
[2]芦管:即指题中之"笛"。

【简析】

受降城为唐高宗神龙三年张仁愿所筑,以防突厥,共有中、东、西三城。中城在今内蒙古包头市西;东城在今内蒙古托克托南;西城在今内蒙古杭锦后旗乌加河北岸。历来注家注此诗,都注受降城为张仁愿所筑东、中、西三城中的某一城。其实此诗中受降城乃灵州(今宁夏回族自治区灵武县西南)州治所在地回乐县。贞观二十年,唐太宗曾亲临灵州接受突厥一部的投降,故称灵州城为"受降城"。在唐代,这里是防御突厥、吐蕃的前线。

首二句写登城楼所见的月下景色。回乐烽前的沙地在凄冷的月光之下洁白似雪,受降城外满地都是清冷如霜的月色。这凄苦的场景,正是触发征人乡思的典型环境。在这万籁俱寂的静夜里,夜风送来了凄凉的芦管声,一夜间出征人都眺望故乡。诗的自然环境与芦管曲调融为一体。"不知何处吹芦管,一夜征人尽望乡","不知"两字写出了征人迷惘的心情,"尽"字写出了将士们的共鸣。

从全诗来看,前两句写的是色,第三句写的是声;末句抒心中所感,写的是情。诗中的景色、音乐、感情三者融合为一体,组成了一个完整的艺术整体,意境浑成,简洁空灵,而又含蕴不尽。因而明朝胡应麟在《诗薮·内编》中,盛赞李益的这首《夜上受降城闻笛》为中唐七绝之冠。

【思考与练习】

一、这首诗被推崇为中唐边塞诗的绝唱,抒发了诗人怎样的思想情感?

二、前两句为什么把"沙"比喻成"雪"、而把"月"比喻成"霜"?

新疆维吾尔自治区

岑参(约 715—770 年),荆州江陵(今湖北江陵)人。岑参早岁孤贫,从兄就读,遍览史籍。唐玄宗天宝三载(744 年)进士,初为率府兵曹参军。后两次从军边塞,先在安西节度使高仙芝幕府掌书记;天宝末年,封常清为安西北庭节度使时,为其幕府判官。代宗时,官嘉州刺史(今四川乐山),世称"岑嘉州"。长于七言歌行,对边塞风光,军旅生活,以及少数民族的文化风俗有亲切的感受,故其边塞诗尤多佳作。风格与高适相近,后人并称为"高岑"。

白雪歌送武判官归京

岑 参

北风卷地白草折,胡天八月即飞雪。
忽如一夜春风来,千树万树梨花开。
散入珠帘湿罗幕,狐裘不暖锦衾薄。
将军角弓不得控,都护铁衣冷难著。
瀚海阑干百尺冰,愁云惨淡万里凝。
中军置酒饮归客,胡琴琵琶与羌笛。
纷纷暮雪下辕门,风掣红旗冻不翻。
轮台东门送君去,去时雪满天山路。
山回路转不见君,雪上空留马行处。

([唐]岑参撰,廖立笺注:《岑嘉州诗笺注》,中华书局,2004年。)

【简析】

岑参有丰富的边塞生活体验,充满异域情调的风土人情,尤其是西北边地雄奇壮丽的自然风光,深深吸引了这位好奇的诗人。

这首诗以瑰丽壮阔的雪景衬托依依惜别的感情。开头两句写威猛凌厉的北风,八月骤降的飞雪。"即"字就写出了诗人的惊奇。"忽如一夜春风来"中的"忽如"不仅写出气候的变幻无常,而且再次传出诗人的惊喜的神情。"千树万树梨花开"颇有浪漫色彩。眼前漫天飞雪的北国风光化为千树万树梨花怒放的壮美景象,从而唤起读者心中蓬勃浓郁的无限春意。"散入珠帘湿罗幕"以下四句,写帐内的苦寒。从"狐裘不暖锦衾薄"和"将军角弓不得控,都护铁衣冷难着"中,可以看出诗人对这奇寒津津乐道。"瀚海阑干"句勾画出瑰奇壮丽的沙漠雪景,又为武判官安排一个典型的送别环境。于是写到中军帐置酒饮别的情景,急管繁弦中传出一种"总是关山旧别情"的意味。饯别的宴会着墨不多,显示了主次详略的安排。送客出军门,诗人点染了一个奇景:在这大风雪中,辕门外的红旗已经被冻得一动也不动,使雄伟壮阔的图画显得格外奇丽多姿。最后四句写送别,虽然友人已经消失在雪地,诗人还在看雪地上留下的足迹。言已尽而意无穷。

正是因为岑参有着开朗乐观的胸襟、浪漫的激情和对边塞自然风光的热爱,所以边塞的一切景象,不论多么单调、荒凉、寒冷,在他笔下无不呈现出奇丽壮阔的意境和新奇动人的光彩。《白雪歌送武判官归京》是如此,《走马川行奉送出师西征》《轮台歌奉送封大夫出师西征》《火山云歌送别》等也是如此。

【思考与练习】

一、分析此诗的奇情妙思的艺术特色。

二、比较高适与岑参边塞诗的异同。

青 海 省

从军行七首(选四)

王昌龄

其 一

烽火城西百尺楼,黄昏独坐海风秋。

更吹羌笛关山月,无那金闺万里愁[1]。

其 二

琵琶起舞换新声,总是关山旧别情。

撩乱边愁听不尽,高高秋月照长城。

其 四

青海长云暗雪山[2],孤城遥望玉门关。

黄沙百战穿金甲，不破楼兰终不还[3]！

其　　五

大漠风尘日色昏，红旗半卷出辕门。

前军夜战洮河北，已报生擒吐谷浑[4]。

（邹德金整理：《名家注评全唐诗》，天津古籍出版社，2010年。）

【注释】

[1] 关山月：乐府曲名，属横吹曲。多为伤离别之辞。无那：无奈，指无法消除思亲之愁。

[2] 青海：指青海湖，在今青海省西宁市西。唐朝大将哥舒翰筑城于此，置神威军戍守。长云：层层浓云。雪山：即祁连山，山巅终年积雪，故云。

[3] 穿：磨穿。破：一作"斩"。楼兰：汉时西域国名，在今新疆维吾尔自治区鄯善县东南一带。西汉时楼兰国王与匈奴勾结，屡次杀害汉朝通西域的使臣。此处泛指唐西北地区常常侵扰边境的少数民族政权。

[4] 前军：指唐军的先头部队。洮（táo）河：河名，源出甘肃临洮西北的西倾山，最后流入黄河。吐谷浑（tǔ yù hún）：中国古代少数民族名称，晋时鲜卑慕容氏的后裔。据《新唐书·西域传》记载："吐谷浑居甘松山之阳，洮水之西，南抵白兰，地数千里。"唐高宗时吐谷浑曾经被唐朝与吐蕃的联军所击败。

【简析】

《从军行七首》是王昌龄采用乐府旧题写的一组边塞诗，载于《全唐诗》卷一百四十三。这里选了四首。

组诗第一首，写征人怀乡。"烽火城西"，点明了这是在青海烽火城西的瞭望台上。荒寂的原野，四顾苍茫，只有这座百尺高楼。黄昏独坐，秋风萧瑟，传来了思乡名曲《关山月》的呜咽笛声。这缕缕笛声触发了征人思念亲人、怀恋乡土的感情，想象"金闺"中的妻子，也一定正无奈地怀念远在万里之遥的丈夫。

第二首诗截取了边塞军旅生活的一个片段。"琵琶起舞换新声"，新的乐调应该能给人以一些新的情趣、新的感受。但是，在征人看来"总是关山旧别情"，所以他们觉得

"撩乱边愁听不尽",那曲调无论什么时候,总能扰得人心烦乱不宁,征人眼前是一个月照长城的莽莽苍苍的景象。以景结情。

第四首改换角度,写将士们坚守孤城的决心。前两句提到三个地名。雪山即河西走廊南面横亘延伸的祁连山脉。青海与玉门关东西相距数千里,却同在一幅画面上出现。这幅集中了东西数千里广阔地域的长卷,就是当时西北戍边将士生活、战斗的典型环境。"青海"是吐蕃与唐军多次作战的场所;而"玉门关"外,则是突厥的势力范围。所以这两句不仅描绘了整个西北边陲的景象,而且点出了"孤城"西拒吐蕃,北防突厥的极其重要的地理形势。这两个方向的强敌,正是戍守"孤城"的将士心之所系。这两句在写景的同时渗透丰富复杂的感情:戍边将士对边防形势的关注,对自己所担负的任务的自豪感、责任感,以及戍边生活的孤寂、艰苦之感,都融合在悲壮、开阔而又迷蒙暗淡的景色里。三、四两句由情景交融的环境描写转为直接抒情。"黄沙百战穿金甲"写战士们身经百战,金甲尽管磨穿,将士的报国壮志却并没有消磨,"不破楼兰终不还",就是身经百战的将士豪壮的誓言。这种昂扬的斗志正是盛唐气象的一种表现。

"大漠风尘日色昏",塞北沙漠中大风狂起,尘土飞扬,天色为之昏暗。由于中国西北部的阿尔泰山、天山、昆仑山均呈自西向东或向东南走向,在河西走廊和青海东部形成一个大喇叭口,风力极大。因此,"日色昏"不是指天色已晚,而是指风沙遮天蔽日。就在狂风肆虐之时,前线军情十分紧急,接到战报后迅速出击。"红旗半卷出辕门"渲染艰苦卓绝而又令人兴奋的奇袭战。后两句:"前军夜战洮河北,已报生擒吐谷浑。"前锋部队已在夜战中大获全胜,连敌酋也被生擒。这几首诗从征人的角度出发,或写思绪,或写军人的坚定意志,或写一场战斗,从不同角度表现了盛唐的边塞风光与气象。

【思考与练习】

一、这几首边塞诗的景色格调怎样?为什么?

二、王昌龄是怎样表现征人思想活动的?

华东旅游区

（沪、苏、浙、鲁、皖、赣、闽）

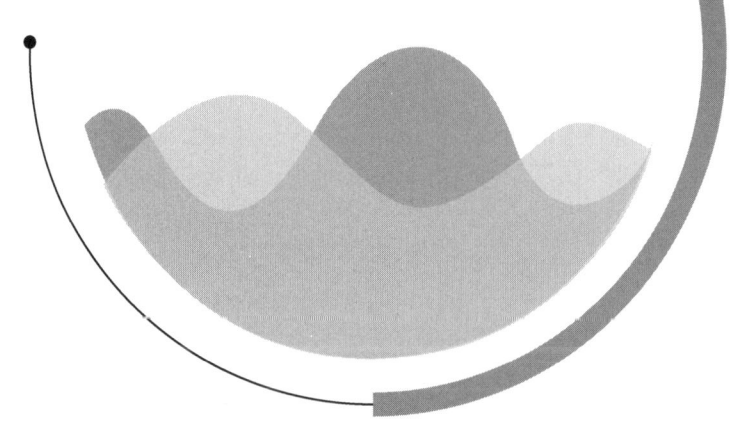

上 海 市

陶宗仪(1316—?)元末明初文学家,浙江黄岩(今浙江台州)人,字九成,号南村。元末应试不中。于学问无所不窥。元末侨寓松江之南村,因以自号。累辞辟举,入明,有司聘为教官。永乐初卒,年八十余。学识广博,辑有《说郛》《书史会要》,著《南村诗集》《辍耕录》。

南　浦

陶宗仪

如此好溪山,羡云屏九叠,波影涵素[1],暖翠隔红尘,空明里、著我扁舟容与[2]。高歌鼓枻[3],鸥边长是寻盟去。头白江南,看不了,何况几番风雨。

画图依约天开,荡清晖、别有越中真趣。孤啸拓篷窗、幽情远、都在酒瓢茶具。水葓摇晚[4],月明,一笛潮生浦。欲问渔郎无恙否?回首武陵何许[5]。

(李时人编著:《中华山水名胜旅游文学大观(诗词卷)》,三秦出版社,1998年。)

【注释】

[1] 九叠:九叠之峰,位于松江西北,包括佘山、天马山、横山、小昆山、凤凰山、厍(shè)公山、辰山、薛山和机山,九峰均在海拔100米以下,呈西南—东北走向。素:素光,指月光。

[2] 暖翠:天气晴和时青翠的山色。空明:特指月光下的清波。容与:随水波起伏动荡的样子。

[3] 鼓枻(yì):指划桨,摇桨行船。

[4] 水葓(hóng):亦作"水荭",水草名。一年生草本。全株有毛。叶子阔卵形,花红

色或白色,可观赏,花果可入药。

[5] 武陵:陶渊明《桃花源记》中描写武陵地方有世外桃源,后来就以"武陵"指代世外桃源或仙境。

【简析】

陶宗仪在明朝洪武年间隐居上海松江,并在此度过了他的多年时光。这首词是对他在隐居松江生活情怀的艺术表现。

词一开篇,以"好""羡"两个字统领全篇。"云屏九叠"状山之众而有层次,"波影涵素"描摹水之浩渺而有空间感。"暖翠"三句写泛舟的愉快心情。"高歌鼓枻"写隐士的自由。作者在领略江南风光时,又慨叹人生之短暂,更感到隐居生活值得珍惜。下片继续写景,并抒发隐逸情怀。结拍二句,用《桃花源记》的典故,既表现作者对世外乐土的憧憬,又有力地照应了开头的"好"与"羡"。

【思考与练习】

一、作者此文只是在写景吗?
二、体会本文平淡中见深沉、随意中见严谨的艺术特色。

江 苏 省

鲍照(约414—466),字明远,南朝宋文学家,东海(今江苏涟水)人。他出身寒庶,少有文学才情。因献诗临川王刘义庆,得到赏识,擢为国侍郎。但在豪门世族的压抑下,他有志难申,自步入仕途后,就一直沉沦下僚,常常是在贫病交迫之中艰难度日,正如钟嵘所说的"才秀人微,故取湮当代"。先后任太学博士、中书舍人、海虞令、秣陵令、永嘉令、临海王子顼参军。后子顼谋反赐死,他也死于乱军之中。有《鲍参军集》。

芜 城 赋

鲍 照

　　沵迤平原,南驰苍梧涨海,北走紫塞雁门[1]。柂以漕渠,轴以昆岗[2]。重江复关之隩,四会五达之庄[3]。当昔全盛之时,车挂轊,人驾肩[4]。廛闬扑地,歌吹沸天[5]。孳货盐田,铲利铜山,才力雄富,士马精妍[6]。故能侈秦法,佚周令,划崇墉,刳浚洫,图修世以休命[7]。是以板筑雉堞之殷[8],井干烽橹之勤[9],格高五岳,袤广三坟,崒若断岸,矗似长云[10]。制磁石以御冲,糊赪壤以飞文[11]。观基扃之固护,将万祀而一君[12]。出入三代,五百余载,竟瓜剖而豆分[13]。泽葵依井,荒葛冒涂[14]。坛罗虺蜮,阶斗䴏鼯[15]。木魅山鬼,野鼠城狐,风嗥雨啸,昏见晨趋[16]。饥鹰砺吻,寒鸱吓雏。伏暴藏虎,乳血飡肤[17]。崩榛塞路,峥嵘古馗。白杨早落,寒草前衰。稜稜霜气,蔌蔌风威[18]。孤蓬自振[19],惊沙坐飞。灌莽杳而无际,丛薄纷其相依[20]。通池既已夷,峻隅又以颓[21]。直视千里外,唯见起黄埃。凝思寂听,心伤已摧。

　　若夫藻扃黼帐,歌堂舞阁之基;璇渊碧树,弋林钓渚之馆[22];吴蔡齐秦之声,鱼龙爵马之玩[23];皆薰歇烬灭,光沉响绝[24]。东都妙姬,南国佳人,蕙心纨质,玉貌绛唇,莫不埋魂幽石,委骨穷尘[25]。岂忆同辇之愉乐,离宫之苦辛哉[26]?

　　天道如何,吞恨者多,抽琴命操,为芜城之歌[27]。歌曰:"边风起兮城上寒,井径灭兮丘陇残[28]。千龄兮万代,共尽兮何言[29]。"

（[南朝宋]鲍照著,丁福林、丛玲玲校注:《鲍照集校注》,中华书局,2012年。）

【注释】

[1] 沵(mí)迤:连绵倾斜的样子。苍梧:汉置郡名。治所在今广西梧州。涨海:即南海。紫塞:指长城。《文选》李善注:"崔豹《古今注》曰秦所筑长城,土皆色紫,汉塞亦然,故称紫塞。"雁门:秦置郡名。在今山西西北。以上两句谓广陵南北通极远之地。

［2］柂(duò)：同"柁"，船舵。漕渠：古时运粮的河道。这里指古邗沟。即春秋时吴王夫差所开，自今江都西北至淮安三百七十里的运河。轴：车轴。昆岗：亦名阜岗、昆仑岗、广陵岗。广陵城在其上。此句指昆岗横贯广陵城下。如车轮轴心。

［3］"重江""四会"句：谓广陵城周围江河城关重叠，地处四通八达之要冲。隩(yù)：河岸弯曲的地方。《尔雅·释言》："五达谓之康。六达谓之庄。"

［4］轊(wèi)：车轴的顶端。挂轊，即车轴头互相碰撞。驾：陵；相迫。以上两句写广陵繁华人马拥挤的情况。

［5］廛闬(chán hàn)扑地：遍地是密匝匝的住宅。廛，市民居住的区域。闬，间，里巷之门。扑地，即遍地。

［6］孳：蕃殖。货：钱财。盐田：《史记》记西汉初年，广陵为吴王刘濞所都，刘曾命人煮海水为盐。铲利：采矿取利。铜山：产铜的山。刘濞曾命人开采郡内的铜山铸钱。以上两句谓广陵有盐田铜山之利。精妍：指士卒训练有素而装备精良。

［7］侈：轶；超过。划崇墉(yōng)：谓建造高峻的城墙。划，剖开。剞(kū)浚(jùn)洫(xù)：凿挖深沟。剞，凿。浚，深。洫，沟渠。休：美好。这一句的意思是，刘濞据广陵，一切规模制度都超过秦、周。筑高墙，挖深沟，图谋国运长久和美好的天命。

［8］板筑：以两板相夹，中间填土，然后夯实的筑墙方法。这里指修建城墙。雉堞：女墙。城墙长三丈高一丈称一雉；城上凹凸的墙垛称堞。殷：盛大。

［9］井干(hán)：原指井上的栏圈，此谓筑楼时木柱木架交叉的样子。烽：烽火。古时筑城以烽火报警。橹：望楼。此谓大规模地修筑城墙，营建烽火望楼。

［10］格：格局。这里指高度。五岳：指东岳泰山、西岳华山、南岳衡山、北岳恒山、中岳嵩山。袤(mào)广：南北间的宽度称袤，东西的广度称广。三坟：说法不一。此似指《尚书·禹贡》所说兖州土黑坟，青州土白坟，徐州土赤埴坟。坟为"隆起"之意。土黏曰"埴"。以上三州与广陵相接。崒(zú)：危险而高峻。断岸：陡峭的河岸。矗(chù)：耸立。此两句形容广陵城的高峻和平齐。

［11］御冲：防御持兵器冲进来的歹徒。《太平御览》卷一八三引《西京记》："秦阿房宫以磁石为门，怀刃入者辄止之。"赪(chēng)：红色泥土。飞文：光彩相照，此谓墙上用红泥糊满，光彩焕发。

［12］基扃(jiǒng)：即城阙。固护：牢固。万祀：万年。

［13］出入：经历。三代：指汉、魏、晋。瓜剖、豆分：以瓜之剖、豆之分喻广陵城崩裂

毁坏。

[14] 泽葵:莓苔一类植物。葛:蔓草。善缠绕在其他植物上。罥(juàn):挂绕。涂:即"途"。

[15] 坛:堂中。罗:罗列;布满。虺(huǐ):毒蛇。蜮(yù):相传能在水中含沙射人的动物。形似鳖。一名短狐。麕(jūn):獐,似鹿而体形较小。鼯(wú):鼯鼠,长尾,前后肢间有薄膜,能飞,昼伏夜出。

[16] 木魅:木石所幻化的精怪。

[17] 砺:磨。吻:嘴。鸱(chī):鸱鹰。吓:怒叫声;恐吓声。乳血:饮血。飧肤:食肉。

[18] 馗(kuí):同"逵",大路。棱棱:严寒的样子。藗(sù)藗:风声劲急貌。

[19] 振:飞扬。

[20] 灌莽:草木丛生之地。杳(yǎo):幽远。丛薄:草木杂处。

[21] 通池:城濠;护城河。夷:填平。峻隅:城上的角楼。

[22] 藻扃:彩绘的门户。黼(fú)帐:绣花帐。璇渊:玉池。璇,美玉。弋(yì):用系着绳子的箭射鸟。

[23] 吴蔡齐秦之声:谓各地聚集于此的音乐歌舞。鱼龙爵马:古代杂技的名称。爵,通"雀"。

[24] "皆薰"两句:谓玉树池馆以及各种歌舞技艺,都毁损殆尽。薰,燃烧香料发出的香气。

[25] 蕙心:芳心。蕙,兰蕙。开淡黄绿色花,香气馥郁。纨质:丽质。纨,丝织的细绢。委:弃置。穷:尽。

[26] 同辇(niǎn):古时帝王命后妃与之同车,以示宠爱。离宫:即长门宫。为失宠者所居。两句紧接上文,意思是,哪里还会回忆当日同辇得宠的欢乐,或独居离宫失宠的痛苦?

[27] 抽:取。命操:谱曲。命,名。操,琴曲名。取下瑶琴,谱一首曲,作一支芜城之歌。

[28] 井径:田间的小路。丘陇:坟墓。广陵的边风急啊飒飒城上寒,田间的小路灭啊荒墓尽摧残。

[29] 千龄:千年。千秋啊万代,人们同归于死啊还有什么可言!

【简析】

鲍照以奇峭之风运妍丽之辞,所作《芜城赋》与《登大雷岸与妹书》是这种奇丽风格的代表。《芜城赋》是他凭吊广陵之作。在赋里借用了西汉时代曾在广陵建都的吴王刘濞叛乱失败的故事,讽刺宋大明年间竟陵王刘诞割据叛乱所带来的灾祸,也表露了自己的失路之悲。

广陵从西汉初年吴王刘濞在此建都以来,地方经济有所发展;在南北朝初期,是南北交通的枢纽,最为富裕繁盛。但在刘宋末期,10年中两次受到严重破坏。鲍照在刘诞乱平后,来到广陵,他目睹惨状,悲从中来,感发而作此《芜城赋》。因重点写荒凉后的广陵,所以"芜城"后来成为广陵的别称。

艺术特色:一、对比手法的成功运用。从全文来看,作者首先描绘广陵昔日"全盛之时"的繁盛景象,为下文写广陵的荒芜蓄势,然后笔锋一转,写到现在,这样一盛一衰两种情景紧紧照应,形成强烈的对照。再如第三段,昔盛今衰的对比效果也很强烈。二、夸张手法的运用。文中的极度夸张将盛衰之间的悬殊扩大到顶点,使对比效果达到极致。由此可见,对比和夸张是紧密结合的,夸张是为对比服务的。三、命题立意颇具匠心。文中的一切描写都是为了表现一个"芜"字,而又处处切合"城"字,没一点多余的笔墨,十分精警、洗练。

【思考与练习】

一、该赋抒发了自己对于人性野蛮残忍的隐痛与愤慨,展现了作者在冷酷世界中追寻美好的孤独心灵。作者用了什么表现手法?

二、作者是如何描绘广陵在刘濞时期的巨丽繁华的?

谢朓(464—499),字玄晖,陈郡阳夏(今河南太康)人。出身贵族。谢灵运的同族晚辈,人称"小谢"。最初任南齐诸王幕下参军、功曹、文学等职,曾得隋王萧子隆、竟陵王萧子良的赏识,后为齐明帝掌中书诏诰。公元495年出任宣城太守,后世又称"谢宣城"。后回朝任尚书吏部郎。东昏侯永元元年(499年),始安王萧遥光谋夺帝位,谢朓不预其谋,反遭诬陷,下狱而死,年三十六。原有集,已散佚,明代张溥辑有《谢宣城集》,录其诗170首。逯钦立《先秦汉魏晋南北朝诗》录存其诗二卷。

晚登三山[1]还望京邑

谢　朓

灞涘望长安,河阳视京县[2]。
白日丽飞甍,参差皆可见[3]。
余霞散成绮,澄江静如练[4]。
喧鸟覆春洲,杂英满芳甸[5]。
去矣方滞淫,怀哉罢欢宴[6]。
佳期怅何许,泪下如流霰[7]。
有情知望乡,谁能鬒不变[8]?

（[梁]萧统编,[唐]李善、吕延济、刘良、张铣、吕向、李周翰注:《六臣注文选》,中华书局,2012年。）

【注释】

[1] 三山：山名,在今南京市西南。
[2] 灞涘(bà sì)望长安：借用汉末王粲《七哀诗》"南登霸陵岸,回首望长安"诗意。灞,水名,源出陕西蓝田,流经长安城东。河阳：治今河南孟州市西。京县：指西晋都城洛阳。
[3] 丽：使动用法,这里有"照射使……色彩绚丽"的意思。飞甍(méng)：上翘如飞翼的屋脊。甍,屋脊。参差：高下不齐的样子。
[4] 绮：有花纹的丝织品,锦缎。澄江：清澈的江水。练：洁白的绸子。
[5] "喧鸟"句：形容鸟儿众多。覆：盖。杂英：各色的花。甸：郊野。
[6] 方：将。滞淫：久留,淹留。怀：想念。
[7] 佳期：指归来的日期。怅：惆怅。霰(xiàn)：小雪珠。
[8] 鬒(zhěn)：黑发。这一句的意思是,有情之人都思念家乡,谁能够不为此而白了头发呢?

【简析】

这首诗抒写诗人登临三山遥望京邑所引起的对往昔欢会的留恋和去国怀乡的

忧思。

"灞涘望长安,河阳视京县。"以变化运用前人诗句发端。王粲《七哀诗》:"南登霸陵岸,回首望长安。"潘岳《河阳县作》:"引领望京室,南路在伐柯。"谢朓不直接说自己望京,而以王粲、潘岳的望京点出。王粲避乱逃离长安,潘岳负才不遇,渴望回京做大官。他们的遭遇和心情,引起谢的共鸣。借他人酒杯,浇自己块垒。这样比兴引喻,表达作品的题意,既不流于浅露,又给读者以鲜明印象,而且起句就直抒胸臆,显得很有气势。

"白日丽飞甍,参差皆可见。"这两句承上"望""视",概括地写在三山之上俯视建业所见到的景色。夕阳照耀在飞甍的楼阁屋檐上,参差错落,斑斓夺目,这是一幅建业城的夕阳鸟瞰图。

"余霞散成绮,澄江静如练。"仰视天空,晚霞漫天,蔓延铺展开去,像一片人工织成的五彩锦绣散满天空;俯视长江,江水澄净,像在大地上铺展开的一匹匹无尽头的白绢素练。这两句设喻奇妙贴切,把散开的晚霞比做织锦,把澄澈的江流比做素绢;天光水色,浓淡相映,创造了引人入胜的优美意境,向为后人所激赏。李白的"解道澄江静如练,令人长忆谢玄晖"即出于此。

"喧鸟覆春洲,杂英满芳甸。"喧闹的鸟儿盖满了春天的洲渚,野草野花生长在散发着芳香的原野上。这是细笔写近景。春天的洲渚上,江潮退过,群鸟喧闹争食,说"覆",既写出喧鸟之多,也写出群鸟争食飞降扑打的种种情景;而原野上,野花争春,放眼望去,一片花的世界、芳香的世界。用"满"字,形容花的盛开,展现出一片生机。眼前晚春景色美不胜收,深深触动了游子的思乡之情。以下转入写久滞京国怀恋故乡之情。

"去矣方滞淫,怀哉罢欢宴。"化用《诗经》和王粲诗意。王粲《七哀诗》:"荆蛮非我乡,何为久滞淫。"《诗经·王风·扬之水》:"怀哉怀哉!曷月予旋归哉?"借以写想要离开此地而又被滞留,由于深切怀念家乡,连欢宴之情也没有了。吴淇在《六朝选诗定论》中说这两句诗:"然此地(指三山)虽非京邑,景亦颇佳。即有宣城之行,只得且为迟留。但信美非吾土,故以怀乡之故而欢宴为之罢也。"这两句承上因眼前美景触动乡愁,虽生乡愁却不得归,欢宴为之罢,转折顿挫,情深意真。

"佳期怅何许,泪下如流霰。"佳期,指还乡之期;知何许,不知何时。诗以反问句写还乡无期之悲痛;泪下如霰,具体形象地描写惆怅而泪下的痛苦心情。

"有情知望乡,谁能鬓不变?"因望乡而愁白了头发,有情之人都是这样的。"有情",

照应开篇两句,王粲、潘岳皆为有情者,《扬之水》作者亦为有情者,天下所有"知望乡"而头白者皆为有情之人。诗从己身推开,以反问句指出普天之下怀念家乡、思念故土亲人的人都是有情者,"有情皆然",从而做了最普遍的概括,使诗歌具有了广泛的社会意义,把诗人怀念故乡的深情作了最充分的表达。

因景生情,情景结合;对偶声律,细致工密;风格清丽,自然飘逸。诗人以自然流畅的语言,将眼前层出不穷、清丽多姿的自然景观编织成一幅色彩鲜明而又和谐完美的图画,使读者感受到春天的色彩、春天的声音和春天的气息。而这明媚秀丽的景物又与诗人思乡的情思自然融合,显得深婉含蓄,具有很强的艺术感染力。

【思考与练习】

一、谢朓的山水诗的贡献。

二、谢朓在这首诗中抒发了什么情感?

江淹(444—505),字文通,祖籍济阳考城(今河南民权东北),实际在江苏南部长大。少孤贫,历仕宋、齐、梁三朝。梁武帝时,迁金紫光禄大夫,封醴陵侯。少年时以文章著名,晚年才思减退,世有"江郎才尽"之说。诗善刻画模拟,小赋遣词精工,尤以《别赋》《恨赋》脍炙人口。今有《江文通集》传世。

别　　赋

江　淹

黯然销魂者,唯别而已矣[1]?况秦、吴兮绝国,复燕、宋兮千里[2]。或春苔兮始生,乍秋风兮暂起。是以行子肠断[3],百感凄恻。风萧萧而异响,云漫漫而奇色。舟凝滞于水滨,车逶迟于山侧,棹容与而讵前,马寒鸣而不息[4]。掩金觞而谁御,横玉柱而沾轼[5]。居人愁卧,怳若有亡[6]。日下壁而沉彩,月上轩而飞光[7]。见红兰之受露,望青楸之离霜[8],巡曾楹而空掩,抚锦幕而虚凉[9]。知离梦之踯躅,意别魂之飞扬[10]。

故别虽一绪,事乃万族[11]。至若龙马银鞍,朱轩绣轴[12]。帐饮东都[13],送客金谷[14]。琴羽张兮萧鼓陈[15],燕、赵歌兮伤美人[16]。珠与玉兮艳暮秋,罗与绮兮娇上春[17]。惊驷马之仰秣,耸渊鱼之赤鳞[18]。造分手而衔涕[19],感寂漠而伤神。

乃有剑客惭恩,少年报士,韩国赵厕,吴宫燕市[20],割慈忍爱,离邦去里[21],沥泣共诀,抆血相视[22]。驱征马而不顾,见行尘之时起。方衔感于一剑,非买价于泉里[23]。金石震而色变[24],骨肉悲而心死[25]。

或乃边郡未和,负羽从军[26]。辽水无极,雁山参云[27]。闺中风暖,陌上草熏[28]。日出天而曜景,露下地而腾文[29]。镜朱尘之照烂,袭青气之烟煴[30]。攀桃李兮不忍别,送爱子兮霑罗裙。

至如一赴绝国,讵相见期[31]?视乔木兮故里,决北梁兮永辞[32]。左右兮魂动,亲宾兮泪滋。可班荆兮赠恨[33],唯罇酒兮叙悲。值秋雁兮飞日,当白露兮下时。怨复怨兮远山曲,去复去兮长河湄[34]。

又若君居淄右,妾家河阳[35]。同琼珮之晨照[36],共金炉之夕香。君结绶兮千里,惜瑶草之徒芳[37]。惭幽闺之琴瑟,晦高台之流黄[38]。春宫闷此青苔色[39],秋帐含兹明月光。夏簟清兮昼不暮,冬釭凝兮夜何长[40]!织锦曲兮泣已尽,回文诗兮影独伤。

傥有华阴上士,服食还山[41]。术既妙而犹学,道已寂而未传,守丹灶而不顾,炼金鼎而方坚[42]。驾鹤上汉[43],骖鸾腾天[44]。暂游万里,少别千年。惟世间兮重别,谢主人兮依然[45]。

下有芍药之诗[46],佳人之歌[47],桑中卫女,上宫陈娥[48]。春草碧色,春水渌波[49],送君南浦[50],伤如之何!至乃秋露如珠,秋月如珪,明月白露,光阴往来[51]。与子之别,思心徘徊。

是以别方不定,别理千名[52],有别必怨,有怨必盈。使人意夺神骇,心折骨惊。虽渊、云之墨妙[53],严、乐之笔精[54],金闺之诸彦[55],兰台之群英[56],赋有凌云之称[57],辩有雕龙之声[58],谁能摹暂离之状,写永诀之情者乎?

(刘文忠选注:《汉魏六朝文选》,人民文学出版社,2011年。)

【注释】

[1] "黯然"二句：总括全篇,让人丧魂失魄的,莫过于别离了。

[2] 绝国：绝远之地。

[3] 行子：远行在外的人。

[4] 凝滞：停留不动。逶迟：徘徊不进。棹(zhào)：桨。容与：从容闲舒,此处引申为荡漾不进。讵：岂。不息：不停。

[5] 觞(shāng)：酒杯。御：进。横：横持,此处引申为搁置。柱：指琴瑟上用以系弦之木,此处泛指乐器。轼：车前横木。霑轼：指泪水浸湿了车轼。

[6] 居人：与"行子"相对,指留在家里的人。亡：失。

[7] 轩：有窗槛的长廊,槛板。

[8] 红兰：即秋兰。楸(qiū)：落叶乔木,古人多植之于道旁。离：罹,遭。

[9] 曾楹(yíng)：高大的屋前柱。此处指高大的楼房。幕：帷帐。

[10] 踯躅(zhí zhú)：踌躇不前。

[11] 族：类。

[12] 朱轩绣轴：形容车乘的华贵。

[13] 帐饮东都：汉都长安有东都门,西汉疏广曾为太子太傅,深受朝廷器重,告老还乡时,皇帝给他以重赏,其故旧和公卿大夫们还在东都门外设宴欢送。

[14] 送客金谷：金谷在洛阳西北,晋石崇曾在此造园。征西将军祭酒王诩要回长安,石崇聚众于金谷别墅隆重欢送。

[15] 羽：古五音之一。张：奏。陈：列。

[16] 燕、赵：皆古国名,古诗有"燕赵多佳人,美者颜如玉",故古诗文中称美人常言燕、赵。

[17] 珠、玉、罗、绮：指乐伎的穿戴装饰。

[18] 驷马：古时一乘车驾四匹马称驷马。仰秣：马从槽中仰起头听琴,不顾吃草。赤鳞：指鱼跳出水面出听。此句是用《韩诗外传》中的典故,形容音乐之美。

[19] 造：到。衔涕：含泪。

[20] 韩国：指聂政刺杀韩相事。赵厕：指豫让刺赵襄子事。吴宫：指专诸刺吴王僚事。燕市：指荆轲刺秦王事。以上均见《史记·刺客列传》。

[21] 邦、里：指家乡。去里：离开故乡。

[22] 沥泣：洒泪。抆(wěn)：擦拭。

[23] "方衔"二句：说剑客行刺，并非以死换取声价，而是感于知遇之恩。

[24] 金石震而色变：荆轲与秦武阳入秦，秦王陛见，钟鼓齐鸣，群臣皆呼万岁，秦武阳万分恐惧，面如死灰。此句用这一典故。金石，指钟磬一类乐器。

[25] 骨肉悲而心死：形容悲哀之甚。据《史记·刺客列传·聂政》，聂政刺杀侠累，恐连累他人，毁容自尽。政姊荣曰："妾其奈何畏殁身之诛，终灭贤弟之名！""金石"二句的意思是：这种惊天动地的事情，连金石都要受到振动而变色，骨肉至亲就更悲痛心碎了。

[26] 负羽：背箭而行。羽，箭。

[27] 辽水：即今辽河，与雁山均泛指边塞山河。无极：无边。

[28] 熏：花的香气。

[29] 曜(yào)：照。景：日光。文：文彩。

[30] 镜：这里用作动词。青气：春天之气。烟煴(yān yūn)：云烟弥漫貌。

[31] 讵：岂。

[32] 视乔木：《论衡·佚文》："睹乔木知旧都。"决：通"诀"。

[33] 班：布。班荆，布荆草于地而坐。赠恨：向对方诉说离别之苦。

[34] 湄(méi)：水边。

[35] 淄右：泛指塞外。河阳：在今河南孟县境内，此处泛指内地。

[36] 琼珮：玉珮。

[37] 绶：系印的丝带。结绶：指作官。瑶草：喻闺中少妇。

[38] 流黄：黄绢，借指帷幕。

[39] 闷(bì)：闭门。

[40] 簟(diàn)：竹席。釭(gāng)：灯。

[41] 华阴：在今陕西，此泛指求仙处。上士：贤士，此指道士。服食：道家迷信，认为炼丹服食，可以成仙。

[42] "术既"四句：说道行已深，还在修炼；不恋人世，一心求丹。

[43] 汉：天河。

[44] 骖(cān)：驾三马，此指车驾。鸾：传说中凤凰一类的鸟，泛指仙禽。

[45] 谢：辞别。依然：依恋的样子。此句为用典。据《列仙传》，王子晋成仙三十余年后，见桓良说："告我家，七月七日，待我缑氏山头。"他果然如期乘白鹤而至，举手向世人辞谢，数日后离去。

[46] 芍药之诗：指《诗经·郑风·溱洧》"维士与女,伊其相谑,赠之以芍药"。

[47] 佳人之歌：李延年歌,"北方有佳人"。此以二诗喻男女相恋。

[48] 桑中、上宫：见《诗经·鄘风·桑中》："期我乎桑中,要我乎上宫,送我乎淇之上矣。"卫女、陈娥：泛指恋爱中的少女。

[49] 渌(lù)：水清。

[50] 南浦：见《九歌·河伯》："送美人兮南浦",以后诗文中多以泛指送别之地。

[51] 光阴往来：指季节更换,时光流逝。

[52] 别方：别离之处。别理：别离的原因。

[53] 渊、云：指王褒(字子渊)与扬雄(字子云),二人均汉代著名辞赋家。

[54] 严、乐：指严安、徐乐。二人均汉代著名的文章之士。

[55] 金闺：指金马门,汉代掌著作的官署。彦,士的美称。

[56] 兰台：汉宫中藏书处,有兰台令史,掌典校图籍、治理文书。

[57] 《史记·司马相如列传》："相如既奏《大人》之赋,天子大说,飘飘有凌云之气,似游天地间。"

[58] 雕龙：比喻文词优美,好似雕镂龙文。

【简析】

江淹事刘宋建平王景素,刘景素调任南徐州刺史,江淹就回到京口,景素谋反,江淹多次劝谏,刘景素不听,反而怀恨在心,到京口后借故把他贬为建安吴兴(今福建浦城)令。江淹在吴兴三年不得志,而创作上却是一生最突出的时期,《别赋》就写于此时。江淹列举公卿、戍人、侠客、游宦、成仙、情人等各类情景,最后归到离别悲伤的沉重难以言表。结构上,首以"黯然销魂者,唯别而已矣"定一篇之基调；中以"故别虽一绪,事乃万族"铺陈各种别离之情状,写特定人物同中有异的别离之情；末以"别方不定,别理千名"打破时空的方法归结,概括出人类别离的共有感情。《别赋》善于借环境描写渲染感情,尤其是写江南(也是他生长的地方)春天景色的几句,情景交融,意境优美,语言清丽,因此成为千古名句。这也反映了江淹在被贬建安吴兴令时,眷念徐扬(南徐州和扬州)的心态。

《恨赋》与《别赋》为姊妹篇。一般人认为《别赋》比《恨赋》更为出色,但从江淹本人来说,《恨赋》是总纲,《别赋》则专门写一种愁恨。因此,钱锺书《管锥篇》论《恨赋》《别赋》说："'盖有别必怨,有怨必盈',实即恨之一端,其所谓'一赴绝国,讵相见期',讵非《恨赋》之附庸而蔚为大国者？而他赋之于《恨赋》,不啻众星之拱北辰也。"这是事实,只是《别赋》的语言特别优美,作者大量运用双句对偶、骈四俪六的句法结构,而又出之清新自然的风格,因此后人对其喜爱的程度更胜《恨赋》。

【思考与练习】

一、《别赋》的写法与《恨赋》的相似之处有哪些?

二、《别赋》是如何写几种类型的离别的?

王湾(约 693—约 751),字不详,唐代诗人,洛阳(今属河南)人。玄宗先天元年(712 年)进士及第,授荥阳县主簿。后由荥阳主簿受荐编书,参与集部的编撰辑集工作,书成之后,因功授任洛阳尉。《河岳英灵集》选其诗八首,《全唐诗》存其诗十首。

次北固山下[1]

王 湾

客路青山外, 行舟绿水前。
潮平两岸失[2],风正一帆悬。
海日生残夜, 江春入旧年。
乡书何处达? 归雁洛阳边。

([清]沈德潜选注:《唐诗别裁集》,上海古籍出版社,2013 年。)

【注释】

[1] 计有功《唐诗纪事》卷十五题作《江南意》,诗句出入也较大。全诗如下:"南国多新意,东行伺早天。潮平两岸失,风正一帆悬。海日生残夜,江春入旧年。从来观气象,惟向此中偏。"

[2] "两岸失":言潮平不见岸也。一作"两岸阔"。

【简析】

北固山在今江苏镇江北,三面临长江。诗以对偶句发端,既工丽,又跳脱。"客路",

指作者要去的路。"青山"点题中"北固山"。作者乘舟,正朝着展现在眼前的"绿水"前进,这一联先写"客路"而后写"行舟",其人在江南、神驰故里的漂泊羁旅之情,已流露于字里行间,与末联的"乡书""归雁",遥相照应。"潮平两岸失",春潮涌涨,江水浩渺,放眼望去,江面似乎与岸平了,船上人的视野也因之开阔。"失",是表现"潮平"的结果,但更是长江两岸之宽阔无边的写照,唐宋时候,扬州和镇江的长江两岸相距19公里,诗人在长江航行是看不到岸边的,因此《河岳英灵集》作"潮平两岸失"。"潮平"一联写得宏阔,"风正一帆悬",便愈见精彩。"悬"说明是顺风,而且是和风,故船帆高挂。"海日生残夜"是说黑夜未尽,旭日已经升映海面,写江上旭日出得早。"江春入旧年"旧年还没有过,江南已是春意盎然。写江南春色来得快。江中日早,客冬立春,本寻常意,一经锤炼,便成奇绝。尾联说自己归乡不得,盼望鸿雁捎回书信,遥应首联,表达了一种故园之思。

【思考与练习】

一、分析千古名句"海日生残夜,江春入旧年"的艺术成就。

二、背诵全诗,体会全诗用笔自然、写景鲜明、情景交融、风格壮美、极富韵致的特点。

李白(701—762),字太白,号青莲居士,祖籍陇西成纪(今甘肃静宁西南),隋朝末年,其家族迁徙到中亚碎叶城(唐时属安西都护府,在今吉尔吉斯斯坦北部托克马克附近),李白即诞生于此。李白生活在唐代极盛时期,其诗风豪迈洒脱,构思奇特,语言清新明快,音律和谐多变,气势雄浑瑰丽。同时,他善于从民歌、神话中汲取营养素材,构成其特有的瑰丽绚烂的色彩,达到了我国古代积极浪漫主义诗歌艺术的高峰。现存诗900余首,有《李太白集》。

登金陵凤凰台

李 白

凤凰台上凤凰游,凤去台空江自流[1]。

吴宫花草埋幽径,晋代衣冠成古丘[2]。

三山半落青天外,二水中分白鹭洲[3]。

总为浮云能蔽日,长安不见使人愁[4]。

([清]乾隆御定,乔继堂整理:《唐宋诗醇》,上海科学技术文献出版社,2020年。)

【注释】

[1] 凤凰台:故址在南京凤凰山。据《江南通志》载:"凤凰台在江宁府城内之西南隅,犹有陂陀,尚可登览。宋元嘉十六年,有三鸟翔集山间,文彩五色,状如孔雀,音声谐和,众鸟群附,时人谓之凤凰。起台于山,谓之凤凰山,里曰凤凰里。"江:长江。

[2] 吴宫:三国时孙吴第一个于金陵建都筑宫。晋代:指东晋,南渡后也建都于金陵。衣冠:指的是东晋文学家郭璞的衣冠冢。这里借指豪门世族。衣冠,士大夫的穿戴,借指士大夫、官绅。成古丘:晋明帝当年为郭璞修建的衣冠冢豪华一时,然而到了唐朝诗人来看的时候,已经成为一个小丘了。现今这里被称为郭璞墩,位于南京玄武湖公园内。

[3] 三山:山名。南京西南长江边上,三峰并列,南北相连,故号三山。明初朱元璋筑城时,将这三座山填进了燕雀湖。三山挖平后,在山基修了一条街道,取名为三山街。半落青天外:形容极远,看不大清楚。二水:指秦淮河流经南京后,西入长江,被横截其间的白鹭洲分为二支。"二水"一作"一水"。白鹭洲:古代长江中的沙洲,洲上多集白鹭,故名。今已与陆地相连,位于今南京市江东门外。

[4] 总为:一作"尽道"。浮云蔽日:比喻谗臣当道障蔽贤良。浮云:比喻奸邪小人。汉朝陆贾《新语·慎微篇》:"邪臣之蔽贤,犹浮云之障日月也。"日:一语双关,因为古代把太阳看作是帝王的象征。长安:这里用京城指代朝廷和皇帝。

【简析】

《登金陵凤凰台》是李白集中为数不多的七言律诗之一。此诗一说是天宝(唐玄宗年号,742—756)年间,作者奉命"赐金还山",被排挤离开长安,南游金陵时所作;一说是作者流放夜郎遇赦返回后所作;也有人称是李白游览黄鹤楼,并留下"眼前有景道不得,崔颢题诗在上头"后写的,是想与崔颢的《黄鹤楼》争胜。

这是一首登临怀古之作。金陵是六朝古都,六朝的繁华一去不复返,凤凰台上,凤去台空,只有长江的水仍然不停地流着。三国时的吴和后来的东晋,先后在金陵建都,现在只剩下花草繁茂的幽径和名门世族的古墓。"三山半落青天外,二水中分白鹭洲"对仗工稳,气象壮丽,是写景名句。包含着物是人非的深沉感喟。"总为浮云能蔽日,长安不见使人愁"二句,从怀古回到现实,统治者不懂得使用李白这样的人才,潜藏着与六朝一样的悲剧。显得目光远大,有一种忧患意识。李白存诗九百多首,律诗只有八首,而这一首不仅是李白的律诗代表作,也是唐朝律诗的精品。

【思考与练习】

一、与崔颢的《黄鹤楼》相比,李白的这首诗有什么特色?

二、背诵这首诗。

常建,唐代诗人。开元十五年(727年)进士,与王昌龄同榜。曾任盱眙尉。仕途失意,后隐居于鄂州武昌(今属湖北)。其诗多为五言,常以山林、寺观为题材。也有部分边塞诗。有《常建集》。

破山寺后禅院

常 建

清晨入古寺,初日照高林。

曲径通幽处,禅房花木深。

山光悦鸟性,潭影空人心。

万籁此俱寂,惟闻钟磬音。

([清]沈德潜选注:《唐诗别裁集》,上海古籍出版社,2013年。)

【简析】

破山寺,即今天江苏常熟虞山北麓兴福寺,建于南齐。这首诗从唐代起就备受赞赏,主要由于它构思造意优美,很有兴味。唐代殷璠评常建诗歌艺术特点所说:"建诗似初发通庄,却寻野径,百里之外,方归大道。所以其旨远,其兴僻,佳句辄来,唯论意表。"

(《河岳英灵集》)精辟地指出常建诗的特点在于构思巧妙,善于引导读者在平易中入其胜境,然后体会诗的旨趣,而不以描摹和辞藻惊人。而其佳句,也如诗的构思一样,工于造意,妙在言外。《洪驹父诗话》中云:丹阳殷璠撰《河岳英灵集》首列常建诗,爱其"山光悦鸟性,潭影空人心"之句,以为警策。欧公又爱建"竹径通幽处,禅房花木深",欲效作数语,竟不能得,以为恨。予谓建此诗,全篇皆工,不独此两联而已。欧阳修的体会,生动说明了"竹(曲)径"两句的好处,不在描摹景物精美,而在令人如临其境。同样,被殷璠誉为"警策"的"山光"两句,不仅造语警拔,寓意更为深长,旨在发人深思。

【思考与练习】

一、分析中间四句写景的妙处。

二、试比较此诗与王维的《过香积寺》的异同。

张祜(hù)(约785—约849),字承吉,贝州清河(今属河北)人,唐代著名诗人。家世显赫,被人称作张公子,有"海内名士"之誉。《全唐诗》收其诗歌349首。

题 金 陵 渡

张　祜

金陵津渡小山楼[1],一宿行人自可愁[2]。

潮落夜江斜月里[3],两三星火是瓜州[4]。

(马茂元、赵昌平选注:《唐诗三百首新编》,商务印书馆,2020年。)

【注释】

[1] 金陵渡:渡口名,在今江苏镇江附近。津:渡口。小山楼:渡口附近小楼,作者住宿之处。

[2] 宿(xiǔ):过夜。行人:旅客,指作者自己。可:当。

[3] 星火:形容远处三三两两像星星一样闪烁的火光。

[4] 瓜州：在长江北岸，今江苏扬州南部，与镇江市隔江相对，向来是长江南北水运的交通要冲。

【简析】

这是一首书写客中愁思的诗歌。金陵渡是唐代京口（今镇江）的渡口，是来往大江南北的重要渡口。首句点题，"一宿行人自可愁"点明羁旅之愁，这是全诗的中心。三四句写景。江上夜景描写得宁静凄迷，诗人在下半夜的月光下观赏潮落，看到对岸的瓜州的两三点星火闪闪烁烁。在景物中有一点淡淡的愁绪。

【思考与练习】

一、"两三星火"可以换成"江枫渔火"吗？

二、比较此诗与《枫桥夜泊》的异同点。

附：

枫桥夜泊

张　继

月落乌啼霜满天，江枫渔火对愁眠。

姑苏城外寒山寺，夜半钟声到客船。

李商隐（约813—约858），字义山，号玉谿生，又号樊南生，祖籍怀州河内（今河南沁阳），出生于荥阳，晚唐著名诗人，骈文大家。和杜牧合称"小李杜"，与温庭筠合称为"温李"。唐文宗开成二年（837年），李商隐登进士第，因卷入"牛李党争"的政治旋涡而备受排挤，一生困顿不得志。诗文集目前整理最好的版本是刘学锴、余恕诚撰《李商隐诗歌集解》《李商隐文编年校注》。

隋　宫

李商隐

紫泉宫殿锁烟霞，欲取芜城作帝家。

玉玺不缘归日角,锦帆应是到天涯。
于今腐草无萤火,终古垂杨有暮鸦。
地下若逢陈后主,岂宜重问后庭花?

(刘学锴、余恕诚著:《李商隐诗歌集解》,中华书局,2004年。)

【简析】

隋宫,指隋炀帝杨广在江都(今江苏扬州)所建的行宫。此诗讽刺隋炀帝荒淫误国,是义山最好的咏史诗。在艺术上有以下几个特点。一是将叙事、写景和议论融为一体。颈联"于今腐草无萤火,终古垂杨有暮鸦。""腐草""暮鸦"是眼前景物,但"萤火""垂杨"又是历史场景的再现。杨广曾在洛阳景华宫征求萤火虫数斛,"夜出游山放之,光遍岩谷";在江都也放萤取乐,还修了个"放萤院"。另一个是栽柳,隋炀帝自板渚引河达于淮,河畔筑御道,树以柳,名曰隋堤,一千三百里。《开河记》:"诏民间有柳一株赏一缣,百姓争献之。又令亲种,帝自种一株,群臣次第种栽毕,帝御笔写赐垂杨柳姓杨,曰杨柳也。"特用"于今"与"终古",在一"有"一"无"的鲜明对比中感慨今昔,深寓荒淫亡国的历史教训。二是论述从虚处着笔。三四句"玉玺不缘归日角,锦帆应是到天涯"。玉玺(xǐ)是皇帝的玉印。日角指额角突出,古人以为此乃帝王之相。此处指唐高祖李渊。据史书记载:杨广不仅开凿了两千余里的通济渠,多次到江都去玩;还开凿了八百余里的江南河,"又拟通龙舟,置驿宫"。诗人以隋炀帝贪图逸游的史实为依据,揉入了诗人的艺术想象,如果不是皇帝的玉玺落到了李渊手中,隋炀帝的锦帆之游会远及天涯。三是句法多变,不见排偶之迹。比如三四句在修辞上,采用了上下蝉联、一气奔腾的流水对,使诗句呈现出圆熟流美的动态,八句中用"欲取""不缘""应是""于今""终古""若逢""岂宜"等虚词连缀,前后呼应,转折如意,颇有歌行体的排宕气势。

作者还有一首同题《隋宫》诗:"乘兴南游不戒严,九重谁省谏书函?春风举国裁宫锦,半作障泥半作帆。"此诗揭示南游纯粹出于享乐欲望,刻画出隋炀帝的无所顾忌。杜牧《阿房宫赋》的末段的淋漓尽致的表述,正是此诗所蕴含的言外之意。

【思考与练习】

一、诗人是如何围绕批判亡国之君这一主旨来驱使笔墨的?
二、既整饬工严又流动活泼的艺术效果是如何形成的?
三、背诵全诗。

王安石(1021—1086),字介甫,号半山,临川(今江西抚州)人,北宋著名的思想家、政治家、文学家、改革家。熙宁二年(1069年),任参知政事,次年拜相,主持变法。因守旧派反对,熙宁七年(1074年)罢相。一年后,宋神宗再次起用,旋又罢相,退居江宁。元祐元年(1086年),保守派得势,新法皆废,忧愤中逝于钟山(今江苏南京),赠太傅。绍圣元年(1094年),获谥"文",故世称王文公。他的散文以雄健刚劲著称,为"唐宋八大家"之一;其诗词则遒劲清新,豪气纵横。王水照教授主编的《王安石全集》为目前最全的版本。

桂 枝 香

王安石

登临送目。正故国晚秋[1],天气初肃。千里澄江似练,翠峰如簇。归帆去棹残阳里[2],背西风、酒旗斜矗。彩舟云淡,星河鹭起[3],画图难足。

念往昔,繁华竞逐。叹门外楼头[4],悲恨相续。千古凭高,对此谩嗟荣辱。六朝旧事随流水,但寒烟芳草凝绿。至今商女,时时犹唱,后庭遗曲[5]。

(唐圭璋、潘君昭、曹济平选注:《唐宋词选注》,北京十月文艺出版社,2019年。)

【注释】

[1] 故国:即故都,金陵为六朝故都,故称故国。

[2] 归帆去棹(zhào):往来的船只。棹,划船的一种工具,形似桨,这里指代船。

[3] "彩舟"两句:这两句转写秦淮河上的风景,结彩的画船行于薄雾迷离之中,犹如在云内;星河,天河,这里指秦淮河。"彩舟"指代秦淮河上的画船,与大江上"归帆去棹"的大船不同,又与下片"繁华"相接。鹭,白鹭,一种水鸟。意思是画船如同在淡云中浮游,白鹭好像在银河里飞舞。

[4] 门外楼头:指南朝陈亡国惨剧。语出杜牧《台城曲》:"门外韩擒虎,楼头张丽华。"韩擒虎是隋朝开国大将,统兵伐陈,他已带兵来到金陵朱雀门(南门)外,陈后主尚与他的宠妃张丽华于结绮阁上寻欢作乐。门,指朱雀门。楼,指结绮阁。

[5] 后庭遗曲:指歌曲《玉树后庭花》,传为陈后主所作,其辞哀怨绮靡,后人将它看成

亡国之音。最后三句化用杜牧《泊秦淮》"商女不知亡国恨,隔江犹唱《后庭花》"诗意。

【简析】

王安石的词作不多,这首词在宋人的金陵怀古之作中是最优秀的。宋代杨湜《古今词话》:金陵怀古,诸公寄词于《桂枝香》凡十三余首,独介甫最为绝唱。东坡见之,不觉叹息曰:"此老乃野狐精也。"(《词林纪事》卷四引)。词以"登临送目"四字领起,为词拓出一个高远的视野。"正故国晚秋,天气初肃"点明了地点和季节,"晚秋"与下句"初肃"相对,瑟瑟秋风,万物凋零,秋色肃杀。定下悲秋的基调,但不伤感,而是展现了词人一种开阔气象。表现了雄健、壮阔的风格。以下"千里澄江似练"写水,"翠峰如簇"写山,从总体上写金陵的山川形势。至于"彩舟云淡,星河鹭起",随着归帆渐渐远去,词人的视野也随之扩大,竟至把水天上下融为一体,构成一个旷远、清新的境界。下片另换一幅笔墨,感叹六朝皆以荒淫而相继亡覆的史实。"千古凭高"二句写出了对历来凭吊金陵之作的看法。以下即转入现实,全词重点在结句:"至今商女,时时犹唱,后庭遗曲。"写出了王安石作为一个政治家所具有的居安思危的忧患意识。明代张惠言《论词》:"《桂枝香》登临送目:情韵有美成、耆卿所不能到。"意思是王安石这首词的思想艺术成就在周邦彦、柳永之上。

【思考与练习】

一、试比较王安石与周邦彦的描写金陵的词作。
二、背诵这首词。

附:

西河·金陵怀古

周邦彦

佳丽地,南朝盛事谁记?山围故国绕清江,髻鬟对起。怒涛寂寞打孤城,风樯遥度天际。

断崖树,犹倒倚,莫愁艇子曾系。空余旧迹郁苍苍,雾沉半垒。夜深月过女墙来,赏心东望淮水。

酒旗戏鼓甚处市?想依稀、王谢邻里。燕子不知何世,入寻常、巷陌人家,相对如说兴亡,斜阳里。

苏轼(1037—1101),字子瞻,号东坡居士。眉州眉山(今属四川)人。嘉祐二年(1057年),苏轼与弟辙中同榜进士,深受主考官欧阳修赏识。宋神宗熙宁年间,王安石推行变法,苏轼与之政见不合,自请外调。后因"乌台诗案"入狱,贬为黄州团练副使。北还后第二年卒于常州,谥号文忠。他与他的父亲苏洵、弟弟苏辙皆以文学著名,世称"三苏",以苏轼的影响为最大。特别是他的词,一扫晚唐五代以来绮丽柔靡之风,慷慨激昂,清新豪迈,开创了豪放词派。他在绘画、书法上也有极高造诣,是中国历史上的大文学家、艺术家。有《苏东坡集》《东坡乐府》。

放 鹤 亭 记

苏 轼

熙宁十年秋,彭城大水,云龙山人张君天骥之草堂,水及其半扉。明年春,水落,迁于故居之东,东山之麓。升高而望,得异境焉,作亭于其上。彭城之山,冈岭四合,隐然如大环,独缺其西十二,而山人之亭适当其缺。春夏之交,草木际天;秋冬雪月,千里一色。风雨晦明之间,俯仰百变。山人有二鹤,甚驯而善飞。旦则望西山之缺而放焉,纵其所如,或立于陂田[1],或翔于云表;暮则傃东山而归[2]。故名之曰"放鹤亭"。

郡守苏轼,时从宾客僚吏往见山人,饮酒于斯亭而乐之,揖山人而告之曰:"子知隐居之乐乎?虽南面之君,未可与易也。《易》曰:'鸣鹤在阴,其子和之。'《诗》曰:'鹤鸣于九皋,声闻于天。'[3]盖其为物,清远闲放,超然于尘垢之外,故《易》《诗》人以比贤人君子隐德之士。狎而玩之,宜若有益而无损者。然卫懿公好鹤则亡其国[4]。周公作《酒诰》,卫武公作《抑戒》[5],以为荒惑败乱无若酒者,而刘伶、阮籍之徒,以此全其真而名后世。嗟夫,南面之君,虽清远闲放如鹤者犹不得好,好之则亡其国,而山林遁世之士,虽荒惑败乱如酒者犹不能为害,而况于鹤乎。由此观之,其为乐未可以同日而语也。"山人忻然[6]而笑曰:"有是哉!"乃作放鹤招鹤之歌曰:

鹤飞去兮,西山之缺。高翔而下览兮,择所适。翻然敛翼,宛将集兮,忽何所见,矫然而复击[7]。独终日于涧谷之间兮,啄苍苔而履白石。鹤归来兮,东山之阴。其下有人兮,黄冠草履葛衣而鼓琴。躬耕而食兮,其余以汝饱。归来归来兮,西山不可以久留。

元丰元年十一月初八日记。

([宋]苏轼撰,[明]茅维编,孔凡礼点校:《苏轼文集》,中华书局,1986年。)

【注释】

[1] 陂(bēi)田:水边的田地。

[2] 傃(sù):向,向着,沿着。

[3] 鸣鹤在阴,其子和之:大鹤在背阳处鸣叫,小鹤唱和着。语出《周易·中孚·九二》。鹤鸣于九皋,声闻于天:出自《诗经·小雅·鹤鸣》。九皋,深泽。皋,水泽。

[4] 懿公好鹤则亡其国:《左传·鲁闵公二年》载,卫懿公特别喜爱养鹤,让鹤乘坐大夫规格的轩车,享受公卿的爵位和俸禄。后来狄人侵犯卫国,卫国兵士发牢骚说:"使鹤,鹤实有禄位,余焉能战?"卫懿公被杀,卫国覆亡。后来赖齐国和宋国的帮助重新建立。

[5] 《抑戒》:《抑戒》是《诗·大雅》中的篇名。相传为卫武公所作,以刺周厉王并自戒。其中第三章:"颠覆厥德,荒湛于酒。"荒湛于酒即过度逸乐沉湎于酒。

[6] 听然:高兴的样子。"听"本义"笑貌"。

[7] "翻然"二句:突然收起翅膀,好像将要落下;忽然看到了什么,矫健地又凌空翻飞。

【简析】

此文作于元丰元年(1078年),张师厚隐居于徐州云龙山,自号云龙山人。后迁于东山之麓并作放鹤亭。苏轼为之作题记。文章主旨是写隐士养鹤之乐。

文章开头,交代了山人迁居和建亭的缘由,主要描绘其"升高而望,得异境焉""冈岭四合,隐然如大环"。这是异境,也是美景,为隐居之乐作铺垫。

主体部分写隐士养鹤之乐。以"酒"陪衬养鹤之乐,以君主好鹤亡国反衬隐士之乐,借客形主,回旋进退,使文情摇曳生姿。这说明了一个道理:"南面之君,虽清远闲放如鹤者,犹不得好,好之,则亡其国;而山林遁世之士,虽荒惑败乱如酒者,犹不能为害,而况鹤乎!"作者由此得出隐士之乐甚于南面之乐。文章结尾用放鹤、招鹤之歌,对隐士养鹤之乐加以咏叹。既补充了前文写放鹤、招鹤之处的简略,又渲染了隐士好鹤之乐,照应题意。

【思考与练习】

一、作者写隐士养鹤之乐,为什么写到"酒"?

二、有人认为这篇文章渲染隐士之乐表现了苏轼的消极情思,你如何看待?

姜夔(约1155—1209),字尧章,一字石帚,别号白石道人,饶州鄱阳(今属江西)人。南宋杰出词人。他少年孤贫,屡试不第,终生未仕。早有文名,颇受萧德藻、杨万里、范成大、辛弃疾等人推赏,以清客身份与张镃等名公臣卿往来。能自度曲,其词格律严密。其作品素以空灵含蓄著称,开南宋清空词派。今存词八十四首,多为记游、咏物和抒写个人身世、离别相思之作,偶然也流露出对于时事的感慨。有《白石道人歌曲》《白石道人诗集》,今人夏承焘《姜白石词编年笺校》尤为详尽。

扬 州 慢

姜 夔

淳熙丙申至日,[1]予过维扬,夜雪初霁,荠麦弥望。[2]入其城,则四顾萧条,寒水自碧,暮色渐起,戍角[3]悲吟。予怀怆然,感慨今昔,因自度此曲。千岩老人以为有《黍离》之悲也。[4]

淮左名都[5],竹西佳处[6],解鞍少驻初程。过春风十里[7],尽荠麦青青。自胡马窥江去后[8],废池乔木,犹厌言兵[9]。渐黄昏、清角吹寒,都在空城。[10]

杜郎俊赏[11],算而今、重到须惊。纵豆蔻词工[12],青楼梦好[13],难赋深情。二十四桥仍在[14],波心荡、冷月无声。念桥边红药[15],年年知为谁生。

(唐圭璋、潘君昭、曹济平选注:《唐宋词选注》,北京十月文艺出版社,2019年。)

【注释】

［1］ 淳熙丙申至日：宋孝宗淳熙三年（1176年）冬至。至日：冬至。姜夔告别客居的汉阳，沿江东下，过扬州。

［2］ 荠麦：荠菜与麦子。弥望：满眼。

［3］ 戍角：军营号角。

［4］ 千岩老人：南宋诗人萧德藻，字东夫，自号千岩老人。姜夔曾跟他学诗，又是他的侄女婿。《黍离》：《诗经·王风》篇名。周平王东迁后，周大夫经过西周故都见"宗室宫庙，尽为禾黍"，遂赋《黍离》诗志哀。后世即用"黍离"来表示亡国之痛。本词小序末句是后来加上的。

［5］ 淮左：淮扬一带。扬州在宋属淮南东路，淮南东路又称淮左。

［6］ 竹西：扬州城东禅智寺旁有竹西亭，景色清幽。这里指扬州。杜牧《题扬州禅智寺》："谁知竹西路，歌吹是扬州。"

［7］ 春风十里：借指昔日扬州的最繁华处。杜牧《赠别》中有"春风十里扬州路，卷上珠帘总不如"之句。

［8］ 胡马窥江：宋建炎三年（1129年），金兵大举南侵，攻破扬州、建康、临安等，烧杀抢掠。此后仍然不断发动对南宋的战争，绍兴三十一年（1161年），隆兴二年（1164年）金兵又大举进犯淮南地区，扬州多次经过金兵铁蹄的蹂躏，变得满目疮痍。

［9］ 废池：废毁的池台。乔木：残存的古树。二者都是战后残痕。

［10］ 渐：向，到。清角：凄清的号角声。这里是用音响反衬寂静。

［11］ 杜郎：唐朝诗人杜牧，唐文宗大和七年到九年，杜牧在扬州任淮南节度使掌书记，以诗酒轻狂著称。俊赏：俊逸清赏，对景物有出色的鉴赏能力。用杜牧进行今昔对比。

［12］ 豆蔻词工：杜牧《赠别》："娉娉袅袅十三余，豆蔻梢头二月初。"豆蔻，形容少女美艳。

［13］ 青楼梦：青楼的风流游冶生活，如同梦境一般。杜牧《遣怀》诗："落魄江湖载酒行，楚腰纤细掌中轻。十年一觉扬州梦，赢得青楼薄幸名。"

［14］ 二十四桥：杜牧《寄扬州韩绰判官》诗："二十四桥明月夜，玉人何处教吹箫。"二十四桥，有二说。一说唐时扬州城内有桥二十四座，皆为可纪之名胜。见沈括《梦溪笔谈·补笔谈》。一说专指扬州西郊的吴家砖桥（一名红药桥）。"因古之二十四

美人吹箫于此,故名。"见李斗《扬州画舫录》。

[15] 桥边红药:李斗《扬州画舫录》记载,二十四桥又名红药桥,桥边盛产红芍药。

【简析】

这首词是姜夔青年时期所作。词前的小序对写作时间、地点及写作动因均作了交代。

姜夔在小序中说:"予怀怆然,感慨今昔。"今,是姜夔眼前的扬州;昔,指杜牧笔下的扬州。整首词就是姜夔抚今追昔,悲叹今日的荒凉,追忆昔日的繁华,以寄托对扬州昔日繁华的怀念和对今日山河破碎的哀思。

词的上阕,由"名都""佳处"起笔,却以"空城"作结,其今昔盛衰之感昭然若揭。"春风十里"化用杜牧诗意,使作者联想当年楼阁参差、珠帘掩映的盛况,反照今日的衰败。"春风十里"与"荠麦青青",一虚一实鲜明对比。"自胡马窥江去后,废池乔木,犹厌言兵"最为沉痛。真是"树犹如此,人何以堪!"这句写出了扬州遭遇兵火后的凋残和败坏景象。"废池"极见蹂躏之深,"乔木"寄托故园之恋,战争的残痕,随处可见。这种景物所引起的意绪,就是"犹厌言兵"。一个"厌"字,很恰当地写出了人民的苦难,有"弃置勿复陈,言之令心伤"的意味。清人陈廷焯说:"写兵燹后情景逼真。'犹厌言兵'四字,包括无限伤乱语,他人累千百言,赤无此韵味。"(《白雨斋词话》卷二)"渐黄昏,清角吹寒,都在空城",戍楼上凄凉的号角,震荡着这空城,让人感到阵阵寒意。面对这萧条而寂静的扬州城,加上暮色悄悄降临,词人情何以堪?

词的下阕,运用典故,进一步深化"黍离之悲"的主题。姜夔设想,即使像杜牧那样才华横溢的诗人,如果重临此地,也必定会为今日的扬州城感到吃惊和痛心,再也吟不出深情缱绻的诗句!借"杜郎"史实,反衬"难赋"之苦。夜晚,姜夔在月光下徘徊,想起杜牧所咏唱的二十四桥,当年的明月夜有多少人在欣赏美人吹箫。但是,如今"玉人吹箫"的风月繁华已不复存在,桥还在,有谁来欣赏明月?水中的微波正在月光下荡漾,冰冷的月亮默默无声。词人感叹道:"念桥边红药,年年知为谁生?"桥边的芍药花虽然风姿依旧,却是无主自开,不免落寞。词人用今昔对比结束全篇。

本词层次清晰,语义含蓄,言有尽而意无穷。

【思考与练习】

一、词前小序交代了什么内容?写作目的是什么?

二、诗人路过扬州时看到了哪些景象?

三、如何理解"废池乔木,犹厌言兵"?

归有光(1507—1571),明代散文家,字熙甫,又字开甫,号震川,又号项脊生,昆山(今属江苏)人。嘉靖进士。官至南京太仆寺丞,留掌内阁制敕房,与修《世宗实录》,卒于南京。归有光与唐顺之、王慎中两人均崇尚内容翔实、文字朴实的唐宋古文,并称为嘉靖三大家。后人称赞其散文为"明文第一",著有《震川先生集》《三吴水利录》等。

项脊轩志

归有光

项脊轩,旧南阁子也[1]。室仅方丈,可容一人居。百年老屋,尘泥渗漉,雨泽下注[2];每移案,顾视无可置者。又北向,不能得日,日过午已昏。余稍为修葺[3],使不上漏。前辟四窗,垣墙周庭[4],以当南日。日影反照,室始洞然。又杂植兰桂竹木于庭,旧时栏楯[5],亦遂增胜。借书满架,偃仰啸歌,冥然兀坐,万籁有声;而庭阶寂寂,小鸟时来啄食,人至不去。三五之夜,明月半墙,桂影斑驳,风移影动,珊珊可爱。

然余居于此,多可喜,亦多可悲。先是,庭中通南北为一,迨诸父异爨[6],内外多置小门墙,往往而是。东犬西吠,客逾庖而宴[7],鸡栖于厅。庭中始为篱,已为墙,凡再变矣。家有老妪,尝居于此。妪,先大母婢也。乳二世,先妣抚之甚厚。室西连于中闺,先妣尝一至。妪每谓予曰:"某所,而母立于兹。"妪又曰:"汝姊在吾怀,呱呱而泣;娘以指叩门扉,曰:'儿寒乎?欲食乎?'吾从板外相为应答。"语未毕,余泣,妪亦泣。

余自束发[8],读书轩中,一日,大母过余曰:"吾儿,久不见若影,何竟日默默在此,大类女郎也?"比去,以手阖门,自语曰:"吾家读书久不效,儿之成,则可待乎?"顷之,持一象笏至,曰:"此吾祖太常公宣德间执此以朝,他日汝当用之。"瞻顾遗迹,如在昨日,令人长号不自禁。

轩东,故尝为厨;人往,从轩前过。余扃牖而居[9],久之,能以足音辨人。轩凡四遭火,得不焚,殆有神护者。

项脊生曰:蜀清守丹穴,利甲天下,其后秦皇帝筑女怀清台。刘玄德与曹操争天下,诸葛孔明起陇中。方二人之昧昧于一隅也,世何足以知之?余区区处败屋中,方扬眉瞬目,谓有奇景,人知之者,其谓与坎井之蛙何异?

余既为此志,后五年,吾妻来归。时至轩中,从余问古事,或凭几学书[10]。吾妻归宁,述诸小妹语曰:"闻姊家有阁子,且何谓阁子也?"其后六年,吾妻死,室坏不修。其后二年,余久卧病无聊,乃使人复葺南阁子,其制稍异于前。然自后余多在外,不常居。

庭有枇杷树,吾妻死之年所手植也,今已亭亭如盖矣。

(上海辞书出版社文学鉴赏辞典编纂中心编:《古文鉴赏辞典(珍藏版)》,上海辞书出版社,2012年。)

【注释】

[1] 项脊轩(xuān):归有光家的书斋名。轩,小的房室。旧:旧日的,原来的。

[2] 尘泥渗(shèn)漉(lù):(屋顶墙头上的)泥土漏下。渗,透过。漉,漏下。雨泽下注:雨水往下倾泻。下,往下。雨泽,雨水。

[3] 修葺(qì):修缮、修理,修补。

[4] 垣(yuán)墙周庭:庭院四周砌上围墙。垣,名词作动词,指砌矮墙。垣墙,砌上围墙。周庭,(于)庭院周围。

[5] 栏楯(shǔn):栏杆。纵的叫栏,横的叫楯。

[6] 迨(dài)诸父异爨(cuàn):等到伯、叔们分了家。迨,及,等到。诸父,伯父、叔父的统称。异爨,分灶做饭,意思是分了家。

[7] 逾(yú)庖(páo)而宴:越过厨房而去吃饭。庖,厨房。

[8] 束发:古代男孩成年时束发为髻,15岁前指儿童时代。

[9] 扃牖(yǒu):关着窗户。扃,(从内)关闭。牖,窗户。

[10] 凭几(jī)学书:伏在几案上学写字。几,小或矮的桌子。书,写字。

【简析】

　　以斋室为描写对象的作品中,唐朝刘禹锡的《陋室铭》被人传诵,归有光的《项脊轩志》则丰满厚实,多叙人情,别具风格,也是千古名文。

　　作者的远祖归道隆曾居于太仓项脊泾,将项脊轩作为书斋名称,有纪念先祖之意。文章第一段记叙项脊轩修葺前后的情况。项脊轩本来又小又旧,一过中午,屋里就很昏暗。稍稍修补过后,居然成为胜景。院里种了兰花、桂花、竹子和其他树木,庭院的台阶上静悄悄的,小鸟时时来啄食,人过去都不飞走。每月十五的夜里,明亮的月光洒满半面墙壁,桂花的影子杂乱地映在墙上,微风吹过影子摇动,可爱极了。这一小段写景文字富有诗情画意。

　　"然余居于此,多可喜,亦多可悲"为过渡句。进入第二段,叙写项脊轩的变迁,先回忆"诸父异爨"引起庭院的变化,有人世沧桑之慨;通过老妪忆母,再现慈母的音容笑貌,忆及幼年读书时,祖母的怜爱和期望。这些回忆中隐含着作者对家庭变迁的悲叹,对亲人的深切怀念,对自己有负祖母厚望的愧疚。所以作者说:"瞻顾遗迹,如在昨日,令人长号不自禁。"以下有带过叙写自己闭门苦读的情景及小轩多次遭火未焚的事情,是写"悲"的进一步补充,也写出了自己耐得住寂寞,为下文发议论作铺垫。

　　女怀清台的典故出自《史记·货殖列传》:"而巴寡妇清,其先得丹穴,而擅其利数世,家亦不訾。清,寡妇也,能守其业,用财自卫,不见侵犯。秦皇帝以为贞妇而客之,为筑女怀清台。"作者以巴蜀名叫清的寡妇和高卧隆中的诸葛亮与自己相比。由这两个人也曾经在偏僻角落不为人知,联想到自己"余区区处败屋中,方扬眉瞬目,谓有奇景;人知之者,其谓与坎井之蛙何异?"在自嘲中有一种孤芳自赏的意味。

　　最后续写项脊轩在妻子死前后的变迁,有一种沉重的悼亡之情包含在里面。

　　文章以项脊轩为中心,通过对家庭琐事的追忆,表现了深沉的感情。文章前半部分是归有光十八九岁写的,后半部分写他妻子的事情,作者已经三十三岁,前后相隔十五年,但文章的结构天衣无缝,这真是"文章本天成,妙手偶得之"。明代王锡爵评点本文时说:"无意于感人,而欢愉惨恻之思,溢于言语之外。"归有光写文章不刻意为之,只是写了生活的一些细节,说了一些平常的话,这是归有光对散文这一文体的创造与贡献。

【思考与练习】

　　一、文章围绕项脊轩写了哪些方面?围绕"三世"写了哪些事件?
　　二、反复诵读课文,体会本文笔墨清淡而情意缠绵的写作特点。

> **冯梦龙**(1574—1646),字犹龙,长洲(今江苏苏州)人,明代杰出的小说家。他广泛收集宋元到明代的话本和拟话本,进行整理加工、润饰、编辑成《喻世明言》《警世通言》《醒世恒言》三部白话小说集,文学史上合称为"三言"。"三言"代表了自宋代到明代六百多年间白话小说创作的最高成就。《杜十娘怒沉百宝箱》选自《警世通言》,是"三言"中最优秀的作品,也是明代拟话本中成就最高的作品。

杜十娘怒沉百宝箱(节选)

冯梦龙

再说李公子同杜十娘行至潞河[1],舍陆从舟,却好有瓜洲差使船转回之便[2],讲定船钱,包了舱口。比及下船时,李公子囊中并无分文余剩。你道杜十娘把二十两银子与公子,如何就没了?公子在院中嫖得衣衫蓝缕,银子到手,未免在解库中取赎几件穿着,又制办了铺盖,剩来只勾轿马之费。公子正当愁闷,十娘道:"郎君勿忧,众姊妹合赠,必有所济。"乃取钥开箱。公子在傍自觉惭愧,也不敢窥觑箱中虚实。只见十娘在箱里取出一个红绢袋来,掷于桌上道:"郎君可开看之。"公子提在手中,觉得沉重。启而观之,皆是白银,计数整五十两。十娘仍将箱子下锁,亦不言箱中更有何物。但对公子道:"承众姊妹高情,不惟途路不乏,即他日浮寓吴越间,亦可稍佐吾夫妻山水之费矣。"公子且惊且喜道:"若不遇恩卿,我李甲流落他乡,死无葬身之地矣。此情此德,白头不敢忘也。"自此每谈及往事,公子必感激流涕,十娘亦曲意抚慰。

一路无话。不一日,行至瓜洲,大船停泊岸口,公子别雇了民船,安放行李。约明日侵晨,剪江而渡。其时仲冬中旬,月明如水,公子和十娘坐于舟首。公子道:"自出都门,困守一舱之中,四顾有人,未得畅语。今日独据一舟,更无避忌。且已离塞北,初近江南,宜开怀畅饮,以舒向来抑郁之气,恩卿以为何如?"十娘道:"妾久疏谈笑,亦有此心,郎君言及,足见同志耳。"公子乃携酒具于船首,与十娘铺毡并坐,传杯交盏。饮至半酣,公子执卮对十娘道[3]:"恩卿妙音,六院推首[4]。某相遇之初,每闻绝调,辄不禁神魂之飞动。心事多违,彼此郁郁,鸾鸣凤奏,久矣不闻。今清江明月,深夜无人,肯为我一歌否?"十娘兴亦勃发,遂开喉顿嗓,取扇按拍,呜呜咽咽,歌出元人施君美《拜月亭》杂剧上"状元执盏与婵娟"一曲[5],名《小桃红》[6]。真个:

声飞霄汉云皆驻,响入深泉鱼出游。

却说他舟有一少年,姓孙名富字善赉,徽州新安人氏[7]。家资巨万,积祖扬州种盐[8]。年方二十,也是南雍中朋友。生性风流,惯向青楼买笑[9],红粉追欢,若嘲风弄月,到是个轻薄的头儿。事有偶然,其夜亦泊舟瓜洲渡口,独酌无聊。忽听得歌声嘹亮,凤吟鸾吹,不足喻其美。起立船头,伫听半晌,方知声出邻舟。正欲相访,音响倏已寂然。乃遣仆者潜窥踪迹,访于舟人。但晓得是李相公雇的船,并不知歌者来历。孙富想道:"此歌者必非良家,怎生得他一见?"展转寻思,通宵不寐。挨至五更,忽闻江风大作。及晓,彤云密布,狂雪飞舞。怎见得,有诗为证:

千山云树灭,万径人踪绝。

扁舟蓑笠翁,独钓寒江雪[10]。

因这风雪阻渡,舟不得开。孙富命艄公移船,泊于李家舟之傍。孙富貂帽狐裘,推窗假作看雪。值十娘梳洗方毕,纤纤玉手揭起舟旁短帘,自泼盂中残水,粉容微露,却被孙富窥见了,果是国色天香。魂摇心荡,迎眸注目,等候再见一面,杳不可得。沉思久之,乃倚窗高吟高学士《梅花诗》二句,道[11]:

雪满山中高士卧,月明林下美人来。

李甲听得邻舟吟诗,舒头出舱,看是何人。只因这一看,正中了孙富之计。孙富吟诗,正要引李公子出头,他好乘机攀话。当下慌忙举手,就问:"老兄尊姓何讳?"李公子叙了姓名乡贯,少不得也问那孙富。孙富也叙过了。又叙了些太学中的闲话,渐渐亲熟。孙富便道:"风雪阻舟,乃天遣与尊兄相会,实小弟之幸也。舟次无聊,欲同尊兄上岸,就酒肆中一酌,少领清诲,万望不拒。"公子道:"萍水相逢,何当厚扰?"孙富道:"说那里话!'四海之内,皆兄弟也'。"喝教艄公打跳,童儿张伞,迎接公子过船,就于船头作揖。然后让公子先行,自己随后,各各登跳上涯。

行不数步,就有个酒楼,二人上楼,拣一副洁净座头,靠窗而坐。酒保列上酒肴。孙富举杯相劝,二人赏雪饮酒。先说些斯文中套话,渐渐引入花柳之事。二人都是过来之人,志同道合,说得入港[12],一发成相知了。孙富屏去左右,低低问道:"昨夜尊舟清歌者,何人也?"李甲正要卖弄在行,遂实说道:"此乃北京名姬杜十娘也。"孙富道:"既系曲中姊妹,何以归兄?"公子遂将初遇杜十娘,如何相好,后来如何要嫁,如何借银讨他,始末根由,备细述了一遍。孙富道:"兄携丽人而归,固是快事,但不知尊府中能相容否?"公子道:"贱室不足虑。所虑者,老父性严,尚费踌躇耳!"孙富将机就机,便问道:"既是尊大人未必相容,兄所携丽人,何处安顿?亦曾通知丽人,共作计较否?"公子攒眉而答道:"此事曾与小妾议之。"孙富欣然问道:"尊宠必有妙策。"公子道:"他意欲侨居苏杭,流连山水。使小弟先回,求亲友宛转于家君之前。俟家君回嗔作喜,然后图归。高明以为何如?"孙富沉吟半晌,故作愀然之色,道:"小弟乍会之间,交浅言深,诚恐见怪。"公子道:"正赖高明指教,何必谦逊?"孙富道:"尊大人位居方面[13],必严帷薄之嫌[14],平时既怪兄游非礼之地[15],今日岂容兄娶不节之人。况且贤亲贵友,谁不迎合尊大人之意者?兄枉去求他,必然相拒。就有个不识时务的进言于尊大人之前,见尊大人意思不允,他就转口了。兄进不能和睦家庭,退无词以回复尊宠。即使留连山水,亦非长久之计。万一资斧困竭[16],岂不进退两难!"公子自知手中只有五十金,此时费去大半,说到资斧困竭,进退两难,不觉点头道是。孙富又道:"小弟还有句心腹之谈,兄肯俯听否?"公子道:"承兄过爱,更求尽言。"孙富道:"疏不间亲,还是莫说罢。"公子道:"但说何妨。"孙富道:"自古道'妇人水性无常'。况烟花之辈,少真多假。他既系六院名姝,相识定满天下;或者南边原有旧约,借兄之力,挈带而来,以为他适之地。"公子道:"这个恐未必然。"孙富道:"即不然,江南子弟,最工轻薄,兄留丽人独居,难保无逾墙钻穴之事[17]。若挈之同归,愈增尊大人之怒。为兄之计,未有善策。况父子天伦,必不可绝。若为妾而触父,因妓而弃家,海内必以兄为浮浪不经之人。

异日妻不以为夫,弟不以为兄,同袍不以为友[18],兄何以立于天地之间?兄今日不可不熟思也!"公子闻言,茫然自失,移席问计[19]:"据高明之见,何以教我?"孙富道:"仆有一计,于兄甚便。只恐兄溺枕席之爱,未必能行,使仆空费词说耳!"公子道:"兄诚有良策,使弟再睹家园之乐,乃弟之恩人也。又何惮而不言耶?"孙富道:"兄飘零岁余,严亲怀怒,闺阁离心,设身以处兄之地,诚寝食不安之时也。然尊大人所以怒兄者,不过为迷花恋柳,挥金如土,异日必为弃家荡产之人,不堪承继家业耳!兄今日空手而归,正触其怒。兄倘能割衽席之爱[20],见机而作,仆愿以千金相赠。兄得千金,以报尊大人,只说在京授馆,并不曾浪费分毫,尊大人必然相信。从此家庭和睦,当无间言[21]。须臾之间,转祸为福。兄请三思。仆非贪丽人之色,实为兄效忠于万一也!"李甲原是没主意的人,本心惧怕老子,被孙富一席话,说透胸中之疑,起身作揖道:"闻兄大教,顿开茅塞。但小妾千里相从,义难顿绝。容归与商之,得其心肯,当奉复耳。"孙富道:"说话之间,宜放婉曲。彼既忠心为兄,必不忍使兄父子分离,定然玉成兄还乡之事矣。"二人饮了一回酒,风停雪止,天色已晚。孙富教家僮算还了酒钱,与公子携手下船。正是:

　　逢人且说三分话,未可全抛一片心。

　　却说杜十娘在舟中,摆设酒果,欲与公子小酌,竟日未回,挑灯以待。公子下船,十娘起迎。见公子颜色匆匆,似有不乐之意,乃满斟热酒劝之。公子摇首不饮,一言不发,竟自床上睡了。十娘心中不悦,乃收拾杯盘,为公子解衣就枕,问道:"今日有何见闻,而怀抱郁郁如此?"公子叹息而已,终不启口。问了三四次,公子已睡去了。十娘委决不下,坐于床头而不能寐。到夜半,公子醒来,又叹一口气。十娘道:"郎君有何难言之事,频频叹息?"公子拥被而起,欲言不语者几次,扑簌簌掉下泪来。十娘抱持公子于怀间,软言抚慰道:"妾与郎君情好,已及二载,千辛万苦,历尽艰难,得有今日。然相从数千里,未曾哀戚。今将渡江,方图百年欢笑,如何反起悲伤?必有其故。夫妇之间,死生相共,有事尽可商量,万勿讳也。"公子再四被逼不过,只得含泪而言道:"仆天涯穷困,蒙恩卿不弃,委曲相从,诚乃莫大之德也。但反复思之,老父位居方面,拘于礼法,况素性方严,恐添嗔怒,必加黜逐。你我流荡,将何底止?夫妇之欢难保,父子之伦又绝。日间蒙新安孙友邀饮,为我筹及此事,寸心如割。"十娘大惊道:"郎君意将如何?"公子道:"仆事内之人,当局而迷。孙友为我画一计颇善,但恐恩卿不从耳!"十娘道:"孙友者何人?计如果善,何不可从?"公子道:"孙友名富,新安盐商,少年风流之士也。夜间闻子清歌,因而问及。仆告以来历,并谈及难归之故,渠意欲以千金聘汝。我得千金,可借口以见吾父母,而恩卿亦得所天[22]。但情不能舍,是以悲泣。"说罢,泪如雨下。十娘放开两手,冷笑一声道:"为郎君画此计者,此人乃大英雄也。郎君千金之资,既得恢复,而妾归他姓,又不致为行李之累,发乎情,止乎礼[23],诚两便之策也。那千金在那里?"公子收泪道:"未得恩卿之诺,金尚留彼处,未曾过手。"十娘道:"明早快快应承了他,不可挫过机会。但千金重事,须得兑足交付郎君之手,妾始过舟,勿为贾竖子所欺[24]。"时已四鼓,十娘即起身挑灯梳洗道:"今日之妆,乃迎新送旧,非比寻常。"于是脂粉香泽,用意修饰,花钿绣袄,极其华艳,香风拂拂,光采照人。

装束方完,天色已晓。孙富差家童到船头候信。十娘微窥公子,欣欣似有喜色,乃催公子快去回话,及早兑足银子。公子亲到孙富船中,回复依允。孙富道:"兑银易事,须得丽人妆台为信。"公子又回复了十娘,十娘即指描金文具道:"可便抬去。"孙富喜甚。即将白银一千两,送到公子船中。十娘亲自检看,足色足数,分毫无爽。乃手把船舷,以手招孙富。孙富一见,魂不附体。十娘启朱唇,开皓齿道:"方才箱子可暂发来,内有李郎路引一纸[25],可检还之也。"孙富视十娘已为瓮中之鳖,即命家童送那描金文具,安放船头之上。十娘取钥开锁,内皆抽替小箱。十娘叫公子抽第一层来看,只见翠羽明珰,瑶簪宝珥,充轫于中[26],约值数百金。十娘遽投之江中。李甲与孙富及两船之人,无不惊诧。又命公子再抽一箱,乃玉箫金管。又抽一箱,尽古玉紫金玩器,约值数千金。十娘尽投之于水。舟中岸上之人,观者如堵。齐声道:"可惜,可惜!正不知什么缘故。"最后又抽一箱,箱中复有一匣。开匣视之,夜明之珠,约有盈把。其他祖母绿、猫儿眼诸般异宝[27],目所未睹,莫能定其价之多少。众人齐声喝采,喧声如雷。十娘又欲投之于江。李甲不觉大悔,抱持十娘恸哭,那孙富也来劝解。十娘推开公子在一边,向孙富骂道:"我与李郎备尝艰苦,不是容易到此,汝以奸淫之意,巧为谗说,一旦破人姻缘,断人恩爱,乃我之仇人。我死而有知,必当诉之神明,尚妄想枕席之欢乎!"又对李甲道:"妾风尘数年,私有所积,本为终身之计。自遇郎君,山盟海誓,白首不渝。前出都之际,假托众姊妹相赠,箱中韫藏百宝,不下万金,将润色郎君之装[28],归见父母。或怜妾有心,收佐中馈[29],得终委托,生死无憾。谁知郎君相信不深,惑于浮议,中道见弃,负妾一片真心。今日当众目之前,开箱出视,使郎君知区区千金,未为难事。妾椟中有玉[30],恨郎眼内无珠。命之不辰[31],风尘困瘁,甫得脱离,又遭弃捐。今众人各有耳目,共作证明,妾不负郎君,郎君自负妾耳!"于是众人聚观者,无不流涕,都唾骂李公子负心薄幸。公子又羞又苦,且悔且泣。方欲向十娘谢罪,十娘抱持宝匣,向江心一跳。众人急呼捞救。但见云暗江心,波涛滚滚,杳无踪影。可惜一个如花似玉的名姬,一旦葬于江鱼之腹。

    三魂渺渺归水府,七魄悠悠入冥途。

当时旁观之人,皆咬牙切齿,争欲拳殴李甲和那孙富。慌得李、孙二人手足无措,急叫开船,分途遁去。李甲在舟中,看了千金,转忆十娘,终日愧悔,郁成狂疾,终身不痊。孙富自那日受惊,得病卧床月余,终日见杜十娘在傍诟骂,奄奄而逝。人以为江中之报也。

  ([明]冯梦龙编,严敦易校注:《警世通言》,人民文学出版社,1956年。)

【注释】

[1] 潞河:沽水南经潞县(今废,故城在今北京通州东)称潞河,又叫潞水,今称白河,亦称北运河。

[2] 瓜洲:今江苏扬州南瓜洲镇,在长江北岸,当大运河口,亦作瓜洲,又叫瓜埠洲。

[3] 卮:酒器。

[4] 六院:指妓院。据载,明初南京教坊司所属官妓聚居处,有来宾、重译、清江、石城等十六楼(亦有说二十四楼),后来集中于六处,称"六院",遂成妓院之代称。

[5]《拜月亭》：又名《幽闺记》，原为南戏，此作杂剧，误。相传此剧为元人施君美作，君美生平不详。

[6]《小桃红》：此曲见世德堂本《拜月亭记》第四十三出《成新团圆》。

[7] 徽州新安：今属安徽。明置徽州府，治所在歙县，其地又设新安卫。

[8] 种盐：制盐，此指经营盐场。以自然蒸馏法制盐，须向盐池中撒盐以加速池内海水的结晶，故称"种盐"。

[9] 青楼：妓院。

[10] 本诗为唐柳宗元《江雪》，个别字句不同。

[11] 高学士：高启，字季迪，号青邱子，明初著名文学家，官至户部侍郎，后以文祸被腰斩，著有《缶鸣集》《凫藻集》。

[12] 入港：投机。

[13] 方面：古代封疆大吏，有独当一面的重任，故称"方面官"，也称"方伯"。明清时常称主一省之政的布政使为方伯，李甲之父官布政，故有此称。

[14] 帷薄：《礼记·曲礼》："帷薄之外不趋。"注："帷，幔也；薄，帘也。"帘幔是障隔内外之具，古谓男女防闲不肃为"帷薄不修"。

[15] 非礼之地：指妓院。

[16] 资斧：《易·旅》："旅于处，得其资斧。"原意是途中安居，必须以斧除荆棘。引申为旅行费用。

[17] 逾墙钻穴：跳墙打洞，指偷香窃玉的行为。

[18] 同袍：《诗·秦风·无衣》："岂曰无衣，与子同袍。"袍是一种长衣，日当衣，夜当被。同袍，同用一件袍。后遂以"同袍"喻朋友、同学、战友之爱。

[19] 移席：移座挨近。

[20] 衽席：同义复词，衽即"席"，犹床第，喻男女关系。

[21] 间言：非议，毁谤。

[22] 所天：此处指丈夫。

[23] 发乎情，止乎礼：语出《诗·大序》，此为十娘沉痛以极，用反语表达伤心愤激之情。

[24] 贾竖：犹言市侩。贾，商人。竖，小人，小子。

[25] 路引：护照、通行证。此指国子监发给回籍的证件。

[26] 充牣(rèn)：充满。

[27] 祖母绿：又名子母绿、助水绿，即绿柱玉，为呈绿色的珍贵宝石。猫儿眼：又称猫睛石，光彩如猫眼的圆形珍贵宝石。

[28] 润色：装点。

[29] 收佐中馈：指收留作妾。中馈，原指妇女在家主持饮食之事，引申为妻子、主妇。佐，辅佐。"佐中馈"即作妾。

[30] 椟（dú）：木匣。

[31] 不辰：不逢辰，命苦。

【简析】

《杜十娘怒沉百宝箱》选自《警世通言》，是"三言"中的名篇，中国文学史上最为杰出的短篇小说之一。小说并没有曲折离奇的情节，人物也只有五个，但是每一个人都是鲜活的。尤其是它作为悲剧文学的成就在中国文学史上是少有的。

故事中的男主人公李甲是富家子弟。他虽然也曾对杜十娘真心爱恋，但他个性软弱，如果没有杜十娘的鼓励，没有柳遇春的慷慨解囊，他一开头就会从爱情中退却。再加上孙富的破坏，最终背叛了爱情，造成了杜十娘投江的悲剧。被命运、环境一压就垮掉的庸人，成不了美学上的人物。

小说中的杜十娘虽然沦落风尘，但她高贵、圣洁。她把全部的人生、生命都投放在爱情中。她对李甲，也不是没有考验，既倾心相与，也带了一点戒备才把自己交给了李甲。而这个李甲竟然是一个没有骨头、没有血气的人，为了一点压力，一点诱惑就可以出卖杜十娘。这不仅让杜十娘所有一切的努力化为泡影，而且，也是对她的爱情追求、对她生命的践踏，这对杜十娘来说，是多么痛苦！杜十娘在沉江以前向李甲所说的一席话，表现了她对幸福生活的热烈追求和这种理想破灭后的痛心，表现了她对"眼内无珠"和"负心薄幸"的李甲的鄙视和愤恨，对自己错误委身和"命之不辰"的无限感慨，集中表现了她无限的凄惶、绝望中的愤懑。

杜十娘的悲剧发生在商品经济迅速发展，金钱在实际生活中的地位日益提高，传统价值观念开始产生巨大转变的明代，小说是把主角杜十娘和李甲、鸨儿、众姐妹以及孙富等人的关系，立体地编织成一个社会生活的整体来加以表现的。它不仅描绘了人物的外貌特征、内心活动、爱好习惯等，也表现了人与人之间的各种复杂的关系，表现了人物的思想感情和道德面貌，把人物写得栩栩如生，真实可信，具有典型意义。

小说的本事是宋懋澄的《负情侬传》，这是发生在瓜洲的一个真实故事。经冯梦龙的艺术改编,影响很大。明末人卓人月、清朝郭彦深分别改编成《百宝箱》传奇,后来京剧、地方戏、鼓书、弹词等都广为搬演,可见人们对这篇小说的欣赏。

[思考与练习]

一、通读全文,用自己的话概述小说的主要情节。

二、小说是如何塑造杜十娘这一典型形象的,这个形象的意义是什么?

孔尚任(1648—1718),清代戏曲作家。字聘之,一字季重,号东塘、岸堂,云亭山人,山东曲阜人。孔子六十四世孙。康熙中曾任国子监博士、户外员外郎等职,罢官后回故乡石门山隐居。诗文俱佳,尤工乐府,代表作《桃花扇》传奇与洪昇《长生殿》齐名,人称"南洪北孔"。此外,还有《湖海集》《岸堂集》及与刘廷玑的诗歌合集《长留集》、与顾彩合著的《小忽雷》传奇等。近人汇为《孔尚任诗文集》出版。

桃花扇·哀江南

孔尚任

续四十出 余韵

戊子[1]九月

【北新水令】山松野草带花挑,猛抬头秣陵[2]重到。残军留废垒,瘦马卧空壕,村郭萧条,城对着夕阳道。

【驻马听】野火频烧,护墓长楸[3]多半焦。田羊群跑,守陵阿监几时逃。鸽翎蝠粪满堂抛,枯枝败叶当阶罩。谁祭扫?牧儿打碎龙碑帽[4]。

【沉醉东风】横白玉八根柱倒,堕红泥半堵墙高。碎琉璃瓦片多,烂翡翠窗棂少,舞丹墀[5]燕雀常朝,直入宫门一路蒿,住几个乞儿饿殍[6]。

【折桂令】问秦淮旧日窗寮[7],破纸迎风,坏槛当潮,目断魂消。当年粉黛,何处笙箫?罢灯船端阳不闹,收酒旗重九无聊。白鸟飘飘,绿水滔滔,嫩黄花有些蝶飞,新红叶[8]无个人瞧。

【沽美酒】你记得跨青溪[9]半里桥[10],旧红板没一条。秋水长天人过少,冷清清的落照,剩一树柳弯腰。

【太平令】行到那旧院[11]门,何用轻敲,也不怕小犬哞哞。无非是枯井颓巢,不过些砖苔砌草。手种的花条柳梢,尽意儿采樵。这黑灰是谁家厨灶?

【离亭宴带歇拍煞】俺曾见金陵玉殿莺啼晓,秦淮水榭花开早,谁知道容易冰消。眼看他起朱楼,眼看他宴宾客,眼看他楼塌了。这青苔碧瓦堆,俺曾睡风流觉。将五十年兴亡看饱。那乌衣巷[12]不姓王,莫愁湖[13]鬼夜哭,凤凰台[14]栖枭鸟。残山梦最真,旧境丢难掉,不信这舆图换稿[15]。诌一套《哀江南》,放悲声唱到老。

([清]孔尚任著,[清]云亭山人评点,李保民标点:《云亭山人评点桃花扇》,上海古籍出版社,2012年。)

【注释】

[1] 戊子:清顺治五年(1648年)。

[2] 秣陵(mò líng):今南京市。秦始皇第五次出巡至金陵时,几个陪同的望气术士见金陵四周山势峻秀,地形险要,说金陵有天子气。秦始皇一听大为不悦,命人开凿方山,使淮水流贯金陵,把土气泄散,并将金陵改为秣陵。"秣"是草料的意思,意即这里不该称金陵,只能贬为牧马场。

[3] 楸(jiū):一名槚(jiǎ),落叶乔木,古时多植于墓地。

[4] 龙碑帽:碑帽即碑首,碑的上方。皇帝陵墓的碑首刻有龙形装饰。

[5] 丹墀(chí):古代宫殿前的台阶漆成红色。墀,阶。

[6] 饿殍(piǎo):饿死的人。

[7] 寮(liáo):小窗。

[8] 红叶:栖霞山在南京东北,山上广植枫树,秋叶经霜,漫山红遍,为游览胜地。

[9] 青溪:在南京市东,发源于钟山,泄玄武湖水,南入秦淮。

[10] 半里桥:又名长桥,在旧院墙外数十步,前通中山东花园,后有秦淮朱雀航,为旧院胜景。

[11] 旧院:又称曲中,秦淮名妓聚居之处,前门对武定桥,后门在钞库街,与贡院隔河

相对。

[12] 乌衣巷：在贡院之西，东晋时高门世族王、谢诸家多居于此。

[13] 莫愁湖：在水西门外，因古代女子莫愁而得名，是南京著名风景区。

[14] 凤凰台：在南京城内西南部花盝冈，宋初被焚。

[15] 舆图换稿：指江山易主。舆图，地图。

【简析】

　　《桃花扇》剧情发展到最后，南明小朝廷覆亡，侯方域、李香君各自出家入道，秦淮旧人风消云散，"离合"的爱情故事与"兴亡"的政治斗争一齐结束。本出写的是隐居栖霞山以捕鱼打柴为生的柳敬亭、苏昆生和燕子矶边的村民——原南京太常寺老赞礼（司仪）相遇山中，闲话兴亡旧事。老赞礼唱了一篇神弦歌[问苍天]，渔翁柳敬亭唱了一首弹词[秣陵秋]，[哀江南]则是樵夫苏昆生所唱的一套北曲，述说他三年来第一次进南京城卖柴所见。曲尽，全剧也告终了。

　　[哀江南]套曲是古今传诵的名篇。它共有七支曲子，由三个部分组成，写明亡后南京的残破景况。首曲[北新水令]为第一部分，写进城之前，领起全篇。第二部分包括了中间的五支曲子，这里面又自然形成两个段落：第二曲[驻马听]、第三曲[沉醉东风]，分写明孝陵（朱元璋陵）与明故宫，是政治斗争所在地的遗迹；第四[折桂令]至第六曲[太平令]，分写秦淮、长桥和旧院，是爱情发生地的遗迹。尾曲[离亭宴带歇指煞]为第三部分，既为全篇作收束，又是全剧的总结。层次井然，章法严整。

　　寓情于景，是本篇在艺术表现上的一大特色。除结句"放悲声唱到老"外，通篇没有一个带感情色彩的字眼。作者只是如实地顺手写来，把一幅幅画面映现在读者眼前，却无处不倾注着浓郁的感情，无句不是繁华后的荒凉，即使不了解剧情的人，也会为那悲凉的气氛所触动，所感染。如[北新水令]中的"城对着夕阳道"，初看极为平常，城池、大道，还是三年前的旧貌，夕阳更是万古如斯，和改朝换代前没有什么不同。然而又分明感觉到城门之下、大道之上，没有了那频繁来往的车马、进出拥挤的行人，没有了那喧阗、扰攘、流动的生机，只留下夕阳笼罩的大道，投射出城墙的暗影，空落、死寂，仿佛静止一般。这句从刘禹锡《石头城》"淮水东边旧时月，夜深还过女墙来"脱胎，却毫无斧凿痕迹，一昼一夜，一静一动，有异曲同工之妙。又如[折桂令]中，白鸟、绿水、黄花、红叶，本应构成绚丽美好的秋景，但却"无人瞧"，于是任其自飞自流，自开自落，呈现一派凄清景象。

　　《桃花扇》全剧曲文精雅工丽，颇多用典，这套曲子却全用白描，文辞优美，雅俗共赏,不愧为全剧压轴。第五曲[沽美酒]尤为一气呵成,圆美流畅,借用古人词评,可谓"虽不识字人,亦知是天生好言语"。末句"剩一树柳弯腰",着一"剩"字,意境尽出,与"城对着夕阳道",同为神来之笔。此剧的语言成就不止这些。作者认为:"凡胸中情不可说,眼前景不能见者,则借词曲以咏之。"剧本语言感情色彩十分浓厚,梁启超说,此剧是"哭声泪痕之书",表现出慷慨悲凉的风格。这套曲子中陵墓、宫殿是前明皇权的象征,秦淮河畔的长桥、旧院一带,又是南京繁华的象征,如今陵荒殿圮,旧院等处成了一片瓦砾堆,那整个南京城遭受的破坏和人民的苦难,更是满目疮痍。这里实际上是对南明王朝的哀悼,兴亡之感显得深沉悲壮。这支曲唱出了遗民的心声,因此全剧写成上演之后,不仅感动故臣遗老,为之掩袂唏嘘,也引起了清统治者的不满。据说,此剧写成后,康熙皇帝举着书稿对孔尚任说,请先生笔下留情,而作者次年就被罢官。

【思考与练习】

一、熟读本文,体会本篇在艺术表现上寓情于景的一大特色。

二、这套曲子是从凭吊故国的角度唱出遗民的心声,为什么至今仍让人感动?

王士禛(1634—1711),字子真、贻上,号阮亭,又号渔洋山人,人称王渔洋,谥文简。雍正时避帝讳,被改为士正;乾隆时,又改称士祯。新城(今山东桓台)人。顺治十五年(1658年)进士,出任扬州推官,后升为礼部主事,官至刑部尚书。康熙四十三年(1704年)罢官回家。清初杰出诗人、学者、文学家。精金石篆刻,诗为一代宗匠,与朱彝尊并称。书法高秀似晋人。康熙时继钱谦益主盟诗坛。论诗创神韵说。早年诗作清丽澄淡,中年以后转为苍劲。擅长各体,尤工七绝。散文创作以游记见长,富有诗歌韵味。著有《带经堂集》《池北偶谈》等,今人整理有《渔洋精华录集释》。

红 桥 游 记

王士禛

出镇淮门,循小秦淮折而北,陂岸起伏多态,竹木蓊郁,清流映带。人家多因水为园亭树石,溪塘幽窈而明瑟[1],颇尽四时之美。拿小艇,循河西北行,林木尽处,有桥宛然如垂虹下饮于涧;又如丽人靓妆袨服[2],流照明镜中,所谓红桥也。

游人登平山堂,率至法海寺,舍舟而陆,径必出红桥下。桥四面皆人家荷塘,六七月间,菡萏作花,香闻数里,青帘白舫,络绎如织;良谓胜游矣。予数往来北郭,必过红桥,顾而乐之。

登桥四望,忽复徘徊感叹。当哀乐之交乘于中,往往不能自喻其故。王、谢冶城之语[3],景、晏牛山之悲[4],今之视昔,亦有怨耶!壬寅季夏之望[5],与箬庵、茶村、伯玑诸子[6],倚歌而和之。箬庵继成一章,予以属和。

嗟乎!丝竹陶写,何必中年[7]?山水清音,自成佳话[8]。予与诸子聚散不恒,良会未易遘[9],而红桥之名,或反因诸子而得传于后世,增怀古凭吊者之徘徊感叹如予今日,未可知也。

(刘世南、刘松来选注:《清文选》,人民文学出版社,2006年。)

【注释】

[1] 明瑟(míng sè):莹净。

[2] 靓妆(jìng zhuāng):指打扮得很美丽,浓妆艳抹。"靓妆"要和"靓装"区别开来。袨服(xuàn fú):盛服,艳服。

[3] 王、谢冶城之语:指王羲之和谢安在南京冶城的一段对话,典出《世说新语·言语》:"王右军与谢太傅(安)共登冶城。谢悠然远想,有高世之志。王指谢曰:'夏禹勤王,手足胼胝(pián zhī);文王旰(gàn)食,日不暇给。今四郊多垒,宜人人自效;而虚谈废务,浮文妨要,恐非当今所宜。'谢答曰:'秦任商鞅,二世而亡,岂清言致患邪?'"

[4] 景、晏牛山之悲:指齐景公在牛山(在今山东淄博临淄南)感叹生命短促。典出《晏子春秋·内篇谏上》:"景公游于牛山,北临其国而流涕曰:'若何滂滂去此而死乎!'艾孔、梁丘据皆从而泣。晏子独笑于旁,公刷涕而顾晏子曰:'寡人今日游悲,孔与据皆从寡人而涕泣,子之独笑,何也?'晏子对曰:'使贤者常守之,则太公、桓公将常守之矣,使勇者常守之,则庄公、灵公将常守之矣。数君者将守之,则吾君安得此位而立焉?以其迭处之,迭去之,至于君也,而独为之流涕,是不仁也。不

仁之君见一,谄谀之臣见二,此臣之所以独窃笑也。'"后遂以"牛山叹""牛山泪""牛山悲""牛山下涕"喻为人生短暂而悲叹。

[5] 壬寅季夏之望:康熙元年(1662年)农历六月十五日。季夏,夏季的第三个月。望,指每月十五日。

[6] 箨(tuò)庵、茶村、伯玑(jī)诸子:王士禛任扬州推事时的文友。箨庵,即袁于令,明末为生员。居苏州因果庵,因恋一妓女,被革去学籍。清顺治二年(1645年)清兵南下,吴地豪绅挽于令草降表进呈。因功,授荆州太守,著《隋史遗文》十二卷六十回。茶村:杜濬(1611—1687),原名诏先,字于皇,号茶村,湖北黄冈(今属黄州)人。濬诗文豪健,有《变雅堂文集》《变雅堂诗集》传世。伯玑,明朝遗民陈允衡。

[7] 丝竹陶写,何必中年:人生任何时候都可以用音乐来娱情养性,排除忧闷。典出《世说新语·言语第二》:"谢太傅语王右军曰:'中年伤于哀乐,与亲友别,辄作数日恶。'王曰:'年在桑榆,自然至此,正赖丝竹陶写,恒恐儿辈觉损欣乐之趣。'"

[8] 山水清音,自成佳话:用山水陶冶性情,同样可以成就一段美谈。山水清音:自然界的天籁之音。佳话:美谈。

[9] 遘(gòu):相遇。

【简析】

红桥,即今天扬州瘦西湖大门前的大虹桥。初建在明末,后来改成石拱桥。

《红桥游记》,清代著名神韵派诗人王士禛的作品。"不着一字,尽得风流"是他心中向往的境界。这篇游记无论语言运用还是行文构思,都具有诗化倾向,有冲淡平和的艺术风格。文章在交代红桥的位置时,描写了红桥处在一个富有诗意的环境,再写桥上游人如织。描绘这些画面后,作者笔锋一转,通过历史故事,抒发"当哀乐之交乘于中"中的感慨,与王羲之的《兰亭序》的喟叹同中有异。最后,又从历史与现实的感慨中回到眼前,希望在自然山水和诗友的酬唱中找到人生价值。从全文来看,作者最初"顾而乐之";等到"登桥四望",开始"徘徊感叹";最后想到"红桥之名"传于后世,感情为之一振。行文一唱三叹,曲折有致。

【思考与练习】

一、作者在文中的情感有哪些变化?

二、对于虹桥,这位诗人还写过一首词,试比较同题诗文。

附:

浣溪沙·红桥
王士禛

白鸟朱荷引画桡,垂杨影里见红桥,欲寻往事已魂消。

遥指平山山外路,断鸿无数水迢迢,新愁分付广陵潮。

全祖望(1705—1755),字绍衣,号谢山,鄞县(今浙江宁波)人。清代史学家、文学家。乾隆元年(1736年)进士,选庶吉士。后辞官归里,主讲浙江蕺山和广东端溪书院,致力经史研究,著有《经史问答》《鲒琦亭集》,又曾续修明代学者黄宗羲的《宋元学案》,笺注宋代学者王应麟的《困学纪闻》,又七次校订北魏郦道元的《水经注》,今人朱铸禹整理有《全祖望汇校集注》三册。

梅花岭记[1]
全祖望

顺治二年乙酉四月[2],江都围急[3]。督相史忠烈公知势不可为[4],集诸将而语之曰:"吾誓与城为殉,然仓皇中不可落于敌人之手以死,谁为我临期成此大节者[5]?"副将军史德威慨然任之。忠烈喜曰:"吾尚未有子,汝当以同姓为吾后。吾上书太夫人,谱汝诸孙中。[6]"

二十五日,城陷,忠烈拔刀自裁[7]。诸将果争前抱持[8]之。忠烈大呼德威,德威流涕,不能执刃,遂为诸将所拥而行。至小东门,大兵[9]如林而至。马副使鸣騄、任太守民育及诸将刘都督肇基等皆死[10]。忠烈乃瞠目曰:"我史阁部[11]也。"被执至南门,和硕豫亲王[12]以先生呼之,劝之降。忠烈大骂而死。初,忠烈遗言:"我死当葬梅花岭上。"至是,德威求公之骨不可得,乃以衣冠葬之。

或曰:"城之破也,有亲见忠烈青衣乌帽,乘白马,出天宁门投江死者,未尝殒于城中也。"自有是言,大江南北遂谓忠烈未死。已而英、霍山师[13]大起,皆托忠烈之名,仿佛陈涉之称项燕[14]。吴中孙公兆奎[15]以起兵不克,执至白下[16]。经略洪承畴[17]与之有旧,问曰:"先生在兵间,审知[18]故扬州阁部史公果死耶,抑未死耶?"孙公答曰:"经略从北来,审知故松山殉难[19]督师洪公果死耶,抑未死耶?"承畴大恚[20],急呼麾下驱出斩之。呜呼!神仙诡诞之说,谓颜太师以兵解[21],文少保亦以悟大光明法蝉脱[22],实未尝死。不知忠义者圣贤家法[23],其气浩然,长留天地之间,何必出世入世[24]之面目!神仙之说,所谓为蛇画足。即如忠烈遗骸,不可问矣。百年而后,予登岭上,与客述忠烈遗言,无不泪下如雨,想见当日围城光景,此即忠烈之面目宛然可遇,是不必问其果解脱否也,而况冒其未死之名者哉?

墓旁有丹徒钱烈女之冢[25],亦以乙酉在扬,凡五死而得[26]。绝时告其父母火之,无留骨秽地[27]。扬人葬之于此。江右王猷定、关中黄遵岩、粤东屈大均,为作传铭哀辞[28]。

顾尚有未尽表章者[29]。予闻忠烈兄弟,自翰林可程下[30],尚有数人。其后皆来江都省墓。适英、霍山师败,捕得冒称忠烈者,大将发至江都,令史氏男女来认之。忠烈之第八弟已亡,其夫人年少有色,守节,亦出视之。大将艳其色,欲强娶之。夫人自裁而死。时以其出于大将之所逼也,莫敢为之表章者。呜呼!忠烈尝恨可程在北,当易姓之间[31],不能仗节,出疏纠之[32]。岂知身后乃有弟妇以女子而踵兄公[33]之余烈乎?梅花如雪,芳香不染。异日有作忠烈祠者,副使诸公谅在从祀之列;当另为别室以祀夫人,附以烈女一辈也。

(刘世南、刘松来选注:《清文选》,人民文学出版社,2006年。)

【注释】

[1] 本文选自《鲒埼亭集外编》卷二十。梅花岭:在扬州原广储门外,是明朝州守吴秀挖河泥堆起的土丘,丘上栽种梅花,因而名为梅花岭。明末史可法守扬州,城陷殉国,葬衣冠于梅花岭。

[2] 顺治二年乙酉:即公元1645年。顺治,清世祖年号(1644—1661)。

［3］江都：扬州的治所，代指扬州城。

［4］督相史忠烈公：明末民族英雄史可法（1601—1645），字宪之，号道邻，河南祥符（今属开封）人。曾任兵部尚书、大学士，受奸臣马士英等排挤，史可法遂自请到扬州督师抗清。清兵南下，史可法孤军奋战，兵败殉国。明代大学士相当于宰相，史可法以大学士身份督师，所以称为"督相"。忠烈，史可法殉节后谥号忠烈。

［5］仓皇：慌张匆忙。临期：城破之时。节：节操。

［6］谱汝诸孙中：把你的名字加到家谱里，列入（太夫人的）孙儿辈中。谱，家谱，这里用作动词。

［7］自裁：自杀。

［8］抱持：抱住史可法使其无法自杀。

［9］大兵：指围扬州城的清军。

［10］副使：按察副史马鸣騄，陕西省褒城县人。太守：扬州知府任民育，山东济宁人。扬州城破时，任民育身穿官服，被清兵杀死，全家男女跳井自杀。都督：刘肇基，辽东人。扬州城破后，率部巷战而死。

［11］史阁部：明朝称大学士为入阁。史可法是大学士兼管兵部，所以称为"史阁部"。

［12］和硕豫亲王：努尔哈赤的第十五子多铎（1614—1649）。和硕，满洲语，意思是"旗"（八旗）"部落"，是加于亲王、公主称号前的尊称。

［13］英、霍山师：英山和霍山（当时安徽省的两个县）的抗清义军。

［14］陈涉之称项燕：秦末，陈胜起义时假借楚国已故大将项燕的名义。

［15］吴中：现江苏省苏州市一带。孙兆奎：江苏吴江人，吴江被清兵攻下后，他与同乡的吴日新一起起兵抗清，号"孙吴军"，后兵败被俘。

［16］白下：江宁（今南京）的别名。

［17］洪承畴（1593—1665）：字彦演，号亨九，福建南安人，原明兵部尚书，松山一役兵败降清，任七省经略，当时驻扎在江宁。

［18］审知：确切地知道。

［19］松山殉难：洪承畴以兵部尚书的身份督师松山，战败被俘后，明廷不知他已经降清，崇祯帝以为他已经殉难，亲自设坛祭吊。

［20］恚（huì）：恨，愤怒。

［21］颜太师：唐颜真卿（708—784），京兆万年（今陕西西安）人，官至太子太师。唐德宗时为叛将李希烈所杀。传说他在被杀时升仙了。以兵解：因被杀而成仙。兵，

兵器。解，解脱躯壳而成仙。

[22] 文少保：南宋文天祥，曾任少保。他在狱中有诗云："谁知真患难，忽遇大光明。"本意是说在患难中反而参透了人生真谛。后人就附会说，他悟大光明佛法而解脱成佛。大光明法：指佛法。蝉脱：像蝉脱壳一样遗下了躯壳。

[23] 圣贤家法：以古代圣贤人作为自己的道德准则。

[24] 出世入世：佛家语。出世是脱离俗世，入世是生于人世。

[25] 丹徒：今江苏镇江。

[26] 凡五死：共自杀了五次。

[27] 秽地：指被敌人玷污了的土地。

[28] 王猷定（1598—1662）：明末清初古文家，江西南昌人，曾在史可法幕中担任文书工作，明亡后隐居不出。有《四照堂集》。黄遵岩：陕西人，生平不详。屈大均（1630—1696）：明末清初著名遗民诗人，广东番禺（今广州）人。曾参加抗清斗争，兵败后一度削发为僧，法名今种。有《翁山诗外》《翁山文外》。

[29] 顾：只不过。表章：表彰。

[30] 可程：史可程，史可法的弟弟，明崇祯进士，曾任翰林院庶吉士，李自成入北京后投降。

[31] 易姓：指改朝换代。

[32] 仗节：保持节操。出疏纠弹：上疏给弘光帝，要求对史可程的举动加以惩处。纠，弹劾。

[33] 兄公：妻子对丈夫兄长的称呼。语出《尔雅·释亲》："夫之兄为兄公。"

【简析】

本文为游记，但是以人物为重心。全祖望借游梅花岭记，追述史可法等人的民族气节，来寄寓自己的敬仰之情。

文章记叙史可法殉国的经过，对人物作正面描绘，写了在"江都危急"时史可法与扬州城共存亡的言行。在写墓葬一节时，特意追叙他生前"我死，当葬梅花岭上"的遗言，意在用"梅花如雪，芳香不染"象征英雄的冰清玉洁的节操。作者还记叙了两件事情，一件事是关于史可法没有死的传说，另一件是抗清义军"托忠烈之名，仿佛陈涉之称项燕"，表明了史可法的精神的巨大影响。在写第二件事的时候，作者涉及孙兆奎与汉奸洪承畴的对话，此事看似与史可法无关，实际上是通过这一正一反的典型，从不同角度衬托了史可法的气节。看上去是闲笔,其实是从多侧面烘托主题。

全文由"梅花岭"引出中心人物,将记叙、抒情、议论有机地结合在一起,表现了对史可法的缅怀和崇敬,也寄托着作者对明亡的极大悲愤。文章简练,层次清晰,思想艺术成就很高。

【扩展性阅读】

邵长蘅:《阎典史传》。

【思考与练习】

一、文中所讲"忠烈之面目"指的是什么?为什么作者说史可法是否解脱并不重要?

二、本文是如何刻画史可法的英雄形象的?

三、文章为何以"梅花岭记"命题?

随 园 记

袁 枚

金陵自北门桥西行二里,得小仓山。山自清凉胚胎[1],分两岭而下,尽桥而止。蜿蜒狭长,中有清池水田,俗号干河沿。河未干时,清凉山为南唐避暑所,盛可想也。凡称金陵之胜者,南曰雨花台[2],西南曰莫愁湖,北曰钟山,东曰冶城,东北曰孝陵,曰鸡鸣寺。登小仓山,诸景隆然上浮。凡江湖之大,云烟之变,非山之所有者,皆山之所有也。

康熙时,织造隋公当山之北巅,构堂皇,缭垣牖,树之荻千章、桂千畦,都人游者,翕然盛一时,号曰隋园,因其姓也。后三十年,余宰江宁,园倾且颓弛,其室为酒肆,舆台嚾呶[3],禽鸟厌之不肯妪伏,百卉芜谢,春风不能花。余恻然而悲,问其值,曰三百金。购以月俸。茨墙剪园,易檐改途。随其高,为置江楼;随其下,为置溪亭;随其夹涧,为之桥;随其湍流,为之舟;随其地之隆中而欹侧也,为缀峰岫;随其蓊郁而旷也,为设宧窔[4]。或扶而起之,或挤而止之,皆随其丰杀繁瘠,就势取景,而莫之夭阏者[5],故仍名曰随园,同其音,易其义。

落成叹曰:"使吾官于此,则月一至焉;使吾居于此,则日日至焉。二者不可得兼,舍官而取园者也。"遂乞病,率弟香亭、甥湄君移书史居随园。闻之苏子曰:君子不必仕,不必不仕。然则余之仕与不仕,与居兹园之久与不久,亦随之而已。夫两物之能相易者,其一物之足以胜之也。余竟以一官易此园,园之奇,可以见矣。

己巳三月记。

([清]袁枚著,周本淳标校:《小仓山房诗文集》,上海古籍出版社,1988年。)

【注释】

[1] 清凉:山名,又名石头山,在南京市西。山上建有清凉寺,南唐建有清凉道场,传为避暑宫。胚胎:此指小仓山为清凉山余脉。

[2] 雨花台:在南京中华门外,相传梁天监中云光法师讲经于此,感天雨花,因名。

[3] 舆台:古代十等人中两个低微等级的名称。舆为第六等,台为第十等。泛指地位低贱的人。嚾呶(náo):叫喊吵闹。

[4] 宧(yí)窔(yào):房屋的东北角与东南角。古代建房,多在东南角设溷厕,东北角设厨房。

[5] 夭阏(yāo è):出自《庄子·逍遥游》:"背负青天,而莫之夭阏者,而后乃今将图南。"受阻折而中断,此处指没有改变山原来的形势。

【简析】

此文写于乾隆十四年(1749年)。乾隆十年(1745年),袁枚买下了原江宁织造隋赫德的隋园,加以修葺,改名随园。乾隆十三年(1748年),他自知仕途无望,索性辞去"七品官耳",从此退出仕途。

文章先历叙随园的地理位置,接着,紧紧扣住"随"字,写修葺园子的经过与自己的趣味,表现洒脱放任的处世观,充满了初得园的喜悦以及将来悠游林下的憧憬,终老于秦淮六朝烟水之间。

【扩展性阅读】

袁枚《游仙都峰记》《游武夷山记》等。

【思考与练习】

一、为什么作者要改"隋园"为"随园"?
二、本文为何要铺陈场景?

> **朱自清**(1898—1948),字佩弦,号秋实。生于江苏东海县,因祖父、父亲都定居扬州,故又自称扬州人。1916年中学毕业后考入北京大学哲学系,1920年毕业后在江苏、浙江多所中学教书。1923年发表长诗《毁灭》,影响很大。1925年任清华大学教授,开始创作散文并致力于古典文学的研究。1928年出版第一本散文集《背影》,成了著名散文作家。1931年留学英国,1932年回国,仍在清华大学任教并兼任中国文学系主任。1937年抗日战争爆发后,南下任西南联大教授。1946年回北京旧居,1948年8月12日病逝。现代著名散文家、诗人、学者,其主要作品有《雪朝》《踪迹》《背影》《欧游杂记》《荷塘月色》《匆匆》《绿》等。

桨声灯影里的秦淮河

朱自清

一九二三年八月的一晚,我和平伯同游秦淮河;平伯是初泛,我是重来了。我们雇了一只"七板子",在夕阳已去,皎月方来的时候,便下了船。于是桨声汩——汩,我们开始领略那晃荡着蔷薇色的历史的秦淮河的滋味了。

秦淮河里的船,比北京万生园、颐和园的船好,比西湖的船好,比扬州瘦西湖的船也好。这几处的船不是觉着笨,就是觉着简陋、局促;都不能引起乘客们的情韵,如秦淮河的船一样。秦淮河的船约略可分为两种。一是大船;一是小船,就是所谓"七板子"。大船舱口阔大,可容二三十人。里面陈设着字画和光洁的红木家具,桌上一律嵌着冰凉的大理石面。窗格雕镂颇细,使人起柔腻之感。窗格里映着红色蓝色的玻璃;玻璃上有精致的花纹,也颇悦人目。"七板子"规模虽不及大船,但那淡蓝色的栏干,空敞的舱,也足系人情思。而最出色处却在它的舱前。舱前是甲板上的一部,上面有弧形的顶,两边用疏疏的栏干支着。里面通常放着两张藤的躺椅。躺下,可以谈天,可以望远,可以顾盼两岸的河房。大船上也有这个,但在小船上更觉清隽罢了。舱前的顶下,一律悬着灯彩;灯的多少,明暗,彩苏的精粗,艳晦,是不一的,但好歹总还你一个灯彩。这灯彩实在是最能勾人的东西。夜幕垂垂地下来时,大小船上都点起灯火。从两重玻璃里映出那辐射着的黄黄的散光,反晕出一片朦胧的烟霭;透过这烟霭,在黯黯的水波里,又逗起缕缕的明漪。在这薄霭和微漪里,听着那悠然的间歇的桨声,谁能不被引入他的美梦去呢?只愁梦太多了,这些大小船儿如何载得起呀?我们这时模模糊糊的谈着明末的秦淮河的艳迹,如《桃花扇》及《板桥杂记》里所载的。我们真神往了。我们仿佛亲见那时华灯映水,画舫凌波的光景了。于是我们的船便成了历史的重载了。我们终于恍然秦淮河的船所以雅丽过于他处,而又有奇异的吸引力,实在是许多历史的影象使然了。

秦淮河的水是碧阴阴的;看起来厚而不腻,或者是六朝金粉所凝么?我们初上船的时候,天色还未断黑,那漾漾的柔波是这样的恬静,委婉,使我们一面有水阔天空之想,一面又憧憬着纸醉金迷之境了。等到灯火明时,阴阴的变为沉沉了:黯淡的水光,像梦一般;那偶然闪烁着的光芒,就是梦的眼睛了。我们坐在舱前,因了那隆起的顶棚,仿佛总是昂着首向前走着似的;于是飘飘然如御风而行的我们,看着那些自在的湾泊着的船,船里走马灯般的人物,便像是下界一般,迢迢的远了,又像在雾里看花,尽朦朦胧胧的。这时我们已过了利涉桥,望见东关头了。沿路听见断续的歌声:有从沿河的妓楼飘来的,有从河上船里度来的。我们明知那些歌声,只是些因袭的言词,从生涩的歌喉里机械的发出来的;但它们经了夏夜的微风的吹漾和水波的摇拂,袅娜着到我们耳边的时候,已经不单是她们的歌声,而混着微风和河水的密语了。于是我们不得不被牵惹着,震撼着,相与浮沉于这歌声里了。从东关头转弯,不久就到大中桥。大中桥共有三个桥拱,都很阔大,俨然是三座门儿;使我们觉得我们的船和船里的我们,在桥下过去时,真是太无颜色了。桥砖是深褐色,表明它的历史的长久;但都完好无缺,令人太息于古昔工程的坚美。桥上两旁都是木壁的房子,中间应该有街路?这些房子都破旧了,多年烟熏的迹,遮没了当年的美丽。我想象秦淮河的极盛时,在这样宏阔的桥上,特地盖了房子,必然是髹漆得富富丽丽的;晚间必然是灯火通明的,现在却只剩下一片黑沉沉!但是桥上造着房子,毕竟使我们多少可以想见往日的繁华;这也慰情聊胜无了。过了大中桥,便到了灯月交辉、笙歌彻夜的秦淮河;这才是秦淮河的真面目哩。

大中桥外,顿然空阔,和桥内两岸排着密密的人家的景象大异了。一眼望去,疏疏的林,淡淡的月,衬着蔚蓝的天,颇像荒江野渡光景;那边呢,郁丛丛的,阴森森的,又似乎藏着无边的黑暗:令人几乎不信那是繁华的秦淮河了。但是河中眩晕着的灯光,纵横着的画舫,悠扬着的笛韵,夹着那吱吱的胡琴声,终于使我们认识绿如茵陈酒的秦淮水了。此地天裸露着的多些,故觉夜来的独迟些;从清清的水影里,我们感到的只是薄薄的夜——这正是秦淮河的夜。大中桥外,本来还有一座复成桥,是船夫口中的我们的游踪尽处,或也是秦淮河繁华的尽处了。我的脚曾踏过复成桥的脊,在十三四岁的时候。但是两次游秦淮河,却都不曾见着复成桥的面;明知总在前途的,却常觉得有些虚无缥缈似的。我想,不见倒也好。这时正是盛夏。我们下船后,借着新生的晚凉和河上的微风,暑气已渐渐消散;到了此地,豁然开朗,身子顿然轻了——习习的清风荏苒在面上,手上,衣上,这便又感到了一缕新凉了。南京的日光,大概没有杭州猛烈;西湖的夏夜老是热蓬蓬的,水像沸着一般,秦淮河的水却尽是这样冷冷地绿着。任你人影的憧憧,歌声的扰扰,总像隔着一层薄薄的绿纱面幂似的;它尽是这样静静的,冷冷的绿着。我们出了大中桥,走不上半里路,船夫便将船划到一旁,停了桨由它荡着。他以为那里正是繁华的极点,再过去就是荒凉了;所以让我们多多赏鉴一会儿。他自己却静静的蹲着。他是看惯这光景的了，大约只是一个无可无不可。这无可无不可，无论是升的沉的，总之，都比我们高了。

那时河里闹热极了；船大半泊着，小半在水上穿梭似的来往。停泊着的都在近市的那一边，我们的船自然也夹在其中。因为这边略略的挤，便觉得那边十分的疏了。在每一只船从那边过去时，我们能画出它的轻轻的影和曲曲的波，在我们的心上；这显着是空，且显着是静了。那时处处都是歌声和凄厉的胡琴声，圆润的喉咙，确乎是很少的。但那生涩的，尖脆的调子能使人有少年的，粗率不拘的感觉，也正可快我们的意。况且多少隔开些儿听着，因为想象与渴慕的做美，总觉更有滋味；而竞发的喧嚣，抑扬的不齐，远近的杂沓，和乐器的嘈嘈切切，合成另一意味的谐音，也使我们无所适从，如随着大风而走。这实在因为我们的心枯涩久了，变为脆弱；故偶然润泽一下，便疯狂似的不能自主了。但秦淮河确也腻人。即如船里的人面，无论是和我们一堆儿泊着的，无论是从我们眼前过去的，总是模模糊糊的，甚至渺渺茫茫的；任你张圆了眼睛，揩净了眦垢，也是枉然。这真够人想呢。在我们停泊的地方，灯光原是纷然的；不过这些灯光都是黄而有晕的。黄已经不能明了，再加上了晕，便更不成了。灯愈多，晕就愈甚；在繁星般的黄的交错里，秦淮河仿佛笼上了一团光雾。光芒与雾气腾腾的晕着，什么都只剩了轮廓了；所以人面的详细的曲线，便消失于我们的眼底了。但灯光究竟夺不了那边的月色；灯光是浑的，月色是清的。在浑沌的灯光里，渗入了一派清辉，却真是奇迹！那晚月儿已瘦削了两三分。她晚妆才罢，盈盈的上了柳梢头。天是蓝得可爱，仿佛一汪水似的；月儿便更出落得精神了。岸上原有三株两株的垂杨柳，淡淡的影子，在水里摇曳着。它们那柔细的枝条浴着月光，就像一支支美人的臂膊，交互的缠着，挽着；又像是月儿披着的发。而月儿偶然也从它们的交叉处偷偷窥看我们，大有小姑娘怕羞的样子。岸上另有几株不知名的老树，光光的立着；在月光里照起来。却又俨然是精神矍铄的老人。远处——快到天际线了，才有一两片白云，亮得现出异彩，像美丽的贝壳一般。白云下便是黑黑的一带轮廓；是一条随意画的不规则的曲线。这一段光景,和河中的风味大异了。但灯与月竟能并存着,交融着,使月成了缠绵的月,灯射着渺渺的灵辉,这正是天之所以厚秦淮河,也正是天之所以厚我们了。

这时却遇着了难解的纠纷。秦淮河上原有一种歌妓,是以歌为业的。从前都在茶舫上,唱些大曲之类。每日午后一时起;什么时候止,却忘记了。晚上照样也有一回,也在黄晕的灯光里。我从前过南京时,曾随着朋友去听过两次。因为茶舫里的人脸太多了,觉得不大适意,终于听不出所以然。前年听说歌妓被取缔了,不知怎的,颇涉想了几次——却想不出什么。这次到南京,先到茶舫上去看看,觉得颇是寂寥,令我无端的怅怅了。不料她们却仍在秦淮河里挣扎着,不料她们竟会纠缠到我们,我于是很张皇了。她们也乘着"七板子",她们总是坐在舱前的。舱前点着石油汽灯,光亮眩人眼目:坐在下面的,自然是纤毫毕见了——引诱客人们的力量,也便在此了。舱里躲着乐工等人,映着汽灯的余辉蠕动着;他们是永远不被注意的。每船的歌妓大约都是二人;天色一黑。她们的船就在大中桥外往来不息的兜生意。无论行着的船了,泊着的船,都要来兜揽的。这都是我后来推想出来的。那晚不知怎样,忽然轮着我们的船了。我们的船好好的停着,一只歌舫划向我们来了;渐渐和我们的船并着了。烁烁的灯光逼得我们皱起了眉头;我们的风尘色全给它托出来了,这使我踧踖不安了。那时一个伙计跨过船来,拿着摊开的歌折,就近塞向我的手里,说:"点几出吧!"他跨过来的时候,我们船上似乎有许多眼光跟着。同时相近的别的船上也似乎有许多眼睛炯炯的向我们船上看着。我真窘了!我也装出大方的样子,向歌妓们瞥了一眼,但究竟是不成的!我勉强将那歌折翻了一翻,却不曾看清了几个字;便赶紧递还那伙计,一面不好意思地说:"不要。我们……不要。"他便塞给平伯。平伯掉转头去,摇手说:"不要!"那人还腻着不走。平伯又回过脸来,摇着头道:"不要!"于是那人重到我处。我窘着再拒绝了他。他这才有所不屑似的走了。我的心立刻放下,如释了重负一般。我们就开始自白了。

我说我受了道德律的压迫，拒绝了她们；心里似乎很抱歉的。这所谓抱歉，一面对于她们，一面对于我自己。她们于我们虽然没有很奢的希望；但总有些希望的。我们拒绝了她们，无论理由如何充足，却使她们的希望受了伤；这总有几分不做美了。这是我觉得很怅怅的。至于我自己，更有一种不足之感。我这时被四面的歌声诱惑了，降伏了；但是远远的，远远的歌声总仿佛隔着重衣搔痒似的，越搔越搔不着痒处。我于是憧憬着贴耳的妙音了。在歌舫划来时，我的憧憬，变为盼望；我固执的盼望着，有如饥渴。虽然从浅薄的经验里，也能够推知，那贴耳的歌声，将剥去了一切的美妙；但一个平常的人像我的，谁愿凭了理性之力去丑化未来呢？我宁愿自己骗着了。不过我的社会感性是很敏锐的；我的思力能拆穿道德律的西洋镜，而我的感情却终于被它压服着。我于是有所顾忌了，尤其是在众目昭彰的时候。道德律的力，本来是民众赋予的；在民众的面前，自然更显出它的威严了。我这时一面盼望，一面却感到了两重的禁制：一，在通俗的意义上，接近妓者总算一种不正当的行为；二，妓是一种不健全的职业，我们对于她们，应有哀矜勿喜之心，不应赏玩的去听她们的歌。在众目睽睽之下，这两种思想在我心里最为旺盛。她们暂时压倒了我的听歌的盼望，这便成就了我的灰色的拒绝。那时的心实在异常状态中，觉得颇是昏乱。歌舫去了，暂时宁静之后，我的思绪又如潮涌了。两个相反的意思在我心头往复：卖歌和卖淫不同，听歌和狎妓不同，又干道德甚事？——但是，但是，她们既被逼得以歌为业，她们的歌必无艺术味的；况她们的身世，我们究竟该同情的。所以拒绝倒也是正办。但这些意思终于不曾撒开我的听歌的盼望。它力量异常坚强；它总想将别的思绪踏在脚下。从这重重的争斗里，我感到了浓厚的不足之感。这不足之感使我的心盘旋不安，起坐都不安宁了。唉！我承认我是一个自私的人！平伯呢，却与我不同。他引周启明先生的诗，"因为我有妻子，所以我爱一切的女人，因为我有子女，所以我爱一切的孩子。"[1]他的意思可以见了。他因为推及的同情，爱着那些歌妓，并且尊重着她们，所以拒绝了她们。在这种情形下，他自然以为听歌是对于她们的一种侮辱。但他也是想听歌的,虽然不和我一样。所以在他的心中,当然也有一番小小的争斗;争斗的结果,是同情胜了。至于道德律,在他是没有什么的;因为他很有蔑视一切的倾向,民众的力量在他是不大觉着的。这时他的心意的活动比较简单,又比较松弱,故事后还怡然自若;我却不能了。这里平伯又比我高了。

在我们谈话中间,又来了两只歌舫。伙计照前一样的请我们点戏,我们照前一样的拒绝了。我受了三次窘,心里的不安更甚了。清艳的夜景也为之减色。船夫大约因为要赶第二趟生意,催着我们回去;我们无可无不可的答应了。我们渐渐和那些晕黄的灯光远了,只有些月色冷清清的随着我们的归舟。我们的船竟没个伴儿,秦淮河的夜正长哩!到大中桥近处,才遇着一只来船。这是一只载妓的板船,黑漆漆的没有一点光。船头上坐着一个妓女,暗里看出,白地小花的衫子,黑的下衣。她手里拉着胡琴,口里唱着青衫的调子。她唱得响亮而圆转;当她的船箭一般驶过去时,余音还袅袅的在我们耳际,使我们倾听而向往。想不到在弩末的游踪里,还能领略到这样的清歌!这时船过大中桥了,森森的水影,如黑暗张着巨口,要将我们的船吞了下去,我们回顾那渺渺的黄光,不胜依恋之情;我们感到了寂寞了!这一段地方夜色甚浓,又有两头的灯火招邀着;桥外的灯火不用说了,过了桥另有东关头疏疏的灯火。我们忽然仰头看见依人的素月,不觉深悔归来之早了!走过东关头,有一两只大船湾泊着,又有几只船向我们来着。嚣嚣的一阵歌声人语,仿佛笑我们无伴的孤舟哩。东关头转湾,河上的夜色更浓了;临水的妓楼上,时时从帘缝里射出一线一线的灯光;仿佛黑暗从酣睡里眨了一眨眼。我们默然的对着,静听那汩——汩的桨声,几乎要入睡了;朦胧里却温寻着适才的繁华的余味。我那不安的心在静里愈显活跃了!这时我们都有了不足之感,而我的更其浓厚。我们却又不愿回去,于是只能由懊悔而怅惘了。船里便满载着怅惘了。直到利涉桥下,微微嘈杂的人声,才使我豁然一惊;那光景却又不同。右岸的河房里,都大开了窗户,里面亮着晃晃的电灯,电灯的光射到水上,蜿蜒曲折,闪闪不息,正如跳舞着的仙女的臂膊。

我们的船已在她的臂膊里了;如睡在摇篮里一样,倦了的我们便又入梦了。那电灯下的人物,只觉象蚂蚁一般,更不去萦念。这是最后的梦;可惜是最短的梦!黑暗重复落在我们面前,我们看见傍岸的空船上一星两星的,枯燥无力而又摇摇不定的灯光。我们的梦醒了,我们知道就要上岸了;我们心里充满了幻灭的情思。

一九二四年一月二十五日

(巴金主编:《中国散文鉴赏文库·现代卷》,百花文艺出版社,1990年。)

【注释】

[1] 原诗是,"我为了自己的儿女才爱小孩子,为了自己的妻才爱女人",见《雪朝》第48页。

【简析】

朱自清与俞平伯同游秦淮河,又都以《桨声灯影里的秦淮河》为题,写了一篇游记。相比俞平伯的淡雅,朱自清的这篇散文显得浓墨重彩。

朱自清神往于秦淮河的历史陈迹。那华灯映水的秦淮河,润泽了作者枯涩的心;奇异的"七板子"船,足以让人发幽思之情;温柔飘香的绿水,仿佛六朝金粉所凝;缥缈的歌声,似是微风和河水的密语。作者细致地描绘了秦淮河的秀丽。这些描写与作者的感受浑然一体。在他眼中,荡漾的水是这样恬静、委婉,在桨声灯影里的秦淮河中,月光、灯光和水色相互交映,构成一个不浓不淡、朦朦胧胧的境界,作者也在这里美景中迷离恍惚,忘却人间一切烦恼。

不过,泛舟途中的歌妓把他拉回现实,扰乱了作者的恬静。作者没有想到她们还在挣扎,作者同情她们的遭遇,却因为道德律不能点歌。在对妓女的矛盾心理中不难看出作者想要放松自己,享受歌妓的曲调。作者把自己当时那种想听歌,却又碍于道德律的束缚,一心想超越现实,但又不能忘却现实的矛盾心情剖析得淋漓尽致。由于心里不安,刚才清艳的美景也为之减色:"森森的水影,如黑暗张着巨口,要将我们的船吞了下去。"傍岸空船上的灯光枯燥无力,"那电灯下的人物,只觉象蚂蚁一般,更不去萦念。"作者由陶醉于秦淮河的夜景,一变为"心里充满了幻灭的情思",这种心境也涂抹着对月光水色的描绘。

这篇游记散文以游踪为线索,又贯穿着作者的情感线索。紧扣秦淮河夏夜的特点,将月光、灯光、水色等景物作为描写对象,其中又以灯光为重点,表现了灯月交融的秦淮河特有的意境。

曾经有一个著名的作家对朱自清在文中的道德律的压迫不以为然,其实,这正反映了朱自清是一个始终严肃对待生活、对待自己的正义之人,这岂是那些以自我为中心的人所能望其项背的。

【思考与练习】

一、作者原本着力于秦淮河的自然景观,却以歌妓的出现淡化了自然和他的审美情趣。这是为什么?

二、富有诗情画意是文章的最大特色,作者是如何营造诗的意境的?

三、这篇游记明显地体现了朱自清散文缜密、细致的特色。请细加体会。

浙 江 省

王羲之(303—361,一作321—379),字逸少,琅琊临沂(今属山东)人,后迁会稽山阴(今浙江绍兴),晚年隐居剡县金庭。王羲之历任秘书郎、宁远将军、江州刺史,后为会稽内史,领右将军。其书法兼善隶、草、楷、行各体,风格平和自然,笔势委婉含蓄,道美健秀。有"书圣"之称。王羲之代表作《兰亭序》被誉为"天下第一行书"。在书法史上,他与其子王献之合称为"二王"。

兰 亭 集 序

王羲之

永和九年[1],岁在癸丑,暮春之初,会于会稽山阴之兰亭,修禊事也[2]。

群贤毕至,少长咸集。此地有崇山峻岭,茂林修竹,又有清流激湍,映带左右,引以为流觞曲水[3],列坐其次。虽无丝竹管弦之盛,一觞一咏,亦足以畅叙幽情。是日也,天朗气清,惠风和畅。仰观宇宙之大,俯察品类之盛,所以游目骋怀,足以极视听之娱,信可乐也。

夫人之相与,俯仰一世。或取诸怀抱,晤言一室之内;或因寄所托,放浪形骸之外[4]。虽取舍万殊,静躁不同,当其欣于所遇,暂得于己,快然自足,曾不知老之将至[5]。及其所之既倦,情随事迁,感慨系之矣。向之所欣,俯仰之间,已为陈迹,犹不能不以之兴怀,况修短随化,终期于尽!古人云:"死生亦大矣。"岂不痛哉!

每览昔人兴感之由,若合一契[6],未尝不临文嗟悼[7],不能喻之于怀。固知一死生为虚诞,齐彭殇为妄作[8]。后之视今,亦犹今之视昔,悲夫!故列叙时人,录其所述,虽世殊事异,所以兴怀,其致一也。后之览者,亦将有感于斯文。

(洪本健等解题汇评:解题江评古文观止,华东师范大学出版社,2002年。)

【注释】

[1] 永和:东晋皇帝司马聃(晋穆帝)的年号,从公元345—356年,共12年。永和九年(353年)上巳节,王羲之与谢安、孙绰等41人。举行禊(xì)礼,饮酒赋诗,事后将作品结为一集,由王羲之写了这篇序总述其事。

[2] 修禊事也:(为了做)禊礼这件事。古代习俗,于阴历三月上旬的巳日(魏以后定为三月三日),人们群聚于水滨嬉戏洗濯,以祓除不祥并求福。

[3] 流觞(shāng)曲(qū)水:用漆制的酒杯盛酒,放入弯曲的水道中任其漂流,杯停在某人面前,某人就引杯饮酒。这是古人一种劝酒取乐的方式。流,使动用法。曲水,引水环曲为渠,以流酒杯。

[4] 晤言:面对面的交谈。晤,指心领神会的妙悟之言。因寄所托,放浪形骸之外:就着自己所爱好的事物,寄托自己的情怀,不受约束,放纵无羁的生活。因,依、随着。寄,寄托。所托,所爱好的事物。放浪,放纵、无拘束。形骸,身体、形体。

[5] 取(qǔ)舍万殊:各有各的爱好。取舍,爱好。万殊,千差万别。静躁:安静与躁动。暂:短暂,一时。

[6] 契：符契，古代的一种信物。在符契上刻上字，剖而为二，各执一半，作为凭证。

[7] 临文嗟(jiē)悼：读古人文章时叹息哀伤。临，面对。

[8] 固知一死生为虚诞，齐彭殇为妄作：本来知道把死和生等同起来的说法是不真实的，把长寿和短命等同起来的说法是妄造的。固，本来、当然。一，把……看作一样；齐，把……看作相等，都用作动词。虚诞，虚妄荒诞的话。殇，未成年死去的人。妄作，妄造、胡说。一生死，齐彭殇，都是庄子的看法。出自《齐物论》。

【简析】

兰亭，为东晋会稽郡治山阴城西南郊名胜，其地有湖，湖口有亭，即兰亭。王羲之书法《兰亭集序》为"天下第一行书"，而本文也是六朝的一篇名文。

文章分两大部分。前半部分叙写兰亭聚会情形，这是实写，写了良辰——"暮春之初"，美景——"崇山峻岭""茂林修竹""清流急湍"等淡雅景致，赏心——"是日也，天朗气清……极视听之娱"，乐事——"群贤毕至，少长咸集"，作曲水流觞之饮。谢灵运曾经慨叹："天下良辰美景赏心乐事，四者难并。"而今四美俱臻，快意如何？但是作者没有狂喜，而是保持一种心境的淡雅，笔调也显得从容。清朝林云铭在《古文析义》卷一〇中评述道："其笔意疏旷淡宕，渐近自然，如云气空蒙，往来纸上。后来惟陶靖节文庶几近之，馀远不及也。"这是作者"清鉴贵要"（《世说新语·赏誉》）的情性体现，别人无法复制。

后半部分由乐而忧，由生而死，由兰亭聚散想到人生的短促，死生的悬隔。"夫人之相与"是承上段"群贤毕至，少长咸集"，"俯仰一世"是承上文"仰观宇宙之大，俯察品类之盛"。接着论述了两种人：一种是"晤言一室之内"倦于涉猎游玩的，一种是"放浪形骸之外"寄情山水的。他们虽然"趣舍""静躁"不同，但当"欣于所遇"时都是"不知老之将至"的，随着时间的推移，等到对所遇到的事物产生厌倦，情随事迁，不能不令人感慨，何况随着时间的推移，人都难免一死。作者由此联想到古人、今人和未来的人对生死的大问题看法相似，抒发了对"修短随化，终期于尽"的无奈和"死生亦大矣"的沉痛感慨。至此，作者笔势一收，点出作序的主旨。这一段虽然写人生之悲，对人生的感叹正是出于对人生的无比眷恋，从而与上文的人生之乐契合无间。对此，清朝谢有辉在《古文鉴赏》卷七深有体会地说："山水清幽，名流雅集，写高旷之怀，吐金石之声。乐事方酣，何至遽为说死说痛？不知乐至于极，未有不流入悲者。故文中说生死之可痛，说今之与昔同感,后之与今同悲,总是写乐至极致耳。"这才是王羲之的知音,有人以为此文以写悲为主,显然是皮相之言。

【思考与练习】

一、《兰亭集序》写景追求格调淡雅,这是为什么?

二、体会作者由乐到悲而终于乐的写作思路。

三、背诵全文。

吴均(469—520),字叔庠(xiáng),吴兴故鄣(今浙江安吉西北)人。南朝梁时期的文学家。好学有俊才,其文工于写景,诗文自成一家,常描写山水景物,号"吴均体",开创一代诗风。有《吴均集》二十卷,惜皆已亡佚。吴均也是历史学家,著有《齐春秋》三十卷等。

与朱元思书

吴 均

风烟俱净,天山共色。从流飘荡,任意东西。自富阳至桐庐,一百许里[1],奇山异水,天下独绝。

水皆缥碧,千丈见底;游鱼细石,直视无碍。急湍甚箭,猛浪若奔[2]。

夹嶂高山,皆生寒树,负势竞上,互相轩邈,争高直指,千百成峰[3]。泉水激石,泠泠作响;好鸟相鸣,嘤嘤成韵[4]。蝉则千转不穷,猿则百叫无绝[5]。鸢飞戾天者望峰息心;经纶世务者窥谷忘反[6]。横柯上蔽,在昼犹昏;疏条交映,有时见日[7]。

(朱东润主编:《中国历代文学作品选》,上海古籍出版社,2002年。)

【注释】

[1] 风烟俱净:烟雾都消散尽净。风烟,指烟雾。俱,全,都。净,消散尽净。共色:一

样的颜色。从流飘荡：乘船随着江流漂荡。富阳、桐庐，均属今浙江省。

［2］缥(piǎo)碧：一作"漂碧"，青白色。急湍(tuān)：急流的水。奔：动词活用作名词，文中指飞奔的骏马。

［3］寒树：使人看了有寒意的树。互相轩邈(miǎo)：这些高山仿佛都在争着往高处和远处伸展。轩，向高处伸展。邈，向远处伸展。这两个词在这里形容词活用为动词用。千百成峰：意思是形成无数山峰。

［4］泠(líng)泠作响：泠泠地发出声响。嘤(yīng)嘤成韵：鸣声嘤嘤，和谐动听。

［5］蝉则千转(zhuàn)不穷：蝉儿长久不断地鸣叫。则，助词，没有实在意义。千转：长久不断地叫。千，表示多，"千"与下文"百"都表示很多。转，通"啭"，鸟鸣声。这里指蝉鸣。穷，穷尽。

［6］鸢(yuān)飞戾(lì)天：出自《诗经·大雅·旱麓》。老鹰高飞入天，这里比喻追求名利极力攀高的人。鸢，俗称老鹰，善高飞，是一种凶猛的鸟。戾，至。经纶(lún)世务者：治理社会事务的人。

［7］横柯(kē)上蔽：横斜的树木在上面遮蔽着。柯，树木的枝干。上，方位名词作状语，在上面。蔽，遮蔽。疏条交映：稀疏的枝条互相掩映。疏条，稀疏的小枝。交映，互相遮掩。交，相互。

【简析】

《与朱元思书》是作者写给朱元思讲述旅程所见的一封信。文章以"自富阳至桐庐，一百许里，奇山异水，天下独绝"为中心，领起下文，分别描写了浙西山水的美。作者先写水，抓住了水的清澈和水势汹涌。然后写山。分别写了山的高峻、山的姿态，山中的树和水更增添了山的美，也进一步刻画出"奇山异水"的独特之美。最后，写自己的感受。流露出对山水的热爱陶醉之情。

《与朱元思书》是骈文。文章采四字句和六字句，音韵和谐，没有板滞之感，显示了作者很好的艺术修养。

【思考与练习】

一、作者是如何扣住"奇山异水"这一主要特征来写的？

二、本文与陶弘景《答谢中书书》号称双璧，试比较两者的异同。

三、写一篇游记短文。

附：

答谢中书书
陶弘景

　　山川之美，古来共谈。高峰入云，清流见底。两岸石壁，五色交辉。青林翠竹，四时俱备。晓雾将歇，猿鸟乱鸣；夕日欲颓，沉鳞竞跃。实是欲界之仙都，自康乐以来，未复有能与其奇者。

钱塘湖春行
白居易

孤山寺北贾亭西[1]，水面初平云脚低[2]。
几处早莺争暖树[3]，谁家新燕啄春泥[4]？
乱花渐欲迷人眼[5]，浅草才能没马蹄[6]。
最爱湖东行不足[7]，绿杨阴里白沙堤[8]。

（[唐]白居易著，朱金城笺注：《白居易集笺校》，上海古籍出版社，1998年。）

【注释】

[1] 孤山寺：南北朝时期陈文帝(559—566年在位)初年建，名承福，宋时改名广化。孤山，在西湖的里、外湖之间，因与其他山不相接连，所以称孤山。上有孤山亭，可俯瞰西湖全景。贾亭：又叫贾公亭。西湖名胜之一，唐朝贾全所筑。唐贞元（公元785—805)中，贾全出任杭州刺史，于钱塘湖建亭。人称"贾亭"或"贾公亭"。

[2] 水面初平：湖水才同堤平，即春水初涨。云脚低：白云重重叠叠，同湖面上的波澜连成一片，看上去，浮云很低，所以说"云脚低"。这一句点明春游起点和途径之处，着力描绘湖面景色。多见于将雨或雨初停时。云脚，"脚"的本义指人和动物腿的下端，这里指低垂的云。

[3] 早莺：初春时早来的黄鹂。莺：黄鹂，鸣声婉转动听。争暖树：争着飞到向阳的树枝上去。暖树，向阳的树。

[4] 新燕：刚从南方飞回来的燕子。啄：衔取。燕子衔泥筑巢。春行仰观所见，莺歌

燕舞,生机动人。侧重禽鸟。

[5] 乱花:纷繁的花。渐:副词,渐渐地。欲:副词,将要,就要。迷人眼:使人眼花缭乱。

[6] 浅草:浅绿色的草。才能:刚够上。没:遮没,盖没。春行俯察所见,花繁草嫩,春意盎然。侧重花草。

[7] 湖东:以孤山为参照物。行不足:百游不厌。足,满足。

[8] 白沙堤:即今白堤,又称沙堤、断桥堤,在西湖东畔,唐朝以前已有。白居易在任杭州刺史时所筑白堤在钱塘门外,是另一条。诗人由北而西而南而东,环湖一周,诗则以湖东绿杨白堤结束,以"最爱"直抒深情。白堤全长1 000米。

【简析】

此诗作于长庆三年(823年),白居易这年五十二岁,任杭州刺史。这是一首描写杭州西湖风景最著名的七律。

首联从大处落笔,写孤山寺所见之景。第一句是初春作者游行的地点,第二句是远景。"初平",春水初涨,远望与岸齐平。"云脚低",写白云低垂,与湖水相连,勾出了早春的轮廓。脚下平静的水面与天上低垂的云幕构成了一幅宁静的水墨西湖图。

全诗结构严密,格律严谨,对仗工整,语言流畅,生动自然,语气平易,体现了通俗流畅的特点。诗人从总体上着眼描绘了湖上蓬蓬勃勃的春意,并善于在行进途中展开景物描写,选取了典型与分类排列相结合。中间写莺、燕、花、草四种最见春色的景物,动物与植物选择组合,独具匠心。还善于把握景物特征,运用最具表现力的词语加以描绘和渲染。

【思考与练习】

一、这首诗西湖春天的景色是什么时节?是如何表达的?

二、体会白居易诗歌的通俗流畅的特点。

三、背诵全诗。

柳永（约987—约1053），北宋词人，原名三变，字景庄，后改名永，字耆卿，因排行第七，又称柳七，崇安（今福建武夷山）人。

为河东柳氏之后。咸平五年（1002年），离开家乡，流寓杭州、苏州，沉醉于听歌买笑的生活中。大中祥符元年（1008年），柳永进京参加科举，屡试不中，遂一心填词。景祐元年（1034年），柳永暮年及第，官至屯田员外郎，故世称柳屯田。柳永是第一位对宋词进行全面革新的词人，也是两宋词坛上创用词调最多的词人。柳永大力创作慢词，将敷陈其事的赋法移植于词，同时充分运用俚词俗语，以适俗的意象、淋漓尽致的铺叙、平淡无华的白描等独特的艺术个性，成为开一代词风的名家。有《乐章集》传世。

望 海 潮

柳 永

东南形胜，江吴都会[1]，钱塘[2]自古繁华。烟柳画桥，风帘翠幕，参差十万人家。云树绕堤沙。怒涛卷霜雪，天堑无涯。市列珠玑，户盈罗绮竞豪奢。

重湖叠巘清嘉[3]。有三秋桂子，十里荷花。羌管弄晴，菱歌泛夜，嬉嬉钓叟莲娃。千骑拥高牙[4]。乘醉听箫鼓、吟赏烟霞。异日图将好景，归去凤池夸[5]。

（［宋］柳永著，薛瑞生校注：《乐章集校注（增订本）》，中华书局，2015年。）

【注释】

［1］江吴：钱塘在钱塘江北岸，旧属吴国，隋唐时为杭州治所，五代吴越建都于此，故云江吴都会。一作"三吴"，即吴兴、吴郡、会稽三郡。这里泛指今江苏南部和浙江的部分地区。

［2］钱塘：古时候的吴国的一个郡。秦朝后为县。这里指杭州。

［3］重湖：以白堤为界，西湖分为里湖和外湖，所以也叫重湖。巘（yǎn）：大山上之小山。

[4] 高牙：高矗之牙旗。牙旗，将军之旌，竿上以象牙饰之，故云牙旗。这里指高官孙何。

[5] 凤池：全称凤凰池，原指皇宫禁苑中的池沼。此处指朝廷。

【简析】

　　这首词写出了北宋前期的大都市杭州的豪华。上片总叙杭州的繁荣壮丽。开头三句，笼罩全篇。"东南形胜"，写其地势优越，风景壮观；"三吴都会"，写其人文荟萃，财货丰赡。分别从地理环境和社会环境着笔。"钱塘自古繁华"，以简练的语言概括杭州的历史与特点，也是对一二句收束。其中"形胜""都会""繁华"，为点睛之笔。自"烟柳"以下，便从各个方面铺排杭州的这三个特点。"烟柳画桥"，状其户外景致，"风帘翠幕"，写居民住宅的雅致，"参差十万人家"一句，表现出整个都市户口的繁庶。"参差"为高低远近、鳞次栉比之意。大大小小、参差不齐的十万人家，风帘飘拂，翠幕开合，错落在这朦胧一片的烟柳画桥之中。这就把"都会"诗意化了。"云树"三句，承"形胜"而来，由市内说到郊外，重点铺写钱塘江岸与江潮。只见钱塘江堤上，"云树绕堤沙"，写岸柳。一个"绕"字，写出长堤逶迤曲折的态势。"怒涛卷霜雪"，写钱塘江水的澎湃与浩荡。怒涛与岸柳一碧一白。"天堑"，原意为天然的深沟，这里移来形容钱塘江。钱塘江八月观潮，历来称为盛举。描写钱塘江潮是必不可少的一笔。这一句就前两者概而言之，形成完整的层面。"市列"三句，承"繁华"而来，只抓住"珠玑"和"罗绮"两个细节，便写出商业的繁荣、市民的殷富。珠玑、罗绮，又皆妇女服用之物，并暗示杭城声色之盛。"竞豪奢"三个字又对此两者小结，并形成完整的层面。

　　下片集中叙述杭州西湖之美。"重湖叠巘清嘉"，上承"东南形胜"，下启"桂子""荷花"两句。"重湖"写水，"叠巘"写山。重湖，是指西湖中的白堤将湖面分割成的里湖和外湖。叠山，是指灵隐山、南屏山、慧日峰等重重叠叠的山岭。山清水秀，词人用"清嘉"二字概括。山上的桂子承"叠巘"、湖中的荷花承"重湖"。这两种花也是代表杭州的典型景物。柳永这里以工整的一联，描写了不同季节的两种花。"三秋桂子，十里荷花"这两句确实写得高度凝练。为下面杭州市民宴游铺设背景。"羌管弄晴，菱歌泛夜"，对仗也很工稳。"泛夜""弄晴"，互文见义，不论白天或是夜晚，湖面上都荡漾着优美的笛曲和采菱的歌声。着一"泛"字，表示那是湖中的船上。"嬉嬉钓叟莲娃"，是说渔翁和采莲姑娘各行其是、怡然自得的神态。

　　接着词人写达官贵人在此游乐的场景。据宋人罗大经《鹤林玉露》载："孙何帅钱塘,柳耆卿作《望海潮》赠之。"孙何在咸平末年(998—1003)任两浙转运使。据考证,柳永此时约二十岁。"千骑拥高牙"写出孙何的身份之贵与随从之多。"乘醉听箫鼓,吟赏烟霞",写孙河饮酒赏乐,啸傲于山水之间,写出了孙何的山水之乐。"异日图将好景,归去凤池夸。"是这首词的结束语。凤池,即凤凰池,本是皇帝禁苑中的池沼。这里指朝廷。意思是说,等您回到朝廷,把这美丽的杭州画下来,向在朝的君臣文武夸耀夸耀。结句仍然扣住西湖之美。

  这首词气势磅礴,文笔高华,铺排有致,结构宏伟。从各个方面铺陈排比,生动地展现了杭州这个大都市的自然景观和民情风俗。据宋罗大经《鹤林玉露》卷十三:柳耆卿作《望海潮》词赠之云"东南形胜"云云。此词流播,金主亮闻歌,欣然有慕于"三秋桂子,十里荷花",遂起投鞭渡江之志。词的美学效果居然会转换成政治社会效果,足见词的艺术魅力之大。

【思考与练习】

  一、诗人是如何抓住杭州的特征进行铺写的?
  二、体会这首词的铺排有致的艺术特点。

沈括(1031—1095),字存中,钱塘(今浙江杭州)人。嘉祐进士。历任县令、司理参军、知州。翰林学士、司天监、光禄寺卿、计相(财政大臣)等官职。沈括是一位卓越非凡的科学家、学者。一生著述甚丰,创见独具,广博精深,《梦溪笔谈》就是他留给世人的一部辉煌不朽的巨著。

雁 荡 山

沈 括

  温州雁荡山天下奇秀,然自古图牒[1]未尝有言者。祥符中[2]因造玉清宫伐山取材,方有人见之,此时尚未有名。按西域书,阿罗汉诺矩罗居震旦东南大海际雁荡山芙蓉峰龙湫[3],唐僧贯休为《诺矩罗赞》有"雁荡经行云漠漠,龙湫宴坐雨蒙蒙"之句。此山南有芙蓉峰,峰下芙蓉驿,前瞰大海,然未知雁荡、龙湫所在,后因伐木始见此山。山顶有大池,相传以为雁荡;下有二潭水,以为龙湫;又有经行峡、宴坐峰,皆后人以贯休诗名之也。谢灵运为永嘉守,凡永嘉山水游历殆遍,独不言此山,盖当时未有雁荡之名。

予观雁荡诸峰皆峭拔险怪,上耸于天,弯崖巨谷不类他,山皆包在诸谷中,自岭外望之都无所见,至谷中则森然干霄[4]。原其理,当是为谷中大水冲激,沙土尽去,唯巨石岿然挺立耳,如大小龙湫、水帘、初月谷之类,皆是水凿之穴,自下望之,则高岩峭壁,从上观之,适与地平,以至诸峰之顶,亦低于山顶之地面。世间沟壑中水凿之处,皆有植土龛岩[5],亦此类耳。今成皋、陕西大涧中立土动及百尺,迥然耸立,亦雁荡具体而微者[6],但此土彼石耳。既非陡出地上,则为深谷林莽所蔽,故古人未见,灵运所不至,理不足怪也。

([宋]沈括著,金良年、胡小静译:《梦溪笔谈全译》,上海古籍出版社,2013年。)

【注释】

[1] 图牒:图书文件。牒,公文,文件。

[2] 祥符中:祥符年间。祥符,"大中祥符"的简称,宋真宗(赵恒)的年号之一(公元1008—1016)。

[3] 阿罗汉诺矩罗居震旦东南大海际雁荡山芙蓉峰龙湫:圣者诺矩罗居住在中国东南方靠海的雁荡山芙蓉峰的龙湫。阿罗汉,也称罗汉,梵语音译,是佛家对"圣者"的尊称。诺矩罗,唐代的一个和尚,据《乐清县志》记载,原名罗尧运,青神(今属四川眉州)人。震旦,古时印度对中国的称呼。震指东方,旦指日出,意即东方日出之地。芙蓉峰,在雁荡山南部,峰下有芙蓉驿(在今芙蓉镇)。龙湫,雁荡山的瀑布名,瀑布下有两个深潭,叫作大龙湫和小龙湫。湫,深水池。

[4] 森然:形容山峰高耸林立。干霄:直插云霄。干,冒犯,这里可译为"插入"。

[5] 皆有植土龛岩:都有直立的土壁或上部突出下部凹陷的岩石。植土,指沟壑两旁高而直立的土层。龛岩,指底部向内凹陷的岩石。

[6] 亦雁荡具体而微者:意思是说,土壁的形态,也可以说是具备了雁荡山的各种形态,不过是规模较小的。具体而微,各体(部分)都具备,但规模较小。

【简析】

　　本文是一篇科学考察游记。一开头就提出问题:"温州雁荡山天下奇秀,然自古图牒未尝有言者。"作为天下一座奇特、秀丽的高山,理应闻名于世,可是自古以来的地理图谱表籍上都没有提及它。接下来,他不急于回答问题,而是交代雁荡山被发现的经过,最早知道雁荡山的是唐代的两个僧人。真正广泛被人知道要到宋真宗祥符年间。到了第二段,开始探究雁荡山的成因,说明它长期不为人知,是它的特殊地形造成的。这一段是重点,层次清晰,作者分三个小层说明问题。从"予观雁荡诸峰"至"谷中则森然干霄",描述作者实地考察所见雁荡诸峰的地形。接下来,从"原其理"到"但此土彼石耳",分析雁荡山形成的原因。这一小段文字逻辑严密。先说明根据实地考察的推理判断:"原其理,当是为谷中大水冲激,沙土尽去,唯巨石岿然挺立耳。"然后就近从当地提出事实来作佐证:"如大小龙湫、水帘、初月谷之类",接着进一步说明雁荡诸峰的现象不是个别的:"世间沟壑中水凿之处,皆有植土龛岩,亦此类耳。"紧接着又以成皋、陕西大涧为例作佐证。从"既非陡出地上"至"理不足怪也",是结论。呼应第一段,说明"雁荡山天下奇秀,然自古图牒未尝有言者"的原因。

　　前后呼应,丝丝入扣,结构紧凑。

【思考与练习】

　　一、文章前后两节之间的关系是什么?
　　二、雁荡山长期不为人知,是它的特殊地形造成的,作者是如何分析的?

陆游(1125—1210),字务观,号放翁,越州山阴(今浙江绍兴)人,南宋著名爱国诗人。陆游一生坚持抗金主张,虽多次遭受投降派的打击,但爱国之志始终不渝,死时还念念不忘国家的统一。他勤于创作,一生写诗60年,保存下来的就有9 300多首。诗的题材极为广泛,内容丰富,其中表现抗金报国的作品,最能反映那个时代的精神。诗的风格雄浑豪放,想象丰富,近似李白,故有"小太白"之称。有《渭南文集》《剑南诗稿》等传世。

临安春雨初霁

陆　游

世味年来薄似纱[1],谁令骑马客京华[2]。

小楼一夜听春雨,　深巷明朝卖杏花[3]。

矮纸斜行闲作草[4],晴窗细乳戏分茶[5]。

素衣莫起风尘叹[6],犹及清明可到家。

(钱锺书选注:《钱锺书集:宋诗选注》,生活·读书·新知三联书店,2007年。)

【注释】

[1] 世味:人世滋味。此处指入世为官的念头。
[2] 客:客居。京华:京城之美称。这里指临安。
[3] 深巷:很长的巷道。明朝(zhāo):明日早晨。钱锺书认为这一联仿佛是引申陈与义《怀天经智老因访之》的名句:"杏花消息春雨中。"
[4] 矮纸:短纸、小纸。斜行:倾斜的行列。闲作草:从容地写草书。章草有一定的规律,杂事繁忙不作草书。
[5] 晴窗:明亮的窗户。细乳:沏茶时水面呈白色的小泡沫。分茶:品茶。
[6] "素衣"句:京城的尘土会弄脏白色的衣衫。素衣,原指白色的衣服,这里指代称自己。风尘叹,因风尘而叹息。陆机《为顾彦先赠妇》有"京洛多风尘,素衣化作缁",意思是京城里的肮脏势力,把人品都玷污了。

【简析】

　　淳熙十三年(1186年)春,陆游任朝请大夫(从六品)、知严州,赴任之前,从山阴入京城临安觐见皇上,住在西湖客栈里,等候召见。诗就作于此时。抒写了诗人客居京华的落寞情怀。

　　诗人此时已经六十二岁,已不复少年意气与裘马轻狂。他恢复中原的志向虽然不灭,但是,对于南宋朝廷的偏安一隅看得清楚明白,"塞上长城空自许"成为诗人心中的痛,不可能干一番轰轰烈烈的事业。所以这一次出来做官丝毫激发不了他的豪迈之情,只有寂寞与无聊。颔联描写春光的名句,写出了淡淡的春色中诗人的愁绪,"一夜"说明诗人彻夜未眠。颈联营造了一个闲适恬静的意境,也隐含着诗人的无聊可悲。所以尾联表示对官场的不满,说过不了多久就会回家。这里面有一种怨愤。

【思考与练习】

一、"小楼"一联是陆游的名句,请分析这一联的妙处。

二、如何理解这首诗的内涵?它抒发了一种怎样的感情?

三、背诵这首诗。

周密(1232—1298),字公谨,号草窗,又号四水潜夫、弁阳老人、华不注山人,南宋文学家。祖籍济南,流寓吴兴(今浙江湖州)。宋德右间为义乌县(今属浙江)令。入元隐居不仕。自号四水潜夫。他的诗文都有成就,又能诗画音律,尤好藏弃校书,一生著述较丰。著有《齐东野语》《武林旧事》《癸辛杂识》《志雅堂要杂钞》等杂著数十种。其词远祖清真,近法姜夔,风格清雅秀润,与吴文英并称"二窗",词集名《蘋洲渔笛谱》《草窗词》。

观　潮

周　密

　　浙江之潮,天下之伟观也。自既望以至十八日为最盛。方其远出海门,仅如银线;既而渐近,则玉城雪岭,际天而来,大声如雷霆,震撼激射,吞天沃日,势极雄豪。杨诚斋诗云"海涌银为郭,江横玉系腰"者是也。

　　每岁,京尹出浙江亭教阅水军,艨艟数百[1],分列两岸;既而尽奔腾分合五阵之势[2],并有乘骑、弄旗、标枪、舞刀于水面者,如履平地。倏尔黄烟四起,人物略不相睹,水爆轰震,声如崩山;烟消波静,则一舸无迹,仅有"敌船"为火所焚,随波而逝。

吴儿善泅者数百,皆披发文身,手持十幅大彩旗,争先鼓勇,溯迎而上,出没于鲸波万仞中,腾身百变,而旗尾略不沾湿,以此夸能。而豪民贵宦,争赏银彩。

江干上下十余里间,珠翠罗绮溢目,车马塞途。饮食百物皆倍穹常时,而僦赁看幕,虽席地而不容闲也[3]。

禁中例观潮于"天开图画"。高台下瞰,如在指掌。都民遥瞻黄伞雉扇于九霄之上,真若箫台蓬岛[4]也。

(上海辞书出版社文学鉴赏辞典编纂中心编:《古文鉴赏辞典(珍藏版)》,上海辞书出版社,2012年。)

【注释】

[1] 艨艟(méng chōng):战船。

[2] 既而尽奔腾分合五阵之势:演习五阵的阵势,忽而疾驶,忽而腾起,忽而分,忽而合,极尽种种变化。尽,穷尽。五阵,指两、伍、专、参、偏五种阵法。

[3] 僦(jiù)赁(lìn)看幕,虽席地不容间也:租用看棚的人(非常多),中间即使是一席之地的空地也不容有。僦、赁,都是租用的意思。看幕,为观潮而特意搭的帐棚。席地,一席之地,仅容一个座位的地方。容,许,使。虽,即使。

[4] 箫台:即凤台。《列仙传》曰:"萧史者,秦穆公时人,善吹箫,能致孔雀、白鹄。穆公有女字弄玉,好之。公以妻焉,遂教弄玉作凤鸣,居数十年,吹似凤声,凤凰来止其屋。为作凤台,夫妇止其上,数年,皆随凤飞去。秦为作凤女祠于雍宫,时有箫声焉。"蓬岛:即蓬莱,古代传说渤海中三神山之一。箫台蓬岛,总言神仙所居。

【简析】

以浙江潮为题材的诗文不少,而以笔记体记载浙江潮的也有几种,但是,所有记载浙江潮的作品,以周密的《武林记事》卷三尤为绘声绘色。

开头"浙江之潮,天下之伟观也",从大处着笔,接着补充交代"自既望以至十八日为最盛",引出典型场面,然后描写浙江潮由仅如银线到吞天沃日的过程。第二小节叙写水军演习的场面。作者抓住水军演习过程中的特技镜头,着意渲染夸张,显出作者剪裁的精当。第三小节转入对吴儿弄潮的描写,先写弄潮儿的外形,接着写鲸波万仞的惊心动魄,弄潮儿却"腾身百变,而旗尾略不沾湿",这种技能让人叹服。最后两小节写观众凑集的盛况。先写豪民贵宦的车水马龙,再写宫中观潮,中心是皇室在"天开图画"台上观潮。这一切,在周密眼里,是太平盛世的象征。《武林记事》成书于宋亡以后,作者这样写,表现了他的故国之思。

【思考与练习】

一、《观潮》写了哪些内容?把水军演习和弄潮儿去掉可以吗?为什么?

二、模仿本文善于抓住描写对象的主要特征的写法,写一个风土人情的片段。

张岱(1597—1689),字宗子,又字石公,号陶庵,浙江山阴(今绍兴)人。他出身仕宦家庭,早年过着衣食无忧的生活,明亡后避居剡溪山中,寄情山水,从事著述。文学创作以小品文见长。文笔清新生动,饶有情趣,风格独特。著有《陶庵梦忆》《西湖梦寻》《石匮书》等。

西湖七月半

张 岱

西湖七月半,一无可看,止可看看七月半之人。看七月半之人,以五类看之。其一,楼船箫鼓,峨冠盛筵,灯火优傒[1],声光相乱,名为看月而实不见月者,看之;其一,亦船亦楼,名娃[2]闺秀,携及童娈[3],笑啼杂之,环坐露台,左右盼望,身在月下而实不看月者,看之;其一,亦船亦声歌,名妓闲僧,浅斟低唱,弱管轻丝,竹肉相发[4],亦在月下,亦看月,而欲人看其看月者,看之;其一,不舟不车,不衫不帻[5],酒醉饭饱,呼群三五,跻入人丛,昭庆、断桥[6],嚣呼[7]嘈杂,装假醉,唱无腔曲,月亦看,看月者亦看,不看月者亦看,而实无一看者,看之;其一,小船轻幌,净几暖炉,茶铛旋煮[8],素瓷静递,好友佳人,邀月同坐,或匿影树下,或逃嚣里湖,看月而人不见其看月之态,亦不作意看月者,看之。

  杭人游湖,已出酉归[9],避月如仇。是夕好名,逐队争出,多犒门军酒钱,轿夫擎燎,列俟岸上。一入舟,速舟子急放断桥,赶入胜会。以故二鼓以前,人声鼓吹,如沸如撼,如魇如呓[10],如聋如哑。大船小船一齐凑岸,一无所见,止见篙击篙,舟触舟,肩摩肩,面看面而已。少刻兴尽,官府席散,皂隶喝道去。轿夫叫船上人,怖以关门,灯笼火把如列星,一一簇拥而去。岸上人亦逐队赶门,渐稀渐薄,顷刻散尽矣。

  吾辈始舣[11]舟近岸。断桥石磴始凉,席其上,呼客纵饮。此时月如镜新磨,山复整妆,湖复颒面[12]。向之浅斟低唱者出,匿影树下者亦出。吾辈往通声气[13],拉与同坐。韵友[14]来,名妓至,杯箸安[15],竹肉发。月色苍凉,东方将白,客方散去。吾辈纵舟,酣睡于十里荷花之中[16],香气拍人,清梦甚惬[17]。

  ([明]张岱著,夏咸淳、程维荣标注:《陶庵梦忆　西湖梦寻》,上海古籍出版社,2001年。)

【注释】

[1] 优:优伶,戏曲演员。傒(xī):通"奚",仆人。

[2] 娃:美女,这里指歌妓。

[3] 童娈(luán):俊美的男童。

[4] 竹:指乐器之声。肉:指口中发出的歌声。相发:相互和谐。

[5] 帻(zé):古代男子包头发的头巾。

[6] 昭庆:昭庆寺,在西湖东北岸。断桥:在西湖白堤东端,靠近昭庆寺。

[7] 嚣(xiāo)呼:高声乱叫。

[8] 茶铛(chēng):烧茶的小锅。旋:随即。

[9] 巳:上午九时至十一时。酉:下午五时至七时。

[10] 魇(yǎn):梦中惊叫。呓(yì):说梦话。这句指在喧嚷中种种怪声。

[11] 舣(yǐ):通"移",移动船使船停船靠岸。

[12] 颒(huì)面:洗脸。这里指湖面恢复明净。

[13] 往通声气:过去打招呼。

［14］韵友：风雅的友人，诗友。

［15］箸(zhù)：筷子。安：放好。

［16］纵舟：放开船。

［17］惬(qiè)：快意，心满意足。

【简析】

　　张岱游山玩水，观赏自然风光和人文美景，还不忘观察游山玩水之人。《西湖七月半》主要描写的，不是自然风光的美丽，而是赏景之人。文章专注于游人，把他们的情态刻画得生动逼真。这里表现的已经不是自然山水，而是人文山水。

　　文章以一种诙谐的手法，写出了游湖的五种人，这五种人，基本上涵盖了社会上形形色色的不同类别，从达官贵人到市井无赖。他们各有特色，各不相同。作者开篇就点明了人是本文的主要描写对象："西湖七月半，一无可看，止可看看七月半之人"，接着就以三言两语的笔画勾勒出五种形态各异的人，写得细致入微，生动传神，惟妙惟肖。"不衫不帻，酒醉饭饱，呼群三五，跻入人丛"形象地将市井闲徒的特征展现在读者的面前。

　　游湖的繁华，其实也是社会的繁华，《西湖七月半》通过描摹西湖游人的情态，烘托出繁华热闹的生活气息。湖上是"篙击篙，舟触舟，肩摩肩，面看面"，拥挤不堪；耳畔则"如沸如撼，如魇如呓，如聋如哑"，喧闹难耐。俗人看月只是"好名"，其实全然不解其中雅趣的旨意。接着，作者由动入静，描写了文人雅士，趁俗人散去后，才邀约三五好友名妓，在月下同坐。此刻轻歌曼舞，美酒千杯，佐以如镜明月、清秀山水、幽香荷花。环境的优雅，映衬出作者等诸人情怀的高雅。一俗一雅，两相对比，褒贬不言自明，将作者的情趣表现得淋漓尽致。透过这幅五色斑斓的风俗画，我们可以感受到作者那种孤高自赏的生活情调和清雅脱俗的审美情趣。

【思考与练习】

　　一、作者写了哪五类人物和两种场景？

　　二、五类人中哪二者与之声气相通、有共同语言？

夏丏尊(1886—1946)名铸,字勉旃,后改字丏尊,号闷庵。文学家、语文学家、出版家和翻译家。浙江上虞人。著有《文心》《平屋杂文》《文章作法》《现代世界文学大纲》《阅读与写作》《夏尊选集》《夏尊文集》,译有《爱的教育》《近代日本小说集》。

白马湖之冬

夏丏尊

在我过去四十余年的生涯中,冬的情味尝得最深刻的,要算十年前初移居白马湖的时候了。十年以来,白马湖已成了一个小村落,当我移居的时候,还是一片荒野。春晖中学的新建筑巍然矗立于湖的那一面,湖的这一面的山脚下是小小的几间新平屋,住着我和刘君心如两家。此外两三里内没有人烟。一家人于阴历十一月下旬从热闹的杭州移居这荒凉的山野,宛如投身于极带中。

那里的风,差不多日日有的,呼呼作响,好像虎吼。屋宇虽系新建,构造却极粗率,风从门窗隙缝中来,分外尖削,把门缝窗隙厚厚地用纸糊了,椽缝中却仍有透入。风刮得厉害的时候,天未夜就把大门关上,全家吃毕夜饭即睡入被窝里,静听寒风的怒号,湖水的澎湃。靠山的小后轩,算是我的书斋,在全屋子中风最小的一间,我常把头上的罗宋帽拉得低低地在洋灯下工作至夜深。松涛如吼,霜月当窗,饥鼠吱吱在承尘上奔窜。我于这种时候深感到萧瑟的诗趣,常独自拨划着炉灰,不肯就睡,把自己拟诸山水画中的人物,作种种幽邈的遐想。

现在白马湖到处都是树木了,当时尚一株树木都未种。月亮与太阳都是整个儿的,从上山起直要照到下山为止。太阳好的时候,只要不刮风,那真和暖得不像冬天。一家人都坐在庭间曝日,甚至于吃午饭也在屋外,像夏天的晚饭一样。日光晒到哪里,就把椅凳移到哪里,忽然寒风来了,只好逃难似地各自带了椅凳逃入室中,急急把门关上。在平常的日子,风来大概在下午快要傍晚的时候,半夜即息。至于大风寒,那是整日夜狂吼,要二三日才止的。最严寒的几天,泥地看去惨白如水门汀,山色冻得发紫而黯,湖波泛深蓝色。

下雪原是我所不憎厌的,下雪的日子,室内分外明亮,晚上差不多不用燃灯。远山积雪足供半个月的观看,举头即可从窗中望见。可是究竟是南方,每冬下雪不过一二次。我在那里所日常领略的冬的情味,几乎都从风来。白马湖的所以多风,可以说有着地理上的原因。那里环湖都是山,而北首却有一个半里阔的空隙,好似故意张了袋口欢迎风来的样子。白马湖的山水和普通的风景地相差不远,唯有风却与别的地方不同。风的多和大,凡是到过那里的人都知道的。风在冬季的感觉中,自古占着重要的因素,而白马湖的风尤其特别。

现在,一家僦居上海多日了,偶然于夜深人静时听到风声,大家就要提起白马湖来,说"白马湖不知今夜又刮得怎样厉害哩!"

(傅德岷、韦济木主编:《中国散文百年精华鉴赏》,上海科学技术文献出版社,2008年。)

【简析】

白马湖在浙江上虞的西北,是三十六涧的总汇。夏丏尊居住白马湖时,就在春晖中学任教。

文章一开始写明:"在我过去四十余年的生涯中,冬的情味尝得最深刻的,要算十年前初移居白马湖的时候了。"下面就围绕"冬的情味"来展开。而冬的情味几乎从风得来,所以文章重点写"风"。作者写了白马湖的冬天的风的几种情形,并且注意环境气氛的烘托,而这一切都是自己的亲身感受。因此,文章显得平易亲切。

语言简练生动。写风呼呼作响,"好像虎吼",风从门窗隙缝中来,"分外尖削,把门缝窗隙厚厚地用纸糊了,椽缝中却仍有透入"。风刮得厉害的时候,"静听寒风的怒号,湖水的澎湃","松涛如吼,霜月当窗,饥鼠吱吱在承尘上奔窜。"情景如画,有诗的意境。

【思考与练习】

一、作者是如何描写"冬的情味"的?
二、就你生活的环境写一篇短文。

鲁迅(1881—1936),中国现代伟大的思想家、文学家,中国现代白话小说的奠基人。原名周樟寿,1898年改为周树人,字豫才。浙江绍兴人。1898年到南京求学,接受进化论学说的影响。1902年留学日本,先学医,后弃医从文。1909年回国,先后在杭州、绍兴教学,辛亥革命后到教育部任职。1918年以"鲁迅"笔名发表白话小说《狂人日记》。此后陆续出版短篇小说集《呐喊》《彷徨》,散文诗集《野草》,回忆散文集《朝花夕拾》,以及《坟》《热风》《华盖集》等杂文集。1926年,先后在厦门大学、中山大学任教,后移居上海。后期的主要作品是杂文创作,有《二心集》《三闲集》《南腔北调集》《且介亭杂文》等杂文集。这时期还出版了历史小说集《故事新编》。

女 吊

鲁 迅

大概是明末的王思任说的罢:"会稽乃报仇雪耻之乡,非藏垢纳污之地!"这对于我们绍兴人很有光彩,我也很喜欢听到,或引用这两句话。但其实,是并不的确的;这地方,无论为那一样都可以用。

不过一般的绍兴人,并不像上海的"前进作家"那样憎恶报复,却也是事实。单就文艺而言,他们就在戏剧上创造了一个带复仇性的,比别的一切鬼魂更美,更强的鬼魂。这就是"女吊"。我以为绍兴有两种特色的鬼,一种是表现对于死的无可奈何,而且随随便便的"无常",我已经在《朝华夕拾》里得了绍介给全国读者的光荣了,这回就轮到别一种。

"女吊"也许是方言,翻成普通的白话,只好说是"女性的吊死鬼"。其实,在平时,说起"吊死鬼",就已经含有"女性的"的意思的,因为投缳而死者,向来以妇人女子为最多。有一种蜘蛛,用一枝丝挂下自己的身体,悬在空中,《尔雅》上已谓之"蜆,缢女",可见在周朝或汉朝,自经的已经大抵是女性了,所以那时不称它为男性的"缢夫"或中性的"缢者"。不过一到做"大戏"或"目连戏"的时候,我们便能在看客的嘴里听到"女吊"的称呼。也叫作

"吊神"。横死的鬼魂而得到"神"的尊号的,我还没有发现过第二位,则其受民众之爱戴也可想。但为什么这时独要称她"女吊"呢?很容易解:因为在戏台上,也要有"男吊"出现了。

我所知道的是四十年前的绍兴,那时没有达官显宦,所以未闻有专门为人(堂会?)的演剧。凡做戏,总带着一点社戏性,供着神位,是看戏的主体,人们去看,不过叨光。但"大戏"或"目连戏"所邀请的看客,范围可较广了,自然请神,而又请鬼,尤其是横死的怨鬼。所以仪式就更紧张,更严肃。一请怨鬼,仪式就格外紧张严肃,我觉得这道理是很有趣的。

也许我在别处已经写过。"大戏"和"目连",虽然同是演给神,人,鬼看的戏文,但两者又很不同。不同之点:一在演员,前者是专门的戏子,后者则是临时集合的 Amateur[1]——农民和工人;一在剧本,前者有许多种,后者却好歹总只演一本《目连救母记》。然而开场的"起殇",中间的鬼魂时时出现,收场的好人升天,恶人落地狱,是两者都一样的。

当没有开场之前,就可看出这并非普通的社戏,为的是台两旁早已挂满了纸帽,就是高长虹之所谓"纸糊的假冠",是给神道和鬼魂戴的。所以凡内行人,缓缓的吃过夜饭,喝过茶,闲闲而去,只要看挂着的帽子,就能知道什么鬼神已经出现。因为这戏开场较早,"起殇"在太阳落尽时候,所以饭后去看,一定是做了好一会了,但都不是精彩的部分。"起殇"者,绍兴人现已大抵误解为"起丧",以为就是召鬼,其实是专限于横死者的。《九歌》中的《国殇》云:"身既死兮神以灵,魂魄毅兮为鬼雄",当然连战死者在内。明社垂绝,越人起义而死者不少,至清被称为叛贼,我们就这样的一同招待他们的英灵。在薄暮中,十几匹马,站在台下了;戏子扮好一个鬼王,蓝面鳞纹,手执钢叉,还得有十几名鬼卒,则普通的孩子都可以应募。我在十余岁时候,就曾经充过这样的义勇鬼,爬上台去,说明志愿,他们就给在脸上涂上几笔彩色,交付一柄钢叉。待到有十多人了,即一拥上马,疾驰到野外的许多无主孤坟之处,环绕三匝,下马大叫,将钢叉用力的连连掷刺在坟墓上,然后拔叉驰回,上了前台,一同大叫一声,将钢叉一掷,钉在台板上。我们的责任,这就算完结,洗脸下台,可以回家了,但倘被父母所知,往往不免挨一顿竹篠(这是绍兴打孩子的最普通的东西),一以罚其带着鬼气,二以贺其没有跌死,但我却幸而从来没有被觉察,也许是因为得了恶鬼保佑的缘故罢。

这一种仪式,就是说,种种孤魂厉鬼,已经跟着鬼王和鬼卒,前来和我们一同看戏了,但人们用不着担心,他们深知道理,这一夜决不丝毫作怪。于是戏文也接着开场,徐徐进行,人事之中,夹以出鬼:火烧鬼,淹死鬼,科场鬼(死在考场里的),虎伤鬼……孩子们也可以自由去扮,但这种没出息鬼,愿意去扮的并不多,看客也不将它当作一回事。一到"跳吊"时分——"跳"是动词,意义和"跳加官"之"跳"同——情形的松紧可就大不相同了。台上吹起悲凉的喇叭来,中央的横梁上,原有一团布,也在这时放下,长约戏台高度的五分之二。看客们都屏着气,台上就闯出一个不穿衣裤,只有一条犊鼻裈,面施几笔粉墨的男人,他就是"男吊"。一登台,径奔悬布,像蜘蛛的死守着蛛丝,也如结网,在这上面钻,挂。他用布吊着各处:腰,胁,胯下,肘弯,腿弯,后项窝……一共七七四十九处。最后才是脖子,但是并不真套进去的,两手扳着布,将颈子一伸,就跳下,走掉了。这"男吊"最不易跳,演目连戏时,独有这一个脚色须特请专门的戏子。那时的老年人告诉我,这也是最危险的时候,因为也许会招出真的"男吊"来。所以后台上一定要扮一个王灵官,一手捏诀,一手执鞭,目不转睛的看着一面照见前台的镜子。倘镜中见有两个,那么,一个就是真鬼了,他得立刻跳出去,用鞭将假鬼打落台下。假鬼一落台,就该跑到河边,洗去粉墨,挤在人丛中看戏,然后慢慢的回家。倘打得慢,他就会在戏台上吊死;洗得慢,真鬼也还会认识,跟住他。这挤在人丛中看自己们所做的戏,就如要人下野而念佛,或出洋游历一样,也正是一种缺少不得的过渡仪式。

这之后,就是"跳女吊"。自然先有悲凉的喇叭;少顷,门幕一掀,她出场了。大红衫子,黑色长背心,长发蓬松,颈挂两条纸锭,垂头,垂手,弯弯曲曲的走一个全台,内行人说:这是走了一个"心"字。为什么要走"心"字呢?我不明白。我只知道她何以要穿红衫。看王充的《论衡》,知道汉朝的鬼的颜色是红的,但再看后来的文字和图画,却又并无一定颜色,而在戏文里,穿红的则只有这"吊神"。意思是很容易了然的;因为她投缳之际,准备作厉鬼以复仇,红色较有阳气,易于和生人相接近,……绍兴的妇女,至今还偶有搽粉穿红之后,这才上吊的。自然,自杀是卑怯的行为,鬼魂报仇更不合于科学,但那些都是愚妇人,连字也不认识,敢请"前进"的文学家和"战斗"的勇士们不要十分生气罢。我真怕你们要变呆鸟。

她将披着的头发向后一抖,人这才看清了脸孔:石灰一样白的圆脸,漆黑的浓眉,乌黑的眼眶,猩红的嘴唇。听说浙东的有几府的戏文里,吊神又拖着几寸长的假舌头,但在绍兴没有。不是我袒护故乡,我以为还是没有好;那么,比起现在将眼眶染成淡灰色的时式打扮来,可以说是更彻底,更可爱。不过下嘴角应该略略向上,使嘴巴成为三角形:这也不是丑模样。假使半夜之后,在薄暗中,远处隐约着一位这样的粉面朱唇,就是现在的我,也许会跑过去看看的,但自然,却未必就被诱惑得上吊。她两肩微耸,四顾,倾听,似惊,似喜,似怒,终于发出悲哀的声音,慢慢地唱道:"奴奴本是杨家女,呵呀,苦呀,天哪!……"

下文我不知道了。就是这一句,也还是刚从克士[2]那里听来的。但那大略,是说后来去做童养媳,备受虐待,终于弄到投缳。唱完就听到远处的哭声,这也是一个女人,在衔冤悲泣,准备自杀。她万分惊喜,要去"讨替代"了,却不料突然跳出"男吊"来,主张应该他去讨。他们由争论而至动武,女的当然不敌,幸而王灵官虽然脸相并不漂亮,却是热烈的女权拥护家,就在危急之际出现,一鞭把男吊打死,放女的独去活动了。老年人告诉我说:古时候,是男女一样的要上吊的,自从王灵官打死了男吊神,才少有男人上吊;而且古时候,是身上有七七四十九处,都可以吊死的,自从王灵官打死了男吊神,致命处才只在脖子上。中国的鬼有些奇怪,好像是做鬼之后,也还是要死的,那时的名称,绍兴叫作"鬼里鬼"。但男吊既然早被王灵官打死,为什么现在"跳吊",还会引出真的来呢?我不懂这道理,问问老年人,他们也讲说不明白。

而且中国的鬼还有一种坏脾气,就是"讨替代",这才完全是利己主义;倘不然,是可以十分坦然的和他们相处的。习俗相沿,虽女吊不免,她有时也单是"讨替代",忘记了复仇。绍兴煮饭,多用铁锅,烧的是柴或草,烟煤一厚,火力就不灵了,因此我们就常在地上看见刮下的锅煤。但一定是散乱的,凡村姑乡妇,谁也决不肯省些力,把锅子伏在地面上,团团一刮,使烟煤落成一个黑圈子。这是因为吊神诱人的圈套,就用煤圈炼成的缘故。散掉烟煤,正是消极的抵制,不过为的是反对"讨替代",并非因为怕她去报仇。被压迫者即使没有报复的毒心,也决无被报复的恐惧,只有明明暗暗,吸血吃肉的凶手或其帮闲们,这才赠人以"犯而勿校"或"勿念旧恶"[3]的格言,——我到今年,也愈加看透了这些人面东西的秘密。

九月十九—二十日。

(鲁迅著:《鲁迅全集·附集》,人民文学出版社,2005年。)

【注释】

[1] Amateur 英语(源出拉丁语):业余从事文艺、科学或体育运动的人;这里用作业余演员的意思。

[2] 克士:周建人的笔名。周建人,字乔峰,作者的三弟。生物学家,当时任商务印书馆编辑。

[3] "犯而勿校"语出《论语·泰伯》,原作"犯而不校"。校,计较的意思。"勿念旧恶",语出《论语·公冶长》,原作"不念旧恶"。

【简析】

《女吊》是9月19日到20日写的,最初发表于1936年10月5日《中流》半月刊第一卷第三期。鲁迅是1936年10月19日去世的,距此只有一个月。《女吊》是鲁迅晚年极为自得的杰作。10月17日,鲁迅去世前的两天,他会见了一对日本夫妇,鲁迅谈话间提到"这一次写了《女吊》",神情颇为得意,"把面孔全部挤成皱纹而笑了"。

开头从王思任引用"会稽乃报仇雪耻之乡,非藏垢纳污之地!"一开始就破空而起。

然后用"但其实……不过……"的句式，文章又显得从容平和。当他回忆童年时代家乡的习俗时，颇有些自豪地刻画了有复仇精神、比别的一切鬼魂更美、更强的鬼魂形象——女吊。"……先有悲凉的喇叭；少顷，门帘一掀，她出场了。大红衫子、黑色长背心，长发蓬松颈挂两条纸锭，垂头，垂手，弯弯曲曲的走一个全台，内行人说：这是走了一个'心'字。"一出场就让人胆战心惊。接着，她披着头发向后一抖，来了一个亮相：现出石灰一样的圆脸，漆黑的浓眉，乌黑的眼眶，猩红的嘴唇。特写镜头既写出她的可怕，更表现她急于复仇的心情。她以悲凉的唱腔，说明她的来历：本是良家女，卖入勾栏里，被逼自缢死。这女鬼有一种狞厉的美。夺人神魄的外表有力地表现出以牙还牙的报复心理。

但是作者直接写"女吊"的文字只占全篇的五分之一。鲁迅还写了"起殇""义勇鬼""男吊"等活动，三次挑出老年人对"男吊"行为知其然而不知其所以然的迷惑，大人对扮"义勇鬼"的孩子的责罚，等等。这些民俗风情，可以看出中国人的精神侧面："女吊"虽然具有复仇精神，然而她却忙于"讨替代"。她有时一心"讨替代"就忘了复仇，但这也一样地合乎人情。中国人无疑有复仇的渴望，但在行为和精神深处更多的是"逃免"和旁观心态，表现出人的畏惧异端邪恶的怯懦。

不过，鲁迅对于国民的怯弱劣根性批判不是主要的，村妇们刮锅煤不使其成为一个圈，是为了避免它像那诱人自杀的圈套。这不是怕复仇，只是对付讨替代。接下去作者卒章显志地议论道："被压迫者即使没有报复的毒心，也绝无被报复的恐惧，只有明明暗暗，吸血吃肉的凶手或其帮闲们，这才赠人以'犯而勿校'或'勿念旧恶'的格言，——我到今年，也愈加看透了这些人面东西的秘密。"这些对那些有知识却没有心的"前进作家"或"人面东西"的讽刺。他们对于复仇的恐慌，较之于无知民众的怯弱，更显得虚伪和无耻。

【思考与练习】

一、文章写"女吊"的文字并不多，但为什么以"女吊"命名？

二、文章在"女吊"出场之前，先写看客"起殇""男吊"等等，为"女吊"做铺垫，为什么？

三、鲁迅在叙述和描写民俗风情时，插入各种各样的议论，使整篇文章显得从容不迫，请反复阅读这篇散文，仔细品味这篇文章的成就。

山 东 省

杜甫(712—770)，字子美，河南巩县(今郑州巩义)人，自号少陵野老，是唐代伟大的现实主义诗人，与李白并称"李杜"。杜甫曾任左拾遗、检校工部员外郎，因此后世称其杜拾遗、杜工部。安史之乱爆发后，长安陷落，杜甫流亡，被叛军俘获，次年四月，杜甫逃归凤翔，谒见肃宗，被任命为左拾遗，不久就因上疏营救房琯而被贬为华州司功参军。次年(759年)七月，杜甫弃官，漂泊西南，又移家成都。后携家出蜀，病死湘江途中。杜甫生活在唐朝由盛转衰的历史时期，其诗多涉笔社会动荡、政治黑暗、人民疾苦，被誉为"诗史"。杜甫忧国忧民，人格高尚，诗艺精湛，被后世尊为"诗圣"。有《杜工部集》。

望 岳

杜 甫

岱宗夫如何，齐鲁青未了。

造化钟神秀，阴阳割昏晓。

荡胸生曾云，决眦入归鸟。

会当凌绝顶，一览众山小。

([唐]杜甫著，[清]仇兆鳌注：《杜诗详注》，中华书局，1979年。)

【简析】

杜甫的《望岳》有三首，一为咏南岳衡山，一为咏西岳华山。这一首咏东岳泰山，是杜甫在二十四岁以齐赵为目标的第二次漫游时期所作。

这是一首描写泰山雄伟气势和抒发诗人胸襟的纪游诗。首联远望，写乍望到泰山的惊喜之情,齐在泰山北,鲁在泰山南。从齐到鲁望不尽泰山的青翠山色,极写泰山的高大。

　　颔联近望。钟是聚集的意思,泰山凝聚了大自然的神奇和秀美,高耸的大山把山南山北分割为晨昏时刻。这是"青未了"的进一步叙写。

　　颈联细望,泰山层云迭出,令人回肠荡气;目送归鸟,眼眶几乎睁裂了。诗人百看不厌,从白天看到薄暮时分,表现了对山河的热爱之情。

　　尾联表现了诗人从望岳产生的一定要登岳的强烈愿望,攀登泰山极顶,看那小小的群山都在眼底浮动。

　　全诗形象鲜明,意境开阔,气势磅礴,格调高扬。

【思考与练习】

　　一、背诵这首诗。
　　二、诗人是如何写望泰山的?

姚鼐(1732—1815)字姬传,一字梦毂。他有室名惜抱轩,人称他为惜抱先生。安徽桐城人。他少时家贫而体弱多病,学习刻苦。乾隆二十八年(1763年)中进士,官至刑部郎中。《四库全书》馆纂修。先后主讲梅花、钟山、紫阳等书院,达四十余年。他为了宣扬桐城派主张,使青年便于学习古文,选辑了《古文辞类纂》七十四卷,选文七百余篇。著有《惜抱轩全集》。

登 泰 山 记

姚　鼐

　　泰山之阳,汶水西流;其阴,济水东流[1];阳谷皆入汶,阴谷皆入济;当其南北分者,古长城也[2]。最高日观峰,在长城南十五里。

　　余以乾隆三十九年十二月,自京师乘风雪,历齐河、长清,穿泰山西北谷,越长城之限,至于泰安。是月丁未,与知府朱孝纯子颖由南麓登四十五里,道皆砌石为磴,其级七千有余。

泰山正南面有三谷。中谷绕泰安城下,郦道元所谓环水也。余始循以入,道少半,越中岭,复循西谷,遂至其巅[3]。古时登山循东谷入,道有天门。东谷者,古谓之天门溪水,余所不至也。今所经中岭及山巅崖限当道者,世皆谓之天门云。道中迷雾冰滑,磴几不可登[4]。及既上,苍山负雪,明烛天南。望晚日照城郭,汶水、徂徕如画,而半山居雾若带然[5]。

戊申晦,五鼓,与子颍坐日观亭待日出,大风扬积雪击面。亭东自足下皆云漫。稍见云中白若樗蒱数十立者,山也[6]。极天云一线异色,须臾成五采。日上,正赤如丹,下有红光动摇承之。或曰:"此东海也。"回视日观以西峰,或得日,或否,绛皓驳色,而皆若偻[7]。亭西有岱祠,又有碧霞元君祠。皇帝行宫在碧霞元君祠东。

是日,观道中石刻,自唐显庆以来。其远古刻尽漫失[8],僻不当道者皆不及往。山多石少土;石苍黑色,多平方,少圜[9]。少杂树,多松,生石罅[10],皆平顶冰雪。无瀑水,无鸟兽音迹。至日观数里内无树,而雪与人膝齐。桐城姚鼐记。

([清]姚鼐著,刘季高标校:《惜抱轩诗文集》,上海古籍出版社,1992年。)

【注释】

[1] 阳:山南为阳;其:代词,它,指泰山。汶(wèn)水:今称大汶河,源于山东莱芜东北之原山,向西南流,汇入东平湖。济水:源于河南济源市西之王屋山,流经山东。清代末年,济水河道为黄河所占。

[2] 古长城:战国时齐国修筑的长城,西起平阴,经泰山北冈,东至诸城。

[3] "余始循(xún)以入"句:我开始顺着(中谷)进去,道路不到一半,翻过中岭(黄岘xiàn岭),就到了泰山的顶巅。

[4] 道中迷雾冰滑,磴(dèng)几不可登:一路上大雾弥漫、冰冻溜滑,石板石阶几乎无法攀登。

[5] 汶水、徂徕(cú lái)如画,而半山居雾若带然:汶水、徂徕山就像是一幅美丽的山

水画。停留在半山腰处的云雾,又像是一条舞动的飘带似的。

[6] 稍见云中白若摴蒱(chū pú),数十立者,山也:依稀可见云中几十个白色的像骰子似的东西,(那是)山。摴蒱,赌博工具,即骰(tóu)子,俗称色(shǎi)子。

[7] 绛皓(jiàng hào)驳色,而皆若偻(lǚ):或红或白,颜色错杂,都像弯腰曲背鞠躬致敬的样子。绛,红色。皓,白色。驳,杂。偻,曲背。形容日观峰以西的山峰都低于日观峰,如同弯腰曲背地站着。

[8] 显庆:唐高宗李治的年号(656—661)。漫失:石碑经过风雨剥蚀,字迹模糊不清。漫,磨灭。

[9] 少圜(yuán):很少圆形的。圜,同"圆"。

[10] 石罅(xià):石缝。

【简析】

乾隆三十九年(1774年),姚鼐于十二月登泰山,已是公元1775年。姚鼐参加纂修《四库全书》告成,以养亲为名,告归田里,道经泰安,与挚友泰安知府朱孝纯同游泰山,写下这篇游记,描写泰山的雄伟壮丽。

《登泰山记》是姚鼐的代表作,主要描绘泰山风雪初霁的壮丽景色。

第一段,总写泰山的地理形势,点出泰山及其最高峰——日观峰的位置。开章写道:"泰山之阳,汶水西流,其阴,济水东流。"这一笔把山和水联系起来了。先写汶水和济水的分流,"阳谷皆入汶,阴谷皆入济"把泰山的水景由两条河铺开成面写去。横亘在阳谷与阴谷分界处的古长城给泰山增添了雄奇的色彩。然后以古长城作为参照物,点明泰山最高峰——日观峰的位置,为下文叙述登山路线和观日出作好了铺垫。

第二、三段,记述登山经过,着力叙写登山的艰难和到达山顶后所见的景象。

从"余以乾隆"到"至于泰安"写作者来泰山的时间和路线。这次旅游路途遥远,行程并非一日,作者却用了不足30字作交代。"历""穿""越""至于"几个动词蝉联而下,既表现了旅途的艰苦,又写出了他急于登泰山的浓厚游兴。日期和天气状况是全文的点睛之笔。

泰山正南面有三谷,他们从南面山麓登山,循中谷入,走了一小半,越过中岭,再沿着西边的山谷走,就到了山巅。作者清楚地叙述了自己登山的具体路线,接着又叙说了古时的登山路线是沿着东边的山谷进去,作者交代了自己登山和古人登山路线有异。写古时路线时，把重点放在介绍有关的地理知识上，无考据烦冗之感。笔法灵活。"道中迷雾冰滑，磴几不可登"，写出风雪中登山的艰难。到了泰山之巅，白雪照亮了南方的天空。汶水，徂徕山沐浴在夕阳下，"而半山居雾若带然"，写出了泰山的安详、明媚。

第四段，集中描写泰山日出的动人景象，是文章的又一个描写重点。作者按照时间顺序依次写了日出前、日出时和日出后的不同景色，展示给读者一幅泰山日出迅速变化的画面。太阳出来前："稍见云中白若樗蒱数十立者，山也。"众山如骰子，白雪覆盖群山，天色尚暗。这太阳未出的昏暗景象对日出奇景起了烘托作用。太阳将出时的景色："极天云一线异色，须臾成五彩。"有一线云层，显现出奇异的颜色，霎时间变为五彩缤纷。这满天霞光的背景为喷薄欲出的太阳蓄足了势。太阳出来："日上正赤如丹，下有红光动摇承之。或曰：'此东海也。'"把太阳跃动而雄浑的形象表现得气势磅礴，奔放豪迈，造成了令人神往的境界。晨曦中的群山，都似弯腰俯首，这是杜甫的"会当凌绝顶，一览众山小"的另一种表达。

第五段，介绍泰山的人文景观。先以日观峰为参照物写其周围的高山建筑群，再写返回途中所见道中石刻，表现了泰山的古老风貌。

最后综述介绍泰山的特点。多石少土，严冬的景观是："皆平顶冰雪。无瀑水，无鸟兽音迹。至日观数里内无树，而雪与人膝齐。"与前文"大风扬积雪击面"相呼应。

以时间为顺序，以游踪为线索，依次记叙了作者游泰山的历程和所见到的景色，剪裁得体，详略分明。桐城派主张的"雅洁"和反对"冗辞"，从这里可见一斑。

【思考与练习】

一、作者是如何写登山路径的？如何精彩描绘泰山日出美景的？

二、写一段冬季雪景片段，具体生动地写出景物特征。

三、背诵课文。

党怀英(1134—1211),金代文学家。字世杰,号竹溪,原籍冯翊(今陕西大荔),父任泰安军录事参军,卒于官,妻子不能归,遂入籍奉符(今山东泰安)。少年时与大词人辛弃疾同师事亳州刘瞻,同门读书。金人南下,山东沦陷,辛弃疾率众起义,归宋抗金,而党怀英则留而事金,从此分道扬镳。在金"应举不得志,遂脱略世务,放浪山水间,箪瓢屡空,晏如也"。大定十年(1170年)中进士,官至翰林学士承旨,故世称"党承旨"。诗、书、文皆有名当时,被奉为"一时文字宗主"。《中州集》收其诗65首。

谒 圣 林

党怀英

鲁国遗踪堕渺茫[1],独余林庙压城荒[2]。
梅梁分曙霞栖影[3],松牖回春月驻光[4]。
老桧曾沾周雨露, 断碑犹是汉文章[5]。
不须更问传家远, 泰岱参天洙泗长[6]。

(曹明纲撰:《百地一吟》,上海古籍出版社,2007年。)

【注释】

[1] 鲁国:周朝时诸侯国名,都城在今曲阜。孔子乃春秋时鲁人。

[2] 林庙:指孔林和孔庙。

[3] 梅梁:楠木大梁。

[4] 牖:窗。

[5] 断碑:指汉代碑刻。汉文章:林庙中多汉碑,有乙瑛、礼器、孔宙、史晨前后碑等,均为汉隶珍品。

[6] "泰岱"两句:谓不须再问孔子的学说为什么传世久远,因为它像泰山一样高,像洙泗水一样长。洙泗,即洙、泗二水。均在山东境内,古代二水在泗水县合流,到曲阜分为二,洙水在曲阜北,泗水在曲阜南。

【简析】

孔林亦称至圣林。在曲阜城北近1公里,是孔子及其家族的墓地。一年四季郁郁葱葱,树间林下墓冢累累,碑碣林立,石仪成群。现在的孔林,是千百年来不断整修的结果,因此孔林成为世界上历史最久、规模最大的家族古墓群。游览孔林,不仅能感受到天然植物的赏心悦目,而且更主要的是能品味儒家学说的源远流长和儒家文化的博大精深。此诗写孔林的幽深古朴,歌颂孔子学说的流传远久。

【思考与练习】

阅读《论语》,思考《论语》与中国人日常生活的关系。

安 徽 省

司马迁(约公元前145—?)西汉史学家、文学家和思想家。字子长,夏阳(今陕西韩城南)人。元封三年(前108年)继父职任太史令,太初三年(前102年)开始撰《史记》。它记叙了上自黄帝下至汉武帝太初年间共计三千多年的历史,全书共103篇,五十多万字,是我国第一部纪传体通史,也是一部伟大的文学著作。

项 羽 之 死

司马迁

项王军壁垓下[1],兵少食尽,汉军及诸侯兵围之数重。夜闻汉军四面皆楚歌[2],项王乃大惊曰:"汉皆已得楚乎?是何楚人之多也!"项王则夜起,饮帐中。有美人名虞,常幸[3]从;骏马名骓[4],常骑之。于是项王乃悲歌慷慨[5],自为诗曰:"力拔山兮气盖世,时不利兮骓不逝[6]。骓不逝兮可奈何,虞兮虞兮奈若何!"歌数阕[7],美人和之。项王泣数行下,左右皆泣,莫能仰视。

于是项王乃上马骑,麾下壮士骑[8]从者八百余人,直夜溃围[9]南出,驰走。平明,汉军乃觉之,令骑将灌婴以五千骑追之。项王渡淮,骑能属[10]者百余人耳。项王至阴陵[11],迷失道,问一田父[12]。田父绐[13]曰:"左。"左,乃陷大泽中。以故汉追及之。项王乃复引兵而东,至东城[14],乃有二十八骑。汉骑追者数千人。项王自度不得脱。谓其骑曰:"吾起兵至今八岁矣,身[15]七十余战,所当者破,所击者服,未尝败北,遂霸有天下。然今卒困于此,此天之亡我,非战之罪也。今日固决死,愿为诸君快战,必三胜之,为诸君溃围,斩将,刈旗[16],令诸君知天亡我,非战之罪也。"乃分其骑以为四队,四向。汉军围之数重。项王谓其骑曰:"吾为公取彼一将。"令四面骑驰下,期[17]山东为三处。于是项王大呼驰下,汉军皆披靡,遂斩汉一将。是时,赤泉侯[18]为骑将,追项王,项王瞋目而叱之,赤泉侯人马俱惊,辟易[19]数里,与其骑会为三处。汉军不知项王所在,乃分军为三,复围之。项王乃驰,复斩汉一都尉,杀数十百人。复聚其骑,亡其两骑耳。乃谓其骑曰:"何如?"骑皆伏[20]曰:"如大王言。"

于是项王乃欲东渡乌江[21]。乌江亭长舣[22]船待,谓项王曰:"江东虽小,地方千里,众数十万人,亦足王也。愿大王急渡。今独臣有船,汉军至,无以渡。"项王笑曰:"天之亡我,我何渡为!且籍与江东子弟八千人渡江而西,今无一人还,纵江东父兄怜而王[23]我,我何面目见之?纵彼不言,籍独不愧于心乎?"乃谓亭长曰:"吾知公长者。吾骑此马五岁,所当无敌,尝一日行千里,不忍杀之,以赐公!"乃令骑皆下马步行,持短兵接战。独籍所杀汉军数百人,项王身亦被[24]十余创。顾见汉骑司马吕马童,曰:"若非吾故人乎?"马童面之[25],指王翳曰:"此项王也。"项王乃曰:"吾闻汉购我头千金,邑万户,吾为若德[26]。"乃自刎而死。

([西汉]司马迁撰:《史记》,中华书局,1982年。)

【注释】

[1] 项王：名籍，字羽，秦末下相(今江苏宿迁西南)人，是楚国名将项燕之孙。公元前209年从叔父项梁在吴(今江苏苏州)起义，巨鹿之战摧毁秦军主力。秦亡后自称西楚霸王。后与刘邦争夺天下，公元前202年兵败垓下，突围至乌江自刎。军壁：筑营驻扎。壁，营垒，这里用作动词，即扎营、驻扎的意思。垓下：地名，在今安徽灵璧东南沱河北岸。

[2] 楚歌：用楚地声调唱的歌曲。刘邦设计使汉军唱楚歌，用以扰乱楚军军心。

[3] 幸：宠幸，宠爱。

[4] 骓(zhuī)：乌骓马。毛色青白相间的马。

[5] 慷慨：愤慨悲叹的样子。

[6] 时：时机。逝：跑，奔驰。

[7] 数阕(què)：几遍。阕，乐曲演唱一遍为一阕。

[8] 骑(jì)：名词，骑兵。

[9] 直夜：当天夜里。溃围：突破重围。

[10] 属(zhǔ)：跟随。

[11] 阴陵：地名，在今安徽定远西北。

[12] 田父(fǔ)：农夫。

[13] 绐(dài)：欺骗。

[14] 东城：地名，在今安徽定远东南。

[15] 身：动词，指亲自经历。

[16] 刈旗：砍倒对方军旗。

[17] 期：约定。

[18] 赤泉侯：汉将杨喜，因斩项羽有功，后被封赤泉侯。此时尚未封侯，当是史家追述之辞。

[19] 辟易：退避，倒退。

[20] 伏：通"服"，伏身，表示敬佩的样子。

[21] 乌江：在今安徽和县东北四十里，今名乌江浦。

[22] 亭长：乡官名。秦汉时制度，十里一亭，设亭长一人。舣(yǐ)：使船靠岸。

[23] 王(wàng)：动词，称王。

[24] 被:受。创:十多处负伤。

[25] 面之:马童背对着项羽。面同"偭",背向。

[26] 吾为若德:我送你个人情。若,你。德,恩惠。意为让你得我的头,好去讨封赏。

【简析】

《史记》记载了许多宁为玉碎,不为瓦全的义士。

在自杀的义士和失路的英雄中,最让司马迁心折神伤的是项羽。

司马迁着力描写了他的悲剧结局。《项羽本纪》写项羽之死,由垓下之围、东城快战、乌江自刎三场组成,司马迁怀着满腔激情,运用史实、传说和想象,传写了项羽的穷途末路,丰富、发展了他的性格。项羽悲歌一曲:"力拔山兮气盖世,时不利兮骓不逝!骓不逝兮可奈何!虞兮虞兮奈若何!"唱出的是英雄失路之悲,这位"喑噁叱咤,千人皆废"的盖世英雄,现在连宠爱的美人都无法保护,"项王泣数行下,左右皆泣,莫能仰视。"悲怆气氛笼罩全篇。

但项羽并没有低下高贵的头颅,他乃率八百壮士,从垓下突围而出。到了乌江边,只剩下随身侍从二十八骑,前有大江阻隔,后有五千追兵。就在这灭顶之灾的场景中,项羽慷慨陈词:"吾起兵至今八岁矣,身七十余战,所当者破,所击者服,未尝败北,遂霸有天下。然今卒困于此,此天之亡我,非战之罪也。今日固决死,愿为诸君快战,必三胜之,为诸君溃围,斩将,刈旗,令诸君知天亡我,非战之罪也。"表现了项羽"心已死而意犹未平,认输而不服气"(钱锺书:《管锥编·史记会注考证》,生活·读书·新知三联书店,2007年,第448页)的失路英雄性格。

乌江亭长要项羽上船,项王笑曰:"天之亡我,我何渡为!且籍与江东子弟八千人渡江而西,今无一人还,纵江东父兄怜而王我,我何面目见之?纵彼不言,籍独不愧于心乎!"如果没有这段话,项羽不过是死在沙场的一员猛将而已,有了这段话,就表现了项羽的人生态度:他有机会逃脱,却偏偏不肯过江,他是在生与死、苟活与维护尊严之间,从容作出抉择。

(摘自李建明:《发愤著书与〈史记〉创作宗旨》,《南昌大学学报》,2015年第5期。)

【扩展性阅读】

司马迁:《史记》,中华书局,1982年。

【思考与练习】

一、本文主要描述了哪几个场面？每个场面突出了项羽怎样的性格？

二、阅读《项羽本纪》，试分析项羽的人物形象？

三、结合司马迁的一段评议，以及杜牧、王安石等人的看法，谈谈你对项羽功过及其失败原因的看法。

鲍照(约 414—466)南朝宋文学家。字明远，东海(治今山东郯城北)人。与谢灵运、颜延之并称"元嘉三大家"，世称"鲍参军"。出身寒微，家世贫贱。"才秀人微，取湮当代"(《诗品》)。有《鲍参军集》。

登大雷岸与妹书

鲍　照

吾自发寒雨，全行日少，加秋潦浩汗[1]，山溪猥至[2]，渡泝无边，险径游历，栈石星饭[3]，结荷水宿[4]，旅客贫辛，波路壮阔，始以今日食时，仅及大雷，涂登千里，日逾十晨，严霜惨节，悲风断肌，去亲为客，如何如何！

向因涉顿[5]，凭观川陆；遨神清渚，流睇方曛；东顾五州之隔，西眺九派之分；窥地门之绝景，望天际之孤云。长图大念，隐心者久矣。

南则积山万状，争气负高，含霞饮景[6]，参差代雄，凌跨长陇，前后相属，带天有匝，横地无穷。东则砥原远隰[7]，亡端靡际，寒蓬夕卷，古树云平。旋风四起，思鸟群归。静听无闻，极视不见。北则陂池潜演[8]，湖脉通连。苎蒿攸积，菰芦所繁[9]。栖波之鸟，水化之虫，智吞愚，强捕小，号噪惊聒，纷乎其中。西则回江永指，长波天合，滔滔何穷，漫漫安竭！创古迄今，舳舻相接，思尽波涛，悲满潭壑。烟归八表，终为野尘[10]。而是注集，长写不测，修灵浩荡[11],知其何故哉!

　　西南望庐山,又特惊异。基压江潮,峰与辰汉相接[12]。上常积云霞,雕锦缛。若华夕曜[13],岩泽气通,传明散彩,赫似绛天。左右青霭,表里紫霄。从岭而上,气尽金光,半山以下,纯为黛色。信可以神居帝郊,镇控湘、汉者也。

　　若潨洞所积,溪壑所射[14],鼓怒之所豗击,涌澓之所宕涤[15],则上穷荻浦,下至狶洲[16];南薄燕爪,北极雷淀,削长埤短[17],可数百里。其中腾波触天,高浪灌日,吞吐百川,写泄万壑。轻烟不流,华鼎振涾。弱草朱靡,洪涟陇蠪。散涣长惊,电透箭疾。穿溢崩聚,坻飞岭复[18]。回沫冠山,奔涛空谷[19]。砧石为之摧碎,倚岸为之䯿落[20]。仰视大火[21],俯听波声、愁魄胁息,心惊慓矣!

　　至于繁化殊育[22],诡质怪章,则有江鹅、海鸭、鱼鲛、水虎之类,豚首、象鼻、芒须,针尾之族,石蟹、土蚌、燕箕、雀蛤之畴,折甲、曲牙、逆鳞、返舌之属。掩沙涨,被草渚,浴雨排风,吹涝弄翮[23]。夕景欲沈,晓雾将合,孤鹤寒啸,游鸿远吟,樵苏一叹,舟子再泣[24]。诚足悲忧,不可说也。

　　风吹雷飙,夜戒前路。下弦内外,望达所届。寒暑难适,汝专自慎,夙夜戒护,勿我为念。恐欲知之,聊书所睹。临涂草蹙[25],辞意不周。

　　([南朝宋]鲍照著,丁福林、丛玲玲校注:《鲍照集校注》,中华书局,2012年。)

【注释】

[1]秋潦(lǎo):秋雨。浩汗:大水浩浩无边的样子。

[2]猥(wěi):多。猥至,指秋雨后山溪水多流入江。

[3]栈石星饭:在栈道上、星光下吃饭。

[4]结荷:结起荷叶为屋。水宿:歇宿在水边。亦言行旅之苦况。

[5]涉顿:徒步过水曰"涉"。住宿歇息称"顿"。

[6]含霞:映衬着鲜艳的朝霞。饮景:闪射着灿烂的阳光。景,太阳。

[7]砥:磨刀石。隟(xí):低下之地。

[8]陂(bēi)池:水塘。潜演:潜流。演,长长的水流。

[9] 苎(zhù)蒿攸积,菰(gū)芦所繁:苎麻、蒿草积聚,菰米、芦苇丛生。

[10] 八表:八方以外极远的地方。野尘:天地间的尘埃。这两句本于《庄子·逍遥游》:"野马也,尘埃也,生物之以息相吹也。"有幻灭无常之想。

[11] 写:同"泻"。修灵浩荡:语出《离骚》:"怨灵修之浩荡兮。"修灵,指河神。

[12] "基压"二句:山脚压着大江的潮水,峰顶与星辰天河相接。基,山脚。辰汉,星辰天汉。

[13] 若华:若木之花。《淮南子·坠形训》:"若木在建木西,末有十日,其华照下地。"此指霞光。

[14] 若潨(zōng)洞所积,溪壑所射:像小水积聚汇入大水迅疾奔流,山谷间溪水喷射。潨,小水汇入大水。洞,疾流。溪壑,山谷间溪水。

[15] 鼓怒之所豗(huī)击,涌濆(fú)之所宕涤:疾风鼓起怒浪相互拍击,浪涛奔腾、江流曲折相互激荡。豗,相击。濆,洄流。宕涤,摇荡;激荡。

[16] 荻浦:长满荻的水滨。豨(xī)洲:野猪出没的荒洲。豨,古同"豨",巨大的野猪。

[17] 削长埤(pí)短:意谓对众多河流湖泊加以削长补短。埤,增益。

[18] 穹溘(kè)崩聚,坻飞岭复:浪峰一会儿聚起一会儿跌碎,简直要把河岸冲走,使山岭颠覆。穹溘,浪峰。穹,高大。溘,水花。坻(dǐ),河岸。复,倒覆。

[19] 回沫冠山,奔涛空谷:回迸的飞沫高过山顶,奔腾的江涛扫空山谷。回沫,回迸的水花飞沫。冠山,谓水势逾山。空谷,扫空山谷。空,用作动词。

[20] "砧(zhēn)石"二句:河边的捣衣石被撞击得粉碎,曲折的河岸被冲刷成碎末飞落。倚(qí)岸,弯曲的河岸。齑(jī)落,变成碎末飞落。齑,切成细末的腌菜。

[21] 大火:星名。即心宿二。

[22] 至于繁化殊育,诡质怪章:至于繁殖蕃衍的各种水生动物,大都有奇异的躯体怪诞的外形。诡质,奇异的躯体。怪章,怪诞的外表。

[23] 掩沙涨,被草渚,浴雨排风,吹涝弄翮:遮掩在逐浪的沙滩上,躲避在长满草的洲渚边,沐浴在雨中并列迎风,吐着水沫、梳理着毛羽。沙涨,沙滩。被,此处意为躲避。吹涝,吐着水。弄翮(hé),搜理毛羽。翮,羽毛。

[24] "孤鹤寒啸"四句:孤鹤在寒风中悲鸣,游荡的鸿鹄在远处哀吟,砍柴取草的人一声叹息,船夫再次哭泣。寒啸,哀鸣。樵苏,樵夫。苏,取草。舟子,船夫。

[25] 涂:同"途"。蹙:急促。

【简析】

　　宋文帝元嘉十六年(公元 439 年),临川王刘义庆出镇江州(今江西大部分),引鲍照为佐吏。是年秋,鲍照从建康(今南京)西行赶赴江州,至大雷岸(今安徽望江县境内)作此书致妹鲍令晖。书中描绘了九江、庐山一带山容水貌和云霞夕晖、青霜紫霄的奇幻景色;表达了严霜悲风中去亲为客、苦于行役的凄怆心情,结尾转为对妹妹的叮嘱与关切,具有浓厚的抒情意味。《登大雷岸与妹书》虽然是家书,其实是期待文人共赏之作,以奇峭之风运妍丽之辞。作者借此显示自己的才情,其中精彩的对句触目皆是,而且穷形尽相,感慨横生。所以刘克庄在《后村诗话》卷六中说:"《登大雷岸与妹书》六百余字,无一字及家事,皆述道途辛苦,古今陈迹,山夔水怪,羁旅愁思,辞及典雅,为集中佳作。"正说明该文是鲍照的精心之作。

【思考与练习】

　　一、反复诵读本文,体会鲍照妍丽之辞。
　　二、作者是如何描写景物的?

九日齐山登高[1]

杜　牧

　　江涵秋影雁初飞,[2]与客携壶上翠微。[3]
　　尘世难逢开口笑,[4]菊花须插满头归。[5]
　　但将酩酊酬佳节,[6]不用登临恨落晖。[7]
　　古往今来只如此,　牛山何必独沾衣。[8]

(吴在庆撰:《杜牧集系年校注》,中华书局,2016 年。)

【注释】

[1] 九日:九月九日重阳节。齐山:今安徽贵池东南。齐山得名,旧说有二:一说齐山十余峰等齐,故名齐山;一说唐贞元间齐映任池州刺史,"惠及于池","因以名其山"。
[2] 江:长江。涵:沉浸。江涵:空中一切景色都映入秋天澄清的江水里。

[3] 翠微：清淡青葱的山色。也可指齐山上的翠微亭。杜牧于唐会昌四年（844年）九月赴任池州刺史，取李白《赠秋浦柳少府》中的"开帘当翠微"句意，在齐山之巅建"翠微亭"，以表追思李白之意。翠微，是形容词作名词用，指山。客：指来访的友人张祜。

[4] "尘世"句出自《庄子》："上寿百岁，中寿八十，下寿六十，除病瘦死丧忧患，其中开口而笑者，一月之中，不过四五日而已矣。"这是说人生欢笑既难得，则更应善自宽慰，多方开解，切不可对一些烦恼事过于挂怀。

[5] 菊花：此暗用典故。《艺文类聚》卷四引《续晋阳秋》："陶潜尝九月九日无酒，宅边菊丛中摘菊盈把，坐其侧，久留，见白衣至，乃王弘送酒也。即便就酌，醉而后归。"古人重九有插菊之俗。

[6] 酩酊（dǐng）：大醉。

[7] 恨：一作怨，又一作叹。落晖：傍晚的太阳，比喻迟暮的人生。

[8] 牛山：《晏子春秋·内篇谏上》："（齐）景公游于牛山，北临其国城而流涕曰：'若何滂滂去此而死乎？'艾孔、梁丘据皆从而泣。"牛山，在今山东临淄。意思是无须为生命的有限而悲哀。独：一作泪。

【简析】

在古代，民间在重阳有登高的风俗，故重阳节又叫"登高节"。相传此风俗始于东汉。唐代文人所写的登高诗很多，大多是写重阳节的习俗，登高所到之处，没有划一的规定，一般是登高山、登高塔。

杜牧于唐会昌四年九月刺池州，次年重阳佳节，诗人和朋友张祜带着酒，登上池州城东南的齐山，共度重阳，有名篇《九日齐山登高》，其友张祜以诗和之。

首联开篇点明时节描绘了爽朗清旷的秋景，诗人用"涵"来形容江水仿佛把秋景包容在自己的怀抱里，用"翠微"这样美好的词来代替秋山，流露出对于眼前景物的愉悦感受。金圣叹在《选批唐诗》卷五下说："（首句）一句七字，写出当时一俯一仰无限神理。"在写景中可看出诗人的神态。"与客携壶"是置酒会友，兼之有山水，是人生乐事。以下四句写登山之乐，捎带出随缘自适的生活哲学。颔联引庄周、陶潜以为解释，劝客劝己"开口笑"，诗人是以旷达的言辞、近于失态的举动，来掩饰心中的失落、暂驱积压心头的郁结。劝人慰己，意蕴幽深。颈联承上，继续劝慰：只管用酩酊大醉来感谢这良辰佳节，无须在节日登临时为夕阳西下、人生迟暮而感慨、怨恨。消沉中含有执着，自勉自励中含着自我解嘲，壮志不得施展的愤激之情，溢于言表。黄叔灿《唐诗笺注》卷五云："起联写景便爽健，'尘世'

一联意致凄恻,却跳脱不群。'但将'二句切登高说,并申上二句意,言光阴迅速,古今同慨,何用伤悲。"尾联抒怀,用典作结。诗人由眼前所登的齐山,联想到齐景公的牛山坠泪。意在劝说友人不要为一些不愉快的事情落泪伤怀,人生无常,是古往今来尽皆如此的,坦然地面对这个现实。"只如此"三字有顿悟意,旷观古今,而超然物外。

杜牧这次登高表面看来,心绪坦荡,对自己的怀才不遇,似乎有点超然物外的意味。其实看似旷达,内含抑郁不平。全诗感慨苍茫,情丰韵美。故前人多称赏之。《唐诗绎》评"通体浑灏流转,挥洒自然,犹见盛唐风格"。吴汝伦《评点唐诗鼓吹》卷六也认为:"此等诗,自杜公外,盖不多见,当为小杜七律中第一"。

【思考与练习】

一、有人认为这首诗是将"抑郁之思以旷达出之",你同意吗?试作分析。

二、比较本诗与王维的《九月九日忆山东兄弟》和杜甫的《登高》在思想情感上的差异。

题乌江亭

杜　牧

胜败兵家事不期,包羞忍耻是男儿。

江东子弟多才俊,卷土重来未可知。

(吴在庆撰:《杜牧系年校注》,中华书局,2016年。)

【简析】

这首诗写于池州任上。项羽兵败自刎,引起后人许多看法。精通兵法的杜牧,开篇便言胜败乃兵家常事,难于预期,问题的关键是如何对待失败。只有"包羞忍辱"才是好男儿。第三句是对乌江亭长"江东虽小,地方千里,众数十万人,亦足王也"的艺术概括。最后指出,如果项羽采纳忠言,重整旗鼓,那么,胜败之数未可预料。

【思考与练习】

一、你对项羽失败自刎如何看?

二、背诵这首诗。

附：

题乌江亭

王安石

百战疲劳壮士哀，中原一败势难回。

江东弟子今虽在，肯为君王卷土来？

欧阳修（1007—1072），字永叔，自号醉翁，晚年又号六一居士。吉州吉水（今属江西）人，北宋杰出的文学家、政治家、史学家。金石学开辟之作《集古录跋尾》十卷四百多篇，是现存最早的金石学著作。史学成就尤伟，除了参加修订《新唐书》250卷外，又自撰《五代史记》(《新五代史》)，文学著作有《欧阳文忠公文集》行世。

醉翁亭记

欧阳修

环滁皆山也。其西南诸峰，林壑尤美，望之蔚然而深秀者，琅琊也[1]。山行六七里，渐闻水声潺潺，而泻出于两峰之间者，酿泉也。峰回路转，有亭翼然临于泉上者，醉翁亭也。作亭者谁？山之僧智仙也。名之者谁？太守自谓也。太守与客来饮于此，饮少辄醉，而年又最高，故自号曰醉翁也。醉翁之意不在酒，在乎山水之间也。山水之乐，得之心而寓之酒也。

若夫日出而林霏开，云归而岩穴暝[2]，晦明变化者，山间之朝暮也。野芳发而幽香，佳木秀而繁阴，风霜高洁，水清而石出者，山间之四时也。朝而往，暮而归，四时之景不同，而乐亦无穷也。

至于负者歌于途，行者休于树，前者呼，后者应，伛偻提携[3]，往来而不绝者，滁人游也。临溪而渔，溪深而鱼肥，酿泉为酒，泉香而酒洌，山肴野蔌[4]，杂然而前陈者，太守宴也。宴酣之乐，非丝非竹，射者中，弈者胜，觥筹交错[5]，起坐而喧哗者，众宾欢也。苍颜白发，颓然乎其间者，太守醉也。

已而夕阳在山，人影散乱，太守归而宾客从也。树林阴翳[6]，鸣声上下，游人去而禽鸟乐也。然而禽鸟知山林之乐，而不知人之乐；人知从太守游而乐，而不知太守之乐其乐也[7]。醉能同其乐，醒能述以文者，太守也。太守谓谁？庐陵欧阳修也。

（［宋］欧阳修著，李逸安点校：《欧阳修全集》，中华书局，2001年。）

【注释】

［1］望之蔚然而深秀者，琅琊也：树木茂盛，又幽深又秀丽的，是琅琊山。

［2］若夫日出而林霏开，云归而岩穴暝：又如太阳出来而树林的雾气消散了；烟云聚拢来，山谷显得昏暗了。夫(fú)，语气助词，无实意，多用于句首。林霏，树林中的雾气。霏，原指雨、雾纷飞，此处指雾气。开，消散，散开。归，聚拢。暝(míng)，昏暗。晦，昏暗。

［3］伛偻(yǔ lǚ)提携：老人弯着腰走，小孩子由大人领着走。伛偻，腰背弯曲的样子，这里指老年人。提携，小孩子被大人领着走，这里指小孩子。

［4］野蔌(sù)：野菜。蔌，菜蔬的总称。

［5］觥(gōng)筹交错：酒杯和酒筹交互错杂。觥，酒杯。筹，行酒令的筹码，用来记饮酒数。

［6］树林阴翳(yì)：树林里的枝叶茂密成荫。翳，遮盖。

［7］人知从太守游而乐，而不知太守之乐其乐也：人们只知道跟随太守游玩的乐趣，却不知道太守以游人的快乐为快乐。乐其乐，乐他所乐的事情。前一个"乐"，以……为乐。后一个"乐"，乐事。

【简析】

本文写于宋仁宗庆历六年（1046年），欧阳修被贬为滁州（今属安徽）太守第二年，时欧阳修四十岁，正当壮年，自称醉翁，带有官场失意，寄情山水的情调。本文的写景是为了写人抒怀，对于"亭"本身的描写很少，而着眼于亭的四周景色的描绘。从而展现出一幅"与民同乐"的图画。

全文贯串一个"乐"字。开头写亭之概况，第二层写朝暮图、四季景等，都以太守"寄情山水，与民同乐"为主线贯穿起来。景中有情，情景交融。先写了太守观赏四时不同之景"而乐亦无穷",写了太守之乐的一因;后写太守见到滁人游山赏景,与众宾客宴酬之乐,而此乃太守之乐的另一因。而这些内容最后都统摄在"太守之乐其乐"中。此文语言精美。"环滁皆山也"是经过千锤百炼的句子。"有亭翼然"的"翼"字生动形象,将亭之情、亭之景、亭之形象俱写出。句式多用四六四格式,显示整齐美和音乐美。

对于此文的艺术,人们从各个方面去评价,但是,对于文章的立意之高和人格之美,似乎视而不见。倒是乾隆皇帝在《唐宋文醇》卷二六中一语道破:"前人每叹此记为欧阳绝作,间尝熟玩其辞,要亦无关理道,而通篇以'也'字断句,更何足奇!乃前人推重如此者,盖天机畅则律吕自调,文中亦具有琴焉,故非他作之所可并也。况修之在滁,乃蒙被垢污而遭谪贬,常人之所不能堪,而君子亦不能无动心者,乃其于文萧然自远如此,是其深造自得之功发于心声,而不可强者也。"文章流露的是一种致中和的君子人格,这是"六一风神"的核心。

【思考与练习】

一、"醉翁之意不在酒,在乎山水之间也。"这句话在文章中哪些地方得以印证呢?

二、背诵此文,体会此文的艺术特点。

丰乐亭记

欧阳修

修既治滁之明年夏[1],始饮滁水而甘,问诸滁人,得于州南百步之近。其上丰山耸然而特立,下则幽谷窈然而深藏,中有清泉滃然而仰出[2]。俯仰左右,顾而乐之。于是疏泉凿石,辟地以为亭,而与滁人往游于其间。

滁于五代干戈之际,用武之地也。昔太祖皇帝尝以周师破李景兵十五万于清流山下,生擒其将皇甫晖、姚凤于滁东门之外,遂以平滁[3]。修尝考其山川,按其图记,升高以望清流之关,欲求晖、凤就擒之所。而故老皆无在者。盖天下之平久矣。自唐失其政,海内分裂,豪杰并起而争,所在为敌国者,何可胜数!及宋受天命,圣人出而四海一。向之凭恃险阻,铲削消磨[4],百年之间,漠然徒见山高而水清。欲问其事,而遗老尽矣。

今滁介江、淮之间,舟车商贾、四方宾客之所不至,民生不见外事,而安于畎亩衣食,以乐生送死。而孰知上之功德,休养生息,涵煦[5]百年之深也。修之来此,乐其地僻而事简,又爱其俗之安闲。既得斯泉于山谷之间,乃日与滁人仰而望山,俯而听泉。掇幽芳而荫乔木,风霜冰雪,刻露清秀,四时之景,无不可爱[6]。又幸其民乐其岁物之丰成,而喜与予游也。因为本其山川,道其风俗之美,使民知所以安此丰年之乐者,幸生无事之时也。夫宣上恩德,以与民共乐,刺史之事也,遂书以名其亭焉。

庆历丙戌六月日,右正言、知制诰、知滁州军州事欧阳修记。

([宋]欧阳修著,李逸安点校:《欧阳修全集》,中华书局,2001年。)

【注释】

[1] 明年:即庆历六年(1046年),也就是下文的"庆历丙戌"。欧阳修于庆历五年(1045年)知滁州。

[2] 渹然(wěng rán):水势盛大的样子。

[3] "昔太祖"五句:显德三年,即公元956年,宋太祖赵匡胤为后周大将,与南唐中主李景的部将皇甫晖、姚凤会战于滁州清流山下,南唐部队败于滁州城。《资治通鉴·后周纪三》:"……太祖皇帝引兵出山后,晖等大惊,走入滁州,欲断桥自守。太祖皇帝跃马兵麾涉水,直抵城下。……手剑击晖,中脑,生擒之,并擒姚凤,遂克滁州。"周,指五代时后周。李景,即李璟,南唐的中主。清流山,在今滁州城西南。

[4] "向之凭恃险阻"二句:如先前那些凭借险阻称霸的人,有的被诛杀,有的被征服。向,从前。

[5] 涵煦:滋润教化。

[6] "无不可爱"以上四句写四季景色:春天采摘清香的花草,夏天在大树荫下休息。秋天刮风下霜,冬天结冰下雪,经风霜冰雪后草木凋零,山岩裸露,更加清爽秀丽。掇,拾取。荫,荫庇,乘凉。刻露,清楚地显露出来。

【简析】

本文的主旨通过记叙丰乐亭景色,歌颂北宋统一中国和休养生息的功德。文中先交代得泉建亭的经过,接着从"泉"和"亭"宕开去。写景文字只有两处,开头用简练的语言概括出"其上则丰山,耸然而特立;下则幽谷,窈然而深藏",第三段用十几个字写出四季景色,可见其用字之节省。作者以较多的笔墨,写五代时的滁州兵连祸结,由于宋朝"圣人出而四海一",才结束了豪杰纷争的局面,滁州百姓得以安居乐业。最后点明写作目的在于"宣上恩德,以与民共乐"。文章用今昔对比,夹叙夹议的方法,文中带有无限感慨,处处强调安定局面来之不易,有一种忧患意识。储欣说:"唐人喜言开元事,是乱而思治。此'丰乐'二字,直以五代干戈之滁,形今日百年无事之滁,是治不忘乱也。一悲一幸,文情各极。"从唐宋人的比较看出此文的独特性。

【思考与练习】

一、文中写景的地方有两处,请分析作者是怎样写的。

二、全篇不足500字,却多角度地写出了"丰乐亭"的"乐"意,请分析作者写了几个层面的"乐"。

徐弘祖(1587—1641),字振之,号霞客,江阴(今属江苏)人,明代地理学家、旅行家。自幼好学,博览群书,欲"问奇于名山大川"。21岁开始专心旅行,30多年间历尽艰险,足迹南至云、贵、两广,北到燕、晋。其考察所得,按日记载,后人整理成《徐霞客游记》。

游黄山日记

徐弘祖

初二日,自白岳下山,十里,循麓而西,抵南溪桥。渡大溪,循别溪,依山北行,十里,两山峭逼如门,溪为之束。越而下,平畴颇广。二十里,为猪坑。由小路登虎岭,路甚峻。十里,至岭;五里,越其麓。北望黄山诸峰,片片可掇[1]。又三里,为古楼坳,溪甚阔,水涨无梁,木片淤布一溪,涉之甚难。二里,宿高桥。

初三日,随樵者行久之,越岭二重,下而复上。又越一重,两岭俱峻,曰双岭。共十五里,过江村。二十里,抵汤口,香溪、温泉诸水所由出者。折而入山,沿溪渐上,雪且没趾。五里,抵祥符寺[2]。汤泉在隔溪,遂俱解衣赴汤池。池前临溪,后倚壁,三面石甃,上环石如桥。汤深三尺,时凝寒未解,而汤气郁然,水泡池底汩汩起[3],气本香冽。黄贞父谓其不及盘山,以汤口、焦村孔道,浴者太杂逻[4]也。浴毕,返寺。僧挥印引登莲花庵,蹑雪循涧以上。涧水三转,下注而深泓者,曰白龙潭;再上而停涵石间者,曰丹井。井旁有石突起,曰"药臼",曰"药铫"[5]。宛转随溪,群峰环耸,木石掩映。如此一里,得一庵,僧印我他出,不能登其堂。堂中香炉及钟鼓架,俱天然古木根所为。遂返寺宿。

初四日,兀坐听雪溜竟日。

初五日,云气甚恶,余强卧至午起。挥印言慈光寺颇近,令其徒引。过汤地,仰见一崖,中悬鸟道,两旁泉泻如练。余即从此攀跻上;泉光云气,撩绕衣裾[6]。已转而右,则茅庵上下,磬韵香烟,穿石而出,即慈光寺也。寺旧名朱砂庵。比丘为余言:"山顶诸静室,径为雪封者两月。今早遣人送粮,山半,雪没腰而返。"余兴大阻,由大路二里下山,遂引被卧。

初六日,天色甚朗,觅导者各携筇[7]上山,过慈光寺,从左上。石峰环夹,其中石级为积雪所平,一望如玉。疏木茸茸中,仰见群峰盘结,天都独巍然上挺。数里,级愈峻,雪愈深,其阴处冻雪成冰,坚滑不容着趾。余独前,持杖凿冰,得一孔,置前趾,再凿一孔,以移后趾。从行者俱循此法得度。上至平冈,则莲花、云门诸峰,争奇竞秀,若为天都拥卫者。由此而入,绝巘危崖[8],尽皆怪松悬结。高者不盈丈,低仅数寸,平顶短鬣[9],盘根虬干,愈短愈老,愈小愈奇,不意奇山中又有此奇品也!松石交映间,冉冉僧一群从天而下,俱合掌言:"阻雪山中已三月,今以觅粮勉到此。公等何由得上也?"且言:"我等前海诸庵,俱已下山,后海山路尚未通,惟莲花洞可行耳。"已而从天都峰侧攀而上,透峰罅而下,东转,即莲花洞路也。余急于光明顶、石笋矼之胜[10],遂循莲花峰而北,上下数次,至天门。两壁夹立,中阔摩肩,高数十丈,仰面而度,阴森悚骨。其内积雪更深,凿冰上跻;过此,得平顶,即所谓前海也。由此更上一峰,至平天矼。矼之兀突独耸者,为光明顶。由矼而下,即所谓后海也。盖平天矼阳为前海,阴为后海,乃极高处;四面皆峻坞,此独若平地。前海之前,天都、莲花二峰最峻;其阳属徽之歙[11],其阴属宁之太平。

余至平天矼,欲望光明顶而上。路已三十里,腹甚枵[12],遂入矼后一庵。庵僧俱踞石向阳。主僧曰智空,见客色饥,先以粥饷。且曰:"新日太皎,恐非老晴。"因指一僧谓余曰:"公有余力,可先登光明顶而后中食,则今日犹可抵石笋矼,宿是师处矣。"余如言登顶,则天都、莲花并肩其前,翠微、三海门环绕于后;下瞰绝壁峭岫,罗列坞中,即丞相原也。顶前一石伏而复起,势若中断,独悬坞中。上有怪松盘盖。余侧身攀踞其上,而浔阳踞大顶相对,各夸胜绝。下入庵,黄粱已熟。饭后,北向过一岭,踯躅菁莽中,入一庵,曰狮子林,即智空所指宿处。主僧霞光,已待我庵前矣。遂指庵北二峰曰:"公可先了此胜。"从之。俯窥其阴,则乱峰列岫,争奇并起;循之西,崖忽中断,架木连之,上有松一株,可攀引而度,所谓接引崖也。度崖,穿石罅而上,乱石危缀间,构木为室,其中亦可置足,然不如踞石下窥更雄胜耳。下崖,循而东,里许,为石笋矼。矼脊斜亘,两夹悬坞中,乱峰森罗,其西一面,即接引崖所窥者。矼侧一峰突起,多奇石怪松。登之俯瞰壑中,正与接引崖对瞰,峰回岫转,顿改前观。

下峰,则落照拥树,谓明晴可卜,踊跃归庵。霞光设茶,引登前楼。西望碧痕一缕,余疑山影。僧谓:"山影夜望甚近,此当是云气。"余默然,知为雨兆也。

初七日,四山雾合。少顷,庵之东北已开,西南腻甚[13],若以庵为界者;即狮子峰亦在时出时没间。晨餐后,由接引崖践雪下。坞半一峰突起,上有一松裂石而出,巨干高不及二尺,而斜拖曲结,蟠翠三丈余,其根穿石上下,几与峰等,所谓"扰龙松"是也。

攀玩移时,望狮子峰已出,遂杖而西。是峰在庵西南,为案山。二里,蹑其巅,则三面拔立坞中,其下森峰列岫,自石笋、接引两坞,迤逦至此,环结又成一胜。登眺间,沉雾渐爽,急由石笋矼北转而下,正昨日峰头所望森阴径也。群峰或上或下,或巨或纤,或直或欹,与身穿绕而过。俯窥辗顾,步步生奇,但壑深雪厚,一步一悚。

行五里,左峰腋一窦透明,曰"天窗"。又前,峰旁一石突起,作面壁状,则"僧坐石"也。下五里,径稍夷,循涧而行。忽前涧乱石纵横,路为之塞。越石久之,一阙新崩,片片欲坠,始得路。仰视峰顶,黄痕一方,中间绿字,宛然可辨,是谓"天牌",亦谓"仙人榜"。又前,鲤鱼石;又前,白龙池,共十五里。一茅出涧边,为松谷庵旧基。再五里,循溪东西行,又过五水,则松谷庵矣。再循溪下,溪边香气袭人,则一梅亭亭正发,山寒稽雪[14],至是始芳!抵青龙潭,一泓深碧,更会两溪,比白龙潭势既雄壮,而大石磊落,奔流乱注,远近群峰环拱,亦佳境也[15]。还餐松谷,往宿旧庵。余初至松谷,疑已平地,及是询之,须下岭二重,二十里方得平地,至太平县共三十五里云。

初八日,拟寻石笋奥境,竟为天夺,浓雾迷漫。抵狮子林,风愈大,雾亦愈厚。余急欲趋炼丹台,遂转西南。三里,为雾所迷,偶得一庵,入焉。雨大至,遂宿此。

初九日,逾午少霁。庵僧慈明甚夸西南一带峰岫,不减石笋矼,有"秃颅朝天""达摩面壁"诸名。余拉浔阳蹈乱流至壑中,北向即翠微诸峦,南向即丹台诸坞,大抵可与狮峰竞驾,未得比肩石笋也。雨踵至,急返庵。

初十日,晨,雨如注,午少停。策杖二里,过飞来峰,此平天矼之西北岭也。其阳坞中,峰壁森峭,正与丹台环绕[16]。二里,抵台。一峰西垂,顶颇平伏。三面壁翠合沓,前一小峰起坞中,其外则翠微峰、三海门蹄股拱峙。登眺久之。东南一里,绕出平天矼下。雨复大至,急下天门。两崖隘肩,崖额飞泉,俱从人顶泼下。出天门,危崖悬叠,路缘崖半,比后海一带森峰峭壁,又转一境。"海螺石"即在崖旁,宛转酷肖,来时忽不及察,今行雨中,颇稔其异[17],询之始知。已趋大悲庵,由其旁复趋一庵,宿悟空上人处。

十一日,上百步云梯。梯磴插天,足趾及腮,而磴石倾侧崚岈[18],兀兀欲动,前下时以雪掩其险,至此骨意俱悚。上云梯,即登莲花峰道。又下转,由峰侧而入,即文殊院、莲花洞道也。以雨不止,乃下山,入汤院,复浴。由汤口出,二十里,抵芳村;十五里,抵东潭,溪涨不能渡而止。黄山之流,如松谷、焦村,俱北出太平;即南流如汤口,亦北转太平入江;惟汤口西有流,至芳村而巨,南趋岩镇,至府西北与绩溪会[19]。

([明]徐弘祖著,褚绍唐、吴应涛整理:《徐霞客游记》,上海古籍出版社,2007年。)

【注释】

[1] 掇(duō):拾取。

[2] 祥符寺:后文又称汤寺。建于宋大中祥符六年(1013年)。遗址在今黄山管理处的礼堂附近。

[3] 汩汩(gǔ gǔ):水急流的声音。

[4] 杂遝(tà):多而杂乱。

[5] "药铫"(diào):即小铁锅。

[6] 撩绕衣裾(jū):在衣服前后缭绕。裾,衣服的(前)后襟或衣袖。

[7] 筇(qióng):手杖。

[8] 绝巘(yǎn)危崖:无论是极陡峭的山或是高峻的石崖。巘:大小成两截的山。

[9] 平顶短鬣(liè):平顶上很短的松树松针。鬣,松针。

[10] 矼(gāng):又作"杠",即石桥。

[11] 歙(shè):徽州府的歙县(今属安徽黄山市)。

[12] 腹甚枵(xiāo):肚子很饥饿。枵,空虚。

[13] 庵之东北已开,西南腻(nì)甚:庵东北面的雾已经散开,而西南方的雾还很浓腻。

[14] 山寒稽(jī)雪:山谷严寒到处积雪。稽,留止。

[15] "抵青龙潭"句:抵达青龙潭,这是一泓深得碧绿的水,又汇合了两条溪水,比之白龙潭,气势既雄壮,又有突兀的大石,奔流的溪水向潭中乱注,远处近处的群峰环卫着,也是一处优美的景观。黄山北部松谷溪中有五个龙潭,即青龙、乌龙、黄龙、白龙、油龙。五潭颜色各异,深浅不同。松谷庵就在附近。

[16] 丹台:即炼丹台,在黄山中部炼丹峰下。峰上有石室,室内有炼丹灶,峰前即炼丹台,颇宽平,台下有炼丹源,隔谷有晒药岩。

[17] 稔(rěn):熟悉。

[18] 峚岈(hán xiā):形容山势幽深。

[19]"黄山之流"句：松谷之水源自黄山往北流,即今凄溪河；焦村之水源自黄山往西流,再折北,即今秧溪河；汤口之流亦往北,即今麻河；汤口西之流明代称新安江,今又称西溪；绩溪从绩溪县来,明代称为杨之水,即今练江；岩镇在歙县西境。

【简析】

　　黄山,原名黟(yī)山,唐代天宝年后改为今名。相传黄帝与容成子、浮丘公同在此炼丹,故名黄山。位于安徽省南部黄山市境。黄山风景以奇松怪石、云海、温泉最著名。徐霞客曾经两次游黄山,这是明万历四十四年(1616年)他三十一岁时第一次游黄山所写的日记。

　　由于冰雪塞道,雾雨阻途,正常情况下,黄山是不能上的。但是作者来到黄山脚下："北望黄山诸峰,片片可掇。"抑制不住内心的喜悦,欣然踏上登山的征程。

　　初六天色晴朗,作者可以登山,路上积雪成冰,坚硬而溜滑。徐霞客拿着竹杖凿冰,挖出一个孔放置前脚,再凿一个孔,以移动后脚。每走一步都这样艰难,但是也有喜悦。作者往上走到平冈,看见莲花峰、云门峰等各座山峰争奇竞秀,就像是替天都峰作护卫。在山崖上看到怪异的松树悬空盘结,高的不超过一丈,矮的仅有几寸,平顶上的松树松针很短,盘根错节而枝干弯曲如虬,越是短粗的越是老松,越是矮小的越是怪异,这种大自然的奇观岂是安居一室之人能看到的！在奇松怪石交相辉映之间,一群和尚仿佛是从天而降,这些和尚因大雪封山已经被困三个月。这些和尚常年住在黄山,尚且如此,徐霞客居然冒着积雪攀登,由此可以看出他豪迈乐观的精神,而且,在作者登山过程中,突然遇到这些僧人,作者也感到亲切,也使云山雾海的黄山更添一番佛国仙乡的神韵。文章显得兴味盎然。

　　在这种天气恶劣的情况下游览,毕竟难以纵情尽兴。因此本篇主要是对黄山的总体描写,对于每日行踪和具体景观,除了初六、初七两天由于天气较好而游览较为尽兴,文笔也随之较为展开之外,其他部分的描写则大多较为简略。在这些或详或略的描写中,都颇见作者的文字表现功夫。写温泉,"水泡池底汩汩起,气本香冽"；到达松谷庵,"再循溪下,溪边香气袭人,则一梅亭亭正发,山寒稽雪,至是始芳。"徐霞客游黄山是在农历二月的仲春时节,山里一棵亭亭玉立正在开花的梅树引起了他的注意,因为这个时候梅花的花期在山下已经过去两个月了。由于山谷严寒到处积雪,到这里才开始有花香芬芳。这是多么有趣而富有诗意的景色！

　　读这篇日记,我们处处能感受到徐霞客写景状物的功夫,用词遣句都很精当巧妙,其章法开合得度。值得一提的是,他在游记中穿插了一些与僧人生活的镜头,又使游记平添了一点烟火味,具有浓厚的生活实感。

【思考与练习】

一、你对文中的哪些片段特别欣赏,请具体分析。

二、试比较作者前后两篇黄山日记的异同点。

江 西 省

陶渊明(365—427),一名潜,字元亮,字符亮,号五柳先生,私谥"靖节",浔阳柴桑(今江西九江西南)人,是我国东晋时代最杰出的诗人。曾做过几年小官,后辞官回家,从此隐居。田园生活是陶渊明诗的主要题材,相关作品有《饮酒》《归园田居》《桃花源记》《五柳先生传》《归去来兮辞》等。

游斜川 并序

陶渊明

辛丑正月五日,天气澄和,风物闲美。与二三邻曲,同游斜川。临长流,望曾城[1],鲂鲤跃鳞于将夕,水鸥乘和以翻飞。彼南阜者[2],名实旧矣,不复乃为嗟叹。若夫曾城,傍无依接,独秀中皋。遥想灵山[3],有爱嘉名。欣对不足,率尔赋诗。悲日月之遂往,悼吾年之不留。各疏年纪、乡里,以记其时日。

开岁倏五日,吾生行归休[4]。
念之动中怀,及辰为兹游。

气和天惟澄,班坐依远流[5]。

弱湍驰文鲂,闲谷矫鸣鸥[6]。

迥泽散游目,缅然睇曾丘[7]。

虽微九重秀[8],顾瞻无匹俦。

提壶接宾侣,引满更献酬[9]。

未知从今去,当复如此不?

中觞纵遥情,忘彼千载忧[10]。

且极今朝乐,明日非所求。

([晋]陶潜著,郭维森、包景诚译注:《陶渊明集全译》,贵州人民出版社,1992年。)

【注释】

[1] 曾城:"曾"同"层",山名。一名江南岭,又名天子鄣,位于庐山之北。

[2] 南阜:指庐山。阜,大山。

[3] 灵山:指昆仑山。神话传说中,昆仑为西王母及诸神仙所居,故曰灵山。

[4] 倏(shū):忽然,极快。行:即将,将要。开头两句的意思是:新年开始,一瞬间已经过了五天,一生如同过客,终将归于休止。

[5] 班次:按照次序排列,这里是依长幼而先后。

[6] 弱:水势转缓。湍(tuān):急流之水。文:美。鲂(fáng):鳊鱼。矫:飞。

[7] 迥(jiǒng):远。泽:水积聚处。缅:思深时久。睇(dì):凝视。

[8] 微:逊于。九重:昆仑山的层城。

[9] 接:相递接。引:斟酒。献酬:互相劝酒。

[10] 中觞(shāng):饮酒至半。纵遥情:放开超然世外的情怀。千载忧:指生死之忧。《古诗十九首》之十五:"生年不满百,常怀千岁忧。"

【简析】

游斜川的年份,序中题明辛丑,这年是隆安五年(401年),陶渊明三十七岁。斜川,古地名,在江西省庐山市,庐山东南。

本篇的序和诗歌,与王羲之的《兰亭集序》同属游记名篇。斜川风物闲美,应和着诗人淳朴高洁的情怀,诗中关于人生的咏叹,不是一种对生死耿耿于怀的态度,而是纵情于自然的愉悦。

陶渊明的诗歌很难用条条框框来归纳,读他的诗文,也要有一种情怀和悟性。这方面,朱光潜先生说得最好。朱光潜于1946年写了《陶渊明》的长篇论文,从多角度论述了陶渊明。在该文开头处写道:"大诗人(陶潜)先在生活中把自己的人格涵养成一首完美底诗,充实而有光辉,写下来的诗是人格的焕发。陶渊明是这个原则的一个典型底例证。正和他的诗一样,他的人格最平淡也最深厚。"(《陶渊明研究资料汇编》,中华书局,1962年,第358页。)朱光潜的这段话,正像渊明的为人和作品一样,看似平淡,但其内涵极深。论及渊明一生的生活时,朱光潜用"半农半读"四个字来概括。谈及渊明的哲学思想时他指出:"渊明是一位绝顶聪明底人,却不是一个拘守系统底思想家或宗教信徒……假如说他有意要做某一家,我便相信他的儒家底倾向性比较大。"(《陶渊明研究资料汇编》,第363—364页。)谈及渊明的感情生活时,朱光潜认为诗人的思想和感情不能分开,诗主要是情感而不是思想的表现。因此,研究一个诗人的情感生活,远比分析他的生活还更重要。为此,朱光潜又说:"谈到感情生活,正和他的思想一样,渊明并不是一个很简单的人。他和我们一般人一样,有许多矛盾和冲突;和一切伟大诗人一样,他终于达到调和静穆。我们读他的诗,都欣赏他的'冲澹',不知道这'冲澹'是从几年辛酸苦闷得来底。他的身世如我们上文所述底,算是饱经忧患……他的诗集满纸都是忧生之嗟。"(《陶渊明研究资料汇编》,第365—366页。)

【思考与练习】

一、山川文学不是纯自然的描写,它往往情有所钟,志有所托。仔细体会这篇诗文的情感。

二、试比较《游斜川》与《兰亭集序》的异同。

> **谢灵运**(385—433),祖籍陈郡阳夏(今河南太康),移籍会稽(今浙江绍兴)。谢玄之孙,十八岁袭封康乐公,故称谢康乐。入宋,曾任永嘉太守,后不久辞官隐居会稽,写了不少清新优美的山水诗。元嘉十年,因谋反被杀。谢灵运是中国文学史上山水诗派的开创者,也是见诸史册的第一位大旅行家。有《谢灵运集》行世。

入彭蠡湖口作[1]

谢灵运

客游倦水宿[2],风潮难具论。

洲岛骤回合,圻岸屡崩奔[3]。

乘月听哀狖,浥露馥芳荪[4]。

春晚绿野秀,岩高白云屯[5]。

千念集日夜,万感盈朝昏[6]。

攀崖照石镜,牵叶入松门[7]。

三江事多往,九派理空存[8]。

灵物郄珍怪,异人秘精魂[9]。

金膏灭明光,水碧辍流温[10]。

徒作千里曲,弦绝念弥敦[11]。

([梁]萧统编,[唐]李善、吕延济、刘良、张铣、吕向、李周翰注:《六臣注文选》,中华书局,2012年。)

【注释】

[1]彭蠡湖口:即今江西鄱阳湖口,长江与鄱阳湖在九江附近与相接。

[2]倦:厌倦。水宿:栖住于水中的船上。此句意谓厌倦了水上长途旅行。

[3]骤:急疾。回合:聚合;汇合。此言风浪拍打在洲岛上。圻(qí)岸:曲岸。崩奔:水流冲激堤岸而奔涌。

[4]狖(yòu):长尾猿。浥(yì):湿。馥(fù):香气浓郁。芳荪:香草名。此句说露水沾在芳荪的叶子上,散发出浓郁的香气。

[5]屯:聚集。

[6]千念二句:各种感慨日夜缠绕在心头。

[7]石镜、松门:山名,二山都近鄱阳湖口。

[8]九派:浔阳的别称。即今江西九江。上二句说古代关于三江、九派说法已成往事,其中的玄理也无从知晓。

[9] 灵物：珍奇神异之物。吝珍怪：惜其珍奇怪异之状。秘精魂：隐藏其精神魂魄。二句说江湖中本来有很多神异之物，但都不显现出来。

[10] 金膏：道教传说中的仙药。灭明光：韬光而不显现。水碧：《山海经》："耿山多水碧。"辍：停止。流温：指水玉温润。二句说此江中有金膏、水碧，然都灭其明光，止其温润而不见。

[11] 千里曲：曲名，即《千里别鹤》曲。蔡邕《琴操》："商陵牧子娶妻五年，无子，父兄欲为改娶，牧子援琴鼓之，叹别鹤以舒其愤懑。故曰《别鹤操》。鹤一举千里，故名《千里别鹤》也。"弦绝：曲终。李善《文选注》说："言奏曲冀以消忧，弦绝而念逾甚。故曰'徒作'也。"

【简析】

此诗作于晋怀帝元嘉八年（431年）晚春，由京城建康赴临川（治今江西抚州）内史任途中。彭蠡湖（鄱阳湖）口即江州（今江西九江）口，为彭蠡与长江交接处。

"客游倦水宿，风潮难具论。"二句突兀而起，立一诗总纲。"倦""难"二字既是写旅途劳顿，更是多年宦海风波的内心写照。此前，会稽太守孟顗诬谢灵运在浙聚众图谋不轨，谢灵运赴京自诉，总算文帝"见谅"，留他在京。一年后外放江西。"洲岛骤回合，圻岸屡崩奔。"写彭蠡波涛奔流，崩起重重雪浪，仿佛如宦海的险恶。谢灵运自恃门第高，有才华，热衷于政治权势，但始终不能实现，于是就把政治抱负未能施展的苦闷，表现在对山水的迷恋上。五、六句笔势陡转，忽开清景，说沿途聆听哀怨的猿啼，赏玩芳草的浓香："春晚绿野秀，岩高白云屯"。晨起远眺，只见近处晚春秀野，碧绿无际；远处苍岩高峙，白云朵朵，如同屯聚在峰顶上一般。诗人凭着细致的观察和敏锐的感受，运用准确的语言，对山水景物作精心细致的刻画，力求真实再现自然美，显得鲜丽清新、自然可爱。

"千念集日夜，万感盈朝昏"，写诗人的感慨，照应开头二句。他攀登悬崖，登上了浔阳城旁庐山之东的石镜山；牵萝扳叶，穿过高大的青松，进入了湖中松门山顶。访异探秘，登高远望，希望借一地之景抒积郁之情，探玄冥之理。但是这一切都是徒劳。于是他奏起了愤懑哀怨的《千里别鹤》古琴曲，企望让琴音来一洗烦襟。突然断弦一声，万籁俱寂，唯有那无尽愁思在江天回荡。"弦绝念弥敦"一句表达了诗人的不尽远思。

沈德潜《说诗晬语》曾将谢灵运诗与陶渊明诗做过比较："陶诗合下自然，不可及处，在真在厚。谢诗经营而反于自然，不可及处，在新在俊。"从诗歌发展史的角度看，魏晋和南朝属于两个不同的阶段,魏晋诗歌上承汉诗,总的诗风是古朴的;南朝诗歌则一变魏晋的古朴,开始追求声色。而诗歌艺术的这种转变,就是从陶谢的差异开始的。陶渊明是魏晋古朴诗歌的集大成者,谢灵运却另辟蹊径,开创了南朝的一代新风。

从陶到谢,诗歌艺术的转变主要表现在两个方面,首先是从写意到摹象。在谢灵运之前,中国诗歌以写意为主,摹写物象只占从属的地位。陶渊明是写意的能手,其诗以写意为主,注重物我合一,表现出整体的自然美;谢诗更注重山水景物的描摹刻画,这些山水景物又往往是独立于诗人性情之外的,因此他的诗歌也就很难达到陶诗那种情景交融、浑然一体的境界。同时,谢灵运的山水诗也多是先叙出游,次写见闻,最后谈玄或发感喟。

【思考与练习】

一、谢灵运山水诗的特点是:以细致的刻画达到巧似,尚留有玄言诗痕迹,过于雕琢。这首诗有没有这样的特点?

二、谢灵运是扭转玄言诗风,开创山水诗派的第一个诗人,他的诗作影响了唐朝的王孟诗派,请阅读相关的名篇。

三、比较陶渊明与谢灵运诗歌的思想内容艺术风格的异同。

王勃(650—676),字子安,绛州龙门(今山西河津西)人。隋末文中子王通之孙。六岁能文,未冠应幽素科及第,曾任虢州参军。后往交趾省父,溺水受惊而死。与杨炯、卢照邻、骆宾王并称"初唐四杰"。其诗气象浑厚,音律谐畅,开初唐新风,尤以五言律诗为工;其骈文绘章饰句,对仗精工,《滕王阁序》极负盛名。诗文集早佚,明人辑有《王子安集》。

滕 王 阁 序

王 勃

南昌故郡[1],洪都新府[2]。星分翼轸[3],地接衡庐[4]。襟三江而带五湖[5],控蛮荆而引瓯越[6]。物华天宝,龙光射牛斗之墟[7];人杰地灵,徐孺下陈蕃之榻[8]。雄州雾列,俊采星驰[9]。台隍枕夷夏之交,宾主尽东南之美。都督阎公之雅望,棨戟遥临[10];宇文新州之懿范,襜帷暂驻[11]。十旬休暇,胜友如云[12];千里逢迎,高朋满座。腾蛟起凤,孟学士之词宗[13];紫电清霜,王将军之武库[14]。家君作宰,路出名区;童子何知,躬逢胜饯。

时维九月,序属三秋[15]。潦水尽而寒潭清,烟光凝而暮山紫。俨骖騑于上路,访风景于崇阿。临帝子之长洲,得仙人之旧馆[16]。层峦耸翠,上出重霄;飞阁流丹,下临无地。鹤汀凫渚,穷岛屿之萦回;桂殿兰宫,列冈峦之体势。披绣闼,俯雕甍:山原旷其盈视,川泽盱其骇瞩。闾阎扑地,钟鸣鼎食之家[17];舸舰迷津,青雀黄龙之轴[18]。虹销雨霁,彩彻云衢[19]。落霞与孤鹜齐飞,秋水共长天一色。渔舟唱晚,响穷彭蠡之滨[20];雁阵惊寒,声断衡阳之浦[21]。

遥吟俯畅,逸兴遄飞。爽籁发而清风生[22],纤歌凝而白云遏[23]。睢园绿竹[24],气凌彭泽之樽[25];邺水朱华[26],光照临川之笔[27]。四美具,二难并[28]。穷睇眄于中天,极娱游于暇日。天高地迥,觉宇宙之无穷;兴尽悲来,识盈虚之有数。望长安于日下[29],指吴会于云间[30]。地势极而南溟深,天柱高而北辰远[31]。关山难越,谁悲失路之人?萍水相逢,尽是他乡之客。怀帝阍而不见[32],奉宣室以何年[33]?

呜呼!时运不齐,命途多舛;冯唐易老[34],李广难封[35]。屈贾谊于长沙,非无圣主[36];窜梁鸿于海曲,岂乏明时[37]。所赖君子安贫,达人知命[38]。老当益壮[39],宁知白首之心;穷且益坚,不坠青云之志[40]。酌贪泉而觉爽[41],处涸辙以犹欢[42]。北海虽赊,扶摇可接[43];东隅已逝,桑榆非晚[44]。孟尝高洁,空怀报国之心[45];阮籍猖狂,岂效穷途之哭[46]!

勃,三尺微命[47],一介书生。无路请缨,等终军之弱冠[48];有怀投笔,慕宗悫之长风[49]。舍簪笏于百龄[50],奉晨昏于万里[51]。非谢家之宝树[52],接孟氏之芳邻[53]。他日趋庭,叨陪鲤对[54];今晨捧袂,喜托龙门[55]。杨意不逢,抚凌云而自惜[56];钟期既遇,奏流水以何惭[57]?

呜呼！胜地不常，盛筵难再；兰亭已矣，梓泽丘墟[58]。临别赠言，幸承恩于伟饯；登高作赋，是所望于群公。敢竭鄙怀，恭疏短引[59]。一言均赋，四韵俱成[60]：

　　　　滕王高阁临江渚，佩玉鸣鸾罢歌舞。
　　　　画栋朝飞南浦云，朱帘暮卷西山雨。
　　　　闲云潭影日悠悠，物换星移几度秋。
　　　　阁中帝子今何在？槛外长江空自流。

（洪本健等解题汇评：《解题汇评古文观止》，华东师范大学出版社，2002年。）

【注释】

[1] 南昌：滕王阁在今江西省南昌市。

[2] 洪都：汉豫章郡，唐改为洪州，设都督府。

[3] 星分翼轸(zhěn)：古人习惯以天上星宿与地上区域对应，称为"某地在某星之分野"。据《晋书·天文志》，豫章属吴地，吴越扬州当牛斗二星的分野，与翼轸二星相邻。翼、轸，星宿名，属二十八宿。

[4] 衡庐：衡，指衡州(今湖南衡阳)的衡山。庐，指江州(今江西九江)的庐山。

[5] 三江：泛指长江中下游的江河。五湖：南方大湖的总称。

[6] 蛮荆：古代称楚国为蛮荆，这里泛指湖北、湖南一带。瓯越：古越地，即今浙江地区。古东越王建都于东瓯(今浙江温州)。

[7] "物华"二句：指丰城宝剑的故事。据《晋书·张华传》，晋初，牛、斗二星之间常有紫气照射，据说是宝剑之精，上彻于天。张华命人寻找，果然在丰城(今江西丰城，古属豫章郡)牢狱的地下，掘出龙泉、太阿二剑。后这对宝剑入水化为双龙。

[8] 徐孺：即徐孺子，名稺(zhì)，东汉豫章南昌人，当时隐士。据《后汉书·徐稺传》，东汉名士陈蕃为豫章太守，不接宾客，惟徐稺来访时，才设一睡榻，徐稺去后又悬置起来。

[9] 俊采：有才之士。采，通"寀"，官吏。星驰：形容人才多如流星飞驰。

[10] 都督：掌管督察诸州军事的官员，唐代分上、中、下三等。阎公：名未详。雅望：好声望。棨(qǐ)戟：外有赤黑色缯作套的木戟，古代大官出行时所用仪仗之一。

[11] 宇文新州：复姓宇文的新州(在今广东境内)刺史。懿范：美好的榜样。襜

(chān)帷：车上的帷幕，这里代指车马。意为路过洪州，参与了滕王阁的盛宴。

[12] 十旬休暇：唐制，十天为一旬，遇旬日则官员休沐，称为"旬休"。暇，空闲。

[13] 腾蛟起凤：形容孟学士文章之美。《西京杂记》："董仲舒梦蛟龙入怀，乃作《春秋繁露》。"又："扬雄著《太玄经》，梦吐凤凰集《玄》之上，顷而灭。"孟学士：名未详。

[14] 紫电清霜：古宝剑名。《古今注》："吴大皇帝(孙权)有宝剑六，二曰紫电。"《西京杂记》："高祖(刘邦)斩白蛇剑，刃上常带霜雪。"王将军：名未详。

[15] 序：时序。三秋：古人称七、八、九月为孟秋、仲秋、季秋，三秋即季秋，九月。

[16] 帝子、仙人：都指滕王李元婴。

[17] 闾阎：里门，这里代指房屋。钟鸣鼎食：古代贵族鸣钟列鼎而食。

[18] 舸(gě)：《方言》："南楚江、湘，凡船大者谓之舸。"青雀黄龙：船的装饰形状。轴：通"舳(zhú)"，船尾把舵处，这里代指船只。

[19] 彩：虹。彻：通贯。

[20] 彭蠡：古大泽名，即今鄱阳湖。

[21] 衡阳：今属湖南省，境内有回雁峰，相传秋雁到此就不再南飞，待春而返。

[22] 爽籁：指箫。

[23] 白云遏：形容音响优美，能驻行云。

[24] 睢(suī)园：即汉梁孝王苑园。《水经注》："睢水又东南流，历于竹圃……世人言梁王竹园也。"

[25] 彭泽：县名，在今江西湖口县东。陶渊明曾官彭泽县令，世称陶彭泽。樽：酒器。

[26] 邺水：在邺下(今河北临漳境内)。邺下是曹魏兴起的地方。朱华：荷花。

[27] "光照"句：临川，郡名，治所在今江西抚州。这里指代谢灵运。谢曾任临川内史。

[28] 四美：指良辰、美景、赏心、乐事。这里说宴会的盛况。二难：指贤主、嘉宾难得。

[29] "望长安"句：《世说新语·夙惠》："晋明帝数岁，坐元帝膝上。有人从长安来，元帝因问明帝：'汝意谓长安何如日远？'答曰：'日远，不闻人从日边来，居然可知。'元帝异之。明日集群臣宴会，告以此意，更重问之，乃答曰：'日近。'元帝失色曰：'尔何故异昨日之言邪？'答曰：'举目见日，不见长安。'"

[30] 吴会：吴郡，治所在今江苏苏州。云间：华亭(今上海松江)的古称。

[31] 天柱：《神异经》："昆仑之山，有铜柱焉。其高入天，所谓天柱也。"北辰：《论语·为政》："为政以德，譬如北辰，居其所而众星共(拱)之。"

[32] 帝阍(hūn)：天帝的守门人。屈原《离骚》："吾令帝阍开关兮，倚闾阖而望予。"意

谓怀念朝廷。

[33]"奉宣室"句：贾谊迁谪长沙四年后，汉文帝复召他回长安，于宣室中问鬼神之事。宣室，汉未央宫正殿，为皇帝召见大臣议事之处。

[34]冯唐易老：《史记·冯唐列传》："（冯）唐以孝著，为中郎署长，事文帝。……拜唐为车骑都尉，主中尉及郡国车士。七年，景帝立，以唐为楚相，免。武帝立，求贤良，举冯唐。唐时年九十余，不能复为官。"

[35]李广难封：李广，汉武帝时名将，多次与匈奴作战，军功卓著，却始终未获封爵。

[36]"屈贾谊"句：贾谊在汉文帝时被贬为长沙王太傅。圣主：指汉文帝。

[37]"窜梁鸿"句：梁鸿，东汉人，因得罪章帝，避居齐鲁、吴中。明时：指章帝时代。

[38]达人知命：《易·系辞上》："乐天知命故不忧。"

[39]老当益壮：《后汉书·马援传》："丈夫为志，穷当益坚，老当益壮。"

[40]青云之志：《续逸民传》："嵇康早有青云之志。"

[41]"酌贪泉"句：据《晋书·吴隐之传》，廉官吴隐之赴广州刺史任，饮贪泉之水，并作诗说："古人云此水，一歃怀千金。试使（伯）夷（叔）齐饮，终当不易心。"贪泉，在广州附近的石门，传说饮此水会贪得无厌。

[42]处涸辙：《庄子·外物》有鲋鱼处涸辙的故事。涸辙，比喻穷困的处境。

[43]"北海"二句：赊：远。扶摇：飓风。

[44]"东隅"二句：《后汉书·冯异传》："失之东隅，收之桑榆。"东隅，日出处，表示早晨。桑榆，日落处，表示傍晚。意谓失之于彼，得之于此。

[45]"孟尝"二句：孟尝字伯周，东汉会稽上虞人。曾任合浦太守，以廉洁奉公著称，后因病隐居。桓帝时，虽有人屡次荐举，终不见用。事见《后汉书·孟尝传》。

[46]"阮籍"二句：阮籍，字嗣宗，晋代名士。《晋书·阮籍传》：籍"时率意独驾，不由径路。车迹所穷，辄恸哭而反。"

[47]三尺：指幼小。

[48]"无路"二句：据《汉书·终军传》，终军，字子云，汉代济南人。武帝时出使南越，自请"愿受长缨，必羁南越王而致之阙下"，时仅二十余岁。等，相同，用作动词。弱冠，古人二十岁行冠礼，表示成年，称"弱冠"。意谓自己跟终军年龄相近似而无请缨报国的机会。

[49]投笔：用汉班超投笔从戎的故事，事见《后汉书·班超传》。"慕宗悫（què）"句：宗悫字元干，南朝宋南阳人，年少时向叔父自述志向，云"愿乘长风破万里浪"。事

见《宋书·宗悫传》。

[50] 簪笏(hù)：冠簪、手板。官吏用物，这里代指官职地位。百龄：百年，犹"一生"。

[51] 奉晨昏：《礼记·曲礼上》："凡为人子之礼……昏定而晨省。"

[52] "非谢家"句：《世说新语·言语》："谢太傅(安)问诸子侄'子弟亦何预人事，而正欲使其佳？'诸人莫有言者。车骑(谢玄)答曰：'譬如芝兰玉树，欲使其生于庭阶耳。'"

[53] "接孟氏"句：据说孟轲的母亲为教育儿子而三迁择邻，最后定居于学宫附近。事见刘向《列女传·母仪篇》。

[54] "他日"二句：《论语·季氏》："(孔子)尝独立，(孔)鲤趋而过庭。(子)曰：'学诗乎？'对曰：'未也。''不学诗，无以言。'鲤退而学诗。他日，又独立，鲤趋而过庭。(子)曰：'学礼乎？'对曰：'未也。''不学礼，无以立。'鲤退而学礼。"鲤，孔鲤，孔子之子。

[55] 捧袂(mèi)：举起双袖，表示恭敬的姿势。喜托龙门：《后汉书·李膺传》："膺以声名自高，士有被其容接者，名为登龙门。"

[56] "杨意"二句：据《史记·司马相如列传》，司马相如经蜀人杨得意引荐，方能入朝见汉武帝。又云："相如既奏《大人》之颂，天子大悦，飘飘有凌云之气。"杨意，杨得意的省称。凌云，指司马相如作《大人赋》。

[57] "锺期"二句：《列子·汤问》："伯牙善鼓琴，锺子期善听。伯牙鼓琴……志在流水，锺子期曰：'善哉！洋洋兮若江河。'"锺期，锺子期的省称。

[58] 兰亭：在今浙江绍兴西南。晋穆帝永和九年(353年)三月三日上巳节，王羲之与群贤宴集于此，行修禊礼，祓除不祥。梓泽：即晋石崇的金谷园，故址在今河南洛阳附近。此句意谓名胜之地，终难免于荒芜。

[59] 疏：写。短引：即短序。

[60] "一言均赋"二句：意谓与会的人，各分一言(字)为韵，以四韵(八句)成篇。赋：分。

【简析】

此文作于上元二年(675年)九月，王勃往南海省亲，途中经过洪州，恰逢都督阎公大宴宾客，遂在宴会上写成此文。此篇虽为即兴之作，却是一篇传诵千古的名作。

作者文思缜密，各段环环相扣。第一段写洪府地势雄伟，物华天宝，人杰地灵。第二段写滕王阁的壮丽，以及远眺山川的秋景。这是文章的中心部分。第三段由滕王阁的宴会引出人生际遇的感慨。第四五段简述自身旅程志向，对参加宴会表示荣幸。构思严谨,详略得当,而又呈现行云流水之美。结构浑成,如天衣无缝。

作为一篇优秀的骈文,作者调动了对偶、用典等艺术手段,在精美严整的形式之中,表现了自然变化之趣。尤其是景物描写部分,文笔瑰丽,手法多样,以或浓或淡、或俯或仰、时远时近、有声有色的画面,把秋日风光描绘得神采飞动,令人击节叹赏。比如"潦水尽而寒潭清,烟光凝而暮山紫",这两句写九月之景,着力表现光影色彩的变化,将湖光山色写得极富生命力。积水消尽后寒潭显出一片清澈,傍晚时的山峦因为淡淡的云烟笼罩,呈现出一片盈盈的紫光。在色彩浓淡的变化中显示浓浓的秋意,一个"寒"字写出秋高气爽,"寒潭"与"暮山"一近一远构成空间的错落。接下来交代自己对滕王阁的向往,在高高的山路上驾着马车,在崇山峻岭中访求风景,来到昔日帝子的长洲,找到仙人居住过的宫殿,至此正面写滕王阁——"层台耸翠,上出重霄;飞阁流丹,下临无地"。这里山峦重叠,山峰耸入云霄。凌空的楼阁,红色的阁道犹如飞翔在天空,从阁上看深不见底。作者描绘了楼阁高耸入云的气势,把楼阁的独特风貌写得栩栩如生,这一句借着俯仰视角的改变,使上下浑然天成。景色写得最好的是这几句:"落霞与孤鹜齐飞,秋水共长天一色。渔舟唱晚,响穷彭蠡之滨,雁阵惊寒,声断衡阳之浦。"人们往往注意"落霞与孤鹜齐飞,秋水共长天一色"一联,动静相映,意境浑融。其实,更令人惊叹的是这种华美的形式与思想感情的水乳交融。在这段绝美的傍晚秋景中,包含了一种"夕阳无限好,只是近黄昏"的无奈。而这又与下文由宇宙的无限而想到人生短暂、时光流逝却功业难成的感慨相呼应。这段景色描写不仅虚实相生,而且从章法看更是针线绵密。

闻一多曾说,初唐四杰"年少而才高,官小而名大,行为都相当浪漫,遭遇尤其悲惨"(《唐诗杂论》)。《滕王阁序》作为一篇赠序文,借登高之会感怀时事,慨叹身世,是富于时代精神和个人特点的真情流露。虽王勃一生连遭挫折,不免产生人生无常、命运偃蹇的怨叹,但我们在文中更多地体验到的却是作者渴望用世的抱负和强自振作的意志。希望和失望兼有,追求和痛苦交织,这正是文章的动人之处。

【思考与练习】

一、《滕王阁序》是一篇赠序文,体会作者借登高之会感怀时事、慨叹身世的真情。

二、作为一篇优秀的骈文,作者调动了哪些艺术手段,在精美严整的形式之中,表现了自然变化之趣?

三、分析景物描写取得的效果。

> **张九龄**(678—740),字子寿,一名博物,韶州曲江(今广东韶关西南)人。长安二年(702年)进士。唐玄宗时历官中书侍郎、同中书门下平章事、中书令,是唐朝有名的贤相。开元二十四年(736年)为李林甫所谮,罢相,次年出为荆州长史。张九龄是初、盛唐之际的重要作家。其《感遇诗》以格调刚健著称。有《曲江集》。

湖口望庐山瀑布

张九龄

万丈红泉落,迢迢半紫氛。
奔流下杂树,洒落出重云。
日照虹霓似,天清风雨闻。
灵山多秀色,空水共氤氲。

([清]沈德潜选注:《唐诗别裁集》,上海古籍出版社,2013年。)

【简析】

　　这首诗是开元十五年(727年)作者赴任洪州(今江西南昌)都督时途中作。湖口是鄱阳湖入长江处,今江西湖口市。"万丈红泉落,迢迢半紫氛。"起句写瀑布之远,切"望"字。"万丈红泉落",诗人以泉喻瀑,言飞瀑如洪泉而落,"红"字与下句"紫"字相对。"迢迢半紫氛"一句状写的则是伴随着瀑布飞落而升腾起的缥缈水气。"紫氛"是指在阳光照射下瀑布周围出现的紫色烟雾,李白有"日照香炉生紫烟"之句,应是由此受到启发。"半"写紫雾似将瀑布截断,高高漂浮的水雾尚且只在瀑布半腰,那么红泉万丈的源头,自然是深隐于一派迷蒙与虚无之中了。颔联十字相贯,写瀑布从云间洒落,飞洒于林端树杪之上,极见气势。二句次序互倒。颈联"日照虹霓似,天清风雨闻"写瀑布之状,绘声绘色,如睹如闻。泉自天半而落,飞洒乎杂树重云之间,日光照之,状若虹霓。天清本无风雨,而如闻风雨之声,与李白的"海风吹不断,江月照还空"异曲同妙。"灵山多秀色,空水共氤氲。"以山灵水秀收束全篇。通篇以健笔写奇景,词采壮丽。

【思考与练习】

　　一、这首诗与李白写庐山瀑布的诗相比,有什么独到之处?

二、背诵这首诗。

> **曾巩**(1019—1083),字子固,建昌南丰(今属江西)人,世称"南丰先生",后居临川。嘉祐二年(1057年)进士。北宋政治家、散文家,"唐宋八大家"之一,在学术思想和文学事业上贡献卓越。存世有《曾巩集》《元丰类稿》《隆平集》等。

墨 池 记

曾 巩

临川之城东,有地隐然而高[1],以临于溪,曰新城。新城之上,有池洼然而方以长,曰王羲之之墨池者,荀伯子《临川记》云也。羲之尝慕张芝,临池学书,池水尽黑,此为其故迹,岂信然邪?

方羲之之不可强以仕,而尝极东方,出沧海,以娱其意于山水之间[2],岂其徜徉肆恣,而又尝自休于此邪[3]?羲之之书晚乃善[4],则其所能,盖亦以精力自致者,非天成也。然后世未有能及者,岂其学不如彼邪?则学固岂可以少哉!况欲深造道德者邪?

墨池之上,今为州学舍。教授王君盛恐其不章也,书"晋王右军墨池"之六字于楹间以揭之[5],又告于巩曰:"愿有记。"推王君之心,岂爱人之善,虽一能不以废,而因以及乎其迹邪?其亦欲推其事,以勉学者邪?夫人之有一能,而使后人尚之如此,况仁人庄士之遗风余思[6],被于来世者何如哉!

庆历八年九月十二日,曾巩记。

([宋]曾巩撰,陈杏珍、晁继周点校:《曾巩集》,中华书局,1984年。)

【注释】

[1] 临川:宋抚州临川郡,即今江西抚州。隐然:缓缓高起的样子。

[2] "方羲之之不可强以仕"四句:当王羲之不肯勉强自己做官的时候,他曾游遍越东

各地,泛舟东海之上,在山水之间使自己心情愉快。方羲之之不可强以仕,王羲之当时与王述齐名,羲之任会稽内史,朝廷又命王述为扬州刺史,会稽属扬州,羲之耻位于王述下,便辞职隐居,誓不再仕。事见《晋书·王羲之传》。极,穷尽。出沧海,泛舟东海。据《晋书·王羲之传》载:"羲之既去官,与东土人士尽山水之游,弋钓为娱。又与道士许迈共修服食,采药石不远千里,遍游东中诸郡,穷诸名山,泛沧海。"

[3] 岂其徜徉(cháng yáng)肆恣,而又尝自休于此邪:难道当他逍遥遨游尽情游览的时候,曾经在此地休息过吗?徜徉肆恣,纵情遨游。

[4] 羲之之书晚乃善:据《晋书·王羲之传》载,王羲之的书法初不如同时庾翼、郄愔(chī yīn),晚年才臻于精妙之境。

[5] 教授:官名,主管学政和教育所属生员。章:同"彰",显著。楹:厅堂前部的柱子。揭之:标明。

[6] 仁人庄士:有道德修养、为人楷模的人。遗风余思:留下来的风范,传下来的思想。

【简析】

本文作于庆历八年(1048年),是作者应临川州学教授王盛之请而写的一篇叙记。

文章简洁洗练,墨池之胜迹只有二十多字,"临川之城东"是墨池的方位,"隐然而高"状地形,"临于溪"为墨池的环境,"方以长"摹墨池的形状。叙述周详,而惜墨如金。

《墨池记》如果仅仅写形胜,不足以吸引人,而是以历史遗迹的文化背景见长。所以,叙述了墨池的形胜之后,作者引用了荀伯子的《临川记》来佐证墨池与王羲之的关系。还引用了王羲之"羲之尝慕张芝,临池学书,池水尽黑"的掌故,赋予墨池的知识性和趣味性,为后文的议论起了重要的铺垫作用。

《墨池记》的精辟议论深化了文章主题。就王羲之学书,曾巩的议论有三点:一是王羲之的书法才能是靠花大力气取得的;二是后人未能赶上王羲之,是在下苦功夫上不如王羲之;三是由学书的道理引申到人的品德修养方面,鼓励世人追求高尚的道德境界。就州学教授求"记"一事,曾巩又发出两点议论:一是借推测王君之心,"欲推其事,以勉其学者",指出墨池对后人的勉励和鼓舞;二是勉励世人成为"仁人庄士"。作者认为,王羲之仅有一技之长,其遗踪尚且被人尊奉如此,那么,君子传于后世的风范德行,不是更要被尊崇之至吗?这是儒家"立德、立功、立言""三不朽"的思想。仅仅从王羲之的遗迹,就生发出学书、学问、养德三层哲理的思辨,真乃大家笔法。

【思考与练习】

一、体会本文因小见大,语简意深,多设问句,辞气委婉的文风。
二、对于曾巩在文中的一番议论,你怎样看?

福 建 省

朱熹(1130—1200),字元晦,一字仲晦,号晦庵,晚称晦翁,又称紫阳先生、考亭先生、沧州病叟等。谥文,又称朱文公。祖籍徽州婺源(今属江西),出生于南剑州尤溪(今属福建)。南宋著名的理学家、哲学家、教育家、诗人、闽学派的代表人物,世称朱子,是孔子、孟子以后最杰出的儒学的大师。

百 丈 山 记
朱 熹

登百丈山三里许,右俯绝壑,左控垂崖[1];垒石为磴十余级乃得度。山之胜盖自此始。

循磴而东,即得小涧,石梁跨于其上。皆苍藤古木,虽盛夏亭午无暑气;水皆清澈,自高淙下,其声溅溅然。度石梁,循两崖,曲折而上,得山门,小屋三间,不能容十许人。然前瞰涧水,后临石池,风来两峡间,终日不绝。门内跨池又为石梁。度而北,蹑石梯数级入庵。庵才老屋数间,卑庳迫隘[2],无足观,独其西阁为胜。水自西谷中循石罅[3]奔射出阁下,南与东谷水并注池中。自池而出,乃为前所谓小涧者。阁据其上流,当水石峻激相搏处,最为可玩。乃壁其后[4],无所睹。独夜卧其上,则枕席之下,终夕潺潺,久而益悲,为可爱耳。

出山门而东,十许步,得石台。下临峭岸,深昧险绝。于林薄间东南望,见瀑布自前岩穴瀵涌而出[5],投空而下数十尺。其沫乃如散珠喷雾,日光烛之,璀璨夺目,不可正视。台当山西南缺,前揖芦山,一峰独秀出;而数百里间峰峦高下,亦皆历历在眼。日薄西山,余光横照,紫翠重叠,不可殚数[6]。旦起下视,白云满川,如海波起伏;而远近诸山出其中者,皆若飞浮来往,或涌或没,顷刻万变。台东径断,乡人凿石容磴以度,而作神祠于其东,水旱祷焉。畏险者或不敢度。然山之可观者,至是则亦穷矣。

余与刘充父、平父、吕叔敬、表弟徐周宾游之,既皆赋诗以纪其胜,余又叙次其详如此。而其最可观者:石磴、小涧、山门、石台、西阁、瀑布也。因各别为小诗以识其处,呈同游诸君,又以告夫欲往而未能者。年月日记。

(黄珅译注:《朱熹诗文选译》,凤凰出版社,2011年。)

【注释】

[1] 绝壑(hè):又深又险的山沟。控:临。垂崖:陡峭的山崖。
[2] 卑庳(bì):低矮。迫隘:狭窄。
[3] 罅(xià):裂缝。
[4] 壁:此处用如动词,筑壁。
[5] 瀵涌(fèn yǒng):喷涌。
[6] 殚(dān):尽。

【简析】

本文作于宋孝宗淳熙二年(1175年)。百丈山在建宁府建阳县(今属福建)东北,东与崇安、浦城二县接界。篇末文字点明了写作此文的目的:导游,引导人们去游览百丈山的胜景。

作者没有描写登山经过,而是从"登百丈山三里许"凌空切入,点出描述中心"山之胜盖自此始"写起。

作者以"涧"为中心,贯穿着水的描写。"苍藤古木"的掩映,伴和着"水皆清澈,自高淙下,其声溅溅然",声色并茂。"盛夏亭午无暑气","风来两峡间,终日不绝",点染了清幽的氛围和清冽的感受。第三段,先写壮美的瀑布,"瀑布自前岩穴瀵涌而出,投空而下数十尺",凌空而泻,气势非凡。"其沫如散珠喷雾,日光烛之,璀璨夺目,不可正视",壮丽异常。然后写山峰。作者先选取了一个独特的视角,从缺口中遥望远山,"台当山西南缺,前揖芦山"。然后作者又以一峰挺拔高出和群山逶迤而去相组合,形成了一幅主次层次感丰富的图画。"一峰独秀出,而数百里间,峰峦高下,亦皆历历在眼"。

朱熹《百丈山记》叙事写景,十分细致地描绘出了百丈山中瀑布、石台、夕照和云海的景象,极生动形象。

【思考与练习】

一、作者是如何多层次、多方位地显现百丈山的美姿美态的?
二、体会文章的结构严谨,主题鲜明的特点。
三、领略作者笔下景致,写一篇游记。

萨都剌(sà dū lā)(约1307—1359后),元代诗人、画家、书法家。字天锡,号直斋。其先世为西域人,出生于雁门(今山西代县)。泰定四年(1327年)进士。官至南台御史。他的文学创作以诗歌为主,诸体皆备,文词雄健,音律锵然,具有一种清朗寥廓之气。诗词编有《雁门集》《萨天锡诗集》等。

度岭舆至崇安

萨都剌

人生天地间,驰马历大块。　　行乐须及时,流光逝难再。
役役功名徒,历历山水迈。　　伟哉东南区,奇险闽粤最。
车书四海同,风气一岭界。　　肩舆度层云,手掉下急濑。
四山抱回流,环合如束带。　　石井莲叶漂[1],仰面天作盖。
倏驰丹峰前,却在紫岭背[2]。　　微阴间云雾,疏雨洒杉桧。
深林樵牧归,落日山鬼会。　　雪瀑挂水帘,林风奏天籁。
石梯架仙岩,往往遗骨在。　　瑶草石上生,丹药市曹卖。

巍巍考亭祠[3]，过客祠下拜。　　溪水自成文，上接洙泗派[4]。
唤渡云门僧，貌古清可爱。　　手把青松枝，趺坐溪石待。
悬崖虹栈危，插竹鱼网晒。　　山高人蚁旋，下视舟立芥。
轻狂类飞鳅，宛如乱石隘。　　峥嵘龙角尖，䰟碕鼋首癞[5]。
槎牙激颓波，出没如水怪。　　万鼓槌地雷，三峡泻澎湃。
峰峦争送迎，奔走万马快。　　箭过耳生风，开口不暇咳。
峭壁起冲流，恍若巨鳌戴[6]。　　上有旧题名，岁久字刻坏。
岂无姓名存，仿佛年年载。　　览此前人踪，徒为后人慨。
天气易寒暄，光景倏明晦。　　浩荡三日程，应接千万态。
会登天柱峰[7]，一览宇宙大。　　少吐胸中豪，神游八荒外。
题诗赠山灵，清气留胜概。

（龙德寿译注：《萨都剌诗词选译》，凤凰出版社，2011年。）

【注释】

[1] 石井：形容建溪流经的峡谷像石井一样。

[2] 倏驰丹峰前，却在紫岭背：小舟忽然飞驰在丹峰前，一转眼却驶往紫岭后背。

[3] 考亭祠：在福建建阳西南，朱熹晚年在此建竹林精舍讲学，宋理宗时诏建考亭书院，并亲题匾额。

[4] 洙泗派：儒家学派。孔子曾经在曲阜洙水和泗水之间教授学生，后人遂以洙、泗指代儒家。

[5] 峥嵘龙角尖，䰟(kuǐ)碕(qí)鼋(yuán)首癞：突出的岩石好像龙角尖，高峻不平仿佛鼋头癞。䰟碕，山石高峻不平的崖岸。鼋，大鳖(biē)，头上有疙瘩，形容崖岸曲凸不平。

[6] 峭壁起冲流，恍若巨鳌(áo)戴：峭壁从急流中突起，好像巨鳌把山顶戴起来。古代神话传说，东海中有巨鳌驮着的三座仙山：蓬莱、方丈、瀛洲。

[7] 天柱峰：在福建崇安，武夷五曲。又名大王峰。

【简析】

崇安，今福建武夷山市。建溪，又名东溪，即今之松溪，在建宁府（今福建建瓯）城东,流至府城西南与西溪(今名富屯溪)回合,经延平(今属福建南平)抵福州入海。萨都剌越过闽关后,进入崇安,然后乘船沿着建溪到建瓯。诗人将沿途的雄奇秀丽的美景描绘出来,笔法变化有致。他在肩舆中看到的山水与小舟中所见山水美景姿态不一。在肩舆中穿过层云,看到崇山峻岭中的溪水回环聚合如同腰带,俯瞰峡谷像石井,仰面看天好似伞盖。而在小舟中,则通过写急流也写山的变化:"倏驰丹峰前,却在紫岭背。"诗歌的后半部分又写了在山腰中和船上看到风景的千姿百态。"悬崖虹栈危,插竹渔网晒。山高人蚁旋,下视舟立芥。"这是在山中行走看到的风景。而写水的速度,则调动多种手法,多角度来写水的声势浩大和雷霆万钧之力。读这首诗,诗中的景物让人应接不暇,不知不觉也陶醉在这鬼斧神工的大自然中。

【思考与练习】

一、这首诗按照游踪来写山水风光,诗人写了哪些景物,是怎样写的?

二、体会这首诗洒脱、豪放的风格。

华南旅游区

（粤、桂、琼）

广 东 省

韩愈(768—824)字退之,河阳(今河南孟州南)人,自谓郡望昌黎,世称韩昌黎。唐代文学家、哲学家、思想家。贞元八年(792年)进士。官至吏部侍郎,又称韩吏部。谥号"文",又称韩文公。他与柳宗元同为唐代古文运动的倡导者,主张学习先秦两汉的散文语言,骈散结合,扩大文言文的表达功能。宋代苏轼称他"文起八代之衰",与柳宗元并称"韩柳",有《昌黎先生集》传世。

鳄 鱼 文
韩 愈

维年月日,潮州刺史韩愈,使军事衙推秦济,以羊一猪一投恶溪之潭水,以与鳄鱼食,而告之曰:

昔先王既有天下,列山泽,罔绳擉刃,以除虫蛇恶物为民害者,驱而出之四海之外[1]。及后王德薄,不能远有,则江汉之间,尚皆弃之以与蛮夷楚越,况潮岭海之间,去京师万里哉[2]?鳄鱼之涵淹卵育于此,亦固其所[3]。今天子嗣唐位,神圣慈武,四海之外,六合之内,皆抚而有之;况禹迹所揜,扬州之近地,刺史县令之所治,出贡赋以供天地宗庙百神之祀之壤者哉[4]?鳄鱼其不可与刺史杂处此土也!

刺史受天子命,守此土,治此民,而鳄鱼睅然不安溪潭,据处食民畜熊豕鹿獐,以肥其身,以种其子孙,与刺史亢拒,争为长雄[5];刺史虽驽弱,亦安肯为鳄鱼低首下心,伈伈睍睍,为民吏羞,以偷活于此邪[6]!且承天子命以来为吏,固其势不得不与鳄鱼辨。鳄鱼有知,其听刺史言:

潮之州，大海在其南，鲸鹏之大，虾蟹之细，无不容归，以生以食，鳄鱼朝发而夕至也[7]。今与鳄鱼约：尽三日，其率丑类南徙于海，以避天子之命吏。三日不能至五日，五日不能至七日，七日不能，是终不肯徙也，是不有刺史，听从其言也；不然，则是鳄鱼冥顽不灵，刺史虽有言，不闻不知也[8]。夫傲天子之命吏，不听其言，不徙以避之；与冥顽不灵而为民物害者：皆可杀。刺史则选材技吏民，操强弓毒矢，以与鳄鱼从事，必尽杀乃止[9]。其无悔！

（[唐]韩愈著，马其昶校注，马茂元整理：《韩昌黎文集校注》，上海古籍出版社，2014年。）

【注释】

[1] 列山泽：焚烧山泽，列，通"烈"。作动词，燃烧。罔绳擉（chuò）刃：用绳索去网捉、用利刃去刺杀。罔，同"网"。擉，刺。

[2] 远有：治理远方之地。蛮：古时对南方少数民族的贬称。夷：古时对东方少数民族的贬称。楚越：泛指东南方偏远地区。岭海：岭，即越城、都庞、萌渚、骑田、大庾等五岭，地处今湘、赣、桂、粤边境。海，南海。去：距离。

[3] 涵淹卵育：潜伏水下，孵化生长。

[4] 禹：大禹，传说中古代部落联盟的领袖。曾奉舜之命治理洪水，足迹遍于九州。故称九州大地为"禹迹""禹域"。掩：同"掩"。《尔雅·释地》："江南曰扬州。"潮州古属扬州地域。

[5] 睅（hàn）然：瞪起眼睛，很凶狠的样子。据处：盘踞。种其子孙：繁衍后代。长（zhǎng）：用作动词，一争高下。

[6] 驽弱：软弱。驽，劣马。低首下心：低头臣服。伈（xǐn）伈：恐惧貌。睍（xiàn）睍：眯起眼睛看，喻胆怯。为吏民羞：为官吏和百姓耻笑。

[7] 鲸鹏之大：语出庄子《逍遥游》："北冥有鱼，其名为鲲，鲲之大，不知其几千里也；化而为鸟，其名为鹏，鹏之背，不知其几千里也，其翼若垂天之云。"朝发夕至：语出《离骚》："朝发轫于苍梧兮，夕余至乎县圃。"

[8] 不有刺史：不把刺史放在眼里。冥顽不灵：愚昧顽固，没有灵性。

[9] 选材技吏民：会武艺的官吏百姓。材，通"才"。从事：较量，周旋。

【简析】

　　此文作于元和十四年(819年)四月。元和十四年正月,韩愈因为谏迎佛骨,被贬为潮州刺史。地方官到任,照例祭祀山水之神。潮州鳄鱼为害,按例也在祭祀之列。但是,韩愈变祭祀鳄鱼为去除鳄鱼。韩愈以诙谐之态和游戏之笔,表现出与"为民害物者"战斗到底的决心,其意义远远超出了祭祀鳄鱼本身。

　　文章开头交代祭祀鳄鱼的时间、地点、人物。随即述其要旨。先王德厚,"除虫蛇恶物为民害者,驱而出之四海之外",后王德薄,不能治理远方之地,何况距离京城万里之遥的潮州呢?归罪于当权者。然后笔锋一转,当今天子圣明,鳄鱼必须驱除。然后论刺史受命治理一方,而鳄鱼为害,刺史必须驱逐鳄鱼,并且晓之以理:"潮之州,大海在其南,鲸鹏之大,虾蟹之细,无不归容,以生以食,鳄鱼朝发而夕至也。"导之以路:"今与鳄鱼约:尽三日,其率丑类南徙于海,以避天子之命吏",宽之以期:"七日不能"则是"傲天子之命吏,不听其言,不徙以避之,与冥顽不灵而为民物害者,皆可杀",迫以威势。逐层逆转,跌宕有致,气势雄放。而且文中五次提到天子之命,颇为沉重。文气矫健。从全文看,开头高远,极为郑重,结尾斩钉截铁,语气严正。中间叙议结合,庄谐并用。祭文全用散体,句式长短相间,错综变化,文章畅达奔放,又富于变化。是一篇条达、顿挫,宽紧相济,气雄势深的名文。

【思考与练习】

一、这篇貌似游戏之文,但寓意深刻,请分析。
二、反复阅读本文,体会跌宕有致、义正辞严的语言风格。

潮州韩文公庙碑
苏　轼

　　匹夫而为百世师,一言而为天下法[1]。是皆有以参天地之化,关盛衰之运[2]。其生也有自来,其逝也有所为[3]。故申、吕自岳降,傅说为列星[4],古今所传,不可诬也。孟子曰:"吾善养吾浩然之气。"是气也,寓于寻常之中,而塞乎天地之间。卒然遇之,则王公失其贵,晋、楚失其富,良、平失其智,贲、育失其勇,仪、秦失其辩[5],是孰使之然哉?其必有不依形而立,不恃力而行、不待生而存,不随死而亡者矣。故在天为星辰,在地为河岳。幽则为鬼神,而明则复为人。此理之常,无足怪者。

自东汉以来,道丧文弊,异端并起,历唐贞观、开元之盛,辅以房、杜、姚、宋而不能救[6]。独韩文公起布衣,谈笑而麾之,天下靡然从公,复归于正,盖三百年于此矣。文起八代之衰,而道济天下之溺[7],忠犯人主之怒,而勇夺三军之帅[8]。岂非参天地,关盛衰,浩然而独存者乎!盖尝论天人之辨,以谓人无所不至[9],惟天不容伪。智可以欺王公,不可以欺豚鱼[10]。力可以得天下,不可以得匹夫匹妇之心。故公之精诚,能开衡山之云[11],而不能回宪宗之惑。能驯鳄鱼之暴,而不能弭皇甫镈、李逢吉之谤[12]。能信于南海之民,庙食百世,而不能使其身一日安于朝廷之上。盖公之所能者,天也。所不能者,人也[13]。

始,潮人未知学,公命进士赵德为之师。自是潮之士,皆笃于文行,延及齐民[14],至于今,号称易治。信乎孔子之言:"君子学道则爱人,小人学道则易使也。"潮人之事公也,饮食必祭,水旱疾疫,凡有求必祷焉。而庙在刺史公堂之后,民以出入为艰[15]。前守欲请诸朝作新庙[16],不果。元祐五年,朝散郎王君涤来守是邦,凡所以养士治民者,一以公为师。民既悦服,则出令曰:"愿新公庙者听[17]。"民欢趋之。卜地于州城之南七里,期年而庙成。

或曰:"公去国万里,而谪于潮,不能一岁而归,没而有知,其不眷恋于潮,审矣。"轼曰:"不然。公之神在天下者,如水之在地中,无所往而不在也。而潮人独信之深,思之至,焄蒿凄怆[18],若或见之。譬如凿井得泉,而曰水专在是,岂理也哉!"元丰七年,诏拜公昌黎伯,故榜曰昌黎伯韩文公之庙[19]。潮人请书其事于石,因作诗以遗之,使歌以祀公。其词曰:

公昔骑龙白云乡,手抉云汉分天章,天孙为织云锦裳[20]。飘然乘风来帝旁,下与浊世扫秕糠[21],西游咸池略扶桑。草木衣被昭回光,追逐李、杜参翱翔,汗流籍、湜走且僵。灭没倒景不能望[22],作书诋佛讥君王,要观南海窥衡湘。历舜九嶷吊英皇，祝融先驱海若藏，约束蛟鳄如驱羊[23]。钧天无人帝悲伤[24]，讴吟下招遣巫阳[25]，牺牲鸡卜羞我觞[26]。於粲荔丹与蕉黄[27]，公不少留我涕滂，翩然被发下大荒。

　　（［宋］苏轼撰，［明］茅维编，孔凡礼点校：《苏轼文集》，中华书局，1986年。）

【注释】

［1］匹夫而为百世师，一言而为天下法：一个普通人而能成为千百代的榜样，他的片言只语可成为天下仿效的准则。

［2］是皆有以参天地之化，关盛衰之运：这是因为他们有与天地化育万物的能力，并与国家盛衰命运息息相关。

［3］其生也有自来，其逝也有所为：他们的降生是有来历的，他们逝世后仍然有所作为。

［4］故申、吕自岳降，傅说（yuè）为列星：所以，申伯、吕侯是四岳所降生之神，傅说死后成为天上的列星。申、吕，申侯，吕伯，周朝大臣。岳降，指他们是四岳所降生。傅说，商朝大臣。传说死后化为星宿。

［5］良、平失其智，贲（bēn）、育失其勇，仪、秦失其辩：张良、陈平就会失去他们的智慧，孟贲、夏育就会失去他们的勇力，张仪、苏秦就会失去他们的辩才。良平，张良、陈平，西汉谋臣。贲育，孟贲、夏育，古代武士。仪秦，张仪、苏秦，战国辩士。

［6］历唐贞观、开元之盛，辅以房、杜、姚、宋而不能救：经历了唐代贞观、开元的兴盛时期，依靠房玄龄、杜如晦、姚崇、宋璟等名臣辅佐，还不能挽救。房杜，房玄龄、杜如晦，贞观年间贤相。姚宋，姚崇、宋璟，开元年间贤相。

［7］文起八代之衰，而道济天下之溺：他的文章使八代以来的衰败文风，得到振兴，提倡儒道拯救了沉溺在佛老思想中的人。八代，东汉、魏、晋、宋、齐、梁、陈、隋。济，拯救。

［8］忠犯人主之怒，而勇夺三军之帅：他的忠心进谏触怒了宪宗皇帝（指唐宪宗迎佛骨入宫，韩愈直谏，触怒宪宗，贬潮州刺史），他的勇气能折服三军的主帅（唐穆宗时，镇州兵变，韩愈奉命前去宣抚，说服叛军首领归顺朝廷）。

［9］人无所不至：人为了利益争斗，没有什么事不能做出来。

[10] 豚鱼：泛指纯任天性的小动物。《易·中孚》说"信及豚鱼"，忠诚的人对豚鱼之类也要讲信用，虚伪只能骗人，骗不了自然。

[11] 能开衡山之云：韩愈赴潮州中途，谒衡岳庙，因诚心祝祷，天气由阴晦转晴。见韩愈《谒衡岳庙遂宿岳寺题门楼》："我来正逢秋雨节，阴气晦昧无清风。潜心默祷若有应，岂非正直能干神。"

[12] 能驯鳄鱼之暴：驯服暴烈的鳄鱼。韩愈被贬谪到潮州，恶溪中鳄鱼为害，就写下了《祭鳄鱼文》，令鳄鱼搬迁。当晚，鳄鱼迁走。皇甫镈（bó）、李逢吉：均当时宰相。

[13] "盖公"几句：韩公能够做的是感动天地，所不能做的是改变人意。

[14] 延及齐民：教化普及到平民。

[15] 民以出入为艰：百姓以为进出不方便。艰，不方便。

[16] 前太守欲请诸朝作新庙：前任州官想申请朝廷建造新的祠庙。请诸朝，向朝廷请求。

[17] 愿新公庙者听：愿意重新修建韩公祠庙的人，就来听从命令。

[18] 焄（xūn）蒿（hāo）凄怆：祭祀时香雾缭绕，不由涌起悲伤凄怆。焄，香、臭气味。蒿，蒸发。

[19] 故榜曰昌黎伯韩文公之庙：所以祠庙的匾额上题为昌黎伯韩文公之庙。榜，匾额。

[20] 手抉云汉分天章，天孙为织云锦裳：双手拨动银河，挑开天上的云彩，织女替您织成云锦衣裳。天章，文采。天孙，织女星。

[21] 下与浊世扫秕糠：下降到人间，为混乱的俗世扫除异端。

[22] "追逐李、杜"三句：您追随李白、杜甫，与他们一起比翼翱翔，使张籍、皇甫湜奔跑流汗、两腿都跑僵了。也不能仰见您那能使倒影消失的耀眼光辉。籍湜（shí），张籍、皇甫湜，均韩愈学生，其古文的成就远不及师，因此说"不能望"。

[23] "历舜"三句：经过了帝舜的九嶷山，凭吊了娥皇和女英。到了潮州，祝融为您在前面开路，海若躲藏起来了，您管束蛟龙、鳄鱼，好像驱赶羊群一样。海若，海神。

[24] 钧天：天的中央。

[25] 讴吟下招遣巫阳：派巫阳唱着歌到下界招您的英魂上天。祝融，火神。巫阳，神巫名。

[26] 犦（bào）牲鸡卜羞我觞：用牦牛作祭品，用鸡骨来占卜，敬献上我们的美酒。犦

牲,牦牛。

[27] 於(wū)粲荔丹与蕉黄:啊!祭品有荔枝红红、香蕉黄黄。於,叹词。

【简析】

宋哲宗元祐七年(1092年),广东潮州韩愈新庙告成,当地的士民向官府投牒申请,要求苏轼为新庙撰写碑文。此时苏轼正在颍州接到移知郓州的命令,马上又改知扬州。三月到扬州后,才撰成此碑。

本文雄浑遒劲,气势磅礴。开篇:"匹夫而为百世师,一言而为天下法。"自《礼记·中庸》"君子动而世为天下道,言而世为天下法"化出。语言更为精炼,用于开头如黄钟大吕,催人警醒。然后议论伟人与自然和历史的关系,揭示出浩然之气,概括韩愈生平壮举,标出其文化贡献,文气如长江大河滚滚而下,一泻千里。清朝李扶久分析极为精彩:"韩文公道德文章,乃为孟子后第一人,东坡极力推尊、雄词伟论,气焰光昌,非东坡不能为此,非韩公不能当此,千古大文也。予尝谓文章一起,最要出色。闻东坡作此碑,不能得一起头,起行数十遭,忽得此,果名句。后人拟为'学而''子曰',破题亦极确当。文前一段,见参天地、关盛衰由于浩然之气;中一段,见公之合于天乖于人,是所以贬斥之故;后一段,是潮人所以立庙之故,脉理极清;通篇从古圣贤昌黎一生说来,而末方略顾潮州,盖从高处立,阔处行,真大手笔也,又不可以沾沾切切地律之。"(《古文笔法百篇》卷六《起笔不平》评解)

此文写得感情激荡,熔铸了苏轼本人的思想情感。讲韩愈不能见容于朝廷,其实苏轼自己也是如此。他被新党打击,也被旧党排挤。"不能使其身一日安于朝廷之上"是借他人的酒杯,浇自己的块垒。"盖公之所能者,天也。其所不能者,人也。"更是对邪恶人世的鞭挞。

作者对于修庙的缘起记述极为简略,文气至此显得平静。尔后,对于韩愈的精神则大加阐述,波澜再起,结尾的歌词更显得酣畅淋漓。这样全文形成波澜壮阔的气势。清代吴楚材、吴调侯《古文观止》卷十一:"韩公贬于潮,而潮祀公为神。盖公之生也,参天地,关盛衰,故公之没也,是气犹浩然独存。东坡极力推尊文公,丰词瑰调,气焰光采,非东坡不能为此,非韩公不足当此。千古奇观也!"

【思考与练习】

一、这篇文章以"匹夫"两句开头,有什么艺术效果?

二、这篇文章一气呵成,作者是怎样做到的?
三、反复诵读全文,体会本文波澜壮阔的特色。

记游白水岩

苏　轼

绍圣元年十二月十二日[1],与幼子过游白水山佛迹院[2]。浴于汤池,热甚,其源殆可熟物。循山而东,少北,有悬水百仞,山八九折,折处辄为潭。深者缒石五丈,不得其所止,雪溅雷怒,可喜可畏。水涯有巨人迹数十,所谓佛迹也。

暮归,倒行,观山烧壮甚。俯仰度数谷。至江,山月出,击汰中流,掬弄珠璧[3]。

到家,二鼓矣。复与过饮酒,食馀甘[4],煮菜,顾影颓然,不复能寐。书以付过。东坡翁。

（[宋]苏轼撰,[明]茅维编,孔凡礼点校:《苏轼文集》,中华书局,1986年。）

【注释】

[1] 绍圣:宋哲宗赵煦的年号(1094—1098)。
[2] 白水山:在今广东增城市东,罗浮山的东麓。山有白色瀑布,故名"白水山"。佛迹院,在白水山上。
[3] 击汰(tài)中流,掬(jū)弄珠璧:江水击打着,用双手捧着像碧玉般的水。汰:水波。中流:指江心。掬字亦作"匊",用手捧。璧:水中的月亮。
[4] 馀甘:橄榄。

【简析】

本文写于惠州。起笔交代游历时间、地点及同游人。中间记游,结尾书明记游人。文章虽短,却是完备的游记。全文以时间的推移、地点的转换为顺序,运用了记叙、描写、抒情等表达方式。记游部分主要选取了浴温泉,赏悬瀑,看佛迹,观山火,月下泛舟等几个片段。作者用"雪溅雷怒"描绘百仞悬瀑,写出它势壮、声宏、色鲜的特点。下山仅用"俯仰度数谷"一笔带过。"至江,山月出",到了增江,山月出来了,作家居然"击汰中流,掬弄珠璧",苏东坡此时多么喜悦。作者归家后已经二更,却仍然饮酒尽兴,醉醺醺的不能入睡,这无疑是对白天游玩情景的回味,展现作者心潮难以平静的情怀,含蓄表达了奇山异水也排遣不了自己内心郁闷之情。

【思考与练习】

一、本文善于剪裁,表现在什么方面?

二、本文是如何活画出一个怡然自乐而又有点忧郁的东坡老人的形象?

文天祥(1236—1283),字履善,又字宋瑞,自号文山,浮休道人。吉州吉水(今属江西)人,南宋著名的文学家,民族英雄。宝祐四年(1256年)状元及第,官至右丞相兼枢密史。被派往元军的军营中谈判,被扣留。后脱险经高邮嵇庄到泰县塘湾,由南通南归,坚持抗元。祥光元年(1278年)兵败被张弘范俘虏,后在柴市从容就义。著有《过零丁洋》《文山诗集》《指南录》《指南后录》《正气歌》等作品。

过零丁洋

文天祥

辛苦遭逢起一经,干戈寥落四周星[1]。

山河破碎风飘絮,身世浮沉雨打萍。

惶恐滩头说惶恐,零丁洋里叹零丁[2]。

人生自古谁无死?留取丹心照汗青[3]!

(缪钺等著:《宋诗鉴赏辞典》,上海辞书出版社,2015年。)

【注释】

[1] 遭逢:遭遇。起一经,因为精通一种经书,通过科举考试而被朝廷起用作官。

文天祥二十岁考中状元。干戈：指抗元战争。寥(liáo)落：荒凉冷落。一作"落落"。四周星：四周年。文天祥从1275年起兵抗元，到1278年被俘，一共四年。

[2] 惶恐滩：在今江西万安，是赣江中的险滩。1277年，文天祥在江西被元军打败，所率军队死伤惨重，妻子儿女也被元军俘虏。他经惶恐滩撤到福建。零丁：孤苦无依的样子。

[3] 丹心：红心，比喻忠心。汗青：同汗竹，史册。古代用简写字，先用火烤干其中的水分，干后易写而且不受虫蛀，也称汗青。

【简析】

零丁洋：零丁洋即"伶丁洋"。现在广东省珠江口外。1278年底，文天祥率军在广东五坡岭与元军激战，兵败被俘，囚禁在船上。1279年正月过零丁洋时，元军统帅张弘范一再逼他写信招降在海上坚持抗战的张世杰，他出示此诗以明志。

首联写了两件大事，一是明经入仕，二是勤王。他深感知遇之恩，为了挽救王室，竭尽全力，转战四年，未能挽回败局。"干戈寥落"写出自己孤军奋战的凄惶与忧愤，也有对吕师孟、贾余庆一伙的谴责。颔联还是从国家与个人两方面写，王室随时都有覆灭的危险，亡国孤臣犹如无根的浮萍无所依附。诗人的妻儿早在他之前就被元军俘虏，大儿子丧亡，自己身陷敌手，这一联对仗工稳，比喻贴切，凄怆感人。颈联进一步渲染生发。"惶恐滩"和"零丁洋"两个地名自然相对，同时表达诗人的"惶恐"和"伶仃"。至此，家国之恨、艰危困厄渲染到了极致，尾联宕开一笔："人生自古谁无死？留取丹心照汗青。"充溢着高昂的民族气节和舍生取义的壮烈，成为千古名句。

【思考与练习】

一、诗人是如何渲染家国之恨、艰危困厄的？
二、背诵全诗。

广西壮族自治区

柳宗元(773—819),字子厚,祖籍河东解(今山西运城西),世称柳河东,后曾迁居吴县(今属江苏苏州)。德宗贞元九年(793年)考中进士,后又考取了博学宏词科,先后担任秘书省校书郎、集贤殿书院正字、蓝田县尉、监察御史里行等职。与刘禹锡等参加主张革新的王叔文集团,任礼部员外郎,失败后贬为永州司马,后迁柳州刺史,故又称柳柳州。为唐宋八大家之一。著作有《柳河东集》。

登柳州城楼寄漳汀封连四州

柳宗元

城上高楼接大荒[1],海天愁思正茫茫。

惊风乱飐芙蓉水[2],密雨斜侵薜荔墙。

岭树重遮千里目, 江流曲似九回肠[3]。

共来百越文身地[4],犹自音书滞一乡。

([唐]柳宗元著:《柳河东集》,上海古籍出版社,2008年。)

【注释】

[1] 城上高楼接大荒:从城上高楼远眺空旷的荒野。

[2] 乱飐(zhǎn):吹动。

[3] 江流曲似九回肠:江流曲折就像九转的回肠。江,指柳江。九回肠,愁肠九转,形容愁绪缠结难解。

[4] 共来:指和韩泰、韩晔、陈谏、刘禹锡四人同时被贬远方。百粤:指当时五岭以南各少数民族地区。文身:古代南方少数民族有在身上刺花纹的风俗。文,通

"纹",用作动词。

【简析】

　　元和十年,诗人初到柳州,夏日登楼怀友,面对满目异乡风物,不禁慨叹世路艰难。诗人从"登柳州城楼"写起,展现在诗人眼前的是辽阔而荒凉的空间,海天相连。而自己的茫茫"愁思",也就充溢于辽阔无边的空间了。颔联是写近景。芙蓉与薜荔,正象征着人格的美好与芳洁。芙蓉出水,何碍于风,而惊风仍要乱飐;薜荔覆墙,雨本难侵,而密雨偏要斜侵。颈联是远景。仰观则重岭密林、遮断千里之目;俯察则江流曲折,有似九回之肠。景中寓情,愁思无限。尾联从前联生发而来,而"共来"一句,既与首句中的"大荒"照应,又统摄题中的"柳州"与"漳、汀、封、连四州"。一同被贬谪于大荒之地,已经够痛心了,还彼此隔离,连音书都无法送到!此诗意境阔远,元好问编《唐诗鼓吹》把这首诗置于篇首,可见其艺术魅力之大。

【思考与练习】

　　一、这首诗如何体现题目中的"寄"字之神?
　　二、背诵这首诗。

柳州罗池庙碑
韩　愈

　　罗池庙者,故刺史柳侯庙也[1]。柳侯为州,不鄙夷其民,动以礼法;三年,民各自矜奋:"兹土虽远京师,吾等亦天氓,今天幸惠仁侯,若不化服,我则非人。"[2]于是老少相教语,莫违侯令。凡有所为于其乡闾及于其家,皆曰:"吾侯闻之,得无不可于意否?"莫不忖度而后从事。凡令之期,民劝趋之,无有后先,必以其时。于是民业有经,公无负租,流逋四归,乐生兴事[3];宅有新屋,步有新船,池园洁修,猪牛鸭鸡,肥大蕃息[4];子严父诏,妇顺夫指,嫁娶葬送,各有条法,出相弟长,入相慈孝。先时,民贫以男女相质,久不得赎,尽没为隶;我侯之至,按国之故,以佣除本,悉夺归之。大修孔子庙,城郭巷道,皆治使端正,树以名木。柳民既皆悦喜。

尝与其部将魏忠、谢宁、欧阳翼饮酒驿亭,谓曰:"吾弃于时,而寄于此,与若等好也。明年吾将死,死而为神,后三年为庙祀我。"及期而死。三年孟秋辛卯,侯降于州之后堂,欧阳翼等见而拜之。其夕,梦翼而告曰:"馆我于罗池。"其月景辰,庙成大祭,过客李仪醉酒慢侮堂上,得疾,扶出庙门即死。明年春,魏忠、欧阳翼使谢宁来京师,请书其事于石。

余谓柳侯生能泽其民,死能惊动福祸之以食其土,可谓灵也已。作《迎享送神诗》遗柳民,俾歌以祀焉,而并刻之。柳侯,河东人,讳宗元,字子厚,贤而有文章,尝位于朝光显矣。已而摈不用。其辞曰:

荔子丹兮蕉黄,杂肴蔬兮进侯堂。侯之船兮两旗,度中流兮风泊之,待侯不来兮不知我悲。侯乘驹兮入庙,慰我民兮不嚬以笑[5]。鹅之山兮柳之水,桂树团团兮白石齿齿。侯朝出游兮暮来归,春与猿吟兮秋鹤与飞。北方之人兮为侯是非,千秋万岁兮侯无我违。福我兮寿我,驱厉鬼兮山之左。下无苦湿兮高无干,秔稌充羡兮蛇蛟结蟠[6]。我民报事兮无怠其始,自今兮钦于世世。

([唐]韩愈著,马其昶校注,马茂元整理:《韩昌黎文集校注》,上海古籍出版社,2014年。)

【注释】

[1] 罗池庙:在今广西柳州,为当地名胜。唐时建庙,祭祀柳州刺史柳宗元。罗池,池名。庙建于池畔,因池得名。

[2] 柳侯为州:唐宪宗元和十年(815年)三月。柳宗元从永州司马迁任柳州刺史。鄙夷:轻视,鄙薄。矜奋:勤奋努力。天氓(méng):皇帝的子民。侯:对士大夫的尊称,犹如"君"。化服:顺从教化。

[3] 流逋(bū):流窜逃亡的人。乐生兴事:安居乐业振兴各种事业。

[4] 步:通"埠"(bù),船的码头。惰:通"修"。蕃息:繁殖增多。

[5] 嚬(pín):皱眉。

[6] 秔(jīng)稌(tú):稻子。秔,通"粳",没有黏性的稻子。稌,有黏性的稻子。

【简析】

本文作于长庆三年(823年)。文章巧妙借柳州人民爱戴柳宗元并将其神化之事,结合柳宗元当时治理柳州的政绩,颂扬柳宗元卓越的政治才能,表达了对柳宗元"死于穷荒,才不为世用"的惋惜与愤慨。

文章有三部分,柳宗元的在柳州三年的政绩和人民的爱戴之情;死后成神的传说和建庙立碑;充满浪漫色彩的迎亨送神诗。叙写政绩是文章重点,对柳宗元每一项治绩的叙述,都用描绘人民的语言和行动来反衬,使之具有生动形象感,强化了艺术效果。这样,柳宗元死后成神的传说也就水到渠成了,这是柳州人民敬仰感情的升华。最后的铭文想象奇特,进一步补足其意,使形象、情感更完美,三部分浑然一体。

【思考与练习】

一、将此文与《柳子厚墓志铭》《祭柳子厚文》并观,体会文章剪裁之妙。
二、文章三部分内容是如何衔接和描写的?

海 南 省

李德裕(787—850),字文饶,赵郡赞皇(河北赞皇)人,唐代政治家、文学家、战略家,历仕宪宗、穆宗、敬宗、文宗四朝,一度入朝为相,但因党争倾轧,被排挤出京。李德裕在武宗继位后,再次入朝为相。他执政五年,外攘回纥、内平泽潞,裁汰冗官、制驭宦官,功绩显赫,被拜为太尉,封卫国公。宣宗继位后,李德裕五贬为崖州司户。懿宗年间,追复官爵,加赠左仆射。著有《会昌一品集》。

登 崖 州 城 作

李德裕

独上高楼望帝京,鸟飞犹是半年程。

青山似欲留人住,百匝[2]千遭绕郡城。

(俞平伯等著:《唐诗鉴赏辞典(新一版)》,上海辞书出版社,2013年。)

【注释】

[1]独:独自。帝京:都城长安。

[2]百匝(zā)千遭:形容山重叠绵密。匝,环绕一周叫一匝。遭,四周。郡城,指崖州治所。

【简析】

唐朝崖州治所在今海南海口。李德裕是杰出的政治家,近代梁启超甚至将他与管仲、商鞅、诸葛亮、王安石、张居正并列,称他是中国六大政治家之一。在武宗李炎任宰相六年,外攘回纥,内平泽潞,唐王朝一度出现振兴气象。可惜唐宣宗继位后,讨厌李德裕,重用白敏中和令狐绹,将李德裕逐出朝廷。最终,李德裕被贬谪到崖州,这是白敏中、令狐绹等人必欲置之死地而后快所采取的一个决定性的步骤。在残酷无情的派系斗争中,他是失败一方的首领。"独上高楼望帝京",诗一开头,表现了出于政治的向往与感伤;但是,并没有抒写政治的愤慨,迁谪的哀愁,语气是优游不迫,舒缓而宁静的。"鸟飞犹是半年程",极言去京遥远,深深透露了依恋君国之情,和屈原在《哀郢》里说的"哀故都之日远",同一用意。作为"牛李党争"的失败者,他清醒地意识到自己必然会死在这南荒之地,于是在登临看山时,着眼点便在于山的重重叠叠:"青山似欲留人住,百匝千遭绕郡城。"这"百匝千遭"的绕郡群山,正成为四面环伺、重重包围的敌对势力的象征。这是多么令人忧愤啊!不过,诗人的语气是优游不迫、舒缓宁静的,诗人不诅咒这可恶的穷山僻岭,不说人被山所阻隔,固然是出于诗歌艺术的考虑,但是更反映出这位大政治家的胸襟和气度。

【思考与练习】

一、此诗的情调如何?

二、比较这首诗与柳宗元《与浩初上人同看山寄京华亲故》的异同。

附:

与浩初上人同看山寄京华亲故

柳宗元

海畔尖山似剑铓,秋来处处割愁肠。

若为化得身千亿,散上峰头望故乡。

六月二十日夜渡海

苏 轼

参横斗转欲三更,苦雨终风也解晴[1]。
云散月明谁点缀?天容海色本澄清。
空余鲁叟乘桴意,粗识轩辕奏乐声[2]。
九死南荒吾不恨,兹游奇绝冠平生。

([宋]苏轼撰,[清]王文诰辑注,孔凡礼点校:《苏轼文集》,中华书局,1982年。)

【注释】

[1] 参(shēn)横斗转:参星横斜,北斗星转向,说明时值夜深。参、斗,两星宿名,皆属二十八星宿。横、转,指星座位置的移动。苦雨终风:久雨不停,终日刮大风。
[2] 鲁叟:指孔子。乘桴(fú):乘船。桴,小筏子。据《论语·公冶长》载,孔子曾说:"道(王道)不行,乘桴浮于海。"轩辕:即黄帝。奏乐声:这里形容涛声。也隐指老庄玄理。《庄子·天运》中说,黄帝在洞庭湖边演奏《咸池》乐曲,并借音乐说了一番玄理。

【简析】

这首诗是元符三年(1100年)六月,苏轼自海南岛返回时所作。"参横斗转"在中原是黎明的景象,而在海南岛,则还是在三更天的时候。诗人在"苦雨终风"中终于看见天晴了。欣喜之情溢于言表。三四两句就"晴"字作进一步书写,暗示诗人的冤情得以昭雪。五六句分别用典故,写了大海,更道出了曲折的事情,抒发了复杂的情感。尾联在对政敌的调侃中,也反映了诗人的旷达襟怀。

【思考与练习】

一、纪昀评此诗说:"前半纯是比体。如此措辞,自无痕迹。""比",即"以彼物比此物";请你具体说说,在这首诗的前两联中,作者是如何运用"比"的手法的?

二、诗中最能体现作者人生态度的是哪一句?体现了作者怎样的人生态度?

华中旅游区

（湘、鄂、豫）

湖 南 省

桃花源记 并诗

陶渊明

晋太元中,武陵人捕鱼为业[1];缘溪行,忘路之远近。忽逢桃花林,夹岸数百步,中无杂树,芳草鲜美,落英缤纷。

渔人甚异之[2]。复前行,欲穷其林。林尽水源,便得一山,山有小口,仿佛若有光[3],便舍船从口入。初极狭,才通人。复行数十步,豁然开朗。

土地平旷,屋舍俨然[4],有良田、美池、桑竹之属。阡陌交通[5],鸡犬相闻。其中往来种作,男女衣著,悉如外人。黄发垂髫,并怡然自乐。见渔人,乃大惊,问所从来,具答之。便要还家[6],设酒、杀鸡作食。村中闻有此人,咸来问讯。

自云先世避秦时乱,率妻子邑人来此绝境,不复出焉,遂与外人间隔[7]。问今是何世,乃不知有汉,无论魏、晋[8]。此人一一为具言所闻,皆叹惋。馀人各复延至其家,皆出酒食。停数日,辞去。此中人语云:"不足为外人道也。"[9]

既出,得其船,便扶向路,处处志之。及郡下,诣太守,说如此。太守即遣人随其往,寻向所志[10],遂迷,不复得路。

南阳刘子骥,高尚士也。闻之,欣然规往,未果,寻病终。后遂无问津者。

嬴氏乱天纪,贤者避其世。黄绮之商山,伊人亦云逝。
往迹浸复湮,来径遂芜废。相命肆农耕,日入从所憩。
桑竹垂馀荫,菽稷随时艺。春蚕收长丝,秋熟靡王税。

荒路暧交通，鸡犬互鸣吠。俎豆独古法，衣裳无新制。

童孺纵行歌，班白欢游诣。草荣识节和，木衰知风厉。

虽无纪历志，四时自成岁。怡然有馀乐，于何劳智慧！

奇踪隐五百，一朝敞神界。淳薄既异源，旋复还幽蔽。

借问游方士，焉测尘嚣外。愿言蹑清风，高举寻吾契。

（［晋］陶潜原著，郭维森、包景诚译注：《陶渊明集全译》，贵州人民出版社，1992年。）

【注释】

[1] 太元：东晋孝武帝司马曜的年号(376—396)。武陵：古代郡名，现在湖南常德一带。为(wéi)业：把……作为职业，以……为生。为，作为。

[2] 缘：沿，沿着。远近：偏义副词，这里指远。鲜美：鲜艳美丽。芳：花。落英：落花。一说，初开的花。缤纷：繁多而错杂的样子。甚：很，非常。异："以……为异"，对……感到惊异、诧异。穷：形容词作动词，走完，"走到……尽头"。原指处境困难。

[3] 林尽水源：林尽于水源，意思是桃林在溪水发源的地方就到头了。尽，消失。便：于是，就。得：看见。仿佛：隐隐约约，形容看得不真切的样子。若：好像。

[4] 舍(shè)：名词，房屋，客舍。俨然：整齐的样子。属：类。

[5] 阡陌(qiān mò)交通：田间小路交错相通。阡陌，田间小路，南北走向的叫阡，东西走向的叫陌。交通，交错相通。

[6] 要(yāo)：通"邀"，邀请。"便要还家"与下文的"延至其家"同义。

[7] 先世：祖先。率：率领。妻子：妻子和儿女。邑人：同乡的人，乡邻。绝境：与外界隔绝的地方。复：再，又。焉：兼词，相当于"于之"，"于此"，从这里。遂：后来。外人：特指桃花源外的人。间隔：隔绝。

[8] 今：现在。乃：竟然。无论：不要说，(更)不必说。

[9] 这两句的两个"为"，读音不同。此人——为(wéi)具言所闻：为，介词，对、向。不足为(wèi)外人道也：为，介词，对、向。此中人语(yù)云：语说。

[10] 寻：动词，寻找。下文的"寻病终"中的"寻"作不久讲。向：从前。志：标记。与所连用，译为：所做的标记。

【简析】

陶渊明早年有"大济苍生"的理想,但几次出仕都未能实现,最后转而寄身田园,隐居躬耕,独善其身。"长吟掩柴门,聊为陇亩民"(《癸卯岁始春怀古田舍》)。但尽管他努力耕作,生活仍每况愈下,"值欢无复娱,每每多忧虑"(《杂诗》其三),"量力守故辙,岂不寒与饥"(《咏贫士》)。面对现实他开始考虑如何解决饥寒的问题,同时也更多地了解到农民的思想愿望。这样,一个乌托邦式的社会理想便逐步形成。诗人较晚时期所写的《桃花源记并诗》标志了诗人思想发展的高度。

《桃花源记》一文,以虚构的游记形式表现了一种乌托邦式的社会理想。这种理想在当时是对黑暗动乱的封建社会的批判和反抗。

"晋太元中"至"豁然开朗"是第一段,叙述发现桃花源的经过。"太元"是东晋孝武帝年号,"武陵"是地名。时间地点说得清楚,使虚构故事有真实感。"缘溪行,忘路之远近",渐渐引入幻境,点明故事的虚构性。其中桃林芳草的美丽描写引人离开了苦难的现实,进入了一个意想不到的理想境界,来到了"世外桃源"。

"土地平旷"至"咸来问讯",为第二段,是渔人所见的桃源中的美好景象:良田美景,男耕女织,老养少长,没有剥削,没有压迫,没有尔虞我诈,一派繁荣和平的景气。"见渔人,乃大惊",表现着鸡犬相闻而不与外界往来,是那样的安静。"设酒杀鸡作食","咸来问讯",表明桃花源中的人是那么热情质朴,使人倍感亲切。

"自云先世"至"不足为外人道也"为第三段,是说明惊奇的原因。"避秦世之乱","不知有汉,无论魏、晋",表明人对乱世的厌恶,乐土的安适,使人不屑顾及历史的风云变幻。渔人天外而至,言及世上新闻,"洞中方七日,世上已千年",世上的荒寒残暴,引起世外人的叹惋。"叹惋"中包含着对传说的秦世暴政和新闻的汉魏乱世的余悸新惊。"不足为外人道"的叮嘱,加强了这种惊惧情绪。

"既出"以下,为第四段,说明事件的后果,完成了这个故事,也说明了这个故事的虚构性。归而作志,复至而不见,寻而病终,无复问津,美好的境界原是一片幻想。

第四段是这篇《记》的结尾,后面还有一首五言诗。其内容是重述、概括记的内容。记和诗连为一体,充分表达了作者对理想的社会制度、理想的社会风气、理想的生活境界的追求。这种理想在作者的时代是没有实现的物质基础的,因而是一种空想。不过让人们厌弃黑暗的社会现实,向往创造美好的新社会等方面,是有其积极意义的。热情地歌颂理想,严肃地批判现实,这篇《记》很丰富地体现了陶渊明的思想。

这篇《桃花源记》是一篇以描写景物、叙说事情为主的记叙文,它的语言自然优美,描写生动,记叙简明,有着后世游记散文的特色。记叙文至陶渊明时代,已经有了史传记事的传统,它同时还继承了辞赋铺叙描写的特色,这篇《记》甚至还保留魏晋以来抒情小赋散、韵并列,赋后加辞赞的形体。但是,它的流畅自然的风格已经开了游记之先河,所谓"庄老告退而山水方滋"(《文心雕龙·明诗》)。

【思考与练习】

一、陶渊明的关于桃花源的描写叙述,让我们看到了一个怎样的社会?作者为什么要这样写?

二、课后选读以下诗作:《桃源行》(王维)、《桃源图》(韩愈)、《桃花溪》(张旭)。

孟浩然(689—740),襄阳(今属湖北)人。前半生居住在襄阳城南岘山附近的涧南园,闭门苦学,灌蔬艺竹,曾一度隐居鹿门山。四十岁赴长安应进士试,落第后在吴越一带游历多年,到过许多山水名胜之地。开元二十五年(737年),张九龄贬荆州刺史,孟浩然曾应辟入幕,不久辞归家乡,直至去世。有《孟浩然集》。

临洞庭上张丞相

孟浩然

八月湖水平, 涵虚混太清[1]。

气蒸云梦泽[2],波撼岳阳城。

欲济无舟楫, 端居耻圣明。

坐观垂钓者, 徒有羡鱼情。

([清]沈德潜选注:《唐诗别裁集》,上海古籍出版社,2013年。)

【注释】

[1] 虚、太清:都是指天空。

[2] 云梦泽：先秦时期的云梦泽在湖北省东南部，方圆九百里。唐朝的云梦泽已经大大萎缩，云梦泽的主体大多填淤成陆地。这句的意思是说洞庭湖的水汽蒸腾，孕育了云梦泽的繁盛的草木。

【简析】

孟浩然一生虽然基本上过着隐居生活，但他内心相当矛盾。在他人眼中，孟浩然是位地道的隐逸诗人。李白说："吾爱孟夫子，风流天下闻。红颜弃轩冕，白首卧松云。"（《赠孟浩然》）其实，孟浩然并非无意仕进，与盛唐其他诗人一样，他怀有济时用世的强烈愿望。《临洞庭湖赠张丞相》是赠张说的（一说赠张九龄），"临渊羡鱼"而坐观垂钓，把希望通过张说援引而一登仕途的心情表现得很迫切，有一种不甘寂寞的豪逸之气。这首诗写得境界宏阔、气势壮大，尤其是"气蒸云梦泽，波撼岳阳城"一联，是非同凡响的盛唐之音。

【思考与练习】

一、孟浩然是唐代第一个倾大力写作山水诗的诗人。在创造盛唐诗歌浑融完整的共同风格上，他是有不小贡献的。请体会这一点。

二、思考孟浩然平淡清远而意兴无穷的明秀诗境的形成原因。

登岳阳楼

杜　甫

昔闻洞庭水，今上岳阳楼。

吴楚东南坼，乾坤日夜浮。

亲朋无一字，老病有孤舟。

戎马关山北，凭轩涕泗流。

（［唐］杜甫著，［清］仇兆鳌注：《杜诗详注》，中华书局，1979年。）

【简析】

大历三年（768年）冬天流寓岳州（今湖南岳阳）作。岳阳楼，为唐初张说任岳州刺史时修建。杜甫此诗,从宋以后,备受推崇,陆游称其"妙绝古今"(《老学庵笔记》卷七),刘克庄称誉它"独步千古"(《后村诗话》前集卷一)。它和范仲淹的《岳阳楼记》是历代题咏岳阳楼最著名的作品,一诗一文,足以耀辉千古。此诗起笔简捷着题,写洞庭奇观,先声夺人。"吴楚东南坼"中的"坼"作"陷裂"讲,用字极为新奇。这一句写洞庭湖东界吴境,南接楚疆,写洞庭湖的大。"乾坤日夜浮"是说天地云山好似日夜在湖面浮动,极写洞庭湖浮天载地的浩瀚动荡气势。二句极为雄浑,宋朝刘辰翁在《杜诗通》卷二三中说:"气压百代,为五言雄浑之绝。""亲朋无一字,老病有孤舟"写音信不通,晚景凄苦,病魔缠身,寄迹孤舟。写登楼所引起的身世之感。最后两句是北望中原,战乱纷扰,关山阻绝,自己归还无望,忧国怀乡,不禁涕泪纵横。当时吐蕃入侵,战事不断,西北边防吃紧,杜甫关注时局,凄苦的身世与国运融在一起。全篇浑然一体,相贯相承,阔大沉雄。

【思考与练习】

一、雄豪开阔之境与落寞暗淡之情似乎是对立的,而在此诗中却水乳交融,为什么?

二、与孟浩然《望洞庭湖上张丞相》诗比较。

三、背诵全诗。

谒衡岳庙,遂宿岳寺,题门楼

韩 愈

五岳祭秩皆三公[1],四方环镇嵩当中[2]。火维地荒足妖怪,天假神柄专其雄[3]。
喷云泄雾藏半腹,虽有绝顶谁能穷?我来正逢秋雨节,阴气晦昧无清风。
潜心默祷若有应,岂非正直能感通[4]!须臾静扫众峰出,仰见突兀撑青空[5]。
紫盖连延接天柱,石廪腾掷堆祝融[6]。森然动魄下马拜,松柏一径趋灵宫[7]。
粉墙丹柱动光彩,鬼物图画填青红[8]。升阶伛偻荐脯酒,欲以菲薄明其衷[9]。
庙令老人识神意,睢盱侦伺能鞠躬[10]。手持杯珓导我掷,云此最吉余难同[11]。
窜逐蛮荒幸不死,衣食才足甘长终。侯王将相望久绝,神纵欲福难为功。
夜投佛寺上高阁,星月掩映云朣朦[12]。猿鸣钟动不知曙,杲杲寒日生于东。

([清]沈德潜选注:《唐诗别裁集》,上海古籍出版社,2013年。)

【注释】

[1] 祭秩：祭祀仪礼的等级次序。三公：周朝的太师、太傅、太保称三公，以示尊崇，后来用作朝廷最高官位的通称。皆：一作"比"。

[2] "四方"句：是说东、西、南、北四岳各镇中国一方，环绕着中央的中岳嵩山。

[3] "火维"两句：南方地处荒僻，颇多妖怪，故上天授予衡山以神权，使之雄镇南方。火维，古代五行学说以木、火、水、金、土分属五方，南方属火，故火维指南方。维，隅落。假，授予。柄，权力。

[4] "潜心"两句：心中暗自祷告，祈求天晴，居然有所应验。这难道不是自己的正直感动了神灵吗？

[5] "须臾"二句：片刻云雾散去现出众峰峦，抬头仰望山峰巍峨直插天空。静扫，形容清风吹来，驱散阴云。众峰，衡山有七十二峰。突兀（wù），高峰耸立的样子。青，一作"晴"。

[6] "紫盖"二句：紫盖峰绵延逶迤，连接着天柱峰；石廪峰起伏腾挪，衬托着高耸的祝融峰。衡山有五大高峰，即紫盖峰、天柱峰、石廪峰、祝融峰、芙蓉峰，这里举其四峰，写衡山高峰的雄伟。腾掷，形容山势起伏之状各异。堆祝融，祝融峰最高。

[7] 森然：敬畏的样子。魄动：心惊的意思。拜：拜谢神灵应验。松柏一径：一路两旁，都是松柏。趋：朝向。灵宫：指衡岳庙。

[8] "粉墙"二句：粉色墙映衬红柱光彩夺目，庙中的壁画都是五颜六色的鬼神。

[9] "升阶"二句：登上台阶弯腰奉献上祭品，想借菲薄祭品表示虔诚。伛偻（yǔ lǚ），驼背，这里形容弯腰鞠躬，以示恭敬。荐，进献。脯（fǔ），肉干。脯酒，祭神的供品。菲薄，微薄的祭品。明其衷，出自内心的虔敬。

[10] 庙令：官职名。唐代五岳诸庙各设庙令一人，掌握祭神及祠庙事务。识神意：懂得神的意旨。睢盱（suī xū）：抬起头来，睁大眼睛看。侦伺：形容注意察言观色。

[11] "手持"两句：是指庙令教韩愈占卜，并断定占到了最吉利的兆头。杯珓（jiào）：古时的一种卜具。余难同：其他的卦象都不能相比。

[12] "夜投"两句：此夜投宿佛寺住在高阁上，淡淡的云层里时常投射出星月的光辉。膧朦（tóng méng）：泛指光线微弱貌。亦作"曈昽"。

【简析】

此诗作于永贞元年(805年)秋天。贞元十九年(803年),关中大旱,饿殍遍野。韩愈上书皇帝,请宽民谣,触犯唐德宗及权贵,被贬为阳山令。贞元二十一年(805年),宪宗登基大赦,韩愈由郴州赴江陵府(今湖北荆州)任法曹参军,途中游衡山时写下这首诗。诗的开头六句,写衡山的形势和气象。先总写五岳,再专叙衡山。诗人登南岳,只见喷云泄雾遮住了山峰,绝顶难穷。"我来"八句写登山。他潜心默祷,盼望天晴,忽而乌云尽散,群峰挺秀,颇为壮观。"森然"以下十四句,写谒庙,是全诗的核心。诗人游历庙宇,巡观壁画,兴之所至,居然问卜发泄"窜逐蛮荒"的愤懑。韩愈在思想上是中国"道统"观念的确立者,是尊儒反佛的里程碑式人物。他不会真的相信占卜的话。他诙谐地说:我被放逐蛮荒能侥幸不死,不敢奢望做侯王将相,神纵使赐福于我也难成功。

最后四句写"宿寺"酣睡,"猿鸣钟动不知曙"表现旷达胸襟。全诗写景、叙事、抒情如水乳交融,语言古朴苍劲,叙述自由灵活。境界开阔,一气呵成,风格凝练典重。昔人推此诗为韩愈七古第一。

【思考与练习】

一、反复阅读此诗,体会此诗雄奇壮观、景象阔大、气势雄伟的艺术特点。
二、试比较此诗与作者另一写景名诗《山石》的写法和风格。

至小丘西小石潭记

柳宗元

从小丘西行百二十步,隔篁竹,闻水声,如鸣佩环,心乐之[1]。伐竹取道,下见小潭,水尤清洌。全石以为底,近岸卷石底以出[2]。为坻为屿,为嵁为岩[3]。青树翠蔓,蒙络摇缀,参差披拂[4]。

潭中鱼可百许头,皆若空游无所依。日光下澈,影布石上,佁然不动,俶尔远逝,往来翕忽,似与游者相乐[5]。

潭西南而望,斗折蛇行,明灭可见。其岸势犬牙差互,不可知其源[6]。

坐潭上,四面竹树环合,寂寥无人,凄神寒骨,悄怆幽邃[7]。以其境过清,不可久居,乃记之而去。

同游者:吴武陵、龚古,余弟宗玄。隶而从者,崔氏二小生,曰恕己,曰奉壹[8]。

([唐]柳宗元撰,尹占华、韩文奇标注,霍旭东顾问:《柳宗元集标注》,中华书局,2013年。)

【注释】

[1] 篁(huáng)竹:丛生的竹子。如鸣佩(pèi)环:好像人身上佩戴的玉佩、玉环相碰发出的声音。

[2] 全石以为底:(潭)以整块石头为底。卷石底以出:靠近岸的地方,石底有些部分翻卷过来露出水面。

[3] 为坻(chí)为屿,为嵁为岩:成为坻、屿、嵁、岩等不同的形状。坻,水中高地。屿,小岛。嵁,不平的岩石。

[4] 翠蔓:翠绿的藤蔓。蒙络摇缀,参差(cēn cī)披拂:意思是(树枝藤蔓)遮掩缠绕,摇动连结,参差不齐,随风飘拂。

[5] 佁(yǐ)然不动:(鱼影)呆呆地停在那儿一动也不动。佁然,呆呆的样子。俶(chù)尔远逝:忽然向远处游去。俶尔,忽然。往来翕(xī)忽:来来往往轻快敏捷。翕忽,轻快敏捷的样子。似与游者相乐:好像在同游人互相逗乐。

[6] 斗折蛇行,明灭可见:(溪水)曲曲折折,(望过去)忽隐忽现,一段看得见,一段又看不见。斗折,像北斗七星那样曲折。蛇行,像蛇爬行那样。明灭,或现或隐。犬牙差(cī)互:像狗的牙齿那样互相交错。

[7] 凄神寒骨,悄怆幽邃:感到心神凄凉,寒气透骨,寂静极了,幽深极了。悄怆,忧伤的样子。邃,深。以其境过清:因为这儿的环境过于凄清,冷清。

[8] 吴武陵:作者的朋友,也被贬在永州。龚(gōng)古:作者的朋友。宗玄:作者的堂弟。隶而从者,崔氏二小生,曰恕己,曰奉壹(yī):跟着来的人,是崔家(柳宗元姐夫家)的两个年轻人,一个叫恕己,一个叫奉壹。

【简析】

《至小丘西小石潭记》是《永州八记》中写得最好的一篇,摹写生动的特点也表现得最明显。作者以简练洁净的笔墨,描绘出小石潭石之奇、水之清、鱼之乐、人之情。渲染出一种幽深静谧的诗一般的境界。其体物之微,刻画之工,神韵独造,犹如一幅绝妙的山水画页,为《永州八记》中的极品。

全篇以"清"为文眼,突出潭清、境清,并映照出作者由"清"到"过清"的心理感受。潭水的至清至净,是通过鱼的动静交衬来表现的。鱼游动时,若空无所依;静时鱼影布石,历历可见。此时作者的心情是欢快的,并化用庄子濠上之游的典故,表达人鱼同乐之趣。接写四周之境,竹树环合,寂寥过清,虽其"清"依旧,但一个"过"字,点出作者感受的暗中转换:景色由清丽转为清寂,心境也随之由"乐之""相乐"而生出"悲慨",衔接巧妙自然。兴尽悲来,实是作者难以摆脱贬谪阴影的写照。景与情,物与人,浑然一体,烘托出一个幽深空灵的境界。

《至小丘西小石潭记》所表现的情景交融的写法,在柳宗元的游记文中是具有普遍性的。他的许多山水游记都不是单纯地描写自然山水,而是寓情于景,寄托着他政治上遭受打击后的抑郁苦闷和愤懑不平。在对奇山丽水的刻画中,投射着作者自己思想和人格的折光。把客观景物的描绘和主观感情的流露如此紧密地结合在一起,可以说是柳宗元游记的又一突出特点。

游 黄 溪 记[1]

柳宗元

北之晋,西适豳,东极吴,南至楚越之交,其间名山水而州者以百数,永最善。环永之治百里,北至于浯溪,西至于湘之源,南至于泷泉[2],东至于黄溪东屯,其间名山水而村者以百数,黄溪最善。

黄溪距州治七十里,由东屯南行六百步,至黄神祠。祠之上两山墙立,如丹碧之华叶骈植,与山升降[3]。其缺者为崖峭岩窟。水之中皆小石平布。黄神之上,揭水八十步,至初潭,最奇丽,殆不可状。其略若剖大瓮,侧立千尺[4]。溪水积焉,黛蓄膏渟[5]。来若白虹,沉沉无声。有鱼数百尾,方来会石下[6]。南去又行百步,至第二潭。石皆巍然,临峻流,若颏颔断腭[7]。其下大石杂列,可坐饮食。有鸟赤首乌翼,大如鹄[8],方东向立。自是又南数里,地皆一状,树益壮,石益瘦,水鸣皆锵然。又南一里,至大冥之川。山舒水缓,有土田。

始,黄神为人时,居其地。传者曰:"黄神王姓,莽之世也。莽既死,神更号黄氏,逃来,择其深峭者潜焉。"始莽尝曰:"余黄虞之后也。"故号其女曰"黄皇室主"。"黄"与"王"声相迩,而又有本,其所以传言者益验。神既居是,民咸安焉,以为有道,死乃俎豆之,为立祠[9]。后稍徙近乎民,今祠在山阴溪水上[10]。元和八年[11]五月十六日,既归,为记,以启后之好游者。

([唐]柳宗元撰,尹占华、韩文奇校注:《柳宗元集校注》,中华书局,2013年。)

【注释】

[1] 黄溪(村):在今湖南祁(qí)阳大忠桥。湘江水系的二级支流黄溪河,于祁阳白水镇汇入一级支流白水后流入湘江。唐代属永州。

[2] 浯(wú)溪:源出湖南祁阳西南松山,东北流入湘江。湘之源:湘江源出广西兴安,此处指唐代永州属县湘源,今广西全州。泷(shuāng)泉:水名。

[3] 丹碧之华叶骈(pián)植,与山升降:形容两座山盛开红花绿叶。"华"同"花"。骈植,并行种植。全句可以译为:山上并排生长着红花绿草,这些花花草草顺着山势蜿蜒起伏,或升或降,或沉或浮。

[4] 其略若剖大瓮(wèng):指初潭的大概轮廓像剖开了的大陶罐。侧立:倾斜地放着。千尺:潭在山上,喻其高。

[5] 黛(dài)蓄膏(gāo)渟(tíng):溪水积在潭里,乌光油亮,像贮了一瓮画眉化妆的油膏。黛,古代妇女画眉用的颜料。膏,油脂。渟,水停止不流。

[6] 来若白虹,沉沉无声:水流疾速,像一道白虹,沉静得没有一点声音,形容"有鱼数百尾"从上流急速游来的情景。会石下:聚集在溪底之下。

[7] 石皆巍(wēi)然:指溪流两边的山石都又高又大。峻(jùn)流:从高而下的急流,即黄溪。颏(kē)颔(hàn)龂(yín)腭(è):均指人类面部嘴唇以下的部位。颏,两腮和嘴下面部位;颔,下巴;龂,牙根。腭,牙床。

[8] 鹄(hú):天鹅。它比雁大,羽毛白有光泽,也有黄鹄、丹鹄,生活在湖、海、江、河,它的皮毛可做衣服等,称为天鹅绒。

[9] 俎(zǔ)豆:古代祭祀时放祭品的案盏。此用作动词,祭祀。为立祠:给黄神修建祠堂。

[10] 后稍徙(xǐ)近乎民:后来在靠近村民处改建今祠。山阴:山的北面。

[11] 元和八年：即唐宪宗元和八年（813年）。元和：唐宪宗李纯的年号。

【简析】

　　《游黄溪记》写于唐宪宗元和八年（813年）。关于此文的思路，清代孙琮《山晓阁选唐大家柳柳州全集》卷三说道："《游黄溪记》一起先从鄙、晋、吴、楚四面写来，抬出永州。次从永州名胜四面写来，抬出黄溪，便见得黄溪不独甲出一个永州，早已甲出于天下，地位最占得高。下写黄神祠，两山壁立，状如丹霞，境界何等奇绝。次写初潭、二潭，凡写石、写泉、写树，处处换笔，便处处另换一个洞天福地。坐卧其间，此身恍在黄溪深处，真是仅事。一路逐段记步记里，自成章法。"文章先交代黄溪的位置，然后写黄溪之美，最后写黄神的传说。作者在文中变换视角，写出山水之美。在写景过程中，主要是围绕黄神祠、初潭、第二潭而展开。写初潭，文章从观赏感受落笔，先概括一句"殆不可状"。接着勾勒潭之全貌，"若剖大瓮，侧立千尺"，突出其高深的特征。然后对潭中细细地描绘，"黛蓄膏渟"，这是水色，"来若白虹"，这是水流，"沉沉无声"，说明溪水积而成潭，既深且厚，故而无声。"有鱼数百尾，方来会石下"，活现游鱼悠闲嬉戏的情态。写第二潭则注意谭上的石头，"石皆巍然，临峻流，若颔颔龂腭"，不但写出了石形的参差怪异，而且赋予其生命力。"其下大石杂列，可坐饮食"与上石相对照，一奇一平，亦具妙趣。"有鸟赤首乌翼，大如鹄，方东向立"，与上文的谭中之鱼相映成趣。无论是鱼还是鸟，都是作者此游即目所见。随后，描绘南方数里之外的壮树、瘦石、水鸣以及大冥的山舒、水缓、有土田……使整个画面境界开阔，尺幅之中具万里之势，展现无尽的诗意。沈德潜《评注唐宋八大家古文评注》卷八赞叹道："游黄溪不过十余里，却写得如千岩万壑，幽深、峭邃、平远，无境不备，手有化工，不同画笔。"最后写黄神的传说。这部分意在说明黄溪、黄神祠名称的由来，让山水增加一层神秘的色彩。从文章的布局来看，这一部分也不能没有，浦起龙在《古文眉诠》卷五十三中评点道："记黄溪之游，以黄神作标准，就所历分节布景。此记前诸篇有别，前皆去州近，多搜剔出之，时时憩息者。此去州远，特记一时之游耳。"时逢大旱，作者随同永州刺史韦中丞前往黄神祠求雨，这是写作背景，因此有必要写出黄神的传说，借称颂黄神浇胸中块垒，与文章所写山水浑然一体。

【思考与练习】

　　一、本文处处扣黄神，这是为什么？
　　二、领会这篇游记变换视角、体物入微的写作特点。

范仲淹(989—1052),字希文。苏州吴县(今江苏苏州)人。北宋杰出的政治家、文学家。大中祥符八年(1015年)进士,授广德军司理参军。康定元年(1040年),与韩琦共任陕西经略安抚招讨副使,采取"屯田久守"的方针,巩固西北边防。西北边事稍宁后,宋仁宗召范仲淹回朝,授枢密副使。庆历三年(1043年)拜参知政事,倡导新政,推行改革。新政受挫,出任陕西四路宣抚使。皇祐四年(1052年),改知颍州,在扶疾上任的途中逝世。谥号"文正",世称范文正公。著有《范文正公集》。

岳 阳 楼 记

范仲淹

庆历四年春,滕子京谪守巴陵郡[1]。越明年,政通人和,百废具兴,乃重修岳阳楼,增其旧制,刻唐贤今人诗赋于其上。属予作文以记之[2]。

予观夫巴陵胜状,在洞庭一湖。衔远山,吞长江,浩浩汤汤,横无际涯[3],朝晖夕阴,气象万千。此则岳阳楼之大观也,前人之述备矣。然则北通巫峡,南极潇湘,迁客骚人,多会于此,览物之情,得无异乎?

若夫淫雨霏霏,连月不开,阴风怒号,浊浪排空;日星隐耀,山岳潜形,商旅不行,樯倾楫摧[4],薄暮冥冥[5],虎啸猿啼。登斯楼也,则有去国怀乡,忧谗畏讥,满目萧然,感极而悲者矣[6]。

至若春和景明,波澜不惊,上下天光,一碧万顷[7],沙鸥翔集,锦鳞游泳[8],岸芷汀兰,郁郁青青[9]。而或长烟一空,皓月千里[10],浮光跃金,静影沈璧[11],渔歌互答,此乐何极[12]!登斯楼也,则有心旷神怡,宠辱偕忘,把酒临风,其喜洋洋者矣。

嗟夫!予尝求古仁人之心,或异二者之为,何哉?不以物喜,不以己悲,居庙堂之高则忧其民,处江湖之远则忧其君[13]。是进亦忧,退亦忧[14]。然则何时而乐耶?其必曰:先天下之忧而忧,后天下之乐而乐乎[15]。噫!微斯人,吾谁与归?

时六年九月十五日。

（[清]范能濬编集，薛正兴校点：《范仲淹全集》，凤凰出版社，2004年。）

【注释】

[1] 庆历四年：公元1044年。庆历，宋仁宗赵祯的年号（1041—1048）。本文句末中的"时六年"，指庆历六年（1046年），点明作文的时间。滕子京谪（zhé）守巴陵郡：滕子京降职任岳州太守。滕子京，名宗谅，字子京，范仲淹的朋友。谪，封建王朝官吏降职或远调。守，指做太守。巴陵，郡名，即岳州，治所在今湖南省岳阳市。

[2] 属（zhǔ）：同"嘱"，嘱托。作文：创作文章。以：用来。

[3] 衔（xián）：衔接。吞：吞纳。浩浩汤汤（shāng）：水势浩大的样子。

[4] 日星隐耀：太阳和星星隐藏起光辉。耀，光辉，光芒。山岳潜形：山岳隐没了形体。岳，高大的山。潜，潜藏。形，形迹。樯（qiáng）倾楫摧：桅杆倒下，船桨折断。樯，桅杆。楫，桨。倾，倒下。

[5] 薄（bó）暮冥冥：傍晚天色昏暗。薄，迫近。冥冥，昏暗的样子。

[6] 则：就。有：产生……（的情感）。去国怀乡，忧谗畏讥：离开京都，怀念家乡，担心（人家）说坏话，惧怕（人家）批评指责。去，离开。国，京都。去国，离开京都，也即离开朝廷。忧，担忧。谗，谗言。畏，害怕，惧怕。讥，讥讽。萧然，萧条的样子。感：感慨。极：到极点。而：表示顺接。

[7] 至若春和景明：如果到了春天气候暖和，阳光明媚。春和，春风和煦。景，日光。明，明媚。上下天光，一碧万顷：上下天色湖光相接，一片碧绿，广阔无际。万顷，极言其广。

[8] 沙鸥：沙洲上的鸥鸟。翔集：时而飞翔，时而停歇。集，栖止，鸟停息在树上。锦鳞：指美丽的鱼。鳞，代指鱼。游：指水面浮行。泳：指水中潜行。

[9] 岸芷（zhǐ）汀（tīng）兰：岸上的香草与小洲上的兰花。芷，香草的一种。汀，水边平地。郁郁，形容草木茂盛。

[10] 而或长烟一空：有时大片烟雾完全消散。而或，有时。长，大片。一，全。空，消散。皓月千里：皎洁的月光照耀千里。

[11] 浮光跃金：波动的光闪着金色。这是描写月光照耀下的水波。静影沉璧：湖水平静时，明月映入水中，好似沉下一块玉璧。璧，圆形的玉。

[12] 渔歌互答：渔人唱着歌互相应答。答，应和。何极，哪里有尽头。极，尽头。

[13] 居庙堂之高则忧其民：在朝中做官则担忧百姓。意为在朝中做官。庙，宗庙。堂，殿堂。庙堂，指朝廷。下文的"进"，即指"居庙堂之高"。之，定语后置的标志。处江湖之远则忧其君：远离朝廷则为君主担忧。下文的"退"，即指"处江湖之远"。

[14] 是：这样。进：在朝廷做官。退：不在朝廷做官。

[15] "其必曰"：他们一定会说"在天下人担忧之前先担忧，在天下人享乐之后才享乐"吧。先，在……之前；后，在……之后。其，指"古仁人"。必，一定。

【简析】

文章构思巧妙，出人意表。

开头即切入正题，格调庄重雅正；说滕子京为"谪守"，已暗喻对仕途沉浮的悲慨，为后文抒情设伏。下面仅用"政通人和，百废具兴"八个字，写出滕子京的政绩，引出重修岳阳楼和作记一事，为全篇文字的导引。

先总说"巴陵胜状，在洞庭一湖"，以下"衔远山，吞长江"寥寥数语，写尽洞庭湖之大观胜概。"前人之述备矣"一句承前启后，并回应前文"唐贤今人诗赋"一语。经"然则"一转，引出新的意境，由单纯写景，转入以情景交融的笔法来写"迁客骚人"的"览物之情"，从而勾出全文的主体。

以"若夫"起笔，写览物而悲者。这里用四字短句，层层渲染，渐次铺叙。淫雨、阴风、浊浪构成了主景，不但使日星无光，山岳藏形，也使商旅不前；或又值暮色沉沉、"虎啸猿啼"之际，令过往的"迁客骚人"有"去国怀乡"之慨、"忧谗畏讥"之惧、"感极而悲"之情。

第四段写览物而喜者。以"至若"领起，打开了一个阳光灿烂的画面。这一段的句式、节奏与上一段大体相仿，却也另有变奏。"而或"一句就进一步扩展了意境，增强了叠加咏叹的意味，把"喜洋洋"的气氛推向高潮，而"登斯楼也"的心境也变成了"宠辱偕忘"的超脱和"把酒临风"的挥洒自如。

作者写"迁客骚人"两种"览物之情"的目的，是为了将这类人的悲喜感情跟"古仁人之心"作对比，引出下文，由写情自然转入议论，突出全文主旨。那就是"不以物喜，不以己悲"。范仲淹借此文委婉地表达了对友人滕子京的劝勉，结尾作者发出"微斯人，吾谁与归"的慨叹。就全文来看，作者一方面希望滕子京具有古仁人之心，志存高远；另一方面也含蓄地表达了自己愿与古仁人同道的旷达胸襟和远大抱负。文章最后标明写作时间,与篇首照应。

用对句写景。如"日星隐耀,山岳潜形。""沙鸥翔集,锦鳞游泳。""长烟一空,皓月千里;浮光跃金,静影沉璧。"表现出作者驾驭语言的能力。

全文记叙、写景、抒情、议论融为一体,动静相生,明暗相衬,文词简约,音节和谐,用排偶章法作景物对比,成为杂记中的创新。

【思考与练习】

一、文章略写巴陵胜状,详写览物之情,试简述其原因。

二、文中说"不以物喜,不以己悲",作为现代人的你能否做到?为什么?请联系自己的生活实际,谈谈看法。

黄庭坚(1045—1105)字鲁直,自号山谷道人,晚号涪翁,洪州分宁(今江西修水)人。为"苏门四学士"之一,其诗宗法杜甫,并有"夺胎换骨""点石成金""无一字无来处"之论。风格奇硬拗涩。他开创了江西诗派,在两宋诗坛影响很大。有《山谷集》,词集名《山谷琴趣外篇》(即《山谷词》)。

书磨崖碑后

黄庭坚

春风吹船著浯溪, 扶藜上读《中兴碑》[1]。平生半世看墨本,摩挲石刻鬓成丝。
明皇不作苞桑计, 颠倒四海由禄儿[2]。九庙不守乘舆西,万官已作乌择栖[3]。
抚军监国太子事, 何乃趣取大物为[4]?事有至难天幸尔,上皇蹜蹜还京师[5]。
内间张后色可否? 外间李父颐指挥[6]。南内凄凉几苟活,高将军去事尤危[7]。
臣结《舂陵》二三策,臣甫《杜鹃》再拜诗[8]。安知忠臣痛至骨,世上但赏琼琚词[9]。
同来野僧六七辈, 亦有文士相追随。断崖苍藓对立久,冻雨为洗前朝悲[10]。

([清]陈衍编选,蔡义江、李梦生撰:《宋诗精华录译注》,上海古籍出版社,1999年。)

【注释】

[1]"春风"两句：春风吹船停靠在浯溪，拄着藜杖登岸读《中兴碑》。浯(wú)溪，源出今湖南祁阳西南。藜(lí)：藜杖。

[2]"明皇"二句：明皇不考虑安邦定国的计划，结果国家被安禄山搞得几乎颠覆。明皇，唐太宗。苞桑，语出《易·否》："其亡其亡，系于苞桑。"意为怕失去，就把东西牢牢系在桑树干上。苞桑计，比喻牢靠的治国方略。颠倒，四海播乱。禄儿，即安禄山，时任平卢、范阳、河东三镇节度使。

[3]"九庙"二句：宗庙宫廷都沦陷敌手，明皇凄凉地逃往川西；百官们犹如乌鹊选择良木，纷纷投降伪朝，低声下气。九庙，本指皇家祖庙，这里指代国家政权。乘舆，皇帝的车架。乌择栖，万官在祸乱临头时，像乌鸦惊散，各自寻找栖息之所，纷纷投靠新主人。

[4]抚军监国：出自《左传》闵公二年："(太子)君行则守，有守则从，从曰抚军，守曰监国。"趣：急忙。大物：皇位。

[5]蹐(jí)蹐：无法舒展的样子。此指玄宗回国都后，受肃宗所制，无法舒展。

[6]张后：肃宗皇后张良娣，与李辅国勾结，干预朝政，牵制玄宗，后被废。李父：李辅国。肃宗以李辅国为殿中监兼太仆卿，判元帅府行军司马。李专权揽政，连宰相李揆也执弟子礼，称"五父"。他屡进谗言，迫害玄宗。颐指挥：用脸部表情来示意指挥。

[7]南内：玄宗自蜀回，住南内兴庆宫，后迁西内软禁。高将军：高力士。他是玄宗心腹，曾封骠骑大将军。后遭李辅国诬陷，流放巫州。

[8]臣结《舂陵》二三策，臣甫《杜鹃》再拜诗：臣子元结在舂陵上书献策，臣子杜甫在四川，见到杜鹃再次下拜作诗。臣结，指元结。元结曾任道州刺史，多次上表言事，并作有《舂陵行》诗，反映民间疾苦。此句一作"臣结春秋二三策"，说元结所作《中兴颂》中含《春秋》笔法，寓有褒贬。臣甫，杜甫。杜甫《杜鹃行》曾以杜鹃比玄宗失位。他的《杜鹃诗》有"我见常再拜，重是古帝魂"句。

[9]"安知"二句：世人不知道忠臣刻骨的忧国忧民之心，只是争相欣赏诗文中的文词之美。琼琚，华美的佩玉。此处指文辞华丽。

[10]湅(dōng)雨：暴雨。湅，不能写成"冻"。前朝悲：对前朝由盛而衰一蹶不振的悲思。

【简析】

磨崖亦作"摩崖"。摩崖碑，指《大唐中兴颂》，由元结撰文，颜真卿书写。内容写安史之乱,唐肃宗平乱,使唐室中兴。此碑文辞古雅,笔法苍劲有力。

黄庭坚这首诗作于崇宁三年(1104年),前一年,他以"幸灾谤国"的罪名被从鄂州(今属湖北)贬往宜州(今属广西河池),这一年春天,他途经永州,泛舟浯溪,游览了岸边山崖上的著名石刻《大唐中兴颂》碑。作者是书法家,早已见过这块名碑的拓本,亲眼看见磨崖碑则是初次,而他此时已经六十岁了,所以此诗从仰慕磨崖石刻真迹写起,一直写到唐朝的安史之乱,借古鉴今。开头四句交代登临观碑的背景,表达了对此碑的向往之情。中间十六句咏叹唐代安史之乱及其后果。四句一层,层层深入,"明皇"四句评议唐玄宗贪图享乐,宠信安禄山,酿成大祸。"抚军"以下四句转入对肃宗的指责。"内间张后"指太监李辅国与张皇后相勾结,离间唐玄宗唐肃宗父子的关系。"臣结"四句以元结的《舂陵行》和杜甫的《杜鹃》诗歌来表现当时政治腐败与对玄宗被幽禁的慨叹。最后四句又回到游踪,面对前代兴亡兴衰的记载,诗人流露了对走向没落的北宋王朝的忧心。全诗章法严谨,叙议结合,气势雄峻,波澜起伏,语言炉火纯青。

【思考与练习】

一、这首诗写重大题材,有什么特色?
二、分析全诗的章法。

张孝祥(1132—1169),字安国,号于湖居士,乌江(今安徽和县东北)人,生于明州鄞县(今浙江宁波),少年时阖家迁居芜湖。绍兴二十四年(1154年)廷试,高宗亲擢为进士第一。授承事郎,签书镇东军节度判官。词豪放爽朗,风格与苏轼相近。有《于湖居士文集》传世。

念奴娇·过洞庭

张孝祥

洞庭青草[1],近中秋,更无一点风色。玉鉴琼田三万顷,着我扁舟一叶。素月分辉,明河共影[2],表里俱澄澈[3]。悠然心会,妙处难与君说。

应念岭表经年,孤光自照,肝胆皆冰雪[4]。短发萧骚襟袖冷,稳泛沧浪空阔[5]。尽挹西江,细斟北斗,万象为宾客[6]。扣舷独啸,不知今夕何夕。

([宋]张孝祥著,徐鹏校注:《于湖居士文集》,上海古籍出版社,2009年。)

【简析】

[1] 洞庭青草:指洞庭湖与青草湖。两湖相连。

[2] 素月分辉,明河共影:皎洁的明月和灿烂的银河,在这浩瀚的玉镜中映出她们的芳姿。素月:皎洁的月亮。明河:天河。"明河"一作"银河"。

[3] 表里俱澄澈:天上月亮和银河的光辉映入湖中,上下一片澄明。表里,里里外外。

[4] "应念岭表经年":岭表,岭外,即五岭以南的两广地区,作者此前为官广西。岭表一作"岭海"。经年,经过一年。孤光:指月光。肝胆:一作"肝肺"。冰雪:比喻心地光明磊落,像冰雪般纯洁。

[5] "短发萧骚"句:我正披着萧瑟幽冷的须发和衣袂,平静的泛舟在这广阔浩森的苍溟之中。"萧骚"一作"萧疏",稀疏。襟袖冷,形容衣衫单薄。泛,泛舟。

[6] "尽挹西江"句:让我捧尽西江清澈的江水,细细地斟在北斗星做成的酒勺中,请天地万象统统来做我的宾客。挹(yì),舀。"挹"一作"吸"。西江,长江连通洞庭湖,中上游在洞庭以西,故称西江。北斗,星座名,由七颗星排成像舀酒的斗的形状。万象,万物。

【简析】

宋孝宗乾道元年(1165年),张孝祥出任静江府(治所在今天广西桂林)知府,兼广南西路经略安抚使。次年,张孝祥因受政敌谗害而被免职。他从桂林北归,途经洞庭湖,即景生情,写下这首词。

词的开头写洞庭湖和青草湖的平静、开阔。"玉鉴琼田三万顷,著我扁舟一叶"二句,写足了下文的"澄澈"。词的上片以星月皎洁的夜空和辽阔的湖面为背景,创造了一个光风霁月、坦荡无涯的艺术意境。值得一提的是,词人落职没有形容憔悴的痛苦,而是一种神情飞扬:"悠然神会,妙处难与君说。"诗人的内心也是"澄澈"的。"应怜岭表经年,孤光自照,肝胆皆冰雪。"这一句是诗人对在两广地区的官场经历的自我评价。诗人的人品、肝胆如冰雪晶莹,这既与上片的"澄澈"照应,也是一种孤愤之情的体现,不过以自豪的口吻出之。"短发萧疏襟袖冷,稳泛沧溟空阔。"此句紧接上句意脉,既然自己问心无愧,就不去计较那些飞流短长,且作天人之游:"尽挹西江,细斟北斗,万象为宾客。"这种气势和胸襟绝非患得患失者能望其项背。诗人最后扣舷独啸,仿佛这空阔无边的宇宙响起了虎啸龙吟的声音。

这首词想象奇特,意境开阔,情景融为一体。黄蓼园评此词说:"写景不能绘情,必少佳致。此题咏洞庭,若只就洞庭落想,纵写得壮观,亦觉寡味。此词开首从洞庭说至玉鉴琼田三万顷,题已说完,即引入扁舟一叶。以下从舟中人心迹与湖光映带写,隐现离合,不可端倪,镜花水月,是二是一。自尔神采高骞,兴会洋溢。"

【思考与练习】

一、这首词意境辽阔高远,把"忘我"之境表现得淋漓尽致,作者是怎样做到的?

二、这首词的意境与苏轼《前赤壁赋》的旷达之境有什么不同?

湖 北 省

崔颢(hào)(约 704—754),汴州(治今河南开封)人,唐代诗人。开元十一年(723 年)进士,官至太仆寺丞、司勋员外郎。最为人称道的是他那首《黄鹤楼》,据说李白为之搁笔,曾有"眼前有景道不得,崔颢题诗在上头"的赞叹。《全唐诗》收录其诗四十二首。

黄 鹤 楼

崔 颢

昔人已乘黄鹤去,此地空余黄鹤楼。
黄鹤一去不复返,白云千载空悠悠。

晴川历历汉阳树,芳草萋萋鹦鹉洲。

日暮乡关何处是?烟波江上使人愁。

([清]沈德潜选注:《唐诗别裁集》,上海古籍出版社,2013年。)

【简析】

　　据说崔颢此诗得到李白的钦佩:"眼前有景道不得,崔颢题诗在上头。"李白欲拟之较胜负,乃作《登金陵凤凰台》诗。严羽《沧浪诗话·诗评》说:"唐人七言律诗,当以崔颢《黄鹤楼》为第一。"严羽论诗主浑朴,重气象,故有"第一"之誉。这首诗最大的优点就是一气浑成。首联以费祎在此乘鹤登仙的传说与留下空荡的黄鹤楼形成对比。隐含着此楼枕山临江,峥嵘缥缈之形势。颔联感叹仙去楼空,唯余天际白云,悠悠千载,正能表现世事茫茫之慨,也表现了此楼耸入天际、白云缭绕的壮观。颈联有突变,由昔人黄鹤、杳然已去一变而为晴川草树、萋萋满洲的眼前景象。这是白天所见之景。诗中"芳草萋萋"之语出自《楚辞·招隐士》曰:"王孙游兮不归,春草生兮萋萋。"自然引出尾联乡关何处、归思难禁的感慨。间接呈现出黄鹤楼下江上朦胧的晚景。诗篇所展现的整幅画面上,交替出现的有黄鹤楼的近景、远景、日景、晚景,变化奇妙,气象恢宏;相互映衬的则有仙人黄鹤、名楼胜地、蓝天白云、晴川沙洲、绿树芳草、落日暮江,形象鲜明,色彩缤纷。

【思考与练习】

一、背诵这首诗,体会这首诗的一气浑成。

二、试比较《黄鹤楼》与李白的《登金陵凤凰台》艺术上的异同。

与诸子登岘山

孟浩然

人事有代谢,　往来成古今。

江山留胜迹,　我辈复登临。

水落鱼梁浅[1],天寒梦泽深[2]。

羊公碑尚在[3],读罢泪沾襟。

([清]沈德潜选注:《唐诗别裁集》,上海古籍出版社,2013年。)

【注释】

［1］鱼梁：沙洲名，在襄阳鹿门山的沔水中。

［2］梦泽：古代有云、梦二泽，后淤积为陆地。即今江汉平原。

［3］羊公碑：后人为纪念西晋名将羊祜而建。羊祜镇守襄阳时，常与友人到岘山饮酒诗赋，有过江山依旧人事短暂的感伤。

【简析】

这是一首怀古诗。岘山一名岘首山，在今湖北襄阳城以南。其山虽不高峻雄奇，却因羊祜而闻名遐迩。魏晋时的羊祜出镇襄阳，每年春秋之季，都步出襄城，攀跻岘山，置酒咏诗，他曾深有感触地对僚属邹湛言道："自有宇宙，便有此山，由来贤达胜士，登此远望，如我与卿者多矣！皆湮灭无闻，使人悲伤。如百岁后有知，魂魄犹应登此也。"邹湛答道："公德冠四海，道嗣前哲，令闻令望，必与此山俱传。"历史证实了邹湛的预言。羊祜去世之后，襄阳百姓便在岘山羊祜生前游憩的地方建碑立庙，岁时祭飨。每当游人瞻望羊祜庙前的碑石，无不为之落泪洒涕。接替羊祜镇守襄阳的杜预，便将此碑命名为"堕泪碑"。

首联"人事有代谢，往来成古今"，凭空落笔，感慨颇深。颔联"江山留胜迹，我辈复登临"，分别承上联的"古"和"今"，但不全是伤感，与张若虚的"人生代代无穷已，江月年年只相似"相似，有一种豪迈乐观之气。颈联"水落鱼梁浅，天寒梦泽深"是写景，登山远望，水落石出，草木凋零，辽阔的云梦泽，一望无际。借冬天的景物烘托了伤感之情。尾联落实到羊祜之事，在缅怀古人的同时，浇自己的块垒。整首诗既有一种豪情，又有怀才不遇的感慨。语言通俗易懂，语淡而味不薄。

【思考与练习】

一、有的人认为这首诗通篇有一种伤感，你是怎么看的？

二、背诵全诗。

三 游 洞 序

白居易

平淮西之明年冬[1]，予自江州司马授忠州刺史，微之自通州司马授虢州长史。又明年春,各祗命之郡[2],与知退偕行。三月十日,参会于夷陵。翌日,微之反棹送予至下牢戍。

又翌日,将别未忍,引舟上下者久之。酒酣,闻石间泉声,因舍棹进,策步入缺岸。初见石,如叠,如削;其怪者,如引臂,如垂幢[3]。次见泉,如泻,如洒;其奇者,如悬练,如不绝线。遂相与维舟岩下,率仆夫芟芜刈翳,梯危缒滑,休而复上者凡四五焉。仰睇俯察,绝无人迹,但水石相薄,磷磷凿凿[4],跳珠溅玉,惊动耳目。自未讫戌,爱不能去。俄而峡山昏黑,云破月出,光气含吐,互相明灭,晶荧玲珑,象生其中,虽有敏口,不能名状。

既而通夕不寐,迨旦将去,怜奇惜别,且叹且言。知退曰:"斯境胜绝,天地间其有几乎?如之何府通津,绵岁代,寂寥委置,罕有到者?"予曰:"借此喻彼,可为长太息,岂独是哉?岂独是哉?"微之曰:"诚哉是言。斯吾人难相逢,斯境不易得;今两偶于是,得无述乎?请各赋古调诗二十韵,书于石壁。"仍命余序而纪之。又以吾三人始游,故目为"三游洞"。洞在峡州上二十里北峰下两崖相廞间。欲将来好事者知,故备书其事。

([唐]白居易著,朱金城笺注:《白居易集笺校》,上海古籍出版社,1988年。)

【注释】

[1] 平淮西:唐宪宗元和九年(814年),淮西节度使吴元济叛乱,宪宗派兵加以平定,元和十二年(817年)攻入蔡州(今河南汝南),活捉吴元济。平淮西之明年:即元和十三年(818年)。

[2] 祗(zhī)命:遵命。之:往。

[3] 垂幢(chuáng):下垂的旗帜。

[4] 磷磷:通"潾潾",水清澈的样子。凿凿:石鲜明的样子。

【简析】

三游洞在今湖北宜昌西北,西陵峡口北岸岩洞。这是一篇序体山水游记,作于唐宪宗元和十四年(819年),白居易这一年四十八岁。这年三月,白居易与挚友元稹相遇于夷陵,当时,白居易的弟弟白行简随行,三人同游了西陵峡口下牢津的一个石洞,各赋诗题壁,因此命名此洞为"三游洞"。本文为白居易为三人游洞赋诗写的序。

第一段写三人相会的情形。从"微之反棹送予"这一细节中,则可体会到元、白二人的深挚情谊。用笔简妙,为下文抒写惜别之情预作铺垫。

第二段写三人发现并游览三游洞的经过,是本文的重点所在。就在江中难解难分之时,听到石间有泉声,于是下船上岸,步行到了崖岸缺口的地方。一开始就见到一块好像经过人工堆叠和劈削而成的石钟乳,怪异的地方在于像张开的翅膀,又像下垂的旗帜。然后写泉水,如泻如洒,奇特犹如悬挂的白绢,又像绵延不断的丝线。再写洞的险峻和滑溜:危险的地方架梯子爬,滑溜的地方拴绳子拉,连休息带攀爬了四五次。对于洞中的跳珠溅玉的情景,用"惊动耳目"写出自己的感受。最后写洞中昏黑的奇景。作者以"虽有敏口,不能名状"的遗憾来表现景色的奇妙。

末段因景伤情,含英才被贬之意,意味深长。明朝杨慎《丹铅杂录》卷七赞叹道:"白居易《三游洞记》:'云破月出,光气含吐,互相明灭,晶荧玲珑,象生其中,虽有敏口,莫可名状。'造语如此,何异柳宗元。世以为大易轻议之,盖亦未能深玩之也。"

【思考与练习】

一、作者写洞中奇景抓住了哪些特征?
二、比较此文与《永州八记》的异同。

刘禹锡(772—842),字梦得,祖籍洛阳,唐朝文学家,哲学家,自称是汉中山靖王后裔,曾任监察御史,是王叔文政治改革集团的一员。唐代中晚期著名诗人,有"诗豪"之称。他的家庭是一个世代以儒学相传的书香门第。政治上主张革新,是王叔文派政治革新活动的中心人物之一。后来永贞革新失败被贬为朗州司马(今湖南常德)。刘禹锡诗文俱佳,涉猎题材广泛,与柳宗元并称"刘柳",并与白居易合称"刘白",存世有《刘宾客文集》。

西塞山怀古

刘禹锡

王濬楼船下益州[1],金陵王气黯然收[2]。

千寻铁锁沉江底[3],一片降幡出石头[4]。

人世几回伤往事[5],山形依旧枕寒流[6]。

从今四海为家日[7],故垒萧萧芦荻秋[8]。

([清]沈德潜选注:《唐诗别裁集》,上海古籍出版社,2013年。)

【注释】

[1] 王濬:晋益州刺史。益州:晋时郡治在今成都。晋武帝谋伐吴,派王濬造大船,出巴蜀,船上以木为城,起楼,每船可容二千余人。

[2] 金陵:今南京,当时是吴国的都城。王气:帝王之气。黯然:衰落,没有生气。

[3] 千寻铁锁沉江底:孙皓凭借长江天险,在江中暗置铁锥,再加以千寻铁链横锁江面,自以为是万全之计,谁知王濬用大筏数十,冲走铁锥,以火炬烧毁铁链,结果顺流鼓棹,径造三山,直取金陵。

[4] 一片降幡(fān)出石头:王濬率船队从武昌顺流而下,直到金陵,孙皓投降。

[5] 人世几回伤往事:人世间有多少叫人感伤的往事。一作"荒苑至今生茂草"。

[6] 山形依旧枕寒流:西塞山依然背靠着滚滚的长江。

[7] 四海为家:即四海归于一家,指全国统一。"从今"一作"今逢"。

[8] 故垒:旧时的壁垒。萧萧:秋风的声音。

【简析】

唐穆宗长庆四年(824年),刘禹锡由夔州(治今重庆奉节)刺史调任和州(治今安徽和县)刺史,经西塞山时,触景生情,写下了这首感叹历史兴亡的诗。西塞山位于今湖北省黄石市东面的长江边,又名道士洑,山体突出到长江中,因而形成长江弯道,站在山顶犹如身临江中,形势险峻,是六朝有名的军事要塞。诗的前四句写双方的强弱。第一句写西晋,后面三句都是写东吴,着重点出那种虚妄的精神支柱"王气"、天然的地形、千寻的铁链皆不足恃。这就从反面阐发了一个深刻的思想,那就是"兴废由人事,山川空地形"(《金陵怀古》),从而引出五六句,山川"依旧",就更显得人事之变化,"几回"二字概括六代。第七句宕开一笔,直写"今逢"之世,第八句说往日的军事堡垒成为残破荒凉的遗迹,这是六朝覆灭的见证。不妨看看钱朝鼎《唐诗鼓吹笺注》对此诗的评点:"劈将王濬下益州起,加'楼船'二字,何等雄壮!随手接云:'金陵王气黯然收',下一'收'字,何等惨溃!……看他前四句单写吴主孙皓,五忽转云'人世几回伤往事',直将六朝人物变迁、世代废兴俱收在七字中。六又接云:'山形依旧枕寒流',何等高雅,何等自然!末将无限衰飒字样写当今四海为家,于极感慨中却极壮丽,何等气度,何等佳构!此真唐人怀古之绝唱也。"

【思考与练习】

一、刘禹锡这首诗中,嘲弄的锋芒主要指向谁?

二、体会全诗借古讽今、沉郁感伤、繁简得当的写作技巧。

王禹偁(954—1001),字元之,济州巨野(今属山东)人。宋太宗太平兴国八年(983年)进士,官至翰林学士。遇事敢言,因此屡遭贬谪。他是北宋初期首先起来反对唐末以来浮靡文风的优秀作家之一,提倡"句之易道,义之易晓"(《答张扶书》),反对艰深晦涩,雕章琢句,为后来的欧阳修、梅尧臣等人的诗文革新运动开辟了道路。著有《小畜集》三十卷、《小畜外集》二十卷(今残存卷六至卷十三等八卷)。

黄州新建小竹楼记[1]

王禹偁

黄冈之地多竹,大者如椽[2],竹工破之,刳[3]去其节,用代陶瓦[4],比屋[5]皆然,以其价廉而工省也。

子城[6]西北隅,雉堞圮毁[7],蓁莽荒秽,因作小楼二间,与月波楼[8]通。远吞[9]山光,平挹江濑[10],幽阒辽夐[11],不可具状。夏宜急雨,有瀑布声;冬宜密雪,有碎玉声;宜鼓琴,琴调虚畅;宜咏诗,诗韵清绝;宜围棋,子声丁丁[12]然;宜投壶[13],矢声铮铮然;皆竹楼之所助[14]也。

公退[15]之暇,被鹤氅衣[16],戴华阳巾[17],手执《周易》一卷,焚香默坐,消遣世虑。江山之外,第见风帆沙鸟,烟云竹树而已。待其酒力醒,茶烟[18]歇,送夕阳,迎素月[19],亦谪居之胜概[20]也。彼齐云、落星[21],高则高矣;井幹、丽谯[22],华则华矣;止于贮妓女、藏歌舞,非骚人[23]之事,吾所不取。

吾闻竹工云:"竹之为瓦,仅十稔[24];若重覆之,得二十稔。"噫!吾以至道乙未岁,自翰林出滁上[25];丙申,移广陵[26];丁酉,又入西掖[27];戊戌岁除日[28],有齐安[29]之命;己亥[30]闰三月,到郡。四年之间,奔走不暇,未知明年又在何处,岂惧竹楼之易朽乎?后之人与我同志[31],嗣而葺之[32],庶斯楼之不朽也。

(洪本健等解题汇评:《解题汇评古文观止》,华东师范大学出版社,2002年。)

【注释】

[1] 黄州,州名,治所在黄冈(现在湖北黄冈)。宋真宗咸平元年(998年)除夕,作者被贬为黄州(今湖北黄冈)刺史。次年三月二十七日到达黄州任所。不久修建小竹楼二间,并于八月十五日撰成此文。本文的题目,《古文观止》及一般古文选本,均作《黄冈竹楼记》,这里用《小畜集》原来的题目。

[2] 椽(chuán):椽子,架在屋顶承受屋瓦的木条。

[3] 刳(kū):削剔,挖空。

[4] 陶瓦:用泥烧制的瓦。

[5] 比屋:挨家挨户。比,紧挨,靠近。

[6] 子城:城门外用于防护的半圆形城墙。也叫"瓮城""月城"。

[7] 雉堞(dié)圮(pǐ)毁:城上矮墙倒塌毁坏。雉堞,城上的矮墙,呈凹凸形。圮毁,倒塌毁坏。

[8] 月波楼:黄州的一座城楼。

[9] 吞:容纳。这里是"尽览"的意思。

[10] 江濑:指奔流的江水。濑,沙滩上的流水。

[11] 幽阒(qù)辽敻(xiòng):幽静辽阔。幽阒,清幽静寂。敻,远、辽阔。

[12] 丁(zhēng)丁:形容棋子敲击棋盘时发出的清脆悠远之声。

[13] 投壶:古人宴饮时的一种游戏。以矢投壶中,投中次数多者为胜。胜者斟酒,败者饮酒。

[14] 助：助成，得力于。

[15] 公退：办完公事，退下休息。

[16] 鹤氅(chǎng)衣：用鸟羽制的披风。晋人王恭披鹤氅出游，人称"此真神仙中人"，遂为高士、道流所披之衣。

[17] 华阳巾：道士所戴的头巾。《神仙传》："韦节，京兆人，魏武(曹操)时为东宫侍读。后卜居华山，号华阳子，名其巾曰'华阳巾'。"

[18] 茶烟：指茶炉的烟火。歇：止，这里是"熄"的意思。

[19] 素月：皓月。

[20] 胜概：美好的生活状况。胜，美好的。概，状况，此指生活状况。

[21] 齐云、落星：均为古代名楼。齐云，一名月华楼，又名飞云阁，在江苏吴县(今属苏州)，唐曹恭王所建。落星，在今南京市东北。《金陵地记》："吴嘉禾(三国吴孙权年号)元年(232年)，于桂林苑落星山起三重楼，名曰落星楼。"

[22] 井幹(hán)、丽谯(qiáo)：亦为古代名楼。井幹，《史记·孝武本纪》："乃立神明台，幹干楼，度五十余丈，辇道相属焉。"注："宫北有井幹台，高五十丈，积木为楼，言筑累万木，转相交加如井。"丽谯，壮丽的高楼。《庄子·徐无鬼》："君亦必无盛鹤列于丽谯之间。"晋郭象注："丽谯，高楼也。"《初学记》引《释名》："魏有丽谯。"魏武帝曾建一楼，名丽谯。唐颜师古注《汉书·陈胜传》："楼一名谯，故谓美丽之楼为丽谯。"

[23] 骚人：屈原曾作《离骚》，故后人称诗人为"骚人"，亦指风雅之士。

[24] 稔(rěn)：谷子一熟叫作一稔，引申指一年。

[25] 至道乙未岁，自翰林出滁上：995年(宋太宗至道元年)，作者因讪谤朝廷罪由翰林学士贬至滁州。滁上，指滁州，今安徽滁县。

[26] 广陵：即现在的扬州。

[27] 又入西掖：指回京复任刑部郎中知制诰。这次是王禹偁第三次到中书省作官，所以说"又入西掖"。西掖，中书省，中央行政机构。

[28] 戊戌岁除日：戊戌年除夕。戊戌，998年(宋真宗咸平元年)。除日，农历十二月的最后一天。

[29] 齐安：黄州。

[30] 己亥：咸平二年(999年)。

[31] 幸：希望。同志：志趣相同。

[32] 嗣而葺(qì)之：继我之意而常常修缮它。嗣，接续、继承。葺，修整。

【简析】

《宋史·王禹偁传》载："咸平初，王禹偁预修《太祖实录》，直书其事，时宰相张齐贤、李沆不协，意禹偁议论轻重其间。出知黄州。"咸平二年(999年)三月二十七日，王禹偁到达贬所黄州，不久修建竹楼二间，同年中秋节于竹楼赏月抚昔之际，不禁作文以记。

《黄州新建小竹楼记》是一篇叙写普通名物的游记，据王若虚《滹南遗老集》卷三十六记载，王安石曾称："《竹楼记》胜欧阳修《醉翁亭记》。"从文章的主旨看，作者借竹楼写自己的胸襟，立意深刻。第一节交代竹楼的构成，写黄州多竹，可以用来代替陶瓦，且"价廉而工省"。第二节详写竹楼的清韵雅趣，对竹楼内外景色展开描写，阐述竹楼给自己带来的心灵愉悦，勾画出一个清雅幽静的境界。六个"宜"字，扣竹瓦的声音，想象奇妙。第三节写居住在竹楼产生"谪居之胜概"，并与历史上的四大名楼与竹楼相比，与高华富丽的四大名楼相比，竹楼显得寒伧至极，然而浮华的四大名楼中"止于贮妓女，藏歌舞"，竹楼则是作者的"心灵之宅"，拥有高洁、狷介和恬然自安。清朝林云铭认为："至叙登楼对景清致，飘飘出尘，可以上追柳州得意诸作。"(林云铭《古文析义》卷一四)最后一节抒发了屡遭贬谪的愤慨以及身处逆境矢志不渝的信念。

余诚在《重订古文释义新编》卷八中评说道："此记作于咸平二年八月十五日，大抵借竹楼以写其谪居之意也。通体俱切竹楼，抒写胜概。玩'亦谪居'句，则竹楼之景，尽属谪居之乐矣。'吾以至道'数语，分明有由乐转入悲意，却妙在笔能含蓄不露。末以'斯楼不朽'结到底，还他个记体。'远吞'二段是景中有人，'公退'一段是人中有景，读者亦须辨之。"对文章的立意及笔法作了很好的点评。

【思考与练习】

一、作者通篇写黄州竹楼，但无处不在泄自我之心潮，请分析这种若断若续的情感。

二、第二段作者是如何描写竹楼的特点的？

前 赤 壁 赋[1]

苏 轼

壬戌之秋[2],七月既望[3],苏子与客泛舟,游于赤壁之下。清风徐来,水波不兴。举酒属客[4],诵《明月》之诗,歌《窈窕》之章[5]。少焉,月出于东山之上,徘徊于斗牛之间[6]。白露横江,水光接天。纵一苇之所如[7],凌万顷之茫然[8]。浩浩乎如冯虚御风[9],而不知其所止;飘飘乎如遗世独立[10],羽化而登仙[11]。

于是饮酒乐甚,扣舷而歌之。歌曰:"桂棹兮兰桨[12],击空明兮溯流光[13]。渺渺兮予怀[14],望美人兮天一方。"客有吹洞箫者,倚歌而和之[15],其声呜呜然,如怨如慕,如泣如诉。余音袅袅[16],不绝如缕[17]。舞幽壑之潜蛟[18],泣孤舟之嫠妇[19]。

苏子愀然[20],正襟危坐,而问客曰:"何为其然也?[21]"客曰:"'月明星稀,乌鹊南飞。'[22]此非曹孟德之诗乎[23]?西望夏口[24],东望武昌[25],山川相缪[26],郁乎苍苍[27],此非孟德之困于周郎者乎[28]?方其破荆州,下江陵[29],顺流而东也,舳舻千里[30],旌旗蔽空,酾酒临江[31],横槊赋诗[32],固一世之雄也,而今安在哉?况吾与子渔樵于江渚之上[33],侣鱼虾而友麋鹿[34]。驾一叶之扁舟[35],举匏樽以相属[36]。寄蜉蝣于天地[37],渺沧海之一粟[38]。哀吾生之须臾[39],羡长江之无穷。挟飞仙以遨游[40],抱明月而长终[41]。知不可乎骤得[42],托遗响于悲风[43]。"

苏子曰:"客亦知夫水与月乎?逝者如斯,而未尝往也[44]。盈虚者如彼,而卒莫消长也[45]。盖将自其变者而观之,则天地曾不能以一瞬[46];自其不变者而观之,则物与我皆无尽也[47],而又何羡乎!且夫天地之间,物各有主。苟非吾之所有[48],虽一毫而莫取[49]。惟江上之清风,与山间之明月。耳得之而为声,目遇之而成色,取之无禁,用之不竭,是造物者之无尽藏也[50],而吾与子之所共食[51]。"

客喜而笑,洗盏更酌[52]。肴核既尽[53],杯盘狼藉[54]。相与枕藉乎舟中^[55]，不知东方之既白^[56]。

（［宋］苏轼撰，［明］茅维编，孔凡礼点校：《苏轼文集》，中华书局，1986 年。）

【注释】

[1] 本文写于宋神宗元丰五年（1082 年）。这年苏轼在黄州，曾于七月十六日、十月十五日两游赤壁，写下两篇以游赤壁为题的赋，即《前赤壁赋》与《后赤壁赋》。苏轼所游的赤壁，是黄冈赤鼻矶。三国时"赤壁之战"的旧址在湖北嘉鱼县。

[2] 壬戌：宋神宗元丰五年（1082 年）。

[3] 既望：十六日。望：农历每月十五日。

[4] 属(zhǔ)：倾注，引申为劝酒。

[5] "诵明月"二句：这两句是互文，意谓吟诵《诗经·陈风》中的《月出》篇。窈窕之章，《月出》中有"舒窈纠兮"的句子。"窈纠"同"窈窕"。

[6] 徘徊：踌躇不前的样子。斗牛：星座名，即斗宿（南斗）、牛宿。

[7] 一苇：喻指苇叶般的小舟。语出《诗经·卫风·河广》："谁谓河广，一苇杭之。"如：往。

[8] 凌：越过。万顷：极言江面之宽。茫然：江面浩荡渺茫的样子。

[9] 冯虚御风：在天空中驾风遨游。冯，通"凭"，依靠，依托。虚，指天空。

[10] 遗世独立：超脱尘世，了无牵挂。

[11] 羽化：道教称成仙飞升为"羽化"。

[12] 棹(zhào)：船桨。

[13] 击空明：船桨击打着清澈的江水。溯流光：船在浮动着月光的水面上逆流而进。

[14] 渺渺：悠远的样子。

[15] 倚歌：按着曲调。和：伴奏。

[16] 袅袅：细弱悠长的样子。

[17] 不绝如缕：余音不断，宛如细丝一般。缕，细丝。

[18] 舞幽壑之潜蛟：箫声使潜伏在深渊里的蛟龙飞舞起来。幽壑，深渊。

[19] 嫠(lí)妇：寡妇。

[20] 愀(qiǎo)然：忧愁凄怆的样子。

[21] 何为其然也：为什么声音这样悲凉呢？

[22] "月明"二句：曹操《短歌行》中的诗句。

［23］孟德：曹操的字。

［24］夏口：古城名，在今湖北武汉。相传是孙权所建。

［25］武昌：今湖北鄂城。

［26］缪(liáo)：通"缭"，盘绕。

［27］郁乎：繁茂的样子。

［28］"此非"句：指汉献帝建安十三年(208年)，曹操在赤壁之战中被吴将周瑜击败的事。周郎，即周瑜，他任中郎将时年仅二十四岁，人称周郎。

［29］"方其"句：指建安十三年刘琮向曹操投降，操军不战而占领荆州，继又击败刘备，进兵江陵的事。方，当。荆州，今湖北襄阳一带。江陵，今属湖北。

［30］舳(zhú)舻：长方形战船。

［31］酾(shī)酒：斟酒。

［32］横槊(shuò)：横执着长矛。槊，长矛。

［33］子：你。渔樵：捕鱼打柴。江渚(zhǔ)：江边沙洲。

［34］侣鱼虾：与鱼虾作伴侣。友麋鹿：与麋鹿作朋友。

［35］扁(piān)舟：小船。

［36］匏(páo)樽：用葫芦做的酒器。匏，葫芦的一种。

［37］蜉蝣(yóu)：一种昆虫，夏秋之交生于水边，生命短促。

［38］渺沧海之一粟：渺小得如同沧海中的一粒小米。沧海，大海。粟，小米。

［39］须臾：片刻。

［40］挟：持，带。这里意为偕同。

［41］长终：长存始终。

［42］骤得：轻易得到。骤：骤然，突然。

［43］托：寄托。遗响：指洞箫的余音。

［44］逝者如斯：流逝的江水就像这样(不断流逝)。《论语·子罕》："子在川上曰：'逝者如斯夫，不舍昼夜'。"往：流失。

［45］盈虚：指月亮的时圆时缺。卒：终究。消长：减少和增加。

［46］"则天地"句：意谓天地万物连一眨眼的工夫都不能保持原样。一瞬，一眨眼，极言短暂。

［47］无尽：没有完，意即不会消亡。

［48］苟：如果。

[49] 虽：即使。一毫：一根毫毛,意谓微小。

[50] 造物者：大自然。藏（zàng）：宝藏。

[51] 共食：共同赏玩。食,一般写作"适",但东坡手书作"食"。佛经有"风为耳之所食,色为目之所食"之语,苏轼在此用佛典,应该写成"食"。

[52] 更酌：重新斟酒。

[53] 肴核：菜肴和果品。

[54] 狼藉：凌乱的样子。

[55] 相与：互相。枕藉：彼此枕着睡觉。这里用作动词。

[56] 既白：意谓天亮。既,已经。

【简析】

本文通过游赤壁的所见所感,表达了作者身处逆境,乐观旷达的人生态度。文中的景物描写用以借景抒情或因景说理。文章的开头,写因赤壁的美景而乐,又因赤壁而联想到历史上曹操,从而生人生无常之悲,最后又因眼前之景感悟到事物有着变与不变的两重性,从而在精神上得到解脱而喜。

历来游记以游赏山水为题材,大多用记游写景抒情为常法。苏轼记游赤壁,推陈出新。首先,记叙之体是虚拟的主客对答的结构形式。主客对答是赋体中的传统手法,主与客都是作者一人的化身。在《前赤壁赋》中,客的观点和感情是苏轼的日常感受和苦恼,而主人苏子所抒发的则是他超脱地俯察人与宇宙的领悟,而这一切则是通过呜呜洞箫、主客设问引起。其次,辞赋行文多用排比、对偶,即所谓韵文,此亦是赋的主要特点。但《前赤壁赋》每段首句或开头几句又多为散句。如首段"举酒属客""少焉"为散句,第二段开头"于是饮酒"是散句,第三段"客曰"散句更多,第四段则以散句为主。可见,全文散句成分多,而又骈散结合。

《前赤壁赋》以四字六字为多,几同于"四六文"。读之于整饬中见参差,整齐中显自由。这样既显示了传统赋体那种特质和情韵,却又做到保留而不拘泥,讲究又不为束缚。另外,辞赋讲究声韵美。《前赤壁赋》多处押韵,但换韵较快。

《前赤壁赋》人们往往惊叹苏轼的创新,不过,任何创新都离不开传统。苏轼善于点化前人的文句。宋朝史绳祖在《学斋佔毕》卷二中说："至于《赤壁赋》尾段一节,自'惟江上之清风,与山间之明月',至'相与枕藉乎舟中,不知东方之既白',却只是用李白'清风明月不用一钱买,玉山自倒非人推'一联十六字演成七十九字,愈奇愈转也。"还有宋朝吴子良在《荆溪林下偶谈》中说:"《庄子》内篇《德充符》云:'自其异者视之,肝胆楚越也;自其同者观之,万物皆一也。'东坡《赤壁赋》云:'盖将自其变者而观之,虽天地曾不能以一瞬;自其不变者而观之,则物与我皆无尽也。而又何羡乎?'改用《庄子》语意。"这是一种创造性的运用。

【思考与练习】

一、作者的感情由"乐"到"悲"又到"喜",经历了一个发展变化的过程,这一感情线索与表现文章的主题有怎样的关系?

二、本文的景色描写与抒情、说理有什么关系?

念奴娇·赤壁怀古

苏　轼

大江东去,浪淘尽、千古风流人物。故垒西边,人道是、三国周郎赤壁。乱石穿空[1],惊涛拍岸,卷起千堆雪。江山如画,一时多少豪杰。

遥想公瑾当年,小乔初嫁了,雄姿英发。羽扇纶巾,谈笑间、樯橹灰飞烟灭。故国神游,多情应笑我,早生华发。人间如梦,一尊还酹江月。

（邹同庆、王宗堂：《苏轼词编年校注》,中华书局,2002年。）

【注释】

[1] 乱石穿空：一作"乱石崩云"。

【简析】

作于元丰五年（1082年）的《念奴娇·赤壁怀古》,雄奇阔大,豪放恢宏,不仅是苏轼在黄州的代表作,也是他最负盛名的豪放之作。

对于这首词,俞文豹《吹剑续录》云：

东坡在玉堂,有幕士善讴。因问："我比柳词何如?"对曰："柳郎中词,只好十七八孩儿,执红牙拍板,唱'杨柳岸,晓风残月';学士词,须关西大汉,执铁板。唱'大江东去'。公为之绝倒。"

铁板铜琶,大江东去,也成了苏轼豪放词风的一个标志。之前的《密州会猎》,书生意气较重,不如这首豪放中见悲慨。

对公瑾当年情不自禁的向往,是词人逆境中抑制着的雄心,一遇壮阔的大江,沉睡的激情便如汹涌的长江,在词中奔腾而出。但一旦跌回现实,无端遭贬的厄运以及黄州期间如履薄冰的生活,又使词人在壮怀激烈的豪情中,顿生人生如梦的情绪,但这不是消沉。是一声宏伟的叹息。无论是惊心动魄的美丽,还是潇洒多情的感伤,都是一种深情的执着、深情的眷念和向往。他的济世思想和政治理想还在心中,正如他《与李公择书》所言:"吾侪虽老且穷,而道理贯心肝,忠义填骨髓,直须谈笑于死生之际。"在《与腾达道书》中说:"虽废弃,未忘为国家虑也。"同时,他还保有读书人的一种气节,"我虽穷苦不如人,要亦自是民之一。形容虽是丧家狗,未肯弭耳争投骨。"(元丰五年作《次韵孔毅父久旱已而甚雨》)这些精神支撑,使得他在最悲苦的时候仍葆有开朗乐观的生活态度。

【思考与练习】

一、如何理解苏轼的"人生如梦"的感叹?

二、背诵这首词,体会雄奇阔大的艺术风格。

苏辙(1039—1112),字子由,号颍滨遗老。眉州眉山(今属四川)人。嘉祐二年(1057年)进士,历任翰林学士、知制诰、御史中丞、尚书右丞、门下侍郎。与父苏洵、兄苏轼合称"三苏",文章以政论、史论和亭台游记最见功力。著有《栾城集》。

黄州快哉亭记

苏 辙

江出西陵[1],始得平地。其流奔放肆大,南合湘、沅,北合汉、沔[2]。其势益张。至于赤壁之下[3],波流浸灌,与海相若。清河张君梦得,谪居齐安[4],即其庐之西南为亭,以览观江流之胜,而余兄子瞻名之曰"快哉"。

盖亭之所见，南北百里，东西一舍。涛澜汹涌，风云开阖[5]。昼则舟楫出没于其前，夜则鱼龙悲啸于其下，变化倏忽，动心骇目，不可久视。今乃得玩之几席之上，举目而足。西望武昌诸山，冈陵起伏，草木行列，烟消日出，渔夫樵父之舍皆可指数。此其所以为"快哉"者也。至于长洲之滨，故城之墟，曹孟德、孙仲谋之所睥睨[6]，周瑜、陆逊之所骋骛[7]。其流风遗迹，亦足以称快世俗。

昔楚襄王从宋玉、景差于兰台之宫[8]，有风飒然至者，王披襟当之，曰："快哉，此风！寡人所与庶人共者耶？"宋玉曰："此独大王之雄风耳，庶人安得共之！"玉之言，盖有讽焉。夫风无雌雄之异，而人有遇不遇之变。楚王之所以为乐，与庶人之所以为忧，此则人之变也，而风何与焉？士生于世，使其中不自得，将何往而非病？使其中坦然，不以物伤性，将何适而非快？今张君不以谪为患，窃会计之余功，而自放山水之间，此其中宜有以过人者。将蓬户瓮牖无所不快[9]，而况乎濯长江之清流，揖西山之白云，穷耳目之胜以自适也哉！不然，连山绝壑，长林古木，振之以清风，照之以明月，此皆骚人思士之所以悲伤憔悴而不能胜者，乌睹其为快也哉！元丰六年十一月朔日，赵郡苏辙记。

（［宋］苏辙著，陈宏天、高秀芳点校：《苏辙集》，中华书局，1990年。）

【注释】

［1］西陵：西陵峡，又名夷陵峡，长江三峡之一，在湖北宜昌西北。

［2］南合沅、湘，北合汉沔（miǎn）：沅，沅水（也称沅江）。湘，湘江。两水都在长江南岸，流入洞庭湖，注入长江。汉沔，就是汉水。汉水源出陕西宁羌，初名漾水，东流经沔县南，称沔水，又东经襄城，纳襄水，始称汉水。汉水在长江北岸。

［3］赤壁：赤鼻矶，现湖北黄冈城外，苏辙误以此为周瑜破曹操处。

［4］清河：县名，现河北清河。张君梦得：张梦得，字怀民，苏轼友人。齐安：宋代黄冈为黄州齐安郡，因称。谪：贬官。居：居住。

［5］风云开阖（hé）：风云变化。意思是风云有时出现，有时消失。开，开启。阖，闭合。

[6] 睥睨(pì nì)：斜着眼睛看，这里有傲视对方以争一雌雄的意思。

[7] 周瑜、陆逊之所骋骛(chěng wù)：周瑜、陆逊均为三国时东吴的重要将领。周瑜、陆逊活跃的地方。周瑜曾破曹操于赤壁，陆逊曾袭关羽于荆州，败刘备于夷陵，破魏将曹休于皖城。骋骛，犹言"驰马"，形容他们驰骋疆场。

[8] 楚襄王从宋玉、景差于兰台之宫：宋玉有《风赋》，讽楚襄王之骄奢。楚襄王，即楚顷襄王，名横，楚怀王之子。宋玉、景差都是楚襄王之侍臣。兰台宫，遗址在湖北钟祥东。从，使……从。

[9] 蓬户瓮牖(yǒu)：用蓬草编门，用破瓮做窗。指贫苦的人家。

【简析】

这篇文章写于元丰六年(1083年)十一月初一日。这篇文章涉及了三个人：建亭的张梦得，名厅的苏轼，以及作亭记的自己。三个人都是被贬之人，这篇文章既是抒发情怀，也是彼此共勉的文字。

文章抓住"快哉"二字落笔，令人有"快哉"之感的是壮观的景色。因此，作者写了大江的浩渺壮阔、两岸的冈峦山林和三国时期的历史事件。

然而，作者认为"快哉亭"还有更深的一层原因，他提出了一种忧乐观："士生于世，使其中不自得，将何往而非病？使其中坦然，不以物伤性，将何适而非快？"这才是文章的中心。

第一段叙事，第二段写景，第三段议论，围绕"快哉"展开。结构严谨，文势宏放，笔致委曲明畅。

【思考与练习】

一、对于文中提出的"使其中坦然，不以物伤性，将何适而非快"的观点，你如何看待？

二、作者如何写快哉亭周围的山川形势？

武昌松风阁

黄庭坚

依山筑阁见平川，夜阑箕斗插屋椽[1]，我来名之意适然。

老松魁梧数百年,斧斤所赦今参天[2]。

凤鸣娲皇五十弦,洗耳不须菩萨泉[3]。

嘉二三子甚好贤,力贫买酒醉此筵。

夜雨鸣廊到晓悬,相看不归卧僧毡。

泉枯石燥复潺湲,山川光辉为我妍[4]。

野僧早饥不能饘,晓见寒溪有炊烟[5]。

东坡道人已沉泉,张侯何时到眼前[6]。

钓台惊涛可昼眠,怡亭看篆蛟龙缠[7]。

安得此身脱拘挛,舟载诸友长周旋[8]！

(朱安群等译注:《黄庭坚诗文选译》,凤凰出版社,2011年。)

【注释】

[1] 山:指樊山。平川:平野。箕(jī):二十八宿之一。插屋椽(chuán):夜深,箕星北斗斜垂,好像插入了屋椽。

[2] 魁梧:高大。赦(shè):免除或减轻刑罚。这里指免于斧斤砍伐。

[3] 娲(wā)皇:相传是三皇之一的伏羲氏的妻子,伏羲最初制作五十弦的瑟。洗耳:琴瑟奏出的音乐很美,足以洗净听惯了杂音的耳朵。菩萨泉:泉水名,在西山寺中。

[4] 复潺湲(chán yuán):这里是说雨后重见细流娟娟。妍(yán):美丽、媚妍。

[5] 饘(zhān):煮或吃(稠粥)。寒溪:寒冷的溪流。借以状山中的空灵澄澈与清凉。

[6] 张侯:张耒,苏门四学士之一。苏轼死后,他有悼念之举,被告发,贬房州别驾,黄州安置。这时张耒还没有到黄州,因此说"何时到眼前"。

[7] "钓台"两句:钓台的涛声可伴人白天睡眠,怡亭的篆书如蛟龙交缠。钓台与怡亭都是武昌江上的胜地,孙权曾畅饮于钓台,怡亭则在江中小岛上,有唐代书法家李阳冰篆书的铭文。

[8] 拘挛(luán):(手脚)冻僵,屈伸不灵。这里指世事的羁绊。

【简析】

黄庭坚结束了在黔州"万死投荒"的放逐生活后,于崇宁元年(1102年)的放逐生活后,五月到江州,过湖口,六月领太平州事,九日而罢。欲往荆南谋居,八月复过江州,九月到鄂州(今武昌),滞留于此过年。本诗是去鄂州途中经湖北鄂城时作。这时,诗人虽前途未卜,但是经过多次的挫折与磨难,心胸变得更超然淡泊了。

松风阁在鄂州城西山九曲岭上西山寺中。全诗分三段,首段七句,叙述阁依山临壑,从阁上看到广袤的原野,但见斗转星移,夜色中古木森列,松风入耳,足以涤荡尘虑。其中"斧斤所赦今参天"中的"赦"字很新奇,令人联想到劫后余生的诗人自己。次段八句,叙述游松风阁的筵席,夜晚到白天的景象。雨后泉水潺湲,山色美妍。以上两段写景,描绘了一幅壮丽的画卷,创造了一个澄澈明净而又宏阔的意境。最后一段六句,触景生情,曾经生活在黄州的东坡已逝,被贬谪到黄州的张耒还在途中未能相见,心曲无处可诉,在向往逍遥生活的同时流露出一种惆怅。

本诗不用偏典,不作拗语,笔势自然老健,造语脱俗,句句用韵,一韵到底。是一篇炉火纯青之作。

【思考与练习】

一、诗歌中的写景气象峥嵘、意境宏阔,作者是怎样做到的?

二、反复诵读此诗,体会黄庭坚的胸襟。

袁宗道(1560—1600),字伯修,号玉蟠,又号石浦。明代文学家,湖广公安(今属湖北)人。万历十四年(1586年)会试第一,选庶吉士,授编修,官至右庶子。为人神清气秀,稳健平和。居官15年,"省交游,简应酬""不妄取人一钱",身为东宫讲官,死后竟仅余囊中数金,几至不能归葬。与弟袁宏道、袁中道并称"公安三袁"。著有《白苏斋类集》22卷行世。

龙　　湖

袁宗道

龙湖一云龙潭,去麻城三十里。万山瀑流,雷奔而下,与溪中石骨相触。水力不胜石,激而为潭。潭深十余丈,望之深青,如有龙眠。而土之附石者,因而夤缘得存,突兀一拳,中央峙立。青树红阁,隐见其上,亦奇观也。

潭右为李宏甫精舍[1],佛殿始落成,依山临水,每一纵目,则光、黄诸山,森然屏列,不知几万重。

余本问法而来,初非有意山水,且谓麻城僻邑,常与屠陵、石首伯仲[2],不意其泉石幽奇至此也,故识。癸巳五月五日记。

([明]袁宗道著,钱伯城标点:《白苏斋类集》,上海古籍出版社,1989年。)

【注释】

[1] 李宏甫:李贽,福建晋江(今泉州)人,字李宏甫,号卓吾,别号温陵居士。嘉靖三十一年(1552年)举人,官至姚安知府。弃官后以著书讲学为务。在麻城讲学时,从者数千人。晚年往来南北两京等地,最后被诬下狱,自刎于狱中。精舍:旧时书斋、学舍、集生徒讲学之所。

[2] 屠陵:汉县名,今湖北公安。石首:县名,今属湖北荆州。

【简析】

袁宗道的《龙湖》,描写的是晚明大思想家李贽在湖北麻城龙湖长期寓居之处的景观之美。文章没有按照游记的一般写法,交代游踪、叙写历史沿革、风土人情等,而是直接描写"万山瀑流,雷奔而下"的壮阔气势,以及"依山临水,每一纵目,则光、黄诸山,森然屏列,不知几万重"的莽莽苍苍。这其实是李贽汪洋万顷的胸襟和岿然不拔的人格写照。文中的潭水和万山屏列之美,洋溢着一种勃勃生气。而结尾的"不意其泉石幽奇至此也",是惊叹,有一种孤独情怀。这是作者的性灵之文。

【思考与练习】

一、这篇散文是如何表现一种人化的自然的?
二、模仿本文的写法,写一篇风景短文。

河 南 省

曹植(192—232),字子建,曹操第三子,沛国谯县(今安徽亳州)人。《魏志》本传载其"年十岁余,诵读诗论及辞赋数十万言,善属文",颇得曹操宠爱,曾拟立为太子,后因"任性而行,不自彫"而罢。及曹丕、曹叡相继为帝,植倍受猜忌,"十一年中而三徙都",虽屡次上疏欲为国效力而不得,终郁郁寡欢,发疾而卒,年仅四十一岁。曹植的诗以五言为主,题材广,形式多,意象生动,语言精美,是建安诗作的杰出代表。《诗品》称其"骨气奇高,词采华茂"。其赋婉丽多姿,或言神寄情,或托物寓意,对魏晋南北朝抒情小赋的兴盛起有重要的倡导作用。有《曹子建集》十卷。

洛 神 赋

曹 植

黄初三年[1],余朝京师[2],还济洛川[3]。古人有言,斯水之神,名曰宓妃[4]。感宋玉对楚王神女之事[5],遂作斯赋。其辞曰:

余从京域[6],言归东藩[7],背伊阙[8],越轘辕[9],经通谷[10],陵景山[11]。日既西倾,车殆马烦[12]。尔乃税驾乎蘅皋[13],秣驷乎芝田[14],容与乎阳林[15],流眄乎洛川[16]。于是精移神骇[17],忽焉思散[18]。俯则未察,仰以殊观[19],睹一丽人,于岩之畔。乃援御者而告之曰[20]:"尔有觌于彼者乎[21]?彼何人斯?若此之艳也!"御者对曰:"臣闻河洛之神,名曰宓妃。然则君王之所见也,无乃是乎[22]!其状若何?臣愿闻之。"

余告之曰:其形也,翩若惊鸿[23],婉若游龙[24]。荣曜秋菊,华茂春松[25]。仿佛兮若轻云之蔽月,飘飖兮若流风之回雪[26]。远而望之,皎若太阳升朝霞[27];迫而察之,灼若芙蕖出渌波[28]。秾纤得衷[29],修短合度[30]。肩若削成,腰如约素[31]。延颈秀项[32],皓质呈露[33]。芳泽无加,铅华弗御[34]。云髻峨峨[35],修眉联娟[36]。丹唇外朗,皓齿内鲜[37]。明眸善睐[38],靥辅承权[39]。瑰姿艳逸[40],仪静体闲[41]。柔情绰态,媚于语言[42]。奇服旷世[43],骨像应图[44]。披罗衣之璀粲兮[45],珥瑶碧之华琚[46]。戴金翠之首饰[47],缀明珠以耀躯。践远游之文履[48],曳雾绡之轻裾[49]。微幽兰之芳蔼兮[50],步踟蹰于山隅[51]。

于是忽焉纵体,以遨以嬉[52]。左倚采旄[53],右阴桂旗[54]。攘皓腕于神浒兮[55],采湍濑之玄芝[56]。余情悦其淑美兮,心振荡而不怡[57]。无良媒以接欢兮,托微波而通辞[58]。愿诚素之先达兮[59],解玉珮以要之[60]。嗟佳人之信修兮[61],羌习礼而明诗[62]。抗琼珶以和予兮[63],指潜渊而为期[64]。执眷眷之款实兮[65],惧斯灵之我欺[66]。感交甫之弃言兮[67],怅犹豫而狐疑[68]。收和颜而静志兮[69],申礼防以自持[70]。

于是洛灵感焉,徙倚彷徨[71]。神光离合[72],乍阴乍阳[73]。竦轻躯以鹤立[74],若将飞而未翔。践椒涂之郁烈[75],步蘅薄而流芳[76]。超长吟以永慕兮[77],声哀厉而弥长[78]。尔乃众灵杂遝[79],命俦啸侣[80]。或戏清流,或翔神渚[81],或采明珠,或拾翠羽[82]。从南湘之二妃[83],携汉滨之游女[84]。叹匏瓜之无匹兮[85],咏牵牛之独处[86]。扬轻袿之猗靡兮[87],翳修袖以延伫[88]。体迅飞凫[89],飘忽若神。陵波微步,罗袜生尘[90]。动无常则,若危若安;进止难期[91],若往若还。转眄流精[92],光润玉颜。含辞未吐,气若幽兰[93]。华容婀娜[94],令我忘餐。

于是屏翳收风[95],川后静波[96]。冯夷鸣鼓[97],女娲清歌[98]。腾文鱼以警乘[99],鸣玉鸾以偕逝[100]。六龙俨其齐首[101],载云车之容裔[102];鲸鲵踊而夹毂[103],水禽翔而为卫[104]。于是,越北沚[105],过南冈,纡素领,回清阳[106]。动朱唇以徐言,陈交接之大纲[107]。恨人神之道殊兮,怨盛年之莫当[108]。抗罗袂以掩涕兮[109],泪流襟之浪浪[110]。悼良会之永绝兮,哀一逝而异乡。无微情以效爱兮[111]，献江南之明珰[112]。虽潜处于太阴[113]，长寄心于君王。忽不悟其所舍[114]，怅神宵而蔽光[115]。

于是背下陵高[116]，足往神留。遗情想像，顾望怀愁。冀灵体之复形[117]，御轻舟而上溯[118]。浮长川而忘反，思绵绵而增慕[119]。夜耿耿而不寐[120]，沾繁霜而至曙。命仆夫而就驾，吾将归乎东路[121]。揽騑辔以抗策[121]，怅盘桓而不能去[123]。

（阴法鲁审订：《昭明文选译注》，吉林文史出版社，1988年。）

【注释】

[1] 黄初：魏文帝曹丕年号，起讫为公元220—226年。

[2] 京师：京城，指魏都洛阳。按：曹植黄初三年朝京师事不见史载，《文选》李善注以为系四年之误。

[3] 济：渡。洛川：即洛水，源出陕西，东南入河南，经洛阳。

[4] 斯水：指洛川。宓(fú)妃：相传为伏羲氏之女，溺死于洛水为神。《离骚》："我令丰隆乘云兮，求宓妃之所在。"

[5] "感宋玉"句：宋玉有《高唐》《神女》二赋，皆言与楚襄王对答梦遇巫山神女事。

[6] 京域：京都（指洛阳）地区。

[7] 言：发语词。东藩(fān)：古代天子封建诸侯，如藩篱之卫皇室，因称诸侯国为藩国。《魏志》本传："（黄初）三年，立为鄄(Juàn)城王。"鄄城（今山东鄄城）在洛阳东北，故称东藩。

[8] 伊阙：山名，即阙塞山、龙门山。《水经注·伊水注》："昔大禹疏以通水，两山相对，望之若阙，伊水历其间北流，故谓之伊阙矣。"山在洛阳南，曹植东北行，故曰背。

[9] 镮辕(huán yuán)：山名，在今河南偃师县东南。《元和郡县志》："道路险阻，凡十二曲，将去复还，故曰镮辕。"

[10] 通谷：山谷名，是古代险关要塞。华延《洛阳记》："城南五十里有大谷，旧名通谷。"

[11] 陵：登。景山：山名，在今河南偃师市南。

[12] 殆：通"怠"，懈怠。《商君书·农战》："农者殆则土地荒。"烦：疲乏。

[13] 尔乃：承接连词，犹言"于是就"。税驾(tuō jià)：指解下驾车的马，停车，有休息或归宿之意。税，通"脱"，舍、置。驾，车乘总称。蘅皋(héng gāo)：生着杜蘅(香草)的河岸。

[14] 秣驷：喂马。驷，一车四马，此泛指驾车之马。芝田：《十洲记》："钟山在北海，仙家数千万，耕田种芝草。"一说为地名，即河南巩义市西南的芝田镇。

[15] 容与：悠然安闲貌。阳林：地名，一作"杨林"，因多生杨树而名。

[16] 流眄(miǎn)：目光流转顾盼。眄，旁视。有的书写作"盼"。

[17] 精移神骇：谓神情恍惚。移，变。骇，散。

[18] 忽焉：急速貌。

[19] 以：而。殊观：奇异的景象。

[20] 援：以手牵引。御者：车夫。

[21] 觌(dí)：看见。

[22] 无乃：莫非就是。

[23] 翩：鸟疾飞貌，此引申为飘忽摇曳。惊鸿：惊飞的鸿雁。

[24] 婉：体态柔美的样子。此句本于宋玉《神女赋》："婉若游龙乘云翔。"

[25] 荣：花。华：华美。二句形容洛神如秋菊春松，容光焕发。

[26] 飘飖(piāo yáo)：形容举止轻盈、洒脱。回：旋转。"仿佛"二句是说洛神忽隐忽现，如被轻云遮掩的皎月；踪迹不定，如被微风卷起的雪花。

[27] 皎：洁白光亮。

[28] 迫：靠近。灼：鲜明灿烂。芙蕖：一作"芙蓉"，荷花。渌(lù)：水清貌。

[29] 秾：花木繁盛。此指人体丰腴。纤：细小。此指人体苗条。

[30] 修：长。度：标准。此句即宋玉《登徒子好色赋》所谓"增之一分则太长，减之一分则太短"之意。

[31] 素：白细丝织品。此句本于宋玉《登徒子好色赋》。

[32] 延、秀：均指长。项：后颈。

[33] 皓质：洁白的皮肤。此句本于司马相如《美人赋》。

[34] 铅华：化妆用的粉。古代烧铅成粉，故称铅华。弗御：不施。御，进。

[35] 云髻(jì)：发髻如云。峨峨：高耸貌。

[36] 联娟：又作"连娟"，微曲貌。

[37] 朗：明润。鲜：光洁。

[38] 眸(móu)：目瞳子。睐(lài)：顾盼。

[39] 靥(yè)辅：一作"辅靥"，即今所谓酒窝。权：颧骨。《淮南子·说林》："靥辅在颊则好。"

[40] 瑰：奇妙。艳逸：艳丽飘逸。

[41] 仪：仪态。闲：娴雅。宋玉《神女赋》："志解泰而体闲。"

[42] 绰：宽缓。媚于语言：说话含情动人。

[43] 奇服：奇丽的服饰。屈原《九章·涉江》："余幼好此奇服兮，年既老而不衰。"旷世：犹言举世无匹。旷，空。

[44] 骨像：骨骼形貌。应图：指与画中人相当。

[45] 璀璨(cuǐ càn)：形容珠玉等光彩鲜明。一说为衣动声。

[46] 珥：珠玉耳饰。此用作动词，作佩戴解。瑶碧：美玉。华琚：刻有花纹的佩玉。

[47] 翠：翡翠。首饰：指钗簪一类饰物。

[48] 践：穿，着。远游：鞋名。繁钦《定情诗》："何以消滞忧，足下双远游。"文履：有花纹图案的鞋。刘桢《鲁都赋》："纤纤丝履，灿烂鲜新；表以文綦，缀以朱玭。"疑即咏此。

[49] 曳：拖。雾绡(xiāo)：轻薄如的绡。绡，生丝。裾(jū)：裙边。

[50] 微：隐。芳蔼：芳香淡远。此句是说，洛神置身在芳香的幽兰丛中。

[51] 踟蹰：徘徊。隅：角。

[52] 纵体：轻举貌。遨：游。

[53] 采旄(máo)：指用旄牛尾装饰的彩旗。旄，旗杆上旄牛尾饰物。

[54] 桂旗：以桂木为杆之旗。屈原《九歌·山鬼》："辛夷车兮结桂旗。"

[55] 攘：捋(luō)起，此指揎袖伸出。神浒：为神所游之水边地。浒，水边泽畔。

[56] 湍濑(tuān lài)：石上急流。玄芝：黑芝草。《抱朴子·仙药》："芝生于海隅名山及岛屿之涯……黑者如泽漆。"

[57] 振荡：形容心动荡不安。怡：悦。

[58] 微波：水波。一说指目光，亦通。

[59] 诚素：真诚的情意。素，同"愫"。

[60] 要(yāo)：同"邀"，约请。

[61] 信修：确实美好。张衡《思玄赋》："伊中情之信修兮，慕古人之贞节。"

[62] 羌：发语词。习礼：懂得礼法。明诗：此处指善于言辞。

273

[63] 抗：举起。琼珶(dì)：美玉。和：应答。

[64] 潜渊：深渊，指洛神所居之地。期：会。

[65] 眷眷：通"睠睠"，依恋貌。款实：诚实。

[66] 斯灵：此神，指宓妃。我欺：即欺我。

[67] 交甫：郑交甫。出自《韩诗外传》，郑交甫在汉水之滨遇到两个神女，并请求她们把玉佩赠给他，神女如其请，但顷刻之间，玉佩和神女都不见了。弃言：背弃信言。

[68] 狐疑：疑虑不定。相传狐性多疑，渡水时且听且过，因称狐疑。

[69] 收和颜：收敛笑容。静志：镇定情志。

[70] 申：施展。礼防：《礼记·坊记》："夫礼坊民所淫，……故男女无媒不交，无币不相见，恐男女无别也。"坊与防通。防，障。自持：自我约束。

[71] 徙倚：犹低回。

[72] 神光：围绕于神四周的光芒。离合：如隐若现。

[73] 乍阴乍阳：忽暗忽明。此承上句而言，离则阴，合则阳。

[74] 竦(sǒng)：通"耸"。鹤立：形容身躯轻盈飘举，如鹤之立。

[75] 椒途：涂有椒泥的道路。椒，花椒，有浓香。

[76] 蘅薄：杜蘅丛生之地。

[77] 超：高。永慕：长久思慕。

[78] 厉：疾。弥：长久。

[79] 杂遝(tà)：众多纷杂的样子。

[80] 命俦啸侣：呼朋唤友。俦，伙伴、同类。

[81] 渚：水中高地。

[82] 翠羽：翠鸟的羽毛。古人多用以为饰。

[83] 南湘之二妃：指娥皇和女英。据刘向《列女传》载，尧以长女娥皇和次女女英嫁舜，后舜南巡，死于苍梧。二妃往寻，死江湘间，为湘水之神。

[84] 汉滨之游女：汉水之神。《诗·周南·汉广》："汉有游女，不可求思。"薛君《韩诗章句》："游女，汉神也。"

[85] 匏(páo)瓜：星名，又名天鸡，在河鼓星东。因其处孤独，故喻无配偶。无匹：无偶。阮瑀《止欲赋》："伤匏瓜之无偶，悲织女之独勤。"

[86] 牵牛：星名，又名天鼓，与织女星各处河鼓之旁。相传每年七月七日乃得一会。

所以用来比喻孤独。

[87] 袿(guī)：古代妇女的上衣。刘熙《释名》："妇人上服曰袿。其下垂者，上广下狭如刀圭也。"猗靡：随风飘动貌。

[88] 翳：遮蔽。延伫：久立。

[89] 凫：野鸭。

[90] 陵：踏。尘：指细微四散的水沫。

[91] 难期：难料。

[92] 眄：斜视。有的版本作"盼"。流精：形容目光流转而有光彩。

[93] 幽兰：形容气息香馨如兰。

[94] 婀娜：轻盈柔美貌。

[95] 屏翳：传说中的众神之一，司职说法不一，或以为是云师（《吕氏春秋》），或以为是雷师（韦昭），或以为是雨师（《山海经》、王逸等）。而曹植认为是风神，其《诘洛文》云"河伯典泽，屏翳司风"。

[96] 川后：水神。旧说即河伯，似有误，俟考。

[97] 冯夷：河伯名。《青令传》："河伯，华阴潼乡人也，姓冯名夷。"又《楚辞》王逸注引《抱朴子·释鬼》："冯夷以八月上庚日渡河溺死，天帝署为河伯。"

[98] 女娲(wā)：中国上古神话中的创世女神。《世本》谓其始作笙簧，故此曰"女娲清歌"。

[99] 文鱼：相传是一种会飞的鱼。《山海经·西山经》："秦器之山，灌水出焉，……是多鳐鱼，状如鲤鱼，鱼身而鸟翼，苍文而白首，赤喙，常行西海，游于东海，以夜飞。"《文选》李善注："警，戒也。文鱼有翅能飞，故使警乘。"

[100] 玉鸾：鸾鸟形玉制车铃，动则发声。偕逝：俱往。

[101] 六龙：相传神出游多驾六龙。俨：矜持庄重貌。齐首：谓六龙齐头并进。

[102] 云车：相传神以云为车。《博物志》："汉武帝好道，七月七日夜漏七刻，西王母乘紫云车来。"容裔：同"容与"，舒缓安详貌。

[103] 鲸鲵(ní)：即鲸鱼。水栖哺乳动物，雄曰鲸，雌曰鲵。毂(gǔ)：车轮中用以贯轴的圆木，此处指车。

[104] 为卫：作为护卫。

[105] 汜：水中小块陆地。

[106] 纡：回。素领：白皙的颈项。清阳：形容女性清秀的眉目。阳一作"扬"。《诗·

郑风·野有蔓草》："有美一人，清阳婉兮。"

[107] 交接：结交往来。

[108] 莫当：无匹，无偶。《汉书·司马相如传》颜师古注："当，对偶也。"

[109] 抗：举。袂：衣袖。曹植《叙愁赋》："扬罗袖而掩涕"，与此句同意。

[110] 浪浪：泪流滚滚之貌。

[111] 微情：区区之情。效爱：致爱慕之意。

[112] 明珰：以明月珠作的耳珰。

[113] 太阴：这里指洛神所居之处，与上文"潜渊"义近。

[114] 不悟：不知。舍：止。

[115] 宵：通"消"，消失。一作"霄"。蔽光：隐去光彩。

[116] 背下：离开低地。陵高：登上高处。

[117] 灵体：指洛神。

[118] 上溯：逆流而上。

[119] 绵绵：连续不断貌。

[120] 耿耿：不寐之貌。

[121] 东路：回归东藩之路。

[122] 骖：车旁之马。古代驾车称辕外之马为骖或骖，此泛指驾车之马。辔：马缰绳。抗策：犹举鞭。

[123] 盘桓：徘徊不进貌。

【简析】

《洛神赋》是曹植久负盛名的代表作。最初见于萧统《文选》。据序称，此赋系曹植于黄初三年（222年）入朝后归济洛川，因感宋玉对楚王神女之事而作。蔡邕《述行赋》云"乘舫舟泝湍流兮，浮清波以横厉。想宓妃之灵光兮，神幽隐而潜翳"，殆为此赋所本。赋首纪归程，次摹洛神，继怅道殊，末怀哀恋。其对洛神的描写虽借鉴宋玉的《神女赋》，却多用比喻烘托，形象愈见鲜明飘逸。且情思绻缱，寄托遥深。此赋旧有"感甄"之说，谓植曾求甄氏女，后女为曹丕所得，及卒，植思而赋之，故又名《感甄赋》。或以为植借此寄托可望而不可即的理想，以抒壮志不伸之意，"亦屈子之志也"（《义门读书记》）。

作者主要塑造了两个形象：风华绰约的洛神与多情的君王（作者本人），以洛神为主。

作者纵目眺望水波浩渺的洛川,不禁精移神骇,因为洛神出现了:"其形也,翩若惊鸿,婉若游龙。荣曜秋菊,华茂春松……"她带着秋菊的冷艳,春松的高洁,飘忽不定像轻云笼月、似回风旋雪。远望,明洁如朝霞中升起的旭日;近观,鲜丽如绿波间绽开的新荷。她体态适中,高矮合度,展现了柔美的风姿,洛神的肩、腰、一丝纤发,乃至一角裙裾都是美的。这位美神又是血肉丰满的,她"忽焉纵体,以遨以嬉",活泼如少女,"羌习礼而明诗",又是那么典雅,"抗琼珶以和予兮,指潜渊而为期"更是一个多情少女。这一切怎能不让多情的君王魂梦缠绕呢?仿佛是一片干渴的土地,向往一朵浓浓的雨云。钟情于她的淑美,多情的君王不觉心旌摇曳而不安,"无良媒以接欢兮,托微波而通辞。愿诚素之先达兮,解玉佩以要之。"而就在这一刻,郑交甫失意于洛水的爱情悲剧再一次上演。心中不觉惆怅、犹豫和迟疑,于是敛容定神,以礼义自持。而洛神也是那么惆怅:"动朱唇以徐言,陈交接之大纲。恨人神之道殊兮,怨盛年之莫当。抗罗袂以掩涕兮,泪流襟之浪浪。"她"虽潜处于太阴,长寄心于君王",但是她对君王的忠贞不会改变。

洛神虽然光蔽神消,但她离开尘世的深情,牵动着后人的神思。除诗文传诵外,晋王献之有墨宝(《玉版十三行》)传世,顾恺之有丹青留人,赵孟頫书写的《洛神赋》妍美洒脱之风致,飘逸中见内敛的运锋,"真如见矫若游龙之入于烟雾中也"(高启)。明汪道昆有杂剧《洛水悲》搬演,可见其为后人倾慕之至。

【思考与练习】

一、体会本文在状写洛神时所表现的飘忽变幻和情意缠绵的韵致。

二、本文结尾所表现的悲情离怨,表现了作者怎样的感情寄托?

三、试比较《洛神赋》与《神女赋》的异同。

苏味道(648—705),赵州栾城(今属河北)人。乾封二年(公元667年)进士,后任咸阳尉。武则天征圣元年(695年),出为集州刺史,不久官拜天官侍郎,圣历初年官至宰相。由于武后执政时期吏治严苛,苏味道为官处事小心翼翼,有人蔑称其为"苏模棱"。中宗复辟后,贬为眉州刺史,卒于贬所。苏味道与李峤并称"苏李",又与李峤、崔融、杜审言合称"文章四友"。其后代中以"三苏"最为出名。

正月十五夜

苏味道

火树银花合,星桥铁锁开[1]。

暗尘随马去,明月逐人来[2]。

游妓皆秾李,行歌尽落梅[3]。

金吾不禁夜,玉漏莫相催[4]!

([清]沈德潜选注:《唐诗别裁集》,上海古籍出版社,2013年。)

【注释】

[1] 火树银花:形容灯火繁盛。星桥:银河上的桥,这里比喻灯火错落的星津桥。铁锁开:比喻京城开禁。唐朝都城都有宵禁,但在正月十五这天取消宵禁,连接洛水南岸的里坊区与洛北禁苑的天津桥、星津桥、黄道桥上的铁锁打开,任平民百姓通行。

[2] 暗尘:暗中飞扬的尘土。逐人来:追随人流而来。

[3] 游妓:歌女、舞女。一作"游骑(jì)"。秾李:此处指观灯歌伎打扮得艳若桃李。《诗经·召南·何彼秾矣》:"何彼秾矣,华如桃李。"落梅:《落梅花》,古曲名。

[4] 金吾:原指仪仗队或武器,此处指金吾卫,掌管京城戒备,禁人夜行的官名,汉代置。《唐两京新记》云:"正月十五日夜,敕金吾弛禁,前后各一日以看灯,光若昼日。"不禁夜:指取消宵禁。唐时,京城每天晚上都要戒严,对私自夜行者处以重罚。玉漏:古代计时器。

【简析】

这是作者在神龙元年(公元705年)写的一首咏神都洛阳城元宵夜"端门灯火"盛况的古诗。洛阳城皇城城门端门的布灯习俗可以追溯到隋炀帝时期,至唐代已盛极一时。诗中描写了洛阳市民元宵之夜的欢乐景象。首联写灯火辉煌,取消宵禁;颔联写万人空巷的盛况,"暗"字写出了夜游的"神","逐人来"写得生动;颈联写夜游之乐,"秾李"与"落梅"对仗工切,极见妍姿;尾联写人们对良辰美景的无限留恋,"金"与"玉"天然成对。全诗色彩明艳,词藻华美,浑然一气,反映了诗人非凡的艺术才能。古今咏元宵的诗歌,此篇堪称绝唱。

【思考与练习】

一、此篇写洛阳的元宵诗歌,为什么不可以用在别处?

二、背诵全诗。

山　石

韩　愈

山石荦确行径微[1],黄昏到寺蝙蝠飞。

升堂坐阶新雨足,　芭蕉叶大支子肥[2]。

僧言古壁佛画好,　以火来照所见稀[3]。

铺床拂席置羹饭,　疏粝亦足饱我饥[4]。

夜深静卧百虫绝,　清月出岭光入扉[5]。

天明独去无道路,　出入高下穷烟霏[6]。

山红涧碧纷烂漫,　时见松枥皆十围[7]。

当流赤足踏涧石,　水声激激风吹衣[8]。

人生如此自可乐,　岂必局束为人鞿[9]?

嗟哉吾党二三子,　安得至老不更归[10]!

([清]方世举撰,郝润华、丁俊丽整理:《韩昌黎诗集编年笺注》,中华书局,2012年。)

【注释】

[1] 荦确(luò què):指山石险峻不平的样子。行径:行下次的路径。微:狭窄。

[2] "升堂"二句:意思是进入厅堂后坐在台阶上,这刚下过的一场雨水该有多么充足;那吸饱了雨水的芭蕉叶子更加硕大,而挺立枝头的栀子花苞也显得特别肥壮。诗人热情地赞美了这山野生机勃勃的动人景象。升堂,进入寺中厅堂。阶,厅堂前的台阶。新雨,刚下过的雨。支同"栀"。栀子,常绿灌水,夏季开白花,香气浓郁。

[3] "僧言"两句:和尚告诉我说,古壁上面的佛像很好,并拿来灯火观看,尚能依稀可见。佛画,佛的画像。稀,依稀,模糊,看不清楚。一作"稀少"解。所见稀:即少

见的好画。

[4] 置：供。羹(gēng)：菜汤。这里是泛指菜蔬。疏粝(lì)：糙米饭。这里是指简单的饭食。饱我饥：给我充饥。

[5] "夜深"二句：夜深静卧，百虫停止吵嚷，明月爬上了山头，清辉泻入门窗。百虫绝，一切虫鸣声都没有了。清月，清朗的月光。出岭，指清月从山岭那边升上来。夜深月出，说明这是下弦月。光入扉，指月光穿过门户，照时室内。扉(fēi)，门。

[6] "天明"两句：天亮了，我独自离去，辨不清路向，出入雾霭之中，我上下摸索踉跄。无道路，指因晨雾迷茫，不辨道路，在浓雾中摸索。出入高下，指进进出出于高高低低的山谷径路意思。穷烟霏，空尽云雾，即走遍了云遮雾绕的山径。霏，氛雾。

[7] 山红涧碧：即山花红艳、涧水清碧。纷：繁盛。烂漫：光彩四射的样子。枥(lì)：同"栎"，落叶乔木。十围：形容树干非常粗大。两手合抱一周称一围。

[8] "当流"二句：遇到涧流当道，我就光着脚板淌过去，水声激激风飘飘，掀起我的衣裳。当流，对着流水。赤足踏涧石，是说对着流水就打起赤脚，踏着涧中石头蹚水而过。

[9] 人生如此：指上面所说的山中赏心乐事。局束：拘束，不自由的意思。鞿(jī)：马的缰绳。这里作动词用，即牢笼、控制的意思。

[10] 吾党二三子：指和自己志趣相合的几个朋友。安得：怎能。不更归：不再回去了，表示对官场的厌弃。

【简析】

　　这是一首叙写游踪的诗歌。按照行程的顺序，叙写从黄昏到寺、夜深静卧到天明独去的所见、所闻和所感，是一篇诗体山水游记。作者所游的是洛阳北面的惠林寺，同游者是李景兴、侯喜、尉迟汾，时间是唐德宗贞元十七年(801年)农历七月二十二日。"山石荦确行径微"概括了到寺的行程，山石峥嵘险峭，山路狭窄，表明他是走了一段艰难的道路。"黄昏到寺蝙蝠飞"，蝙蝠在黄昏之时才会在空中盘旋，点明到寺的时间。登上庙堂坐台阶，经雨芭蕉和山栀显得格外生机勃勃。"大"和"肥"是普通的字眼，但是用在芭蕉和栀子花上，突出了景物的特征。僧人夸赞寺里的佛画好看，并且拿来火把，殷勤带路。这时，饭菜已经摆上，床也铺好了，连席子都拂拭干净了。这里写出了宾主之间的融洽。夜深了，就睡在寺庙了，百虫不鸣叫，万籁俱寂，下玄月出来了，雨后的月亮格外新鲜，诗人欣赏"清月"的清辉泻入门窗。"天明独去无道路"总括山中雨霁、雾霭弥漫的特点，然后用"出入高下穷烟霏"画出雾中早行图。烟雾散去，经雨后的山花鲜红，涧水更清澈碧绿,红绿相辉映。诗人赤脚涉过山涧,清风拂衣,泉水叮咚,整个身心都陶醉在这大自然中。结尾四句,概述了这次出游的感悟,人生在世应自得其乐,何必被套上马缰,去做人家的幕僚,不如亲近自然,返璞归真。

【思考与练习】

一、与众多的纪游诗比较,这首诗在哪些方面开拓了纪游诗的新领域?

二、这首诗如何捕捉不同景物在特定时间和天气中的特点?

> **李格非**(约1045—约1105)字文叔,齐州章丘(今属山东)人。北宋文学家,女词人李清照父。宋神宗熙宁九年(1076年)中进士,历任司户参军、太学博士、提点东京刑狱等官。建中靖国元年(1101年)因涉及"党人"被罢官。工辞章,著有《洛阳名园记》。

书《洛阳名园记》后

李格非

洛阳处天下之中,挟崤、渑之阻,当秦、陇之襟喉,而赵、魏集,盖四方必争之地也[1]。天下常无事则已;有事,则洛阳必先受兵[2]。余故尝曰,洛阳之盛衰也,天下治乱之候也。

方唐正观、开元之间,公卿贵戚,开馆列第于东都者[3],号千有余邸。及其乱离,继以五季之酷[4],其池塘竹树,兵车蹂蹴,废而为丘墟;高亭大榭[5],烟火焚燎,化而为灰烬;与唐共灭而俱亡者,无馀处矣。余故曰,园囿之废兴,洛阳盛衰之候也[6]。且天下之治乱,候于洛阳之盛衰,而知洛阳之盛衰,候于园囿之兴废而得,则《名园记》之作,予岂徒然哉?

呜呼!公卿大夫,方进于朝,放乎一己之私以自为,而忘天下之治忽[7],欲退享此,得乎?唐之末路是矣。

([宋]吕祖谦编,齐治平点标:《宋子鉴》,中华书局,2018年。)

【注释】

[1] 挟(xié)：拥有。崤(xiáo)：崤山，在河南洛宁西北。渑(miǎn)：渑池，古城名，在今河南渑池西。崤山、渑池都在洛阳西边。秦：今陕西一带。陇(lǒng)：今陕西西部及甘肃一带。襟喉(jīn hóu)：比喻地势险要。赵：战国时国名，这里指今山西、陕西、河北一带。魏：战国时国名，这里指今河南北部、山西西南部一带。走集：形容交通要冲。

[2] 受兵：遭战争之苦。

[3] 开馆列第：营建公馆府邸。

[4] 五季：五代，指五代十国时期。

[5] 榭(xiè)：高台上的敞屋。

[6] 候：征兆。

[7] 治忽：治世和乱世。

【简析】

李格非的《洛阳名园记》是一本记述洛阳名园的专著，这篇文章是这本书的后记，作者希望通过名园的废兴，引出历史教训以警戒后人。

作者在一开头就雄辩地提出"洛阳之盛衰，天下治乱之候也"的观点。这是因为洛阳的地理位置是一个关系到军事形势的战略要冲，曾经有九个王朝在这儿建都。第二段举出例证：唐贞观天宝的园林不止千家，但在五代战乱的时候全化为灰烬，这说明园囿之废兴与洛阳的盛衰乃至整个国家的治乱之间，存在着一种"见微而知著"的关系，因此作者又进一步提出"天下之治乱，候于洛阳之盛衰而知；洛阳之盛衰，候于园囿之废兴而得"的观点。在完成了这些论述以后，作者顺理成章由古及今，批判了当时公卿大夫的享乐风气。

北宋后期的统治集团终于因为享乐荒淫而导致北宋覆亡。作者在号称太平盛世宋徽宗时期，尖锐地揭露掩盖于表面繁华的社会危机，不能不令人惊叹其见识之高远和文笔之犀利。

【思考与练习】

一、作者以雄辩的事实和严密的推理，说明了从园囿的废兴，可知天下的安危，这种写作方法与杜牧的《阿房宫赋》有什么不同？

二、熟读全文,理解作者怎样以雄辩的事实和严密的推理层层深入地进行说理。

元好(hào)**问**(1190—1257)字裕之,号遗山,秀容(今山西忻州)人,系出北魏鲜卑族拓跋氏,元好问过继叔父元格。兴定五年(1221年)进士,天兴初,入翰林知制诰。金亡不仕。元好问是金元之际文学大家,诗词风格沉郁,并多伤时感事之作。著有《遗山集》又名《遗山先生文集》,编有《中州集》。

水调歌头·赋三门津

元好问

黄河九天上,人鬼[1]瞰雄关。长风怒卷高浪,飞洒日光寒。峻似吕梁千仞,壮似钱塘八月,直下洗尘寰。万象入横溃,依旧一峰[2]闲。

仰危巢,双鹄过,杳难攀。人间此险何用,万古秘神奸[3]。不用燃犀下照[4],未必佽飞强射[5],有力障狂澜。唤取骑鲸客[6],挝鼓过银山[7]。

(李时人编著:《中华山水名胜旅游文学大观(诗词卷)》,三秦出版社,1998年。)

【注释】

[1] 人鬼:指三峡中的南鬼门和北人门。

[2] 一峰:指黄河中的砥柱山。

[3] 秘神奸:《左传·宣公三年》载夏禹将百物形象铸于鼎上"使民知神、奸"。词中神奸指种种善恶神奇之物。

[4] 燃犀:《晋书·温峤(jiào)传》载,峤至牛渚矶,人言其下多怪物,"峤遂燃犀角而照之,须臾,见水族覆火,奇形异状,或乘马车著赤衣者。"

[5] 佽(cì)飞:汉武官名,掌弋射鸟兽。一云即次非,周代楚国勇士,曾渡江,两蛟夹舟,非拔剑斩蛟而得脱。苏轼《八月十五日看潮》诗中有:"安得夫差水犀手,三千强弩射潮低。"

[6] 骑鲸客:指李白。陆游《长歌行》:"人生不作安期生,醉入东海骑长鲸。"

[7] 挝(zhuā)鼓：击鼓。

【简析】

　　三门津即三门峡，原在今河南省三门峡市东北黄河中，因峡中有三门山而得名。据《陕州志》记载："三门，中神门，南鬼门，北人门，惟人门修广可行舟。鬼门尤险，舟筏入者罕得脱。三门之广，约三十丈。"这是一首赋写三门峡雄险气势的词篇。在历史上，三门峡以其奇伟险壮而名世，吸引着无数骚人墨客赋诗为文，留下了不少名篇佳制。元氏此作，笔力雄放，气势纵横，想象丰富，实为历代咏三门峡作品中难得的名篇。上片写黄河的气势，写中流砥柱悠闲。本词起首句"黄河九天上"与李白诗"黄河之水天上来"所造之境极为相似。其后三句，写黄河之长、黄河之险。"峻似吕梁千仞，壮似钱塘八月"连用两个比喻，形象具体地描绘出黄河水浪之高，高过千仞；水浪之急，可比钱塘怒潮。高险，壮观，形神兼备。下片更是以历史故事，表达了词人昂扬奋发积极向上的斗志。

　　就全词而言，写景、抒情、议论融为一体。诗人既写出了三门津雄险的气势，又融入了自己的人生体验；景物雄伟壮阔，感慨亦激愤难平。

【思考与练习】

　　一、词的下阕最后两句表达了词人怎样的情感？是怎样表达的？
　　二、写三门峡抓住了什么特点？

> **王实甫**（1260—1336），名德信，大都（今北京）人。元代著名戏曲作家，生平事迹不详。其作品全面地继承了唐诗宋词静美的语言艺术，又吸收了元代民间生动活泼的口头语言，创作品文采璀璨，是中国戏曲史上"文采派"的杰出代表。著有杂剧十四种，现存《西厢记》《丽春堂》《破窑记》三种。

西厢记·黄河赞

王实甫

　　[油葫芦]九曲风涛何处显，只除是此地偏[1]。这河带齐梁、分秦晋、隘

幽燕；雪浪拍长空，天际秋云卷，竹索缆浮桥，水上苍龙偃。东西溃九州，南北串百川。归舟紧不紧如何见[2]？恰便似弩箭乍离弦。

〔天下乐〕只疑是银河落九天，渊泉、云外悬。入东洋不离此径穿。滋洛阳千种花，润梁园万顷田[3]，也曾泛浮槎到日月边[4]。

（李梦生撰：《西厢记选评》，上海古籍出版社，2002年。）

【注释】

[1] 九曲风涛何处显，只除是此地偏：九曲黄河的惊险、风涛，哪里能看到？只有这里最明显。此地偏，偏偏在这里。
[2] 紧不紧：即"紧"，作快速讲。
[3] 梁园：西汉梁孝王刘武在睢阳东北筑梁园，故址在河南商丘东，这里指汴州开封。
[4] 浮槎(chá)：古代传说中来往于海上和天河之间的木筏。

【简析】

本文选自《西厢记》的第一本《张君瑞闹道场杂剧》第一折，张生往京城长安赶考，顺道去看望镇守蒲津关的同窗好友杜确将军，路过蒲津渡口，张生骑马来到黄河边，立即被眼前的壮丽景色所震撼，望着这滚滚巨涛，他禁不住引吭高歌，礼赞黄河。

这两支曲角度不一，第一支曲是写眼中所见。前几句从大处着笔，勾勒黄河形势。黄河襟带着齐梁，中分秦晋，北控幽燕。这壮阔的景色也反映了张生的高远志向。"雪浪拍长空，天际秋云卷"是近景，黄河的巨浪与天空白云连成一气，这是多么壮观！与杜甫的《秋兴》"江间波浪兼天涌，塞上风云接地阴"相似。水面上的浮桥，如同苍龙卧伏河面。结句写黄河的水如离弦之箭，呼应黄河的浪涛接天。

第二支曲从想象落笔，开头引用李白的名句入曲，写黄河冲激震荡之势，跌宕壮丽，以下就写黄河的平面景观。对此金圣叹的批注很精彩："入东洋不离此径穿（言其所到者大），滋洛阳千种花（言其润色帝图），润梁园万顷田（言其霖雨万物），我便要浮槎到日月边（又结至上京取应也）。借黄河以快比张生之品量。试看其意思如此，是岂偷香傍玉之人乎哉？用笔之法，便如擘五石劲弩，其势急不可就，而入下斗然转出事来，是为奇笔。"王实甫通过写景，也写出了张生的俊逸英姿。

中国景观文学作品选

【思考与练习】

一、这两支曲子是如何写黄河的?作者是单单写景吗?

二、课后阅读《西厢记》。

西南旅游区

（川、渝、贵、云、藏）

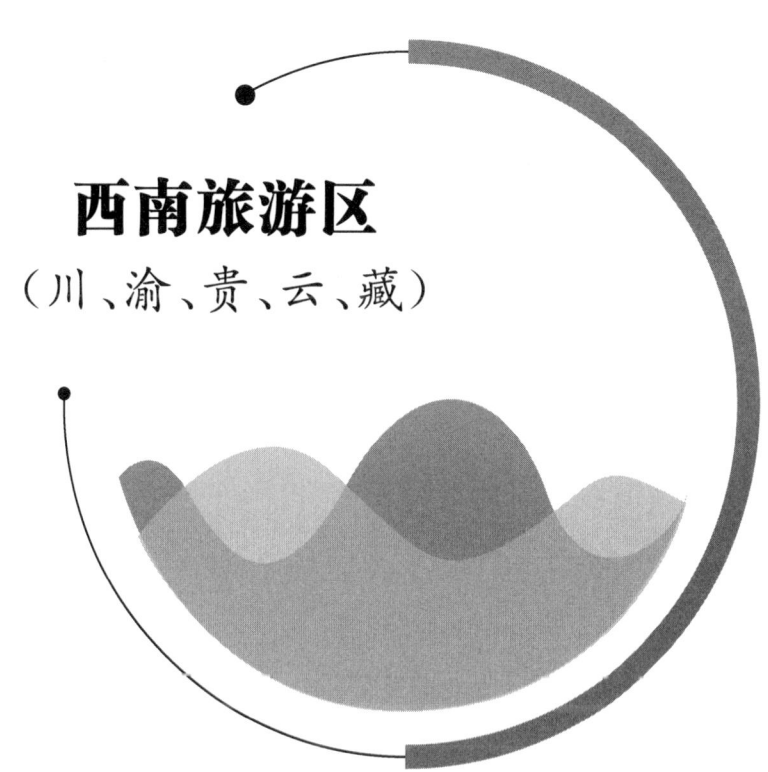

四 川 省

张载,西晋文学家。字孟阳。安平武邑(今属河北)人。生卒年不详。性格闲雅,博学多闻。官至中书侍郎,领著作。西晋末年世乱,托病告归。张载与其弟张协、张亢,都以文学著称,时称"三张"。明人辑有《张孟阳集》。

剑 阁 铭
张 载

岩岩梁山,积石峨峨[1]。远属荆衡,近缀岷嶓[2]。南通邛僰,北达褒斜[3]。狭过彭碣,高逾嵩华[4]。

惟蜀之门,作固作镇。是曰剑阁,壁立千仞。穷地之险,极路之峻。世浊则逆,道清斯顺。闭由往汉,开自有晋。

秦得百二,并吞诸侯。齐得十二,田生献筹。矧兹狭隘,土之外区。一人荷戟,百夫趑趄[5]。形胜之地,匪亲勿居。

昔在武侯,中流而喜。山河之固,见屈吴起。兴实在德,险亦难恃。洞庭孟门,二国不祀[6]。自古迄今,天命匪易。凭阻作昏,鲜不败绩。公孙既灭,刘氏衔璧[7]。覆车之轨,无或重迹。

勒铭山阿,敢告梁益[8]。

([梁]萧统编,[唐]李善、吕延济、刘良、张铣、吕向、李周翰注:《六臣注文选》,中华书局,2012年。)

【注释】

[1] 岩岩:高耸的样子。梁山:指梁州(治今陕西汉中)境内的山。峨峨:高高的样子。

[2] 属(zhǔ)：连接。荆衡：指荆山(位于今湖北南漳境)与衡山(位于今湖南衡阳境)，代指两湖地区。岷嶓：指岷山(位于今四川西北部)与嶓冢山(位于今甘肃天水与甘肃礼县之间)。

[3] 邛僰(bó)：邛，古国名，位于今四川邛崃一带；僰，本为西南少数民族名，后引为地名，大致位于今四川宜宾一带。褒斜：指褒斜道，位于今陕西秦岭山区，南起褒谷口(今陕西褒城附近)，北至斜谷口(今陕西眉县斜峪关口)。

[4] 彭碣：据刘渊林《蜀都赋注》：岷山都安县有两山相对立，如阙，号曰彭门。约位于今四川都江堰市一带。嵩华：指嵩山(位于今河南登封境)与华山(位于今陕西华阴境)。

[5] 荷：拿着。戟：古代兵器。趦趄(zī jū)：踌躇不前的样子。

[6] "昔在武侯"八句：魏武侯(？—前370)：姬姓，魏氏，名击。战国初期魏国国君与中原霸主。他是三家分晋后魏国的第二代国君，他和吴起在黄河中游有过著名的"河山之险不足保"的谈话。洞庭，湖名，此处代指楚国。孟门，位于今山西省柳林县，代指晋国。后二句意谓那据有洞庭的楚国和据有孟门的晋国，早已没有后人祭祀。

[7] 公孙：指公孙述。公孙述(？—36)，字子阳，扶风茂陵(属今陕西兴平)人。王莽末年，公孙述僭号于蜀，自称"白帝"。光武帝建武十二年为汉军所破，被杀。刘氏：指蜀汉政权。衔璧：指刘禅向魏军投降。

[8] 梁益：梁，指梁州，三国时置，治今陕西汉中。益，指益州，西汉置，治今四川成都。此处指代四川地区。

【简析】

　　铭是一种刻在器物上用来警诫自己、称述功德的文体，这种文体一般都是用韵的。张载的《剑阁铭》是表誓戒铭文中的杰作。剑门山为兵家必争之地，张载以蜀人恃险好乱，撰此文劝诫。晋武帝遣使镌刻在剑阁山，更使此铭扬声后世。

　　首段以梁山为辐射点，作全方位的观照，突出其地形险要。第二段紧承上文，点出剑阁为镇守蜀地的门户。"壁立千仞"写出剑阁的高峻雄姿。剑阁在太平和动乱时代作用不同：天下混乱它就叛逆，天下太平它就归顺。为下文的劝诫作伏笔。

　　第三段化用西汉初年田肯庆贺刘邦智擒韩信的典故，指出秦国和齐国成就霸业，是因为得到山河险固的地理形势，而剑阁的险要远远超过秦、齐——"一人荷戈，万夫趦趄",从而提出本文的第一重诫言:"形胜之地,匪亲勿居。"第四段以吴起谏魏武侯之言,说明国家的兴衰在于是否修德归仁,进而提出第二重诫言:"兴实在德,险亦难恃。"最后借公孙述和刘禅的故事,警告梁、益地方的当权者,不要重蹈割据者灭亡的覆辙,发出第三重诫言:"凭阻作昏,鲜不败绩。"凭着险阻昏庸地统治,很少有不败的。

全文围绕三重诫言谋篇布局,行文有高屋建瓴之势,语言精警隽永。

【思考与练习】

一、熟读这篇铭文,体会铭文的文体风格。

二、作者是如何提出三重诫言的?

蜀 道 难

李 白

噫吁嚱,[1]危乎高哉!

蜀道[2]之难,难于上青天。

蚕丛及鱼凫,[3]开国何茫然![4]

尔来四万八千岁,[5]不与秦塞通人烟。[6]

西当太白有鸟道,[7]可以横绝峨嵋巅。

地崩山摧壮士死,[8]然后天梯石栈相钩连。[9]

上有六龙回日之高标,[10]下有冲波逆折之回川[11]。

黄鹤之飞尚不得过,[12]猿猱欲度愁攀缘。[13]

青泥何盘盘,[14]百步九折萦岩峦。[15]

扪参历井仰胁息,以手抚膺坐长叹。[16]

问君西游何时还,畏途巉岩不可攀。[17]

但见悲鸟号古木,[18]雄飞雌从绕林间。

又闻子规啼夜月,[19]愁空山。

蜀道之难,难于上青天,使人听此凋朱颜[20]。

连峰去天不盈尺,[21]枯松倒挂倚绝壁。[22]

飞湍瀑流争喧豗,[23]砯崖转石万壑雷。[24]

其险也如此,嗟尔远道之人胡为乎来哉![25]

剑阁峥嵘而崔嵬,[26]一夫当关,万夫莫开。

所守或匪亲,化为狼与豺。

朝避猛虎,夕避长蛇。

磨牙吮血,杀人如麻。

锦城虽云乐,[27]不如早还家。

蜀道之难,难于上青天,侧身西望长咨嗟![28]

(朱东润主编:《中国历代文学作品选》,上海古籍出版社,2002 年。)

【注释】

[1] 噫吁嚱(xī):惊叹声。蜀地方言。

[2] 蜀道:一般指自陕西进入四川的山路。

[3] 蚕丛、鱼凫(fú):传说中古蜀国的两个君主名。杨雄《蜀王本纪》说:"蜀王之先,名蚕丛,后代名曰柏灌,后者名鱼凫。此三代各数百岁,皆神化不死。"

[4] 茫然:指时间悠远。

[5] 尔来:指开国以来。尔,此。四万八千岁:极言时间久远。

[6] 不:一作"乃"。秦塞:秦地。古代的蜀国本与中原不通,至秦惠王灭蜀(公元前316 年),始与中原相通。

[7] 太白:山名,又名太乙山,秦岭主峰,在今陕西省周至一带。旧说因其冬夏积雪,故名。太白山在当进京城长安之西,故云西当太白。鸟道:鸟飞的径道,这句说太白山很高峻,其少低缺处,仅能容鸟飞过。

[8] "地崩"句:据《华阳国志》载,秦惠王嫁五美女与蜀,蜀遣五个力士迎之,回到梓潼,见一大蛇入穴中,五人引其尾使出;结果山崩,压杀五人及秦五女并将从,而山分为五岭。

[9] 天梯:上陡峰的山路。石栈:栈道。秦蜀边境用栈道相通。这两句是说费了许多人力,秦蜀才得以相通。

[10] 六龙:相传太阳神羲和乘着由六条龙拉的车而行,被高标所阻而回车。标:立木为表记,其最高处叫标。高标,指山的最高峰。这句极言蜀山高峻,成了羲和回车的标志。

[11] 冲波逆折：激浪冲撞岩石而逆流。此句写谷深水急，为俯视。

[12] 黄鹤：即黄鹄，一种高飞的鸟。古书鹤、鹄字通用。

[13] 猿猱(náo)：统指猿类。萧士赟曰：黄鹤飞之至高者，猿猱最便捷者，尚不得度，其险绝可知矣。

[14] 青泥：古山名，在今甘肃徽县南。其岭悬崖千仞，上多云雨，行者屡逢泥淖，故名青泥岭。盘盘：屈曲的样子。

[15] 百步九折，极短路程中要转多次弯。萦岩峦：环绕着山峰岩峦。

[16] 扪参(shēn)历井：形容山高，行人手摸参星，足历井星。古以星宿分野，凡地上某一区域，都划在星空某一分野之内，并以天象所示来占卜地上属邑之吉凶。秦属井宿分野，蜀属参宿分里。胁息：屏气不敢呼吸。抚膺：抚摸胸口。

[17] 巉岩：险峭的山岩。

[18] 号：聒噪。古木：老树。

[19] 子规：杜鹃鸟，蜀地最多。据张华《禽经注》，蜀帝杜宇，号望帝，死后其魂化为子规。杜鹃春暮即鸣，夜啼达旦，至夏尤盛，昼夜不止，鸣必北向，若云不如归去，声甚哀切。

[20] 凋朱颜：指因感情急剧变化，容颜为之衰老。

[21] 连峰：连绵的山峰。去天：离天。

[22] 绝壁：陡峭的山壁。

[23] 喧豗(huī)：瀑布的轰响声。

[24] 砯(pīng)：水击岩石的声音。转石：激流击打石块。万壑雷：形容声音宏大，好像万壑雷鸣。

[25] 嗟(jiē)：叹息。胡：何。

[26] 峥嵘：高峻的样子。崔嵬：高而不平的样子。

[27] 锦城：锦官城，今四川成都。

[28] 咨(zī)嗟：叹息。

【简析】

此诗作于诗人初入长安至开元末年，孟棨据《本事诗》记载："李太白初自蜀至京师，舍于逆旅。贺监知章闻其名。首访之，既奇姿，复请所为文。出《蜀道难》以示之，读未竟，称叹者数四，号为谪仙。"《蜀道难》属乐府古题，现存梁简文帝的作品，都写蜀道之难而内容单薄。李白虽然托题古调,但从思想内容到艺术形式都是创新的。他以切身体会为基础,展开丰富的想象,将历史故事、现实、神话传说交织在一起,艺术地再现了蜀道峥嵘、突兀、强悍、崎岖等奇丽惊险和不可凌越的磅礴气势,创造了奇险壮丽的艺术天地。

开篇以感情强烈的咏叹点出主题,为全诗奠定了雄放的基调。接着,全诗大体按照从古到今、由秦入蜀、从自然环境到社会政治历史的顺序,是主题逐渐深化。可分三段。

从开头到"猿猱欲度愁攀援",写长安西面秦蜀交通之不易,主要从神话传说的角度写蜀道之难。蜀开国四万八千岁未与秦塞交往,形象说明秦蜀两地交通隔绝的历史之长,这种原因就是"蜀道难"。太白山是秦岭的主峰,民谣曰:"武功太白,去天三百。"太白有鸟道就是无人路的另一种表述。五位壮士付出了生命的代价,才在不通人烟的崇山峻岭中,开凿出一条崎岖险峻的山路。强调了蜀道来之不易,突出一个"难"字。交通有了,也只是"天梯石栈相钩连"而已,上有高标,下临深渊,黄鹤飞不过,猿猱不敢攀。在未具体描写自然风光之前,层层渲染气氛,让人感受蜀道之难,难于上青天。

从"青泥何盘盘"到"嗟尔远道之人胡为乎来哉",写从青泥岭入蜀的艰险,主要从自然地理环境的角度写蜀道难。青泥岭悬崖万仞,山多云雨,行者屡逢泥淖,对这一特点,诗人用"青泥何盘盘""百步九折萦岩峦"来描述。"扪参历井仰胁息,以手抚膺坐长叹",凸显西行人的形象,有登山探险的生活实感。面对如此畏途,诗人不禁作出呼告:"问君西游何时还?"紧接着又展现一个古木荒凉、鸟声悲啼的境界。一对鸟儿在林间悲号,夜晚,杜宇一声声"不如归去",这种空寂苍凉的环境气氛,不能不让人又一次发出"蜀道之难难于上青天"的感叹。而且,这种鸟声的悲啼使人衰老。作者有力地烘托了蜀道之难。

然而,诗人欲罢不能,又书写蜀道奇险的风光。"连峰去天不盈尺"状山峰之高,"枯松倒挂倚绝壁"衬托绝壁之险。如果说诗歌前面写行人在峰回路转中扪参历井、呼吸紧张,那么,此处山势的险峻则让人惊心动魄了。

从"剑阁峥嵘而崔嵬"到结尾,写蜀地要塞剑阁形势的险要。主要从社会政治历史的角度写蜀道之难。"剑门天下险",历史上曾有不少军阀据蜀称雄。西晋张载《剑阁铭》中说:"一夫荷戟,万夫趑趄;形胜之地,非亲弗居。"李白化用此铭文写道:"所守或匪亲,化为狼与豺。朝避猛虎,夕避长蛇。磨牙吮血,杀人如麻。"引入政治形势的描写,提醒人们引以为戒,警惕战乱发生。诗人最后一次咏叹:"蜀道之难难于上青天!"这是沉重的呼告,因为,诗人不仅仅是在为山川之险而发。

全诗才思横溢,想象奇特,场景的变化与感情的起伏融合在一起,波澜叠起,出人意表。而"蜀道之难,难于上青天"的咏叹反复出现,通篇紧扣一个"难"字,描绘了奇丽峭拔的山川景物,美不胜收。

这首诗韵散间杂,用了大量散文化诗句,长短不齐,长句激越,短句遒劲,整与散、张与弛完美结合,形成雄健奔放的语言风格。诗的用韵,也突破了梁陈时代旧作一韵到底的程式。全诗笔意纵横,想象奇特,豪放洒脱,感情强烈,读来令人心潮激荡。真是天才之作。

此诗的寓意,自明清以来一直众说纷纭,有人说有寄托,胡震亨和顾炎武则认为别无寓意,当代学者安旗教授则认为蜀道之难寓仕途坎坷,表现了李白怀才不遇的愤懑,可备一说。

【思考与练习】

一、这首诗的内容是以什么线索进行组织的?试划分这首诗的层次,并概括各层的意思。

二、找出这首诗运用想象和夸张的诗句,说明其作用。

三、这首诗中"蜀道之难,难于上青天"先后三次咏叹,各起到什么作用?

四、朗读并背诵全诗。

蜀　相

杜　甫

丞相祠堂何处寻?锦官城外柏森森。

映阶碧草自春色,隔叶黄鹂空好音。

三顾频繁天下计,两朝开济老臣心。

出师未捷身先死,长使英雄泪满襟。

([唐]杜甫著,[清]仇兆鳌注:《杜诗详注》,中华书局,1979年。)

【简析】

此诗是杜甫上元元年(760年)春在成都游武侯祠所作。蜀相指三国时蜀国丞相诸葛亮。作者借游览武侯祠,称颂丞相辅佐两朝,惋惜他出师未捷而身死。既有尊蜀正统观念,又有才困时艰的感慨。诗的前半首写祠堂的景色。首联自问自答,写祠堂的所在。颔联草"自春色"鸟"空好音",写祠堂的荒凉,托出凭吊者对人事存殁的伤感。后半首写丞相的为人。颈联写他雄才大略("天下计")忠心报国("老臣心")。诸葛亮为了报答刘备的三顾知遇之恩,一生操劳军国大事,两朝辅佐,竭尽忠心。末联叹惜他壮志未酬身先死的结局,引得千载英雄,事业未竟者的共鸣。唐顺宗时的革新派首领王叔文和北宋抗金英雄宗泽,临终都吟诵此联,可见其艺术魅力。

【思考与练习】

一、杜甫在凭吊古迹的诗中,抒发了他内心的什么情感?

二、分析这首诗在艺术上的特色。

三、背诵全诗。

钟惺(1574—1624)明代文学家。字伯敬,号退谷,湖广竟陵(今湖北天门)人。万历三十八年(1610年)进士。后官至福建提学佥事。不久辞官归乡,闭户读书,晚年入寺院。他与同里谭元春共选《唐诗归》和《古诗归》,名扬一时,形成"竟陵派"。著有《隐秀轩集》。

浣 花 溪 记

钟 惺

出成都南门,左为万里桥[1]。西折纤秀长曲,所见如连环、如玦、如带、如规、如钩;色如鉴、如琅玕、如绿沉瓜,窈然深碧、潆回城下者,皆浣花溪委也。然必至草堂,而后浣花有专名,则以少陵浣花居在焉耳。

行三四里为青羊宫[2],溪时远时近,竹柏苍然、隔岸阴森者尽溪,平望如荠,水木清华,神肤洞达[3]。自宫以西,流汇而桥者三,相距各不半里。舁夫云通灌县[4],或所云"江从灌口来"是也。

人家住溪左,则溪蔽不时见,稍断则复见溪,如是者数处,缚柴编竹[5],颇有次第。桥尽,一亭树道左,署曰"缘江路"。过此则武侯祠[6]。祠前跨溪为板桥一,覆以水槛,乃睹"浣花溪"题榜。过桥,一小洲横斜插水间如梭,溪周之,非桥不通,置亭其上,题曰"百花潭水"。由此亭还度桥,过梵安寺,始为杜工部祠。像颇清古,不必求肖,想当尔尔。石刻像一,附以本传,何仁仲别驾署华阳时所为也。碑皆不堪读。

钟子曰:杜老二居,浣花清远,东屯险奥,各不相袭。严公不死[7],浣溪可老,患难之于朋友大矣哉!然天遣此翁增夔门一段奇耳。穷愁奔走,犹能择胜,胸中暇整,可以应世,如孔子微服主司城贞子时也[8]。时万历辛亥十月十七日[9],出城欲雨,顷之霁。使客游者,多由监司郡邑招饮,冠盖稠浊,磬折喧溢[10],迫暮趣归。是日清晨,偶然独往。楚人钟惺记。

(朱东润主编:《中国历代文学作品选》,上海古籍出版社,2002年。)

【注释】

[1] 万里桥:在今四川成都市南,旧名长星桥。传说三国时蜀国费祎(yī)出使吴国,诸葛亮在这里替他饯行说:"万里之行始于此。"因此改称万里桥。

[2] 青羊宫:道观名,在今四川成都市西南浣花溪附近。传说是老子与关尹喜相约会见的地方,明初蜀王朱椿重建。

[3] 水木清华:水光树色清幽美丽。神肤洞达:指清新舒爽。

[4] 舁(yú)夫:抬轿子的人。舁,抬。灌县:即今四川都江堰市。

[5] 缚柴编竹:用柴竹做门墙。

[6] 武侯祠:诸葛亮祠,因其生前为武乡侯,故称。

[7] 严公:指严武。杜甫漂泊四川,依镇守成都的严武,在浣花溪构筑草堂,安居了几年。代宗永泰元年(765年)四月,严武死,杜甫离开成都,准备出川。

[8] "胸中暇整"句:胸襟安闲从容,可以应付世事,这同孔子变换服装、客居在司城贞子家里避难时的情形是一样的啊。暇整,即"好整以暇",形容遇事从容不迫。《左传·成公十六年》:"曰臣之使于楚也,子重问晋国之勇,臣对曰:'好以众整。'曰:'又何如?'臣对曰:'好以暇。'"

[9] 万历辛亥:万历三十九年(1611年)。

[10]"使客游者"句：朝廷使臣出来游玩的,大多由按察使或州县长官邀请参加饮宴,官场中人稠杂而浑浊,象石磬那般弯曲着身子打躬作揖,喧闹声充满四方。磬折,弯腰敬礼的情状。

【简析】

　　浣花溪又称百花潭,在成都西部,唐朝大诗人杜甫曾卜居于此,并在溪畔建有草堂。文章第一句"出成都南门,左为万里桥",交代"万里桥"为此游的起点。接着以"西折纤秀长曲"总写溪水的流向和形状,写了流水的细长、深幽的青碧色和在城下回旋着的状态,然后点明："然必至草堂,而后浣花有专名,则以少陵浣花居在焉耳。"原来整条溪水,只有流经杜甫草堂的一段才享有专名,后来扩展到整条河,这真是地以人传。

　　第二段写青羊宫附近景物。"平望如荠",形容树木在远望中犹如小草一般,作者用"水木清华,神肤洞达"总写这一带溪边岸景。从轿夫口中侧面点出浣花溪的源流,作为传闻之辞。

　　第三段重点写溪旁人家错落有致,景色如画。"缚柴编竹,颇有次第"描写临溪人家的风貌,点缀了沿溪景致。随后,作者一一交代沿溪的"缘江路"亭、武侯祠、"浣花溪"题榜等古迹。再集中笔墨写杜工部祠,以"清古"二字传出诗圣的风神。

　　第四段叙说杜甫"穷愁奔走"之事,突出杜甫安详镇定的器宇。这种器宇,可以用来济世安民："胸中暇整,可以应世,如孔子微服主司城贞子时也。"颂赞了杜甫的浩荡胸怀。

　　文章的主题至此已经凸显,但作者又写出当日所见的另一情景作为结束："使客游者,多由监司郡邑招饮,冠盖稠浊,磬折喧溢。"作者对这些朝廷使臣的附庸风雅、冠盖喧哗加以嘲讽,反衬出杜甫精神的伟大。

　　文章结构紧凑,线索清晰,造语冷隽,用字简省,风格清峻。

【思考与练习】

　　一、文章第一段先是用了八个比喻,穷形尽相地描绘了溪水的形状和颜色,为什么最后才点出"浣花溪"的名字?

　　二、文章结尾,作者交代了出游的时间和经过,为什么要插叙"使客游者"到"迫暮趣归"这段文字?

重 庆 市

> **郦道元**(472—527),字善长,范阳涿县(今河北涿州)人。北魏杰出的地理学家、文学家。平生好学博览,尤擅长图舆之学,游历各地,撰《水经注》四十卷。该书文笔隽永,描写生动,既是一部内容丰富多彩的地理著作,也是一部优美的山水散文汇集。

三 峡[1]

郦道元

自三峡七百里中,两岸连山,略无阙处[2]。重岩叠嶂,隐天蔽日,自非停午夜分,不见曦月。

至于夏水襄陵[3],沿溯阻绝。或王命急宣,有时朝发白帝,暮到江陵,其间千二百里,虽乘奔御风,不以疾也。

春冬之时,则素湍绿潭,回清倒影[4]。绝𪩘多生怪柏[5],悬泉瀑布,飞漱其间,清荣峻茂[6],良多趣味。

每至晴初霜旦,林寒涧肃,常有高猿长啸,属引凄异[7],空谷传响,哀转久绝。故渔者歌曰:巴东三峡巫峡长,猿鸣三声泪沾裳。

([北魏]郦道元著,陈桥驿校证:《水经注校证》,中华书局,2007年。)

【注释】

[1] 三峡:重庆市至湖北省间的瞿塘峡、西陵峡和巫峡的总称。

[2] 两岸连山,略无阙处:两岸都是相连的高山,全然没有中断的地方。略无,完全没有。

〔3〕夏水襄(xiāng)陵：夏天大水涨上了高陵之上。襄陵，指水漫上山陵。襄，淹上，漫上。陵，山陵。出自《尚书·尧典》："荡荡怀山襄陵，浩浩滔天。"襄，动词，上，冲上。陵，大的土山，这里泛指山陵。

〔4〕素湍(tuān)：激起白色浪花的急流。素，白色。湍，急流的水。绿潭：碧绿的深水。潭，深水。回清倒影：回旋的清波，倒映出(各种景物)的影子。

〔5〕绝巘(yǎn)：极高的山峰。绝：极。巘：极高的山峰。(巘本身就指极高的山峰，此处用绝表强调修饰)怪柏：形状奇特的柏树。

〔6〕清荣峻茂：水清树荣，山高草盛。荣：茂盛。

〔7〕属(zhǔ)引凄异：声音持续不断，非常凄凉怪异，属：动词，连接。

【简析】

三峡是重庆市至湖北省间的瞿塘峡、西陵峡和巫峡的总称。

本文开头勾勒三峡全景。两岸群峰连绵起伏，直立如屏障一样的山峰遮蔽了天日，如果不是正午或半夜，就看不到太阳和月亮。

气势恢宏的三峡需要有急流陪衬。作者写夏天江水漫上两岸的丘陵，它奔腾咆哮，惊险壮观。作者以一千二百里的航程"朝发白帝，暮到江陵"与"虽乘奔御风，不以疾也"进行比较，写出急流一泻千里的气势。

三峡之美，除了山高水急之外，还有深幽隽逸的一面。春冬之时，碧绿的潭水，映出了峰峦花树的倒影。高山上奇形怪状的柏树，悬挂着的瀑布冲荡在岩石山涧中，都令人流连忘返。

至于雨后初晴的秋日，霜华满天的早晨，树林山涧一片清凉寂静，经常有猿猴在高处长啸，悲哀婉转，很长时间才消失。平添一种惆怅和哀愁。郦道元不仅把奇山异水的风情姿态刻画的栩栩如生，更在模山范水中渗透了作者的感情，情景在较高的层次上得到了统一。

【思考与练习】

一、作者如何写三峡的独特风貌的？
二、阅读《水经注》。

登 高

杜 甫

风急天高猿啸哀,渚清沙白鸟飞回。

无边落木萧萧下,不尽长江滚滚来。

万里悲秋常作客,百年多病独登台。

艰难苦恨繁霜鬓,潦倒新亭浊酒杯。

([唐]杜甫著,[清]仇兆鳌注:《杜诗详注》,中华书局,1979年。)

【简析】

这是杜甫大历二年(767年)重阳节在夔州登江边高台所作。前四句写登高所见所闻,景象混莽。首联一句三景(风急、天高、猿啸、渚清、沙白、鸟飞);颔联浑括,一句一景(落木、江涛),三四句尤见铸造之工,展现了浩茫浑阔的景象,造成了磅礴动荡的气势。五六句叙情,高度概括,语言极为精炼。宋朝罗大经《鹤林玉露》卷十一称含有八层意思:"万里,地之远也;悲秋,时之惨凄也;作客,羁旅也;常作客,久旅也;百年,暮齿也;多病,衰疾也;台,高迥处也;独登台,无亲朋也。十四字之间含有八意,而对偶又极精确。"萧涤非《杜甫研究》上卷称有九可悲:"他乡作客,一可悲;离家万里,二可悲;常年漂泊,三可悲;又当萧瑟的秋天,四可悲;重阳佳节,而无赏心乐事,只是登台,五可悲;亲朋凋谢,独登无侣,六可悲;扶病强登,七可悲;而且多病,八可悲;百年倏忽,自感年迈无成,九可悲。"尾联分承五六句,从白发日多,护病断饮,归结到时世艰难是潦倒不堪的根源。表现了杜甫忧国忧民的情怀。

此诗笔力雄健,抒写久客万里忧苦凄怆之情,虽伤感而不颓唐,令人感到心胸阔达,这正是杜诗魅力所在。八句连贯而下,无一笔放松。前人评价极高,明·胡应麟《诗薮》内编卷五:"作诗大法,唯在格律精严,词调稳契,使句意高远,纵孜孜可剪,何害其工?骨体卑陋,虽一字莫移,何补其拙?如老杜'风急天高'乃唐七言律诗第一首。……'风急天高'一章五十六,如海底珊瑚,瘦劲难明,深沉莫测,而力量万钧。通首章法,句法,字法,前无昔人,后无来学。微说说者,是杜诗,非唐诗耳。然此诗自当为古今七律第一,不必为唐人七言律第一也。"

【思考与练习】

一、诗人是如何描写秋景的?

二、背诵全诗,体会杜诗沉郁顿挫的艺术风格。

秋兴八首(选三)

杜 甫

玉露凋伤枫树林,巫山巫峡气萧森。[1]

江间波浪兼天涌,塞上风云接地阴。[2]

丛菊两开他日泪,孤舟一系故园心。[3]

寒衣处处催刀尺,白帝城高急暮砧。[4]

夔府孤城落日斜,每依北斗望京华。[5]

听猿实下三声泪,奉使虚随八月槎。[6]

画省香炉违伏枕,山楼粉堞隐悲笳。[7]

请看石上藤萝月,已映洲前芦荻花。[8]

千家山郭静朝晖,日日江楼坐翠微。[9]

信宿渔人还泛泛,清秋燕子故飞飞。[10]

匡衡抗疏功名薄,刘向传经心事违。[11]

同学少年多不贱,五陵衣马自轻肥。[12]

([唐]杜甫著,[清]仇兆鳌注:《杜诗详注》,中华书局,1979年。)

【注释】

[1] 首二句点出所在地点,开门见山。玉露,即白露。萧森,萧瑟阴森。"露凋伤""气萧森"六字,写秋意满纸。金圣叹评道:"先生虽心在京华,而身寓夔州,故即景起兴,不及他处。后来无数笔墨,一起一伏,若断若连,从夔州望京华,以至京华之同

学,京华之盛衰,如曲江,如昆明池,如昆吾、御宿、渼陂,凡为京华所有者,感性非一,总不出尔日夔府之秋,故下七首诗,实以此首为提纲也。"

[2] 江间:即巫峡。塞上:即巫山。波浪蹴天,故曰兼天涌;风云匝地,故曰接地阴。二句极写景物萧森阴晦之状,自含勃郁不平之气。身世飘零,国家丧乱,一切无不包括其中,语长而意阔。

[3] 二句落到自身,感叹身世之萧条。杜甫在代宗永泰元年(765年)五月,离开成都南下,秋居永安(今属重庆),是一见菊花开也。大历元年(766年)夏初,自永安至夔州,秋又在夔州见到菊花,从离成都以后算起,所以说"两开"。开字双关,菊开泪亦随之而开,所谓"飒飒开啼眼"(《得舍弟观书》)。"他日"有两种相反的含义,一指过去,犹往日或前日;一指将来,犹来日或日后。此诗"他日泪",亦犹前日泪,可见不始于今秋,乃是流了多年的老泪。杜甫把回乡的希望都寄托在一条船上,然而这条船却总是停泊江边开不出去,所以说"孤舟一系故国心"。系字也是双关,王嗣奭云:"此一首便包括后七首,而故园心,乃画龙点睛处,至四章故国思,读者当另着眼,易家为国,其意甚远!后面四章,又包括于其中。"

[4] 催刀尺:赶裁寒衣。急暮砧:为捣旧衣。深秋时节家家都在为游子赶制新衣,傍晚从白帝城高处传来的捣衣声,更让诗人增添怀乡之情。

[5] 京华:即长安。长安城上直北斗,号北斗城。长安不可望见,所见只有上直长安之北斗星,故夜夜依北斗遥望长安。抒发羁旅思乡之情。

[6] 槎:木筏。"八月",只是字面的借用,因为"八月槎",才能显示是秋天,并与"三声泪"作对。以严武比张骞,杜甫本来想随严武入朝,这一愿望因严武死而化为泡影,故曰"虚随"。

[7] 画省:即尚书省。香炉乃省中供具。伏枕:卧病。山楼:白帝城楼。粉堞(dié):涂白色的女墙。悲凉的胡笳声隐伏于山城楼墙之间,故曰隐悲笳。这是说兵戈未休,还京无期。

[8] 因思念之切,故忘其伫望之久,忽见月移洲前,方才觉得是深夜。可见恋阙情深。

[9] 翠微:山色。写山城千家万户静睡于朝晖之中的寂寥景象,自己每天清早坐在江楼之上。

[10] 信宿:隔夜。泛泛:漂浮貌。这两句写楼头所见之景,但景中有情,从"还"字和"故"字透露出。

[11] 二句借古为喻,杜甫如匡衡一样上疏(救房琯),却反遭贬斥。自己有刘向的学识,

303

但志不得伸。这是江楼独坐时的心事。

[12] 末二句又由自身的贫贱想到同学们的富贵,意极不平,语却含蓄。汉时长安有五陵:长陵、安陵、阳陵、茂陵、平陵。汉徙豪杰名家于诸陵,故五陵为豪侠所聚。自:只顾自己享乐。

【简析】

《秋兴八首》是大历元年(766年)秋杜甫在夔州所作的一组七言律诗。秋兴的兴,读去声,因秋以发兴,故曰秋兴。杜甫的夔州诗表现了诗人对人生和历史的深沉思考,而《秋兴八首》体现了杜甫对大唐王朝由盛转衰的历史的整体思考,所以,钱谦益说"每依北斗望京华"为"八首之纲骨"(《钱注杜诗》卷一五)。故国即京华,诗人的追求和梦想在那里,唐帝国的兴盛和衰败也集中体现在那里。前三首描写夔州秋景,第一首从朝露写到暮砧,前四句写绝塞萧森秋景,气象浑莽,有笼罩八章之势。五六句即景入兴,对菊花流泪,见舟伤心,逗出故园之思。尾联借刀尺暮砧的渲染,将漂泊凄感和盘托出,以秋景发端,以秋兴收结,构思完整。第二首从夕阳写到月照芦花,总写身羁夔府、心恋京华的情事。第三首从次日早晨写起,写夔州的朝景。在三首诗中分别嵌入"故园心""望京华"和"五陵衣马",诗人的心绪已经飞到长安。

《秋兴八首》为杜甫惨淡经营之作,或即景含情,如第一首的首联和"玉露凋伤枫树林,巫山巫峡气萧森",由夔州秋景起兴,萧飒衰残的气象笼罩全篇,颔联"江间波浪兼天涌,塞上风云接地阴",似乎只写上下一片萧森气象,而羁旅漂泊之感,尽在言外。或借古为喻,如第二首的"匡衡抗疏功名薄,刘向传经心事违"。或直斥无隐,如"同学少年多不贱,五陵衣马自轻肥"。总之,《秋兴八首》最能体现视野之广阔,思考之深刻,艺术之精湛。因此,对于像《秋兴八首》这样的七律的鉴赏,更需要下一点吟咏的功夫,更好地感受作者那种沉雄勃郁的心情。前人评《秋兴八首》,谓"浑浑吟讽,佳趣当自得之",是不错的。

【扩展性阅读】

仇兆鳌注:《杜诗详注》,中华书局,2007年。

冯至:《杜甫传》,百花文艺出版社,1999年。

【思考与练习】

一、背诵第一首,熟读后两首。

二、分析第一首颔联和颈联的写作特点。

三、说说全诗的构思和结构。

贵 州 省

和答元明黔南赠别

黄庭坚

万里相看忘逆旅[1],三声清泪落离觞[2]。

朝云往日攀天梦[3],夜雨何时对榻凉[4]。

急雪脊令相并影[5],惊风鸿雁不成行[6]。

归舟天际常回首[7],从此频书慰断肠。

(朱安群等译注:《黄庭坚诗文选译》,凤凰出版社,2011年。)

【注释】

[1] 万里:代指路途遥远。黄庭坚《书萍乡县厅壁》记述兄弟相送之事:"初,元明自陈留出尉氏、许昌,渡汉沔。略江陵,上夔峡,过一百八盘,涉四十八渡,进余安置于摩围山之下。淹留数月,不忍别,士大夫共慰勉之,乃肯行,掩泪握手,为万里无相见期之别。"相看:相对。逆旅:旅店。

[2] 三声清泪:古乐府《巴东三峡歌》有"巴东三峡巫峡长,猿鸣三声泪沾裳"。觞(shāng):指酒杯。

[3] 朝云:宋玉《高唐赋序》:"楚怀王尝游高唐,梦见一女曰:'妾在巫山之阳,高丘之阻,旦为朝云,暮为行雨,朝朝暮暮,阳台之下。'"攀天:代指仕途坎坷,阻力重重。

[4] "夜雨"句:韦应物《示全真元常》中有"宁知风雪夜,复此对床眠",本指朋友,这里

是用韦应物的诗句喻兄弟重逢。

［5］急雪脊令相并影：鹡鸰鸟在风雪中形影不离。脊令，鸟名，即鹡鸰（jī líng）。

［6］鸿雁：喻兄弟。

［7］归舟天际：引用谢朓《之宣城出新林浦向板桥》诗句："天际识归舟，云中辨江树。"

【简析】

  这首诗写于绍圣二年（1095年）。作者因所谓"修史失实"罪名遭贬涪州别驾、黔州安置，黄庭坚的长兄黄大临，字元明，不远千里，亲自送到贬所。此诗感情深厚。首联正面写离别的哀痛，猿猴的哀鸣加重了离别的伤感。颔联写抱负落空，但求将来兄弟相伴，享受天伦之乐。颈联写景，也是抒情。大雪中的鹡鸰比喻兄弟患难与共，眼前的风雷交加之景使诗人感叹自己境遇险恶，写出兄弟离散的悲哀。尾联写兄长在归舟中常常翘首遥望天际，盼望兄弟早日回来。这首诗在用典上最见功力。"朝云"和《巴东三峡歌》都是诗人身在夔州一带的故实，用在这首诗中显得浑然无迹。

【思考与练习】

  一、这首诗用典繁复，点化成语，体现了黄庭坚的什么诗歌理论？

  二、背诵这首诗，体会这首诗拗峭而不失深婉之致的风格。

  三、分析颈联"急雪脊令相并影，惊风鸿雁不成行"的精妙之处。

王守仁（1472—1528），字伯安，号阳明，封新建伯，谥文成，人称王阳明。明代最著名的思想家。王阳明不仅是宋明心学的集大成者，一生事功也是赫赫有名，故被称为"真三不朽"，其学术思想在中国、日本、朝鲜半岛以及东南亚国家乃至全球都有重要而深远的影响，和孔子、孟子、朱熹并称为孔、孟、朱、王。

何陋轩记

王守仁

  昔孔子欲居九夷，人以为陋。孔子曰："君子居之，何陋之有？"[1]守仁以罪谪龙场。龙场古夷蔡之外[2]，于今为要绥，而习类尚因其故[3]。人皆以予自上国往，将陋其地，弗能居也。而予处之旬月，安而乐之，求其所谓甚陋者而莫得。独其结题鸟言，山栖羝服，无轩裳宫室之观，文仪揖让之缛，然此犹淳庞质素之遗焉[4]。盖古之时法制未备，则有然矣，不得以为陋也。夫爱憎面背，乱白黝丹，浚奸穷黠，外良而中蝥，诸夏盖不免焉[5]。若是而彬郁其容，宋甫鲁掖，折旋矩矱，将无为陋乎[6]？夷之人乃不能此，其好言恶詈，直情率遂则有矣。世徒以其言辞物采之眇而陋之，吾不谓然也。

始予至，无室以止，居于丛棘之间，则郁也。迁于东峰，就石穴而居之，又阴以湿。龙场之民，老稚日来视予，喜不予陋，益予比。予尝圃于丛棘之右，民谓予之乐之也，相与伐木阁之材，就其地为轩以居予。予因而翳之以桧竹，莳之以卉药，列堂阶，辩室奥，琴编图史，讲诵游适之道略具，学士之来游者，亦稍稍而集。于是人之及吾轩者，若观于通都焉，而予亦忘予之居夷也。因名之曰"何陋"，以信孔子之言[7]。

嗟夫！诸夏之盛，其典章礼乐，历圣修而传之，夷不能有也，则谓之陋固宜。于后蔑道德而专法令，搜抉钩繁之术穷，而狡匿谲诈无所不至，浑朴尽矣！夷之民方若未琢之璞，未绳之木，虽粗砺顽梗，而椎斧尚有施也，安可以陋之？斯孔子所为欲居也欤？虽然，典章文物，则亦胡可以无讲。今夷之俗，崇巫而事鬼，渎礼而任情，不中不节，卒未免于陋之名，则亦不讲于是耳。然此无损于其质也。诚有君子而居焉，其化之也盖易。而予非其人也，记之以俟来者。

（[明]王守仁著，[明]施邦曜辑评：《阳明先生集要》，中华书局，2008年。）

【注释】

[1]"昔孔子"五句：语见《论语·子罕》第14节：子欲居九夷。或曰："陋，如之何？"子曰："君子居之，何陋之有？"九夷，古书中的九夷，如《战国策·魏策》："楚破南阳九夷"等，大致在今河南南部。

[2]"守仁以罪"二句：我因罪被贬龙场，龙场在上古蔡国属地以外的边远地区。谪（zhé），封建时代把高级官吏降职并调到边远地方做官。夷蔡，蔡为周代古国，其

地在今河南上蔡、新蔡等县地,即在河南南部。

[3] 要绥(suí):要服、绥服,古代王畿外围疆域之一,这里泛指边远地区。

[4] 结题:指少数民族结发于额的装束。鸟言:说话似鸟语。羝(dī)服:羊皮作衣服。轩裳:古代卿大夫所乘坐的一种前顶较高而有帷幕的车子。裳,指帷裳,车旁的布幔。缛(rù):指繁密的礼节。淳庞:朴实。

[5] 黝(yǒu):青黑色。浚(jùn)奸:深奸。中螫(shì):内心像毒虫刺人。诸夏:指中土。

[6] "若是"四句:如果是外表文质彬彬,穿戴着礼仪之邦宋国的礼帽,鲁国的大袖之衣,遵守规矩法度,就不鄙陋落后了吗?宋甫鲁掖,穿戴着礼仪之邦宋国的礼帽,鲁国的大袖之衣。甫,章甫,古代的礼帽。掖,古同"腋",衣袖。矩镬(jǔ yuē),规则法度。

[7] 信(shēn):通"伸",伸张。

【简析】

王阳明被贬谪到龙场之后,住在石窟中,潮气较重,当地百姓就帮他盖了一间小木屋。王阳明为此写了两首题为《龙岗新构》的诗歌。小木屋建成以后,他的弟子建议取名为"龙冈书院",但他觉得不妥,于是命名为"何陋轩",并写了这篇《何陋轩记》,叙述了定下此名的缘故。

一开头就以孔子的话领起下文,就隐含要像孔子那样,以自己的品德感化龙场百姓,把百姓引入正途。王阳明是一位重视实践的思想家,而且重视的是其他儒家身上很难看到的切实体验。王阳明虽然看到龙场百姓不知礼法的一面,但是他更赞扬了他们质直纯朴、乐于助人的品格,认为他们保留着古朴的遗风,如"未琢之璞,未绳之木",只是有待文明教化。由此来看,王阳明对感化百姓是有信心的。他要做这蛮荒之地的"孔子",不过,他在结尾还是谦虚地说:"而予非其人也,记之以俟来者。"王阳明一直想做圣贤的事业,但是在语言上不敢以此自居。读完这篇文章,让人感到一种浩然之气。

【思考与练习】

一、《何陋轩记》是不是与刘禹锡的《陋室铭》一样,表示自己的清高?

二、请概述作者写《何陋轩记》的目的。

云 南 省

杨慎(1488—1559),字用修,号升庵,初号月溪、升庵,又号逸史氏、洞天真逸、滇南戍史、金马碧鸡老兵等。四川新都(今成都新都区)人,祖籍庐陵。明代文学家、学者。明代三才子(另外两人为解缙、徐渭)之首,东阁大学士杨廷和之子。杨慎于明武宗正德六年(1511年)状元及第,授官翰林院修撰。明世宗继位,复任翰林修撰兼经筵讲官。嘉靖三年(1524年)卷入"大礼议"事件,触怒世宗,被杖责罢官,谪戍云南永昌卫三十余年,死于戍所。著有《升庵集》《升庵长短句》《陶情乐府》等。

黄钟·人月圆

杨 慎

泛大理海子

好风两日相迎送,渺渺碧波平[1]。玉几云凭[2],金梭烟织[3],宝刹霞明[4]。邀散神仙[5],寻闲洲岛,上小蓬瀛[6]。海流东逝,海天南望,海月西生。

(赵义山主编:《明清散曲鉴赏辞典》,商务印书馆,2014年。)

【注释】

[1] 渺渺:水势辽阔貌。

[2] 玉几:玉几岛,在洱海东南。形似玉几,故名。

[3] 金梭:金梭岛,在洱海东部。以形似机梭得名。

[4] 宝刹:佛寺之塔。

[5] 散:闲散。

[6] 蓬瀛:蓬莱和瀛洲,古代传说中的海上仙山。

【简析】

　　大理海子,即洱海。古称洱河、叶榆泽、昆弥川。上片写海子的环境,风和丽日,玉几岛上飘着白云,如烟如织。宝刹霞光闪烁,似有神明之气。诗人进而希望邀请神仙,走进仙境,辽阔的洱海肯定藏着蓬莱仙岛。诗人于是眺望海天一色,静候海月的西升。

　　杨慎作为一个罪臣,在这曾经是穷荒之地,仍然能以美的眼睛去发现大自然的奇异,这种精神人格本身就值得钦佩。

【思考与练习】

　　一、思考杨慎对于云南地域文学的创建之功?
　　二、体会本曲的艺术特色。

谢琼(1776—?),字石臞,昆明人,嘉庆戊辰(1808年)举人,官禄劝训导,著《彩虹山房诗钞》。

大江东去·大观楼醉后题壁

谢　琼

　　乾坤许大,怎天教此水,西流如汉[1]。百尺飞楼云际倚,三面青山相向。鸥鹭沉浮,鱼龙出没,日夜掀风浪。归帆隐隐,晚霞红处渔唱。

　　遥想武帝当年,凿池通道,枉习楼船战[2]。劫尽灰残人不见[3],惟有湖山无恙。酒罢凭栏,诗成题壁,只把髯翁让[4]。临风吹笛,海门明月飞上。

（曹明纲撰:《百地一吟》,上海古籍出版社,2007年。）

【注释】

　　[1]西流:滇池通过海口、流经螳螂川,最后汇入金沙江。螳螂川是少有的一条由东

向西的河流。汉：银河。

［2］"遥想"三句：据《史记·汉武帝本纪》载，汉武帝为了讨伐昆明，曾在长安模仿滇池开凿水池，训练将士，演习水战。又曾派使者去西南地区探寻通往身毒国（印度）的道路。

［3］劫尽灰残：据《高僧传》载，汉武帝在开挖昆明池时发现黑灰，后问西域来的僧人，知道是劫火燃烧后的余灰。劫，佛教认为一轮回（包括六个升纪、六个降纪）为一劫，劫末出现劫火，烧毁一切，就连大多数神仙也不能幸免。

［4］髯翁：孙髯（1711—1773），字髯翁，号颐庵，自号蛟台老人，清代著名民间学者，乾隆年间，曾为昆明大观楼题楹一幅，计180字，号称天下第一长联，著名史学家郭沫若赞道："长联犹在壁，巨笔信如椽"。

【简析】

云南大观楼建于康熙二十九年（1690年），咸丰七年（1857年）毁于兵火，同治八年（1869年）重建。大观楼南临滇池，与太华山隔水而望，风景优美。

康熙年间，孙髯为大观园题了180字长联："五百里滇池，奔来眼底，披襟岸帻，喜茫茫空阔无边。看：东骧神骏，西翥（zhù）灵仪，北走蜿蜒，南翔缟素。高人韵士，何妨选胜登临。趁蟹屿螺洲，梳裹就风鬟雾鬓。更苹天苇地，点缀些翠羽丹霞。莫辜负：四围香稻，万顷晴沙，九夏芙蓉，三春杨柳。数千年往事，注到心头，把酒凌虚，叹滚滚英雄谁在？想：汉习楼船，唐标铁柱，宋挥玉斧，元跨革囊。伟烈丰功，费尽移山心力。尽珠帘画栋，卷不及暮雨朝云。便断碣残碑，都付与苍烟落照，只赢得：几杵疏钟，半江渔火，两行秋雁，一枕清霜。"这首描写风景的词显然是想与孙髯的长联一较高下，上片写景，从乾坤落笔，气势豪雄，下片怀古，借江山古迹，一吐磅礴之气。气象奔腾，而又一气呵成，确实自成面目。

【思考与练习】

比较这首词与孙髯长联在写法上的不同点。

西藏自治区

吕温（772—811），字和叔，又字化光。河东（今山西永济西南）人。唐德宗贞元十四年（798年）进士，终官衡州（今湖南衡阳）刺史，世称"吕衡州"。贞元十九年（803年），吕温得王叔文推荐任左拾遗，并成为王叔文"永贞革新"集团中的一员。第二年，吕温随御史中丞张荐出使吐蕃，留居一年有余。永贞元年（805年）回京后迁户部员外郎，贬均州、道州刺史。有《吕和叔文集》。

吐蕃别馆和周十一郎中杨七录事望白水山作

吕 温

纯精结奇状[1]，皎皎天一涯。
玉嶂拥清气， 莲峰开白花。
半岩晦云雪， 高顶澄烟霞[2]。
朝昏对宾馆， 隐映如仙家。
夙闻蕴孤尚[3]，终欲穷幽遐。
暂因行役暇， 偶得志所嘉。
明时无外户， 胜景即中华[4]。
况今舅甥国[5]，谁道隔流沙。

（李时人编著：《中华山水名胜旅游文学大观（诗词卷）》，三秦出版社，1998年。）

【注释】

[1] 纯精：纯净透明的冰雪。
[2] "半岩"二句：雪山半腰虽然有云雾缭绕，但是山巅却一片晴朗，烟霞澄澈。

[3] 夙闻：久闻。蕴孤尚：隐藏有孤介不俗、品格高尚的人。

[4] "明时"二句：在政治清明的时代，边裔属国与中原华夏不分内外，情同一家。明时：政治清明的时代。外户：外边的门户，比喻边远地区。胜景：美景。

[5] 舅甥国：唐王朝把文成公主等嫁给松赞干布等吐蕃王，所以称唐朝与吐蕃之间为舅甥国。《旧唐书·吐蕃下》记载吐蕃主赞普曰："我大蕃与唐舅甥国耳。"

【简析】

西藏位于我国西南部，拉萨市是西藏的政治经济文化中心。西藏古代为羌戎之地，唐宋称为吐蕃。1271年蒙古大汗忽必烈定国号为元，乌思藏（今西藏中部、西部及其迤西地区）、朵甘等地成为统一的多民族的大元帝国的一部分，西藏地方从此正式纳入中国中央政府的直接管辖之下。

白水山在拉萨市郊区。由于西藏海拔较高，平均海拔4 000米，有"世界屋脊"之称。特殊的地理环境形成了该地区的奇绝景观。吕温的这首诗既真实描绘出独具风采的雪山风光，又表现了藏汉之间血肉相连、不可分割的亲密关系。

【思考与练习】

一、作者是如何写白水山的？

二、这首诗表现了作者的什么情感？

港澳台旅游区

（港、澳、台）

香港特别行政区

戴望舒(1905—1950),浙江杭县(今杭州)人,抗日战争后南下香港,任《星岛日报》《珠江日报》副刊主编,日军占领香港后被捕入狱。1949年离开香港到北京,次年病逝。是20世纪30年代"现代派"杰出诗人。著有《灾难的岁月》《望舒诗稿》等。

萧红墓畔口占

戴望舒

走六小时寂寞的长途,

到你头边放一束红山茶,

我等待着,长夜漫漫,

你却卧听着海涛闲话。

(上海辞书出版社文学鉴赏辞典编纂中心编:《新诗鉴赏辞典(新一版)》,上海辞书出版社,2017年。)

【简析】

萧红在香港寂寞地死去,被埋在浅水湾,墓前插了一块写有"萧红之墓"的木牌,身后如此凄楚。诗人于1944年11月凭吊萧红墓,在墓地出口成章。平实自然,似乎不见泪水,其实表达了对死者的惋惜。卧听海涛闲话,是在庆幸自己摆脱了苦难的人生,还是在海涛声中等待胜利的消息?这是深沉的感慨,是对生命的沉思。

【思考与练习】

一、诗人是如何表达伤逝的?

二、背诵全诗。

澳门特别行政区

> **汤显祖**(1550—1616),江西临川(今抚州)人。明代文学家。万历十一年(1583年)进士,授南京太常博士,迁南京礼部主事。后因不附权贵被议免官,隐居临川玉茗堂,致力著述。有《牡丹亭》《紫钗记》《南柯记》《邯郸记》四部传奇,合称"临川四梦"。

香岙逢贾胡

汤显祖

不住田园不树桑,珴珂衣锦下云樯。

明珠海上传星气,白玉河边看月光。

香山验香所采香口号

汤显祖

不绝如丝戏海龙,大鱼春涨吐芙蓉。

千金一片浑闲事,愿得为云护九重。

([明]汤显祖著,徐朔方笺校:《汤显祖集全编》,2015年。)

【简析】

汤显祖在万历十九年(1591年)因为一篇《论辅臣科臣疏》触犯了申时行,被贬官到广东雷州半岛的徐闻县做典史(知县下掌管缉捕监狱的属官),十一月初七,他从广州舟行至香山岙,也就是澳门。此地被葡萄牙殖民主义者租借已经四十年,当地群众称洋商为番鬼,汤显祖称贾胡。纪行诗《香岙逢贾胡》表现了汤显祖在澳门所看到的新奇的人与景。而《香山验香所采香口号》反映的是明朝皇帝在澳门采购鸦片(阿芙蓉)的史实。当时航路因为季风的限制,从印度和马六甲东来的船舶都在春夏两季到达,因此说"春涨",诗的后二句是对万历皇帝的讽谏。此后 200 多年,鸦片给中国带来巨大的灾难,可见汤显祖有敏锐的时代感。

【思考与练习】

一、汤显祖后来在创作《牡丹亭》时,把澳门的经历写入剧本,是在哪一出?

二、背诵全诗。

台 湾 省

张景祁(1827—1894 后)清末文学家。浙江钱塘(今杭州)人。原名左钺,字蘩甫,号韵梅(一作蕴梅),又号新蘅主人。同治十三年(1874 年)进士。曾任福安、连江等地知县。晚年渡海去台湾,宦游淡水、基隆等地。工诗词。历经世变,多感伤之音,作品贴近时代,有许多叙事咏史之作。有《新蘅词》《蘩圃集》等。

齐天乐·客来新述瀛洲胜

张景祁

台湾自设行省,抚藩驻台北郡城,华夷辐凑,规制日廓,洵海外雄都也。赋词纪盛。

客来新述瀛洲胜,龙荒顿闻开府[1]。画鼓春城,环灯夜市,婗队蛮䑓红舞[2]。莎茵绣土。更车走奇肱[3],马徕瑶圃。莫讶琼仙,眼看桑海但朝暮。

天涯旧游试数。绿芜环废垒,啼鴂凄苦[4]。绝岛螺盘,雄关豹守,此是神州庭户！惊涛万古。愿洗净兵戈,卷残楼橹[5]。梦踏云峰,曙霞天半吐。

(龙榆生编注：《近三百年名家词选》,人民文学出版社,2018年。)

【注释】

[1] 开府：指清光绪十一年(1885年)设台湾行省。

[2] 娖(chuò)：整齐的样子。

[3] 奇肱(jī gōng)：神话传说中的国名。《山海经·海外西经》："奇肱之国在其北,其人一臂三目,有阴有阳,乘文马。"郭璞注："其人善为机巧,以取百禽；能作飞车,从风远行。"清赵翼《杨舍城北登望海楼》诗："方壶员峤仙往来,奇肱飞车不粘浪。"

[4] 䴗(jú)：又名"伯劳"。背灰褐色,尾长,上嘴钩曲,捕食鱼虫小鸟等,是一种益鸟。

[5] 楼橹(lóu lǔ)：古代军中用以瞭望、攻守的无顶盖的高台。建于地面或车、船之上。这里指战舰。

【简析】

台湾建署行省时战火已熄,张景祁也已返归大陆任职。所以词开始点明"客来""顿闻",是他听到宝岛设为行省的消息,勾起对昔日所知的台湾的风俗人情以及战事中的种种忧患的回忆,才填写此词的。

词一开始用"瀛洲胜"三字,表现了他对"海外雄都"的回想和神往。当客人一告诉他台湾在台北开府的消息时,"画鼓春城"的盛况就浮现在脑海了,他仿佛又置身在"瑰灯夜市,娖队蛮靴红舞"的"莎茵绣土"上。

词人笔锋一转说："眼看桑海但朝暮！"你们切莫以为那是个世外桃源,其实,台湾经历的沧桑变化就在前不久呵！张景祁老辣地由此转入下片的对战争时代的回想。"天涯旧游试数",一个"数"字拉回了历史的往事。"绿芜"句写战争惨败时的景况,"啼䴗"(伯劳,诗词中与鹃同义)句勾勒了军民的心情凄苦,这是一段耻辱的历史,岂能忘记。"绝岛螺盘"以下,强调了"此是神州庭户",似在提醒人们,宝岛风物虽美,但不能再文恬武嬉,松弛武备,重蹈覆辙了！"惊涛万古"四字是意味深长的长鸣警钟之句。最后则又表述了他的愿望："洗净兵戈,卷残楼橹",永保国泰民安,天下太平。

【思考与练习】

一、这是一篇"台湾赋",作者是如何写台湾的？

二、这首词表现了作者的什么情感？

图书在版编目（CIP）数据

中国景观文学作品选/李建明，李鹭编.— 上海：
上海教育出版社，2022.8
ISBN 978-7-5720-1466-6

Ⅰ.①中… Ⅱ.①李…②李… Ⅲ.①中国文学-文
学欣赏-职业教育-教材 Ⅳ.①I206

中国版本图书馆CIP数据核字(2022)第154781号

责任编辑　李声凤
装帧设计　蒋　妤

中国景观文学作品选
李建明　李　鹭　编

出版发行	上海教育出版社有限公司
官　　网	www.seph.com.cn
地　　址	上海市闵行区号景路159弄C座
邮　　编	201101
印　　刷	上海昌鑫龙印务有限公司
开　　本	787×1092　1/16　印张 21
字　　数	372 千字
版　　次	2022年9月第1版
印　　次	2022年9月第1次印刷
书　　号	ISBN 978-7-5720-1466-6/I·0129
定　　价	68.00 元

如发现质量问题，读者可向本社调换　电话：021-64373213